Der Erbe von Atlantis

Sun Koh

Freder van Holk

Die Krone der Khmer

Mohlberg Verlag

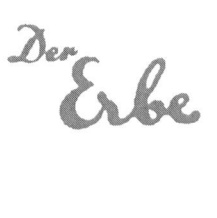

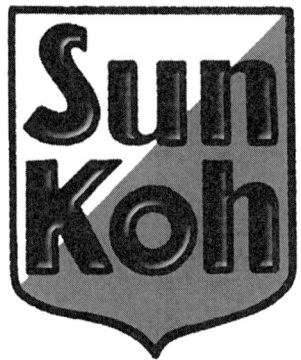

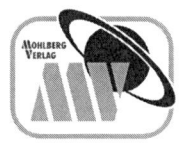

Heinz Mohlberg Verlag

Büroanschrift:
Hermeskeiler Str. 9
50935 Köln

Ladenlokal:
Sülzburgstr. 233
50937 Köln

Bestellungen und Abonnements:
Fon 0221 / 43 80 54 & 0170 / 94 47 580
Fax 0221 / 43 00 918
heinz@mohlberg-verlag.de
www.mohlberg-verlag.de

1. Auflage

Herausgeber: Heinz Mohlberg
Cover: Arndt Drechsler
Covermontage, Satz & Layout: Andrea Velten – Factor 7
Druck & Bindung: Schaltungsdienst Lange Berlin
© Sun Koh by H. J. Galle
© 2013 Mohlberg-Verlag & Rechteinhaber
Alle Rechte vorbehalten

ISBN: 978-3-942079-90-7

VORWORT

Liebe SUN KOH-Freunde,

sicher haben Sie es bemerkt – wir haben die Titelbildgestaltung überarbeitet.
Arndt Drechsler, der auch für andere Projekte des Verlages Titelbilder gestaltet, bekam den Auftrag, die alten Bilder neu zu interpretieren. Von ihm selber stammt die Idee für eine leichte Überarbeitung des Logos.

Uns kamen doch erhebliche Zweifel, ob die alten Bilder (die nicht von Johnny Bruck sind), für die Neuherausgabe geeignet sind. Dann doch lieber neu im alten Stil und die Originalbilder zu Dokumentationszwecken auf dem Backcover.
Bei einer ggf. anstehenden Nachauflage von SUN KOH 1 werden wir auch dieses Titelbild austauschen, damit die Sammlerausgabe dann in einer einheitlichen Aufmachung vorliegt.

Zum Inhalt des vorliegenden Bandes:

Die zwei zum Abdruck gelangenden Leihbücher beinhalten zuerst die Ausgaben 10,11,14,15 der SUN KOH-Ausgabe von 1936 für *Die schwebende Burg*.

Im zweiten Teil *Die Krone der Khmer* kommen die Ausgaben 36-40 zum Abdruck.

Natürlich sind all diese Ausgaben für die Leihbuchausgabe vom Autor be- und überarbeitet worden.

Und nun gute Unterhaltung mit den spannenden Abenteuer von SUN KOH und seinen Getreuen.

Ihr/Euer
Heinz Mohlberg

Der Erbe Sun Koh von Atlantis

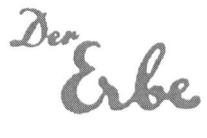

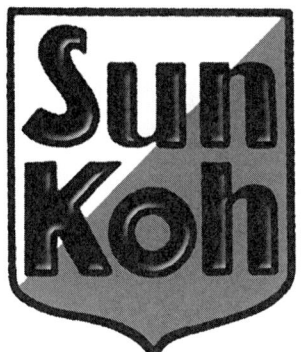

Die schwebende Burg

1.

Sun Koh traf gegen Abend in Freiburg ein. Er hatte eine Rundreise durch Deutschland und einige anstrengende Tage hinter sich. Die jungen Wissenschaftler und Techniker, deren Namen ihm Peters gegeben hatte, lebten verstreut, und mit jedem Einzelnen musste verhandelt werden. Einige schieden ganz aus, weil sie inzwischen eine Familie gegründet hatten. Die anderen brauchten bei aller Begeisterung für das Projekt in jedem Einzelfalle Zeit – Zeit, um zu begreifen, dass es sich um ein ernsthaftes Angebot handelte, Zeit, um sich zu entschließen, die Heimat zu verlassen und in unbekannte Verhältnisse hineinzugehen, Zeit, um die beruflichen und sonstigen Bindungen zu lösen, Pläne und Visen zu besorgen und einen Haufen Dinge zu erledigen. Trotz allem persönlichen Einfluss und aller Geldmittel war es doch nicht ganz leicht gewesen, diesen Stammtrupp für die Sonnenstadt so kurzfristig in Bewegung zu setzen. Jetzt befanden sich jedoch elf Mann bereits auf dem Flug nach Mexiko, wo sie von Peters erwartet wurden.

Für Sun blieb nur noch eins zu erledigen: Er wollte Joan Martini aufsuchen und mit ihr die Zukunft besprechen. Sie befand sich in Freiburg unter der Aufsicht Habakuk Speekers, jenes amerikanischen Detektivs, der ihn in der Sonnenstadt aufgesucht hatte. Sie wusste noch nichts von seinem Kommen, aber er hoffte, dass sie sich freuen würde.

Sun und Nimba hatten kaum das Appartement Suns betreten, als es klopfte. Gleich darauf trat eine sonderbare Erscheinung ein. Der ungefähr sechzigjährige Mann wirkte wie eine Kreuzung von zerstreutem Professor und Verrücktem. Ein mächtiger Schädel mit zwei zerrauften Haarschöpfen, ein weichliches Kinn mit einer komischen Bartlocke, eine altmodische Stahlbrille, die auf der Nasenspitze tanzte, und fast bösartige Augen, in denen es gelegentlich irr auffunkelte, boten ein unangenehmes Bild. Die Hände des Mannes befanden sich ständig in nervöser Bewegung. Bald rauften sie die Haare, bald umschrieben sie malerisch Worte, bald zerrten sie an einem Kleidungsstück.

Er kam mit hastigen Schleichschritten an Sun heran und sagte in einem geheimnisvollen Flüsterton, der an den Verschwörerhauch eines Schmierenkomödianten erinnerte:

»Haben Sie die Buckel schon bemerkt? Die Buckel an seinem Hinterkopf? Sagen Sie schnell – ja oder nein? Beantworten Sie mir eine Frage: Wie stark ist der Wurzelknochen seines rechten Handgelenks?«

Sun schob ihn sanft ein Stück von sich zurück.

»Wovon sprechen Sie? Wer sind Sie?«

»Professor Hirnacher«, stellte sich der Fremde nachlässig vor, schielte über den Rand seiner Brille zu Sun hinauf und fuhr geschäftsmäßig fort: »Ich sah ihn unten in der Halle. Mein Blick! Der Bursche ist interessant. Wie viel wollen Sie für ihn haben? Zehntausend Mark?«

Sun blickte ihn scharf an. Dieser Professor schien einen Stich zu haben.

»Falls Sie von meinem Diener sprechen – er ist unverkäuflich. Er ist sein eigener Herr. Guten Tag.«

Hirnacher fuhr sich in die Haare, raufte sie auseinander und piepste: »Nicht verkäuflich? Unsinn! Von mir erfährt niemand etwas. Unersetzlich für die Wissenschaft! Suchen Sie sich einen anderen Diener. Werde Sie auch in meinem Buch mit erwähnen. Hier – Moment, Moment, sofort, sofort, ich werde Ihnen einen Scheck ausschreiben – ho …?!«

Nimba packte ihn auf eine Kopfbewegung Suns hin beim Kragen und trug ihn zur Tür. Er wollte ihn gerade hinauswerfen, als die Tür von außen geöffnet wurde. Im Türrahmen stand ein Mann, dessen Anblick Sun überraschte. Es war Speeker, der Detektiv. Der Mann musste eine gute Nase besitzen, wenn er schon über die Ankunft Suns unterrichtet war.

Merkwürdigerweise schien er seinen Auftraggeber nicht zu erkennen. Es war überhaupt etwas Fremdes an ihm. Die Augen! Sie blickten nicht mehr ruhig und scharf, sondern irrlichterten unruhig hin und her.

»Der Wagen ist vorgefahren, Eure Heiligkeit«, meldete Speeker mit einer tiefen Verbeugung, und daraufhin ließ Nimba vor Schreck den Besucher los. Der Professor nahm sofort die gravitätische Haltung eines regierenden Königs an und erwiderte würdevoll:

»Gut, mein Sohn. Ich komme sofort.« Speeker wollte sich mit einer neuen Verneigung zurückziehen, aber da war Sun bei ihm und herrschte ihn an.

»Was soll das, Speeker? Was treiben Sie hier? Warum sind Sie nicht auf Ihrem Posten?«

Speeker duckte sich unter der Hand, die auf seinen Schultern lag, und schielte ebenso verständnislos wie misstrauisch zu dem Frager hinauf. »Ich – ich bin doch Paul?«, stotterte er. »Lassen Sie mich los.«

»Sie sind nicht Speeker?«

»Lassen Sie den Mann los!«, fuhr Hirnacher schrill dazwischen. »Das ist mein Diener. Raus mit dir, ich komme nach.«

Sun gab Speeker frei, vertrat aber dem Professor den Weg.

»Sie werden mir das aufklären. Ihr Diener ist ein Amerikaner, der in meinem Auftrag steht.«

»Verrückt?«, funkelte ihn Hirnacher böse an. »Paul ist seit seiner Geburt in meiner Anstalt. Er ist ein harmloser Irrer, der mich für den Papst hält. Also wie steht's mit dem Neger?«

»Raus!«, befahl Sun kurz, und Hirnacher zog es nun doch vor, den Raum hastig zu verlassen, bevor Nimba wieder zugreifen konnte.

»Folge ihm«, ordnete Sun eine Kleinigkeit später an. »Ich möchte wissen, was mit Speeker los ist und wo wir ihn finden können.«

Nimba nickte und verschwand.

Er kam nicht wieder.

Nach einer halben Stunde wurde Sun unruhig. Er befürchtete eigentlich nichts, aber er wollte nicht hier im Hotel herumsitzen. Es drängte ihn, Joan Martini wiederzusehen. Nimba würde sich schon wieder einstellen. So rief er bei Joan an, um sich anzumelden.

Eine aufgeregte, weinerliche Frauenstimme meldete sich.

»Ja, hier bei Kramer. Wer? Herr Sun Koh? Oh Gott, oh Gott! Sie sind es? Aber Fräulein Martini ist gar nicht da. Sie haben sie in den Wagen hineingezerrt. Ich habe es ganz deutlich gesehen. Wenn sie sie nun entführt haben? Oh Gott, oh Gott! Das Fräulein hat immer so aufgepasst, aber …«

»Ich komme sofort hin«, sagte Sun hastig.

Zehn Minuten später betrat er das kleine Haus am Stadtrand, in dem Joan Martini wohnte, betreut von Frau Kramer, der Besitzerin des Hauses, einer älteren Beamtenwitwe mit farbloser, aber ehrbarer Erscheinung. Sie weinte vor Aufregung, als sie ihn einließ, und sie schluchzte in der ganzen Zeit, in der sie schubweise ihren Bericht gab.

Ja, Joan Martini hatte sich, abgesehen von ihrem täglichen Spaziergang, immer zu Hause aufgehalten. Sie hatte sich nicht sicher gefühlt und wiederholt erwähnt, dass sie sich beobachtet fühlte. Irgendwer trieb sich immer in der Nähe des Hauses herum, irgendwer folgte ihr stets, wenn sie unterwegs war. Man hatte sie jedoch nicht belästigt. Dann war dieser Herr Speeker gekommen. Er war oft im Hause gewesen und hatte sie oft begleitet, wenn sie spazieren ging. Und eines Tages hatte sich ein Professor Hirnacher mit ihnen unterhalten. Er war dann auch ins Haus gekommen, aber Joan hatte ihn zum zweiten Male nicht vorgelassen. Und dann war auf einmal der Herr Speeker komisch geworden. Erst hatte er sich eine Weile nicht sehen lassen, dann war er ganz weggeblieben. Heute Abend war er da, um sie zu einem Besuch bei Hirnacher zu überreden, und dann war er ganz weggeblieben. Am späten Nachmittag war Joan von ihrem Spaziergang zurückgekommen. Frau Kramer hatte sie schon fast an der Gartenpforte gesehen, als ein dunkler Wagen herangefahren war. Joan war an ihn herangetreten, als ob man sie gerufen hätte, und dann war sie plötzlich eingestiegen, als hätte man sie hineingezerrt. Nein, wer in dem Wagen saß, hatte Frau Kramer nicht erkennen können, aber es war ihr gewesen, als hätte sie den Professor Hirnacher gesehen.

Sun setzte die Zähne hart aufeinander, als er diese Geschichte hörte. Er verstand nicht, warum sich Speeker so verändert hatte und was Hirnacher veranlassen konnte, einen Menschen zu entführen, aber er war nicht geneigt, einfach sitzen zu bleiben und zu warten. Er rief das Hotel an und fragte nach Nimba. Man teilte ihm mit, dass Nimba noch nicht zurückgekehrt war. Auch das beunruhigte. Wenn Hirnacher der Entführer war, hätte ihm Nimba auf den Fersen sein müssen.

Sun überließ Frau Kramer ihrer Verwirrung und fuhr zur Polizei. Das war in Deutschland, wo jeder Bürger der Meldepflicht unterlag, das Sicherste.

Er geriet an einen Kommissar Melker, einen behäbigen, älteren Mann, der nach einem freundlichen Leben aussah, aber gescheite Augen besaß. Er hörte sich wohlwollend an, was ihm Sun zu berichten hatte, um dann nachdenklich zu brummen:

»So, so, der Hirnacher? Eine Entführung? Das sieht ihm aber gar nicht ähnlich. Wenn Sie etwa glauben, dass er sich in die junge Dame verliebt hat und nun aus lauter Leidenschaft …?«

»Ich glaube gar nichts«, fiel Sun kühl ein. »Ich habe Ihnen berichtet, was ich weiß, und bitte Sie zunächst um Ihren Rat.«

Der Kommissar schüttelte den Kopf.

»Nicht ganz so einfach, wie Sie glauben. Amtlich kann ich Ihnen nur sagen, dass Sie eben eine Anzeige zu Protokoll geben müssen – auf die Gefahr hin, dass Sie von Hirnacher wegen Verleumdung verklagt werden. Hirnacher ist ein angesehener Wissenschaftler und Arzt. Er besitzt hier in der Nähe ein privates Sanatorium für Leute, die geistig nicht ganz in Ordnung sind und sich's leisten können, einer amtlichen Verwahrung auszuweichen. Dabei gibt es natürlich allerlei Grenzfälle, über die ich nichts sagen will. Jedenfalls ist Hirnacher nicht der Mann, der sich ungestraft anrempeln lässt. Er ist reichlich nervös und – hm, ein bisschen seltsam, aber so etwas kommt vor.«

»Sie kennen ihn persönlich?«

»Hm, ich habe mit ihm zu tun gehabt«, erwiderte der Kommissar bedächtig. »Im Laufe der letzten Jahre haben hier drei Anzeigen gegen ihn vorgelegen. In zwei Fällen handelte es sich um die Behauptung, dass Patienten mit geringfügigen geistigen Störungen unter seiner Behandlung schwer krank geworden wären, geistig krank natürlich. Derb gesagt handelte es sich dabei um Leute, die angeblich nur in das Sanatorium gekommen waren, um einer unliebsamen Geschichte auszuweichen, die also ihre fünf Sinne völlig beisammen hatten, aber einige Wochen später tatsächlich geistig völlig defekt waren. Für die Angehörigen, die jene Anzeigen erstatteten, wurde das eine peinliche und sehr teure Angelegenheit, denn Hirnacher konnte durch andere, sehr namhafte Wissenschaftler nachweisen, dass die Betreffenden wirklich krank waren und ihn eben zu Beginn ihrer Krankheit aufgesucht hatten. Im dritten Fall verschwand ein Patient spurlos. Hirnacher behauptete eine Flucht, und das Gegenteil konnte ihm nicht nachgewiesen werden. Jedenfalls haben wir bei allen drei Gelegenheiten das Sanatorium vom Boden bis zum Keller durchsucht, ohne das Geringste zu finden, was Hirnacher hätte belasten können. Das müssen Sie wissen.«

»Sie meinen also, dass es keinen Zweck hat, eine Anzeige zu erstatten?«

Melker legte den Bleistift, mit dem er herumgespielt hatte, aus der Hand und lehnte sich zurück.

»Tja, die Sache hat zwei Seiten. Es kommt schließlich darauf an, ob Sie sich's leisten können, dass Hirnacher Ihnen einen Prozess anhängt. Wenn Sie hier eine Anzeige zu Protokoll geben, die massiv genug ist, dann ist es meine

Pflicht, nach dem Rechten zu sehen. Ich gehe dann mit zwei Leuten los und nehme mir Hirnacher vor. Zweck? Nun, vielleicht hat es keinen Erfolg, aber vielleicht erwischt man doch einen Punkt, an dem man einhaken kann? Mir persönlich wäre es recht, sehr recht sogar.«

»Sie trauen ihm selbst nicht?«

»Jeder von uns hat seinen Ehrgeiz«, brummte der Kommissar etwas melancholisch. »Ich habe mir immer eingebildet, ungefähr abschätzen zu können, was mit einem Mann los ist. Der eine der Männer, die bei Hirnacher überschnappten, war ein hiesiger Autohändler, der mit einigen hunderttausend Mark in Druck kam und unbedingt ein paar Wochen Schonfrist vor seinen Gläubigern brauchte. Ich kannte ihn ganz gut, und ich habe meinen Wagen bei ihm gekauft. Ich hielt ihn für einen Mann, bei dem es hier und dort fehlte, aber bestimmt nicht im Kopfe. Tja, aber gegen gelehrte Gutachten kann man nichts machen. Wenn Sie also jetzt Ihre Anzeige in die Maschine geben wollen …?«

Eine knappe Stunde später betrat Sun zusammen mit dem Kommissar und zwei Beamten das Sanatorium. Hirnacher regte sich schrecklich auf, drohte Sun und Melker mit allen möglichen Folgen und behauptete, nichts von einer Entführung zu wissen. Er war vom Hotel aus direkt nach Hause gefahren. Er gab zu, flüchtig einmal mit Joan Martini gesprochen zu haben, aber das war auch gleich alles. Später wechselte dann seine Laune. Er schlug von sich aus eine Durchsuchung vor. Dazu ließ sich Melker nicht nötigen.

Sie gingen zu fünft durch alle Räume des Gebäudes, die sich entdecken ließen. Sie fanden weder Joan Martini noch irgendetwas Verdächtiges. Der Kommissar gab es nach zwei Stunden auf, glättete so gut wie möglich mit Entschuldigungen und fuhr mit Sun und seinen beiden Begleitern zurück.

»Da haben Sie es«, brummte er im Wagen verdrossen. »Keine Spur. Ich fasse meine Zigarre, und Sie werden Hirnacher auf den Hals bekommen. Was nun?«

Sun antwortete mit einer unverbindlichen Redensart. Er hatte sich bereits entschlossen, allein noch einmal nach dem Rechten zu sehen, falls Nimba nicht inzwischen zurückgekehrt war. Vielleicht wurde Hirnacher zu Unrecht beschuldigt, soweit es Joan Martini betraf, aber sicher war er für das Verschwinden Nimbas verantwortlich. Es war undenkbar, dass Nimba einen Auftrag erhielt und dann von ihm abging. Und Sun versprach sich etwas davon, dass Speeker nicht anzutreffen gewesen war, sondern angeblich einen Auftrag in Basel auszuführen hatte. Wenn es Hirnacher gelungen war, Speeker zu verbergen, musste er auch die Möglichkeit besitzen, Nimba und vielleicht auch Joan Martini einer Hausdurchsuchung zu entziehen.

*

Eine Stunde vor Mitternacht stand Sun im Dunkel des Tannenholzes und wartete geduldig, dass die Lichter im Sanatorium Hirnacher erloschen. Das Gebäude lag ein Stück von der Landstraße entfernt in einem flachen Halbkreis, der durch den umschließenden Wald gebildet wurde. Es war nur ein einziges Haus mit einer Reihe von Anbauten. Ein Stück abseits stand eine fast neue Doppelgarage für Wagen.

Endlich verlosch das Licht im Arbeitszimmer. Sun ging vorsichtig an das Haus heran. Er wollte eben den Verbindungsweg zur Garage überqueren, als er das Schloss der Haustür schnappen hörte. Im Nu lag er hinter einem Busch. Zwei Männer traten aus der Tür und gingen auf die Garage zu. Der eine war der Professor, der andere Speeker, der sich in Basel befinden sollte. Sie fühlten sich offenbar völlig sicher.

Speeker öffnete das Garagentor und schaltete Licht an. Sun sah für einen Augenblick den betonierten Raum und den Wagen Hirnachers, den sie vor Stunden vergeblich untersucht hatten. Was wollten die beiden Männer um diese Zeit in der Garage? Ausfahren?

Nein, das Tor fiel zu. Das Licht erlosch. Sun huschte behutsam heran. Kein Laut war zu hören. Der Torflügel war nur eingeschnappt. Alles dunkel. Nichts zu sehen und zu hören.

Sekunden später stand Sun in dem dunklen Raum. Seine Taschenlampe flammte auf. Ringsum Beton, dort der Wagen …

Der Wagen? Das war doch ein fremder Wagen, nicht der Wagen des Professors, den er noch vor Minuten hier hatte stehen sehen? Wie kam dieser Wagen plötzlich hierher?

Während Sun den Wagen untersuchte, klang ein leises Surren auf. Der Boden begann sich zu senken. Es war zu spät, zurückzuspringen. Sun glitt in den Wagen hinein und zog den Schlag leise zu.

Der ganze Boden der Garage senkte sich in einen Schacht hinab, kam zum Stillstand und rollte seitlich weg. An seine Stelle rückte eine andere Bodenplatte, auf der sich Hirnacher, Speeker und der andere Wagen befanden. Sie verschwanden nach oben, vermutlich von hydraulischen Stempeln hochgedrückt. Sun befand sich in einem Raum von der mehrfachen Größe der Garage. Er war leer und schien ausschließlich zur Auswechslung des Garagenbodens zu dienen.

Im Hintergrund befand sich eine schmale Eisentür. Sie war unverschlossen und führte in einen Gang, an dem rechts und links je zwei eiserne Türen lagen. Geräusche dahinter.

Sun schlug mit der Faust gegen die nächste Tür.

»Hallo, ist hier jemand?«

»Herr! Herr!«, rief aus der Nachbarzelle eine freudig erregte Stimme. »Hier bin ich, Nimba!«

»Nimba?«, atmete Sun auf. »Warte.«

Die Tür war durch starke Riegel mit schweren Schlössern gesichert. Sun packte eins der Schlösser mit beiden Händen, stemmte die Füße gegen die Wand und warf sich zurück. Beim ersten Ruck rieselte nur der Betonstaub, aber beim zweiten platzte der Beton heraus und gab den Riegel frei. Kurze Zeit später gab auch der zweite Riegel nach und die Tür flog auf. Sun drückte Nimba die Hand.

»Er wartete geradezu vor dem Hotel auf mich«, berichtete Nimba nicht sehr selbstsicher. »Ich ging dummerweise an den Wagen heran, als er mich ansprach. Dann verlor ich das Bewusstsein. Sie müssen mir ein Gas ins Gesicht gespritzt haben. Ich kam erst hier wieder zu mir.«

Von Joan Martini wusste er nichts.

Sie brachen anschließend die anderen Zellen auf. Zwei von ihnen waren leer. In der letzten bot sich ihnen ein entsetzliches Bild. In dem fast leeren Raum kroch ein Lebewesen herum, das ehemals ein Mensch gewesen war. Jetzt wirkte es nur noch wie ein formloser Klumpen Fleisch, der keine Knochen mehr zu besitzen schien. Aus dem Mund kamen wimmernde Laute, aber das Geschöpf schien nicht einmal das Licht wahrzunehmen, das auf ihm lag.

Die beiden Männer bissen die Zähne aufeinander und drückten die Tür behutsam wieder zu. Was auch immer hier vorlag – dieser Hirnacher besaß kaum das Recht, einen Menschen in diesem Zustand unter der Erde gefangen zu halten.

*

Hirnacher stand in seinem hell erleuchteten Arbeitszimmer neben einem gläsernen Wandschrank, als Sun die Tür aufriss und, gefolgt von Nimba, eintrat. Einige Meter von ihm in der Nähe der Tür stand Speeker in ergebener Haltung. Hirnacher streckte sich, als er die Eindringlinge sah, dann kläffte er wütend los.

»Was – was – Sie – wie kommen Sie hier herein?«

»Durch ein Fenster im Erdgeschoss«, antwortete Sun kurz. »Es genügt Ihnen hoffentlich, dass mein Diener neben mir steht. Wo ist Miss Martini?«

»Scheren Sie sich raus!«, keifte Hirnacher. »Sie haben kein Recht, hier einzudringen! Ich will Sie nicht sehen. Ich ...«

Er bewegte sich schnell, riss etwas aus dem Glasschrank heraus und setzte an, zu werfen. Sun schnellte wie ein Pfeil vor. Er sah etwas über sich hinwegfliegen, das eine Ampulle sein konnte, dann hatte er Hirnacher erreicht und rammte ihn in den Glaskasten hinein. Als er sich aufrichtete und umwandte, hatte Nimba Speeker unter seinem Arm und sprang auf das Fenster zu, um es aufzureißen.

»Gas, Herr!«

Sie spürten nicht mehr als die Andeutung eines eigenartig scharfen Geruchs. Die offenen Fenster ließen das Gas, falls es eines gewesen war, nicht zum Zug kommen. Speeker versuchte, zu entwischen, aber Nimba gab ihm beiläufig einen Schlag gegen die Schläfe, worauf er für eine Weile das Bewusstsein verlor. Nimba erhielt dadurch Gelegenheit, Hirnacher mit den Gardinenschnüren zusammenzubinden. Hirnacher war übrigens bei Bewusstsein, obgleich er aus verschiedenen kleinen Kopfwunden blutete. Er schwieg sich aus, aber er blickte wie konzentriertes Gift.

Sun suchte inzwischen im Schreibtisch Hirnachers. Er hoffte, einen Hinweis auf den Aufenthaltsort Joan Martinis zu finden. Insofern suchte er vergeblich. Er fand jedoch in einem Geheimfach eine Reihe von Schriftstücken, die ihm das Geheimnis Hirnachers enthüllten. Er experimentierte mit einem Gas, das in schwacher Dosierung auf das Willenszentrum wirkte und den Menschen so versklavte, dass er wie ein Hypnotisierter jeden Befehl ausführte. In stärkerer Dosierung wirkte es nebenbei auf das Knochengewebe ein und zersetzte es.

Speeker kam wieder zu sich. Sun nahm ihn sich vor.

»Wo ist Miss Martini?«

»Martini?«, suchte Speeker, als ob sein Gehirn haltlos flatterte. Sun beugte sich weiter vor und fing die irren Augen mit seinem Blick.

»Miss Martini, Speeker, die junge Dame, die hier festgehalten wird.«

Die Sperre über Speekers Gehirn schien nicht ganz dicht zu sein.

»Martini – Zimmer drei ...«, stammelte er, brach dann jedoch ab und duckte sich, denn jetzt schrillte Hirnacher dazwischen:

»Maul halten, Idiot! Binden Sie mich los! Ich zeige Sie an! Sie haben kein Recht ...!«

Er tobte weiter. Sun kümmerte sich nicht darum. Er rief Kommissar Melker an und verständigte ihn von der Lage. Melker versprach, sofort zu kommen.

Zimmer drei! Sie hatten sich den Raum ebenso genau angesehen wie die anderen. Er enthielt nichts als die übliche Einrichtung eines Krankenzimmers.

Sun schüttelte Speeker, den er am Nacken neben sich hertrug.

»Wo ist Miss Martini?«

»Ich – ich – Bett ...«, ächzte Speeker.

Sun ließ ihn los. Das Bett war an die Wand gebaut. Die Matratze flog beiseite. Eine glatte Holzfläche darunter. Eine Tür.

Eine Minute später hatten sie bei Hirnacher den Schlüssel gefunden. Die Tür klappte nach oben. In dem engen Sockel, der kaum mehr Platz als ein Sarg bot, lag eine eng umschnürte weibliche Gestalt. Joan Martini!

*

Joan Martini?

Sun setzte sie auf einen Stuhl, befreite sie von Fesseln und Knebel und ließ

Nimba Wasser und Tücher holen. Das Mädchen kam zu sich, schlug die Augen auf und strich sich das Haar aus dem Gesicht.

Joan Martini? Nein, das war nicht Joan Martini. Diese Frau besaß eine gewisse Ähnlichkeit mit Joan Martini, aber sie war es nicht.

»Wer sind Sie?«, fragte er starr.

Sie blickte erschreckt und furchtsam, noch halb abwesend zu ihm auf und stotterte:

»Ich – ich – Sie sind – sind Sie etwa …?«

»Sun Koh.«

Sie sah aus, als wollte sie in Ohnmacht fallen, hielt sich aber.

»Sun Koh?«, stammelte sie, »Ja, ich habe Ihr Bild gesehen. Aber – aber – oh Gott …?«

Sie schlug die Hände vor ihr Gesicht und begann zu schluchzen. Nach einer Weile brachte sie stoßweise Worte heraus.

„Das arme Fräulein – nun ist sie ganz allein – sie wollte doch nur in Sicherheit kommen – wer weiß, was ihr schon passiert ist – ganz allein unter Indianern – sie sucht Sie doch …«

»Wo ist Miss Martini?«, drängte Sun.

»Huch – in Amerika – in Yukatan – sie sagte, Sie wären dort, und sie wollte zu Ihnen, und …«

Sun biss die Zähne zusammen. Das Schicksal narrte ihn. Joan suchte ihn in Yukatan, ausgerechnet auf Garcias Gebiet und dort, wo es von seinen Leuten wimmelte.

»Berichten Sie«, bat er beherrscht die Aufgelöste. Sie riss sich daraufhin zusammen und erzählte stockend:

»Ich heiße Liselotte Horn. Miss Martini engagierte mich nach einer zufälligen Bekanntschaft als eine Art Gesellschafterin, um ihre Kenntnisse in der deutschen Sprache zu vervollkommnen. Wir verstanden uns gut. Vor einigen Tagen sagte sie mir, dass sie nach Yukatan fliegen wollte. Ich sollte sie vertreten, damit es gewissen Leuten nicht auffiel. Ich ließ mich überreden. Sie ist vor drei Tagen abgereist, zunächst nach London. Ich bin hier geblieben.«

»Nach London?«

»Ja. Sie wollte sich dort ein Flugzeug mieten oder kaufen.«

Sun atmete gewaltsam auf.

»Ich danke Ihnen. Die Polizei wird gleich kommen und Sie sicher nach Hause bringen. Ich verabschiede mich lieber gleich von Ihnen. Ich will versuchen, Miss Martini noch einzuholen.«

*

London.

Der Leiter des Flughafens empfing Sun mit großer Höflichkeit.

»Sie wurden uns bereits gemeldet. Leider kann ich Ihnen keine erfreuliche Auskunft geben. Miss Martini ist von den B.A.C.-Werken aus abgeflogen. Mr. Belmore muss im Augenblick hier sein. Er möchte persönlich mit Ihnen sprechen. Ah, da ist er schon.«

Belmore kam hereingehastet. Er war rundlich wie immer und begrüßte Sun als den Mann, der ihn zum besten Geschäft seines Lebens verholfen hatte. Dann trübte sich freilich seine Miene.

»Tja, Miss Martini ist leider fort. Ich habe ihr abgeraten, habe mit ihr geredet wie ein Vater, aber es war halt nichts zu wollen. Sie musste schnellstens übers Meer. Verweigern konnte ich ihr die Maschine natürlich nicht, die – leider, muss man wohl sagen – gerade fertig stand. Glattes Geschäft – bar bezahlt – nun, das ist ja unwesentlich. Jedenfalls ist sie vorgestern früh aufgestiegen.«

»Allein?«

»Natürlich allein, hm, das heißt, natürlich nicht allein. Ein Junge ist mitgefahren, wenn ich nicht irre, so ein sommersprossiger Windhund aus dem ›Excelsior‹. Wie hieß er doch gleich …?«

»Hal Mervin?«, half Sun dem schwachen Gedächtnis nach.

Belmore schlug sich dramatisch gegen die Stirn.

»Richtig – selbstverständlich. Hal Mervin hieß er. Ein kleiner Pfiffikus, wenn ich nicht irre. Benahm sich wie eine verrückte Gardedame, gerade als ob er über die Sicherheit der Miss zu wachen hätte. Wenn ich das Kerlchen erwische, hau ich ihm die Jacke voll.«

»Warum denn?«, erkundigte sich Sun mit Anteilnahme.

Der kleine Generaldirektor blies sich in eine förmliche Erregung hinein.

»Denken Sie sich«, fuchtelte er mit seinen kurzen Armen, »während ich am Flugzeug stehe und mich noch mit Miss Martini unterhalte, hängt sich der Lausejunge zum Kabinenfenster heraus und steckt mir heimlich eine lange Nadel auf meinen Zylinderhut. Das hätte doch zu einer Schädelverletzung führen können, wenn ich nicht irre. Aber nicht genug damit. An der Nadel hing eine lange Wurstpelle, jawohl, ein ganz gewöhnliches Stück geringelte Schale von einer ganz gewöhnlichen Wurst. Nun stellen Sie sich vor: Das Flugzeug fährt ab, ich stehe da, winke gewissermaßen mit Tränen in den Augen, wanke dann schmerzerfüllt in mein Büro, und rings um mich wird alles feuerrot im Gesicht, beißt sich in die Lippen und platzt bald vor Lachen. Und erst wie dann meine sämtlichen Leute wie die Wilden aufjohlen, da erfahre ich, was los ist. Hängt da von meinem schönen Hut eine ganz gemeine Wurstschale herunter. Machen Sie sich ein Bild, malen Sie sich das aus. Das ist doch grober Unfug, wenn ich nicht irre.«

Sun musste lächeln, und sein schwarzer Diener Nimba schnitt fürchterliche Grimassen. Dann legte er dem entrüsteten Direktor tröstend die Hand auf die Schulter.

»Fassen Sie es als Scherz auf, Mr. Belmore. Es gibt ärgere Dinge, als eine Wurstschale am unrechten Ort.«

Belmore sah ihn misstrauisch, aber erheblich beruhigter an.

»So – meinen Sie wirklich? Na, meinetwegen. Aber nun habe ich darüber fast Ihre Angelegenheit vergessen. Was gedenken Sie zu tun?«

»Miss Martini folgen«, erwiderte Sun kurz.

Der Generaldirektor nahm ihn kameradschaftlich beim Arm.

»Geben Sie Acht, ich mache Ihnen einen Vorschlag zur Güte. Erstens werden wir jetzt mal ein Frühstück genehmigen. Kommen Sie. Zweitens dachte ich mir Folgendes …«

Sun und Nimba schritten mit Belmore in dessen Räume hinauf.

»Also hören Sie«, setzte Belmore, der auf dem Wege immer wieder unterbrochen worden war, zum fünften und letzten Male an, als sie oben in seinem Wohnzimmer Platz genommen hatten, »wenn alles gut gegangen ist, befindet sich die Miss augenblicklich bereits auf Yukatan. Wie sie mir sagte, wollte sie zuerst wieder in Merida landen. Dazu habe ich ihr auch dringend geraten, da sie ihren Treibstoffvorrat erneuern muss. Viel ist ja dort nicht los mit dem Flugplatz, aber eine Tankstelle ist schon vorhanden.«

»Wir kennen sie.«

»Na also. Die Sache ist nun einfach die, dass ich gleich nach der Abreise der Miss Merida verständigt habe, damit man dort auf ihre Ankunft vorbereitet ist und sich ihrer annimmt.«

»Hm.«

Belmore blickte überrascht in das düster gewordene Antlitz seines Gastes und erkundigte sich erstaunt:

»Was heißt hier hm? War das nicht eine ganz gute Idee von mir?«

Sun schüttelte den Kopf.

»Ich fürchte nein. Sie können allerdings nicht wissen, dass der Verwalter der Tankstelle ein Mexikaner ist und in den Diensten des Mannes steht, der Miss Martini gern in seine Gewalt bringen möchte. Ihre Anmeldung wird Garcia alle Vorbereitungen ermöglicht haben, um die Miss abzufangen.«

»Verdammt«, knurrte der Generaldirektor bestürzt, »da habe ich allerdings eine Dummheit gemacht, wenn ich nicht irre. Nun bin ich bloß neugierig, wie mein Telegramm von heute beantwortet wird.«

»Sie haben wieder nach Merida telegraphiert?«

»Freilich«, gestand Belmore mit gedrückter Miene. »Ich habe angefragt, ob die Miss eingetroffen ist, und Anweisung gegeben, sie aufzuhalten.«

Sun reichte ihm die Hand.

»Ihre väterliche Fürsorge ist nicht hoch genug anzuerkennen, Mr. Belmore. Ich halte diese Anfrage für einen glücklichen Gedanken.«

»Meinen Sie wirklich?«, vergewisserte sich der andere mit hellerer Miene. »Hoffentlich hat es seinen Zweck erreicht. Die Antwort muss doch übrigens bald eintreffen.«

»Ja«, sagte Sun nachdenklich, »hoffentlich hat man aus Ihrem Telegramm ersehen, dass Miss Martini nicht schutzlos ist, und lässt sie unbehelligt. Trotzdem – ich fürchte alles, wenn Garcia im Spiel ist.«

Der Diener fuhr ein Tischchen mit Erfrischungen herein. Belmore gewann seinen alten, aufgeräumten Ton wieder, als er die guten Happen sah, und nötigte eifrig zum Frühstück.

Eine Viertelstunde später wurde das Überseetelegramm telefonisch übermittelt. Belmore nahm mit kauenden Backen den Hörer ab, doch schon nach den ersten Worten vergaßen seine Kinnbacken die Bewegung, und sein gesundes, stets lebhaft gerötetes Gesicht wurde blass. Sun sprang auf. Sein Herz war voller trüber Ahnungen.

»Was ist?«

Belmore hängte mit zitternder Hand ab und stammelte unsicher:

»Miss Martini – sie muss gleich weitergeflogen sein – ja, natürlich, – das dumme Mädchen – sie ist gleich weitergeflogen – hat noch genug Brennstoff gehabt. So ist sie – bestimmt –«

Sun sah ihn fest an.

»Wollen Sie mir nicht sagen, was Merida mitteilt?«

Der Generaldirektor wischte sich den kalten Schweiß von der Stirn und beeilte sich hastig zu versichern:

»Gewiss, natürlich, leider nützt es uns nicht mehr viel. Die Miss ist weitergeflogen und befindet sich jetzt vermutlich in der Ruinenstadt. Dumm, aber nicht zu ändern.«

»Warum wollen Sie mir nicht den Inhalt des Telegramms mitteilen? Bitte, den Wortlaut.«

Belmore fuhr sich mit dem Finger zwischen Hals und Kragen und räusperte sich wiederholt. Schließlich knurrte er:

»Hm, die Schafsköpfe in Merida haben natürlich wieder geschlafen und sich die Ohren nicht gewaschen. Sie geben folgenden Bescheid: ›Miss Martini ist hier nicht gelandet stopp weder hier noch in der Umgebung ist ein Flugzeug gesichtet worden stopp Unterschrift.‹ – Schade, die Miss hat also Merida schon passiert …«

Sun wandte sich mit jäher Bewegung an den Neger, der mit sorgenvoll gerunzelter Stirn auf Belmore starrte.

»Nimba?«

»Herr?«

»Flugzeug fertig machen für Übersee. Ich komme nach.«

Der Neger verschwand sofort.

»Sie erlauben?« Ohne das Nicken des Generaldirektors abzuwarten, griff Sun zum Apparat, innerhalb weniger Minuten hatte er bei den verschiedensten Firmen Bestellungen aufgegeben, die alle auf Minuten befristet waren. Erst dann wandte er sich wieder an Belmore, der mit ungewisser Miene an seinem Platz stehen geblieben war.

»Sie meinen es gut, Mr. Belmore, aber wir wollen uns lieber keiner Täuschung hingeben. Das Telegramm besagt mit dürren Worten weiter nichts, als dass die Ozeanüberquerung nicht gelungen ist. Miss Martini hat Yukatan überhaupt nicht erreicht.«

»Meine Ahnung!«, stöhnte der kleine Mann auf. »Es hat ein Unglück gegeben.«

»Ein Maschinenschaden kann Miss Martini zur Landung gezwungen haben, vielleicht auch ein Unwetter. Was für ein Flugzeug flog sie?«

»Das gleiche Modell wie das Ihre, nagelneu und völlig zuverlässig.«

»Sender eingebaut?«

»Jawohl, Kurzwellensender.«

Sun blickte nachdenklich auf die große Weltkarte an der Wand, auf der unzählige Fluglinien eingetragen waren.

»Er ist nicht betätigt worden?«

Belmore hustete und antwortete rau: »Allerdings nicht, sonst wüsste ich es.« Das Gesicht des Mannes wurde immer starrer. »Das kann – den Tod bedeuten.« Der Generaldirektor raffte sich zusammen. »Wo denken Sie hin? Nur nicht gleich so schwarz sehen. Kann ganz harmlos sein. Haben Sie eine Ahnung, wie empfindlich die Dinger sind. Eine stärkere Erschütterung – schon sind sie weg. Ein Kabel kann sich lösen, eine Lampe durchbrennen, ein Kontakt klemmen und was weiß ich alles. Und eine Frau findet sich doch nicht so zurecht! Ganz harmlos wird das sein, hat nichts zu sagen. Nur nicht den Mut verlieren.«

»Schon gut«, wehrte Sun leicht ab, »unsere Vermutungen ändern zunächst nichts. Auf jeden Fall ist anzunehmen, dass Miss Martini mit dem Flugzeug hilflos auf dem Ozean treibt.«

»Sie wollen sie suchen?«

»Selbstverständlich. Wollte sie geraden Kurs nehmen?«

»Ja, sehen Sie hier. Auf dieser Linie muss sie sich befinden, wenn sie nicht abgetrieben wurde.«

»Oder wenn sie nicht …« Sun brach ab. Belmore widersprach übermäßig stark.

»Sie nehmen doch nicht etwa an, dass sie ertrunken sein könnte? Aber, – Sie kennen doch unsere Maschinen. Das ganze Flugzeug kann ein Trümmerhaufen sein, und es wird doch nicht versacken, so lange die Schwimmer noch leidlich in Ordnung sind. Sie halten schon ein paar Wochen auf dem Wasser aus. Sie wissen doch auch, wie schnell sie abgenommen sind, selbst auf dem Wasser, und dann als Boot benutzt werden können? Nee, da machen Sie sich man keine Sorge.«

Sun reichte ihm abschiednehmend die Hand.

»Leben Sie wohl, Mr. Belmore. Ich muss mich um das Flugzeug kümmern.«

»Was denn, was denn«, wehrte Belmore ab, »ich komme doch selbstverständlich mit hinunter. Nach Ihnen. Also wie gesagt, fürchten Sie nicht gleich das Schlimmste …«

Sun verhielt noch einmal seinen Schritt und sagte leise:

»Das Schlimmste? Ich dachte vorhin nicht an die Möglichkeit des Ertrinkens, eben weil ich die Seetüchtigkeit des Flugzeugs kenne.«

»Sondern?«, fragte Belmore überrascht.

»Haben Sie nicht daran gedacht, dass das Telegramm auch falsch sein könnte?«

Dem Generaldirektor blieb der Mund offen stehen.

»Was?? Sie meinen, dass ein anderer …«

Sun schüttelte den Kopf.

»Ich zweifle nicht daran, dass das Telegramm vom Verwalter der Tankstelle in Merida beantwortet wurde, ich weiß nur nicht, ob dieser Mann die Wahrheit funkte. Er ist ein Helfer Garcias. Wie nun, wenn Miss Martini wirklich landete und gefangen genommen wurde? Gibt es ein besseres Mittel, um das zu vertuschen, als die Behauptung, die Miss habe das Festland überhaupt nicht erreicht?«

Belmore packte ihn erregt am Arm.

»Das wäre …? Diese schuftigen Kerle. Zuzutrauen ist ihnen alles. Teufel noch mal!«

*

Meer und Himmel – Himmel und Meer.

Mit einer Geschwindigkeit von achthundert Stundenkilometern raste das Flugzeug in rund tausend Meter Höhe über den Ozean.

Unten pflügte ein Dampfer die Wogen – ein Spielzeug. In Minuten lag es weit zurück.

Sun wandte sich um.

»Nimba, gib Belmore Nachricht. Dann kannst du etwas Essen zubereiten.«

»Jawohl, Herr.«

Der Neger trat an den Kurzwellensender, schaltete. Dann stülpte er die Hörer übers Ohr.

»Achtung, Achtung! Hier Flugzeug ›Atlantis‹!«

»Aero-Werke, London«, meldete sich leise der Radiomann Belmores.

»Wir hören.«

»Flugzeug ›Atlantis‹ alles wohl. Das Wetter ist klar, das Meer ruhig. Wir befinden uns jetzt …«

»Nimba!« Sun schrie es gellend auf, der Neger fuhr herum …

Fünfhundert Meter unter ihnen öffnete sich das Meer zu einem feuerspeienden Höllenrachen. Die Maschine stellte unter Suns Ruck nach oben, aber schon wurde sie von einer Riesenfaust gepackt, nach unten gerissen, dann nach oben …

Nimbas Körper schmetterte gegen die Wand.

Rasender Wirbel – oben, unten – schmetterndes Krachen – die Faust zermalmte …

Das Bewusstsein der beiden Männer versank in eine endlose Tiefe …

Wie ein Papierfetzen tanzte die Maschine durch die Luft, haltlos, hilflos, Spielball eines furchtbaren Naturereignisses.

Auf und nieder, im Kreis herum, zehnmal, zwanzigmal – ein irrsinniger Reigen … Dann holte die Riesenfaust aus …

*

Zehn Minuten später im Arbeitszimmer des Generaldirektors der Aero-Werke, London.

Belmore ließ sich leichenblass auf den Sessel zurückfallen, aus dem ihn die Nachricht hochgerissen hatte.

»Das – ist doch nicht möglich?«, ächzte er mit versagender Stimme. In seinen Augen stand das Entsetzen.

Der Radiomann hob die Schultern, als wolle er alle Schuld von sich abwälzen.

»Tja, Mr. Belmore, ich kann nur wiederholen, was ich hörte. Das Flugzeug rief mich an, und ich habe wie immer nachstenographiert, was gesprochen wurde. Hier ist der Zettel.«

Belmore hielt ihn dicht an seine Augen.

»Flugzeug ›Atlantis‹ – alles wohl – das Wetter ist klar – das Meer ruhig – wir befinden uns jetzt – Nimba – Herr – Hil… unbestimmte Geräusche.«

Der Angestellte wies mit dem Finger.

»Dieses Wort ›Nimba‹ wurde von einer anderen Stimme gesprochen. Es klang wie – in Todesnot; ebenso das nächste.«

Belmore bemühte sich vergeblich, seines Unterkiefers Herr zu werden.

»Und die unbestimmten Geräusche?«

»Wie ich schon sagte, Herr Generaldirektor, als ob die Hölle los wäre. Ähnliches habe ich während des Krieges erlebt, als ich mit einem anderen Flugzeug zusammenstieß. Sie wissen, ich war Kampfflieger und habe mir bei der Gelegenheit meine Knochen …«

»Es ist gut«, unterbrach Belmore mit müder Stimme. »Sie können gehen. Halten Sie die Welle weiter unter Beobachtung.«

»Jawohl, Herr Generaldirektor.«

Der Mann verschwand und ließ einen wahrhaft bekümmerten Belmore zurück. Bei aller geschäftstüchtigen Kühle – dieser Jüngling, den eine gütige Natur so vollkommen begnadet hatte, stand ihm als Mensch nahe, und sein tragisches Ende erschütterte ihn.

2.

Eine Windhose über dem Atlantik.

Ein riesiger Wassertrichter, dessen Spitze auf dem Meer steht und dessen oberster Rand sich mehrere hundert Meter darüber befindet, rast über den Ozean. Über dem Trichter aber wirbelt bis in zehn Kilometer Höhe ein Kreisel quirlender Luftmassen um die jagende Achse herum.

Was ist das für ein dunkler Gegenstand, der dort in irrsinnigen Spiralen mit herumgetrieben wird? Ein welkes Blatt, ein Fetzen Papier?

Ein Flugzeug ist es. Die Tragflächen sind abgerissen, der Rumpf ist zerknickt, gequetscht, vom Rumpf blieb nur ein Stumpf, der Motor schweigt schon lange.

Hundert, zweihundert Kilometer donnert der Wirbel, dann ist seine Kraft gebrochen. Er fällt zusammen, gibt das Flugzeug frei.

Wie der Papierflieger eines Kindes stürzt es nieder. Die Kraft des Armes wirft ihn vorwärts und nach oben, dann quirlt es einen Meter herunter, schwebt plötzlich im Gleitflug auf seinen Tragflächen, stürzt wieder senkrecht, gleitet von Neuem, stürzt und gleitet, bis es in der Gosse zur Ruhe kommt.

So wurde auch der Sturz dieses Flugzeugs aus mehr als 6000 Metern Höhe wiederholt durch lange Gleitflüge unterbrochen und abgeschwächt, obgleich es keine Tragflächen mehr besaß. Aber die langen, offenen Röhren an seinem Rumpf waren zum Teil noch unbeschädigt, und ihre Düsenwirkung zwang das hilflose Wrack immer wieder in den Gleitflug hinein.

Atempausen des Todes waren diese Minuten des Schwebens – mehr nicht. Die Maschine war nicht mehr flugfähig, der Motor würde nie mehr arbeiten, die Schwimmer waren abgerissen. Und von unten her blinzelte in tückischer Behaglichkeit der unendliche Ozean, in den das Menschending wie ein Stein hinein versinken musste.

Auf dem Steuersitz hockte Sun Koh. Seine Hände umklammerten wie Schraubstöcke die Metallstreben, die zum Glück dem irren Wirbel standgehalten hatten. Sein Gesicht war voller Blut, das aus einer Stirnwunde floss. Der jähe Stoß hatte seinen Kopf gegen die Apparate geschmettert, hatte ihn für Minuten betäubt. Aber selbst da hatten seine Hände nicht losgelassen. Wie auch immer der Wirbel die Maschine herumtaumeln ließ – sein Körper blieb mit dem Sitz eng verschmolzen, seine zähe Kraft bewahrte ihn davor, wie ein Spielball von Wand zu Wand geschmettert zu werden.

Nimba war es schlechter ergangen. Ihn hatte der erste Stoß im Stehen getroffen. Als Sun aus seiner Betäubung erwachte, fand er den Neger halb zusammengerollt dicht neben seinen Füßen. Nimba war ohne Bewusstsein, in der nächsten Sekunde würde er wieder hilflos an das andere Ende schmettern. Davor bewahrte ihn sein Herr. Er umklammerte den schweren Körper mit seinen Beinen und ließ ihn nicht wieder los, so ungeheure Anstrengung das auch erforderte.

Und nun ging es zum ersten Male in den Gleitflug hinein. Sun löste Hände und Beine, die schon im Krampf schmerzhaft erstarrt waren. Ein kurzer Umblick sagte ihm genug. Das Flugzeug war nicht mehr gebrauchsfähig. Ein Wunder, dass der Rumpf nicht vollends abgeknickt war. Der Motor sprang natürlich nicht an.

Sturz – die Klammern der Glieder schlossen sich rechtzeitig.

Schweben. Suns Sorge galt jetzt dem Diener. Mit sicheren Griffen tastete er den Körper ab.

Arme und Beine waren nicht gebrochen. Prellungen, Fleischwunden und Schürfungen, vielleicht auch innere Verletzungen.

Sturz – Gleitflug – Sturz – Gleitflug –.

Kaum noch zweihundert Meter über dem Ozean. Sun sprang auf. Er durfte nicht hier drin bleiben. Wenn sie so ins Meer stürzten, dann gab es keine Befreiung mehr, dann versanken sie einfach. Die Tür? Sie ließ sich nicht mehr öffnen. Klirr, die Scheiben vollends hinaus. Zur Not konnte man schon zwei menschliche Körper hindurchzwängen.

Sturz und wieder Gleitflug, der letzte, denn nun rollten die grünen Wogen kaum mehr als dreißig Meter weiter unten. Und das Gleiten würde diesmal sehr kurz sein.

Sun hob den Neger hoch, steckte dessen Beine durch die Öffnung hinaus, schob den Körper nach, ein Blick und ein Schwung, um den Splitterresten der Tragflächen zu entgehen – Nimbas Körper schoss in die Tiefe.

Schon taumelte das Flugzeug wieder. Höchste Eile. Die Hände lagen am Rahmen, ein Zug – Suns Körper hechtete hinab.

Während das Flugzeug plump aufklatschend versackte, schoss Sun bereits wieder schmal und schnell wie ein Fisch hoch und schwamm mit mächtigen Stößen der Stelle zu, an der sich Nimba befinden musste.

Dort wurde es aber schon lebendig. Pustend, schnaufend und spuckend entleerte Nimba seine Atemwege von dem eingedrungenen Wasser, und als Sun herankam, hatte er auch seine Sprache wiedergefunden.

»Herr, wie komme ich denn hier hinein?«, schrie er und ließ seine rollenden Augen über das endlose Wasser gehen.

»Hineingeworfen habe ich dich«, rief Sun voller Erleichterung zurück. »Ein Wirbelsturm hat uns mitgenommen, das Flugzeug ist weg. Wie fühlst du dich? Schmerzen?«

»Pah«, schniebte Nimba, »mich juckt's überall, aber entzwei scheint nichts zu sein. Ist's recht weit bis zur Küste?«

Sun vermied es, die Frage zu beantworten.

»Komm, schwimmen wir in dieser Richtung. Mir war, als ob ich beim Absprung ein Schiff gesehen hätte. Kraft sparen!«

Sie schwammen nebeneinander her, in gleichmäßigen, sicheren Stößen. Das Meer rollte in langen, flachen Wogen, trug sie leicht. Ihre Kräfte waren noch verhältnismäßig frisch.

Eine Stunde verging.

Sun schwamm wie in der ersten Minute, aber Nimbas Atem ging bereits scharf und stechend. Und ringsum nichts als Wasser. Das Land war vielleicht Hunderte oder Tausende von Kilometern entfernt. Ein hoffnungsloser Kampf. Die einzige Aussicht war ein Schiff. Sun glaubte es gesehen zu haben. Aber war es nicht doch eine Täuschung gewesen? Und wenn nicht, dann konnte es schon längst in unbekannter Richtung davon sein.

Nimbas Glieder waren Blei, seine Schwimmstöße kamen mühsam und erschöpft. Die Lunge keuchte, und die Augen schlossen sich blind unter dem Salzwasser. Ein anderer hätte schon längst aufgegeben, aber dieser Neger war stark wie ein Riese und zäh wie eine Katze. Er war es gewöhnt, das Letzte aus sich herauszuholen, und er tat es auch jetzt mit verbissener Willenskraft und in einer Art kindlichen Vertrauens auf seinen Herrn, der unermüdlich neben ihm einem unbekannten Ziel zueilte. Sie schwammen um ihr Leben, und Suns Blicke gingen besorgt von dem keuchenden Neger über die Wasserwüste.

Die zweite Stunde.

»Herr, ich kann nicht mehr«, stöhnte Nimba auf.

Sun ließ den Körper aus dem Wasser herausschießen. Da, war das nicht ein dunkler Gegenstand am Horizont, ein Schiff?

»Ein Schiff vor uns, Nimba, durchhalten!«

»Ich kann nicht mehr. Lassen Sie mich hier, Herr!«

Sun schwamm an den Neger heran, drehte den völlig erschöpften Körper herum und umklammerte ihn mit seinem linken Arm.

»Unsinn, Nimba. Wir schaffen es beide. Ruh dich jetzt aus.«

Mit erlöstem Seufzer ließ sich der schwere Riese tragen. Sun hatte nur die eine Hand frei, aber er schwamm weiter vorwärts. Es war erstaunlich, welche Kräfte in dieser schlanken Gestalt steckten.

Eine Viertelstunde verging.

Nimba schwamm wieder selbst, nachdem er sich genügend erholt hatte. Fünfhundert Meter vor ihnen ragte der schwarze Rumpf eines kleinen Dampfers aus den Fluten, offensichtlich eines Lastfahrzeugs.

Sie waren gerettet.

Vorläufig schien man sie allerdings noch nicht bemerkt zu haben. Auch als Sun einen lauten Ruf ausstieß, rührte sich nichts. Es rührte sich überhaupt wenig auf diesem Schiff. Schon eine ganze Weile war es Sun aufgefallen, dass es nicht fuhr, sondern an der gleichen Stelle blieb. Das war immerhin merkwürdig. Hier mitten im Ozean ein Schiff vor Anker? Hier, wo das Meer Hunderte oder Tausende von Metern tief war?

Hatte das Schiff Maschinendefekt? Aus dem Schornstein kam nicht eine Spur von Rauch.

Und wo war die Besatzung? Das Schiff wirkte auffallend unbelebt. Und doch – da war jetzt plötzlich ein Mann. Je näher die beiden Schwimmer dem Schiff kamen, umso deutlicher sahen sie, dass dort an der Reling neben dem Fallreep ein Matrose lag. Lang auf dem Bauche ausgestreckt hatte er das Kinn auf seine ausgebreiteten Arme gestützt und starrte grinsend in die Fluten hinunter. Sonst verriet er mit keiner Bewegung, dass er die Hilfebedürftigen gesehen hatte und gab sich auch nicht den Anschein, als ob er von ihnen Kenntnis nehmen wollte.

»Hallo!«, schrie Sun hinauf. »Ihr schlaft wohl?« Der Mann rührte sich nicht. Das schien ja ein menschenfreundlicher Kahn zu sein.

Kurz entschlossen zog sich Sun auf die unterste Stufe des etwas wackligen Fallreeps hinauf und half dem wieder stark erschöpften Nimba aus dem Meer heraus. Dann stiegen die beiden hintereinander nach oben.

»Hallo!«, meldete sich Sun zum zweiten Male, »was ist denn?«

Zwei schnelle Schritte, dann stand er neben dem behaglich ruhenden Matrosen, beugte sich nieder …

Der Mann war tot …

Sun wendete den schon in Verwesung übergegangenen Körper um. Das Gesicht war wie im Schmerz verzerrt, und das hatte von unten wie ein Grinsen gewirkt. In den Mundwinkeln stand trockenes Blut.

Nimba hielt sich schwankend an der Reling. Er fröstelte, seine Zähne klapperten.

»Es ist unheimlich hier, Herr.«

Sun schüttelte zwar den Kopf, denn ganz so Unrecht hatte der Neger nicht. Unheimlich wirkte vor allem die Stille über dem Schiff. Entweder hatte die Besatzung es verlassen oder sie war tot. Und doch schien der Dampfer noch seetüchtig zu sein. Er war weder sonderlich alt noch morsch. Er hatte offenbar in der letzten Zeit einen Sturm überstanden, doch schien dieser auch keine schweren Beschädigungen hervorgerufen zu haben.

Die beiden Männer berieten sich kurz, dann begannen sie planmäßig das Schiff zu durchsuchen.

Sie fanden es leer, von Menschen völlig verlassen. Das war die wichtigste Feststellung, die sie machten. Die Boote waren verschwunden. Der Aufbruch musste in Hast erfolgt sein, darauf deuteten verschiedene Anzeichen hin. Die Maschinen waren kalt, im Maschinenraum stand Wasser. Zu steigen schien es nicht mehr.

Rätselhaft! Wie konnte der Dampfer hier auf offener See leck werden, warum waren die Leute so überstürzt geflohen? Warum gerade aber dieser eine Mann nicht?

In der Kajüte des Kapitäns fanden sie die Lösung, allerdings erst geraume Zeit später. Zuvor wurden sie den grimmigen Notsignalen ihrer Körper gerecht. Nimba, dessen Spürsinn durch seinen Wolfshunger erheblich geschärft wurde, entdeckte genügend Lebensmittel, um eine ganze Mannschaft zu sättigen. Im Handumdrehen wurde er zum Koch. Heißer Tee, Konserven und Zwiebäcke genügten fürs Erste. Dann ging der Neger an die Zubereitung einer anständigen Mahlzeit. Sun aber suchte die Kapitänskajüte auf.

Unter dem Waschtisch fand er zwei Bücher. Sie waren heruntergefallen oder heruntergezerrt, denn ihre Blätter waren zerdrückt, eingeschlagen und schmutzig.

Das größere Buch war das Logbuch des Dampfers ›Sven Köping‹. Sun las die Eintragungen der letzten Fahrt. Das Schiff war mit sechsundzwanzig

Mann Besatzung von Oslo ausgelaufen, Ziel Quebec, Ladung Stückgüter. Tag für Tag hatte sich bei ruhigster See nichts Wesentliches ereignet. Aber dann kam die letzte Eintragung. Sie war offensichtlich in höchster Eile eingekritzelt:

»46 Grad westl. Länge, 47 Grad nördl. Breite. Wir müssen das Schiff verlassen, da ein Sturm heraufzieht. Die Mannschaft ist bereits in den Booten. Möglicherweise explodieren die Kessel. Vor einer Stunde liefen wir auf eine Untiefe, ein Riff. Der Kielraum ist aufgerissen, das Schiff sitzt fest. Das Wasser dringt in die Kesselräume, die Heizer konnten die Feuer nicht mehr löschen. Jede Minute kann die Explosion erfolgen. Vielleicht kehren wir zurück, wenn es nicht das Schiff zerreißt, sonst werden wir versuchen, die Küste zu erreichen. Man wird uns nicht glauben, dass wir aufgelaufen sind. Nach der Karte ist das Meer hier vierhundert Meter tief. Gott sei uns gnädig.

Kapitän C. Farlan.«

Die Unterschrift war kaum leserlich, die Angabe der Meerestiefe dick unterstrichen. Ein Stück unter dieser Eintragung stand noch eine weitere von einer anderen Hand. In kraftlos zittrigen, großen Kinderbuchstaben stand dort aufgemalt:

»Wären wir geblieben – die Boote sind verloren – alles ertrunken – mich hat der Sturm zurückgeworfen – Lunge zerquetscht – bin am Ende – –«

Ein Ansatz zu einer Unterschrift und Blutflecken schlossen die Tragödie. Der Mann hatte sich nach einem Anfall hinaus an die Reling geschleppt, vielleicht in der Hoffnung, ein fremdes Schiff zu erspähen.

Um dem Tode durch die platzenden Kessel zu entgehen, war die Mannschaft geflüchtet und war gerade dadurch in den Tod gerannt, während das Schiff heil blieb.

Nachdenklich nahm Sun das zweite Buch zur Hand. Ein nautisches Nachschlagewerk, das anscheinend noch vor Kurzem benutzt worden war. Es hatte aufgeblättert unten gelegen, die eine Seite war beschmutzt, am Rande mit einem starken Bleistiftstrich und mit einem großen Fragezeichen versehen. Was hatte der Kapitän in der Aufregung der blitzschnell eingetretenen Katastrophe nachsehen wollen? Sun las die angestrichene Stelle:

»Diese Untersuchungen und Messungen haben ergeben, dass auf dem Grunde des Atlantischen Ozeans zwischen der alten und der neuen Welt ein lang gestreckter Höhenrücken liegt, der sich wie eine Schlange aus der Gegend von Grönland, mit dem er in Zusammenhang steht, quer durch den Ozean herab bis zur Südspitze Amerikas zieht, bis er in der Gegend der Insel Tristan da Cunha langsam verflacht und ausläuft. Dieses Gebirge, die atlantische Schwelle, das ungefähr parallel zu den Anden und dem nordamerikanischen Felsengebirge läuft, kann man als Rückgrat und Mittelpunkt der versunkenen Atlantis bezeichnen. Als höchste Punkte dieses Bergrückens ragen heute noch die Azoren, dann zwischen Südamerika und Afrika die Inseln St. Paul, Ascension und Tristan da Cunha einsam aus dem Meere empor; außerdem steigt außerhalb dieses Bergrückens noch bei Fernando de Noronha, Trinidad und St. Helena Land über die Meeresfläche. Der nördliche Teil zieht sich vom arktischen Plateau bis auf die Küste Südamerikas hin. Es wird nach dem Vermessungsschiff Delphin-Rücken genannt. An der Küste Brasiliens biegt er plötzlich in südöstlicher Richtung parallel zur afrika-nischen Küste ab, um dann von der Insel Ascension an als Challenger-Plateau seine ursprüngliche Richtung wieder aufzunehmen. Madeira, die Kanaren und die Kapverdischen Inseln sind durch ein tiefes Tal von dem Höhenrücken getrennt. Die tiefsten Lotungen ergaben drei Punkte, von 5760, 5850 und 6300 Metern, während der Höhenrücken durchschnittlich nur 1800 – 2600 Meter unter dem Meeresspiegel liegt.«

Hier war das Fragezeichen. Man konnte sich vorstellen, wie der schwer getroffene Kapitän beim Lesen dieser Zahlen das Buch mit einem Fluch an die Wand warf. Die Zahlen – und er saß mit seinem flachen Kahn hier fest.

Suns Augen gingen unwillkürlich über den folgenden Absatz, der den Schluss des geologischen Kapitels bildete:

»Täler, Hügel, Berge und Ebenen wechseln in buntem Reigen auf dem Grunde des Meeres, woraus sich die unumstößliche Tatsache ergibt, dass dieser Teil des Meeresbodens einmal trockenes Land gewesen sein muss. Teile des Bergrückens können freilich durch submarine Hebungen entstanden sein, die ja auch hohe Berge und vulkanische Inseln emporzuholen imstande sind, aber diese Annahme lässt sich doch nicht für alle Erhebungen des Gebirgszugs festhalten. Man fand z. B. 200 Meilen nördlich der Azoren in einer mittleren Tiefe von 3000 Metern zerklüfteten Meeresboden aus glasartiger, basaltiger Lava vor. Französische Geologen unterzogen diese Funde einer genauen Untersuchung und Professor Ternier vom Ozeanographischen Institut in Paris stellte fest, dass ein derartiges vulkanisches Gestein sich nur bei sehr schneller Erkaltung an der Oberfläche unter dem Einfluss der Atmosphäre bilden kann, aber nicht auf dem Meeresboden unter dem Druck einer Wassersäule von 3000 Metern Höhe. Wäre dies überhaupt möglich, was aber ausgeschlossen ist, so hätte sich die Lava unter dem Druck des Wassers flächenartig ausgebreitet, niemals aber zerklüftete Gebirgsbildungen hervorrufen können. Diese Tatsache ist also ein gewichtiger Beweis für die Existenz eines atlantischen Kontinents.«

Sun klappte das Buch säuberlich zusammen. Das sagenhafte Atlantis nahm schon recht greifbare Formen an.

*

Die Tage vergingen.

Der Tote war schon lange der See übergeben worden, die Schrammen und Schürfungen der beiden Männer heilten aus. Lebensmittel gab es genug an Bord, sodass die Tage ohne Not vergingen. Solange das Wetter schön blieb, war alles in Ordnung. Fraglich schien nur, ob das Schiff einen Sturm überleben würde.

Sun war noch am ersten Tage hinabgetaucht. Seine Untersuchungen hatten die Angabe des Kapitäns bestätigt. Das Schiff saß auf Grund, obwohl die Karten hier keine Untiefen verzeichneten. Befand sich der Boden des Meeres in Bewegung?

Boote waren nicht mehr vorhanden, aber die beiden Männer machten sich unverzüglich daran, ein Floß zu bauen. Hier konnten sie nicht ewig bleiben. Das Schiff bot genügend Holz, auch Segeltuch fand sich ausreichend. Wenn ihnen das Glück günstig war, so würde sie der gleichmäßig wehende Passatwind an die Küste Amerikas treiben.

Das Floß war fast fertig, als die Rettung von anderer Seite kam. Als sie eines Morgens aus der Kajüte traten, sahen sie in geringer Entfernung ein fremdes Schiff. Ihre Notsignale wurden bemerkt, ein Boot stieß drüben ab, und nicht viel später standen sie auf dem Deck des anderen Fahrzeugs und schüttelten dem Kapitän die Hand.

Sie wurden an Bord des kleinen Frachters, der nach Halifax fuhr, sehr freundlich aufgenommen. Trotzdem zählte Sun Koh ungeduldig die Tage, bis das Schiff endlich im Hafen einlief.

Gut zwei Wochen waren einfach verloren. Wenn Joan Martini über den Ozean hinweggekommen war und sich in der Gewalt Garcias befand, so wartete sie jetzt schon wochenlang auf Hilfe.

Ja, sie wartete. Irgendwo in Sun Koh saß winzig, aber stark eine Hoffnung. Joan Martini musste noch am Leben sein. Auf jeden Fall war er entschlossen, nichts zu versäumen, um ihr Schicksal zu klären.

Endlich Halifax.

Einen Tag nach der Landung flog Sun Koh mit dem fälligen Verkehrsflugzeug nach dem Festland, nach Süden und nach New York. Dort kaufte er ein Flugzeug, um schnellstens nach Yukatan zu kommen. Er ließ sich gerade so viel Zeit, um einige notwendige Besorgungen zu erledigen und funk-telegraphisch die nötigen Mittel anzufordern.

Als er mit Nimba zum Flugplatz zurückkehrte, wurde seine Maschine eben auf das Rollfeld hinausgeschoben. Unweit von ihr stand ein anderes Flugzeug, das kurz vorher gelandet und herangerollt war. An diesem erhob sich plötzlich ein Lärm, der Sun Koh veranlasste, stehen zu bleiben.

»Lausejunge!«, schrie eine kräftige Stimme, »ich werde dir eintränken, bei mir blinder Passagier zu spielen. Da wundere ich mich während der ganzen Fahrt, dass das Gleichgewicht nicht recht stimmen will, und dabei hast du deine dreckigen Knochen in den Gepäckkasten mit reingequetscht? Den Hosenboden müsste man dir versohlen. Einsperren werde ich dich lassen, drei Jahre wegen Verkehrsgefährdung!«

Das Opfer dieser Standpauke war ein vielleicht fünfzehnjähriger Junge mit sommersprossigem Gassenjungengesicht, rötlich angehauchtem Strubbelhaar und pfiffigen Augen, eine Großstadtpflanze, die bei aller Anständigkeit mit allen Wassern gewaschen ist, ein schlaues Bürschchen, das freilich jetzt unter der schüttelnden Faust des Piloten etwas zerzaust aussah und sich sicherlich nicht übermäßig wohl fühlte. Aber merken ließ er es sich nicht, im Gegenteil, als die Sturzflut nachließ, warf er sich sofort in die Brust und sagte mit würdevoller Überlegenheit:

»Regen Sie sich man nur nicht hinauf, mein Herr. Konnte ich ahnen, dass

Sie meiner Person so viel Bedeutung zulegen? Einem guten Piloten macht so ein Zentner mehr oder weniger gar nichts aus. Ich könnte Ihnen da eine Geschichte erzählen …«

»Da legst dich nieder«, stöhnte der Flieger halb zornig, halb lachend, »so viel Frechheit ist mir doch noch nicht vorgekommen.«

Nimba blickte neugierig hinüber. Er zwinkerte mit den Augen, sah ein zweites Mal hin und grunzte schließlich mit aufgeregtem Entzücken:

»Herr! Herr! Das ist doch die kleine Wanze, sehen Sie doch, ist das nicht …«

Sun nickte. »Hal Mervin?«

Schon eilte er mit Nimba auf den Fersen auf das andere Flugzeug zu. Der Junge wollte gerade zu einem neuen Satz ansetzen, als er die beiden sah. Er wischte sich über die Augen und schrie dann auf:

»Mr. Koh! Mr. Koh!«

Seine Würde ging nun doch erheblich in die Binsen. Es ist eine geschichtlich feststehende Tatsache, dass er Tränen in den Augen hatte, als er dem geliebten Helden seiner Träume fast in die Arme flog. Und so etwas ausgesprochen Weibliches darf doch eigentlich einem Mann wie Hal Mervin nicht passieren.

Sun fing den Jungen auf, den er als Hotelpage im ›Excelsior‹ in London kennengelernt hatte, als er selbst halbnackt in dieses Hotel eingedrungen war.

»Hal? Wie kommst du hierher? Wo ist Miss Martini?«

Hal schniefte heftig.

»Irgendwo im Westen, Herr. Neu-Mexiko, Arizona, Colorado oder Utah, wenn ich die Sache richtig verstanden habe.«

»Nicht in Yukatan?«

Nein, Herr. Man hat uns in Merida gefangen genommen. Sie wissen doch, dass Miss Martini mich von London aus im Flugzeug mitnahm. Sie ist von Merida aus verschleppt worden, ich natürlich auch. Aber in Mexiko habe ich ausreißen können, habe mich auf den Flugplatz geschlichen und mich dort in der Kiste versteckt.«

»Wie geht es Miss Martini?«

Hal zog die Augenbrauen hoch.

»Hm, den Umständen angemessen. Man hat uns anständig behandelt, aber ich glaube, es wäre gut, wenn sie Hilfe bekäme. Wissen Sie, zu wem sie gebracht werden soll?«

»Zu Garcia?«

»Jawohl. Wir haben ihn nicht gesehen, aber er hat da im Felsengebirge irgendwo eine Besitzung, und dort scheint er auf sie zu warten, oder wenigstens will er dort hinkommen.«

»Du weißt den Ort nicht?«

Der Junge wühlte in seinen Taschen herum.

»Ich bin nicht von hier, Herr, aber ich habe den Kerlen noch einen Plan geklaut – da, hier ist er schon.«

Sun betrachtete prüfend die verhältnismäßig rohe Zeichnung.

»Du hast Recht, es handelt sich um das Grenzgebiet der vier Staaten. Die Bezeichnungen müssen wir noch untersuchen. Canyon del Muerto – merkwürdig, ein Canyon der Toten? Na, lassen wir es für später. Nimba, wir fliegen nach Westen.«

»Jawohl, Herr«, strahlte der Neger.

»Hal, willst du mitkommen?«

»Selbstmurmelnd, Herr.«

Nimba schüttelte den Kopf.

»Das kleine Kerlchen, Herr. Soll ich ihn nicht lieber ins Kinderheim schaffen?«

»Untersteh dich, schwarzes Riesenbaby«, drohte Hal entrüstet.

Sun lächelte.

»Wenn ihr euch nicht vertragt, lasse ich euch alle beide hier.«

Sie sahen ihn erschrocken an, dann bückte sich der riesige Neger, der Junge henkelte sich ein und so zogen sie feierlich in betonter Eintracht zum Flugzeug.

Eine Viertelstunde später dröhnte der Motor sein eintöniges Lied, der metallene Vogel schoss nach Westen.

*

Drei Tage danach.

Der Aufstieg aus dem dreihundert Meter tiefen Canyon war ein mörderisches Stück Arbeit. Die Sonnenstrahlen brannten auf das glühheiße, rote Gestein und hüllten den kleinen Trupp in einen flirrenden, kochenden Mantel. Die Felswände stießen schroff und jäh, teilweise in mächtigen, senkrechten Platten zum Himmel. Der schmale Pfad wies in eigensinnigen Kurven nach oben. Mehr als zehn Meter sah man allerdings nie von ihm, der Rest verlor sich. Das war kein Pfad, sondern eine Kette zufälliger Kratzer in den Felsstürzen, ein schwindelerregendes, unsichtbares Band, auf dem der Vordermann mehr nach seinem Gedächtnis als nach seinem Auge entlang lief.

Man hatte natürlich nicht auf den Pferden sitzen bleiben können. Sie wurden am Zügel nachgeführt. Der Aufstieg fiel ihnen leichter als den Männern. Ihre Hufe klapperten mit unfehlbarer Sicherheit nieder, und selbst der feurige, sonst leicht unruhige Falbe trottete mit stillem Bedacht, als könne ihn nichts aus der Ruhe bringen.

Die Hemden der Männer klitschten am Körper, ihr Atem ging scharf und laut.

Letzte Ruhepause. Wohlig streckten sich die Knie.

»Was sagt mein Bruder Bleichgesicht dazu?«, erkundigte sich gutmütig spottend der riesige Neger bei dem fünfzehnjährigen Jungen, der ein Stück vor ihm sich die großen Schweißtropfen von seiner rot gebrannten Stirn wischte und dabei seufzend in die Höhe blickte.

Hal Mervin machte eine verzichtende Handbewegung.

»Geschenkt«, erwiderte er friedfertig vor lauter Schlappheit, »ich wollte, du wärst eine Portion Vanille-Eis.«

Nimba verdrehte andächtig die Augen. Weiter.

Voran schritt ihr Führer Blue, ein Hopi-Indianer, dessen dunkle Haut wie mit Speckschwarte eingerieben glänzte, hinter ihm mit freiem, leichtem Schritt Sun Koh, dann Hal Mervin und schließlich Nimba.

Endlich.

Die Schlucht war durchquert, sie standen wieder auf der Höhe des weiten, zerrissenen Tafellandes, das sich tausend Kilometer breit in die Rocky Mountains hineinklemmt, großartig bis zur Erhabenheit und furchtbar bis zum Grauen.

Der Indianer stieß einen Laut der Befriedigung aus und wies mit dem Finger voraus.

Wenige Kilometer vor ihnen türmte sich auf der sonst flachen Meza ein zerklüfteter Berg, ein kleiner Wall, der wie aus Riesentrümmerstücken zusammengeworfen schien. Die obersten Gipfel, soweit man von solchen sprechen konnte, waren von erstaunlicher Regelmäßigkeit, gerade als habe man hausgroße, bunte Würfel dicht neben- und übereinander gesetzt.

»Merkwürdige Bergformen«, sagte Sun Koh.

»Der Pueblo Maos, Herr.«

Sun sah ihn erstaunt an.

»Die rechteckigen Blöcke?«

»Sie sind die Häuser meines Stammes.«

Hal stieß den Neger verständnisvoll grinsend an.

»Der Hopi will uns auf den Besen laden, schwarzer Mann. Müssten geradezu Hochhäuser sein. Ich sehe drei, vier und sogar fünf Stockwerke.«

»Stimmt«, nickte Nimba. »Aber es sind trotzdem Häuser, ich sehe sogar die Fensterlöcher.«

»Fensterlöcher?«, höhnte der Junge. »Nun halte aber den Atem an. Du siehst höchstens was, wenn's was zu essen ist. Fensterlöcher, dass ich nicht lache!«

Der Hopi wandte sich zu ihm und sagte mit einem kleinen Lächeln auf seinem ernsten Gesicht:

»Es sind doch Fenster. Maos besteht aus drei- bis fünfstöckigen Häusern. Du wirst sie bald genauer sehen.«

Hal wagte keinen Einwand, aber man sah ihm an, dass er nicht überzeugt war. Noch während er sich aufs Pferd schwang, murmelte er zweifelnd:

»Das haut einen hin. Hochhäuser in der Meza. So ein Schwindel.«

Es stimmte aber doch. Je näher sie kamen, umso deutlicher wurde die eigenartige Anlage dieser Indianer-Niederlassung. Auf den höchsten Stellen des zerrissenen Bergwalles türmten sich in mehreren Stockwerken die würfelförmigen Hausblöcke übereinander, und zwar terrassenförmig so, dass das obere Stockwerk immer ein Stück zurücksprang. Wahrlich ein seltsames, kühnes Bild. Wie trotzige Burgen hoben sich die Gebäude vom Himmel ab, stolz, verschlossen und unangreifbar.

Nach einem flotten Ritt langten sie am Fuße des Walles an. Der Weg endete anscheinend völlig an mächtigen Felsblöcken. Blue sprang ab. Die anderen taten das Gleiche und sahen erwartungsvoll auf ihren Führer. Der Hopi winkte ihnen, zu folgen und verschwand hinter einem der haushohen Trümmerstücke.

»Eine Treppe?«, rief Hal unwillkürlich aus, als er um die Ecke bog.

Sie standen tatsächlich am Beginn einer Treppe, die aus Platten unregelmäßig, aber deutlich erkennbar, zusammengefügt war. Sie war sehr schmal und führte zwischen zwei Blöcken steil in die Höhe. Bereits nach wenigen Metern verschwand sie in einer Kurve.

»Das ist der einzige Zugang zum Pueblo«, erklärte Blue kurz. »Wir müssen die Pferde mit hinaufnehmen.«

Er schritt voraus, war aber kaum an der Biegung angelangt, als plötzlich hinter dem Felsvorsprung ein Indianer auftauchte, der in seinem rechten Arm eine schwere Büchse älteren Modells liegen hatte. Er trug Hemd und Hose aus hellem Leinen und entsprach also durchaus nicht dem, was sich Hal in seiner Fantasie vorstellte. Ein richtiger Indianer musste eben über Tomahawk, Skalplocke und Adlerfedern verfügen, sonst war es für ihn kein Indianer. Schon Blue hatte ihn so enttäuscht, und nun lief der nächste Indianer auch wieder so halbseiden herum.

Immerhin, das dunkle Gesicht mit den hart vorspringenden Backenknochen und den über die Stirn bis an die Augenbrauen fallenden Haaren wirkte im Verein mit der Büchse so drohend, dass Sun einen Warnungsruf ausstieß und Blue selbst nach dem Revolver griff.

»Halt!«, kehlte der Indianer kurz.

Blue musterte ihn erstaunt und gab im Hopi-Dialekt zurück:

»Bist du nicht ›Nasse Wolke‹, der sonst die Hacken der Feldarbeiter schärft? Kennst du mich nicht?«

Ernst und zugleich ehrerbietig kam die Antwort:

»Ich kenne dich, ›Schmetternder Blitz‹. Unsere Augen sind schon lange auf dir. Dein Vater erwartet dich.«

»Na und?«, erwiderte Blue ungeduldig. »Was soll diese Wache? Haben die streifenden Navajos die Sitten ihrer Väter wieder angenommen, dass ihr den Pueblo beschützen müsst?«

»Die Navajos ziehen friedlich durch die Canyons und kümmern sich nicht um uns. Aber die Meza ist trotzdem unsicher geworden. Dein Vater will dir darüber manche Worte sagen.«

»Dann gib den Weg frei.«

›Nasse Wolke‹ trat zur Seite und raunte gleichzeitig:

»Der ›Schmetternde Blitz‹ darf durch, aber die Fremden dürfen Maos nicht betreten.«

Blue blickte seinen Stammesangehörigen scharf an.

»Befehl meines Vaters?«

»Befehl des Häuptlings von Maos«, bestätigte jener.

Der Hopi verständigte seine drei Begleiter von den zunächst unverständlichen Maßnahmen und bat sie, auf seine Rückkehr zu warten. Dann verschwand er.

Es dauerte fast eine Stunde, bevor er wieder zurückkehrte. Er kam nicht allein. In seiner Begleitung befand sich ein hoch gewachsener Greis, den er als seinen Vater, den Häuptling dieser Hopi-Niederlassung, vorstellte. ›Rächender Pfeil‹ war wirklich eine achtunggebietende Gestalt voller Würde und Stolz, obgleich er in Bezug auf seine Kleidung ebenfalls nicht Hals Wünschen entsprach. Er bot Sun und seinen Begleitern nach der Sitte der Weißen die Hand, und seine begrüßenden Worte waren ein unvollkommenes, aber durchaus verständliches Englisch.

»Ich habe von Ihnen gehört«, wandte er sich an Sun. »Verzeihen Sie unser Misstrauen und seien Sie unsere Gäste.«

Der Weg zum eigentlichen Pueblo wurde schweigend zurückgelegt. Der steile Treppenpfad flachte sich allmählich ab und führte dann verhältnismäßig eben über ein trostloses Gelände mit wirren Steintrümmern, ohne einen Baum oder einen Grashalm. Dann und wann fiel das Auge auf Reste einfacher Gerätschaften, auf Steinhämmer und zerbrochene Mahlsteine.

Endlich öffnete sich das Gelände zu einem freien, ebenen Platz, der von den mehrstöckigen Terrassenhäusern begrenzt war. Sie wirkten in der Nähe viel weniger großartig als aus der Ferne. Offensichtlich bestanden sie mehr aus Erde und Mörtel als aus Felsen, und ihre Dächer waren aus rohen Balken gebildet, die im Abstand von mehr als einem halben Meter lagen und aus dem Mauerwerk herausragten. Auf diesen Balken stand ein Stück zurück das zweite Haus oder das zweite Stockwerk. Die Fenster waren einfache, quadratische Öffnungen. Türen sah man überhaupt nicht, wohl aber eine Reihe Leitern, die auf die Dächer der Häuser führten. Im Ganzen genommen machten die Gebäude einen reichlich verwahrlosten und baufälligen Eindruck.

Umso überraschter waren Sun und seine Begleiter, als sie durch den Eingang, der sich auf dem Dache befand, in das Haus hinunterstiegen, das sie gastlich beherbergen sollte. Es war innen peinlich sauber und fast künstlerisch schön geschmückt. Die Wände waren sorgfältig mit Kalkfarben bestrichen, der festgestampfte Lehm des Fußbodens zeigte nicht ein Stäubchen und war mit reizvoll gemusterten Decken belegt. Ähnliche Decken, die die Frauen der Hopi mit viel Geschmack selbst verfertigten, befanden sich auch an den Wänden. Auf Holzgerüsten standen Töpfe, Krüge und Vasen mit schönen, reinen Formen und eigentümlichen, eingebrannten Zeichnungen. In einer Nische befand sich ein Herd, unter dem Fenster stand ein hölzerner Tisch mit dunkler, weicher Decke, und an der Längswand waren unter breiten Holzborden flache Ruhelager mit dicken Decken untergebracht.

Die nächsten Stunden waren der Ruhe und der Erfrischung gewidmet. Die drei Gäste blieben allein, nachdem ihnen zwei junge, auffallend anmutige Indianerinnen eine Fülle von Dingen hingestellt hatten, von denen Nimba nichts stehen ließ. Erst mit der sinkenden Sonne, als es draußen auf dem freien Platz lebhaft wurde, erschien Blue wieder und führte seine Gäste in das benachbarte Haus seines Vaters.

Der ›Rächende Pfeil‹ war ziemlich unterhaltsam, aber es dauerte trotzdem lange, bevor das Gespräch eine Wendung nahm, die Sun stark fesselte.

»Wir führen keine Kriege mehr«, sagte der Häuptling, »wir arbeiten friedlich um unser tägliches Brot. Seit einigen Tagen halten wir allerdings die Waffen wieder bereit.«

»Sie haben schlechte Erfahrungen gemacht?«, deutete Sun eine Frage an.

Der Alte nickte.

»Zwei Weiße, der eine von ihnen war ein Mexikaner, kamen zu uns. Wir nahmen sie gastfreundlich auf. Sie blieben zwei Tage bei uns und ritten dann weiter. Eine Woche später landete ein Flugzeug. Die beiden Weißen waren wiedergekommen, aber sie flogen gleich wieder davon und nahmen zwei unserer schönsten Mädchen mit, die gerade unten Wasser schöpften. Drei unserer jungen Leute, die das Hilfeschreien hörten und herbeieilten, wurden niedergeschossen.«

»Diese Männer waren Schurken. Haben Sie nicht feststellen können, wohin sich die Männer begaben?«

Der Häuptling schüttelte den Kopf.

»Noch nicht. Unsere Kundschafter sind noch unterwegs, doch vermuten wir, dass die Männer trotz des Flugzeugs nicht allzu weit sein können. Die Canyons bilden viele Verstecke. Bei den Navajos geht ein Gerücht um, dass die Geister im Canyon del Muerto, im Canyon der Toten, wieder lebendig geworden seien. Sie suchen ebenfalls nach Weißen?«

Die Frage kam nicht mehr unerwartet. Sun nickte und zog die rohe Skizze aus der Tasche, die Hal Mervin aus Mexiko mitgebracht hatte. Er reichte sie dem Indianer und fragte:

»Können Sie diese Zeichnung deuten? An dem angegebenen Punkt hoffen wir die Männer zu finden, die eine junge Engländerin gefangen genommen und entführt haben.«

Der Häuptling prüfte sorgfältig, dann sagte er langsam:

»Mein Sohn erzählte mir davon, und ich muss Ihnen dasselbe sagen wie er. Dies ist der San Juan. Hier zweigt nach Norden zu der Canyon del Chelly ab, von diesem wieder der Canyon del Muerto. In diesen aber stößt an seinem oberen Ende der Lancos-Canyon. Der Punkt wird ungefähr die Stelle treffen, die wir als die ›Schwebende Burg‹ bezeichnen.«

Bevor Sun eine weitere Frage stellen konnte, betrat ein junger Bursche in langem, weißem Gewand den Raum, verneigte sich tief mit gekreuzten Armen und machte dem Häuptling eine flüsternde Mitteilung. Auf dessen Gesicht zeigte sich eine Art scheuen Staunens. Er antwortete ebenso leise. Der Bursche verneigte sich abermals und eilte hinaus.

›Rächender Pfeil‹ richtete einen forschenden Blick auf Sun und sagte langsam und zögernd:

»Mir wurde eben mitgeteilt, dass der ›Vater der Weisheit‹ Sie zu sehen wünscht. Sind Sie bereit, seinem Rufe, seiner Bitte Folge zu leisten?«

»Gern«, willigte Sun höflich ein. »Wollen Sie mir sagen, von wem Sie sprechen?«

Der Häuptling schien mit irgendetwas nicht ganz fertig zu werden, aber er gab sofort Auskunft.

»Unter dem Pueblo liegen eine Reihe unterirdischer Tempel. Es wird Sie nicht überraschen, zu hören, dass wir an den Göttern unserer Väter fest-halten. Wir haben sechs Hauptgötter und für jeden einen eigenen Tempel. Der höchste ist der Gott der Sonne, aber der allwissendste der Gott der Vorsehung, der die geheimsten Gedanken, die Vergangenheit und die Zukunft jedes Menschen kennt. Die Estufas dürfen nur an besonderen Tagen betreten werden und auch dann nur von den Mitgliedern der Brüderschaft, nach Ihren Begriffen einer Art Priestersekte. Eine besondere Rolle spielt wieder die Brüderschaft des Gottes der Vorsehung. Sie ist das, was Sie vielleicht eine historische Gesellschaft nennen würden und hat die Aufgabe, die uralten Überlieferungen unseres Stammes zu erhalten und weiter zu vererben. Ihr Führer und Oberpriester ist der ›Vater der Weisheit‹, der niemals den Tempel seines Gottes verlässt. Er lebt in tiefster Einsamkeit.«

»Und doch hat er so schnell von unserer Ankunft erfahren?«

Der Indianer antwortete tiefernst und mit unerschütterlicher Überzeugung:

»Sein Gott ist mit ihm, er weiß es nicht von Menschen. Sie werden der erste Weiße sein, mit dem er spricht. Sind Sie bereit?«

Sun erhob sich mit unbewegter Miene.

»Wünscht mich der ›Vater der Weisheit‹ allein zu sehen?«

»Allein«, bestätigte der andere. »Selbst ich werde wieder umkehren.«

Sun folgte dem Häuptling in eines der nächsten Häuser, aus dessen kahlem Wohnraum eine steile Treppe in die Tiefe führte. Am ersten Absatz dieser Treppe wartete der junge, weißgekleidete Indianer. Der Häuptling kehrte um. Sun schritt hinter seinem neuen Führer mindestens dreißig Meter in die Tiefe, dann standen sie vor einer Öffnung, die durch eine Matte verhängt war. Der Indianer hob sie an und bedeutete Sun, einzutreten. Er selbst müsse an dieser Stelle auf ihn warten.

Sun stand in einer schmalen Felsenhalle, deren Wände rechts und links mit verzerrten Tier- und Teufelsmasken sowie mit fantastischen Götzenbildern geschmückt waren. Im Lichte der zwei brennenden Fackeln wirkten die Zeichnungen unheimlich ausdrucksvoll.

Da in der kleinen Halle kein Mensch zu sehen war, schritt Sun auf die torartige Wölbung zu, die in eine größere Halle führte. Inmitten dieser Halle brannte ein gleichmäßiges, ruhiges Feuer, das einen matten Schein auf die reich geschmückten Wände warf. Dort befand sich auch ein Mensch.

In einer Felsennische saß mit gekreuzten Beinen ein Mann auf geflochtenen Matten. Er trug ein weißes Gewand, das nur seine Hände und seinen Kopf frei ließ. Wie ein büßender Asket, fast reglos wie eine geschnitzte Figur saß der Mann da. Er musste sehr alt sein, sein Haar war völlig weiß, wenn auch noch dicht. Das Gesicht war auffallend hell, wie das eines Weißen. Die Ursache mochte wohl darin liegen, dass dieser Priester immer nur im Halbdunkel des Tempels lebte. Darüber hinaus sprachen aus dem Gesicht Weisheit und stiller Frieden. Das war ein Mensch, den keine Sehnsüchte und keine Wünsche mehr trieben, der schon lange mit der Welt abgeschlossen hatte.

Mit sanfter, weicher Stimme bat er Sun: »Tretet näher, Fremder.«

Sun folgte der Aufforderung und nahm auf den Matten Platz, auf die die Hand des Greises wies.

Minutenlang saßen sie sich stumm gegenüber: der ruhigstarre Alte an der Schwelle des Todes und der Jüngling, hinter dessen stolzer Gelassenheit die kraftvollen Feuer der Jugend strahlten.

Ihre Blicke lagen ineinander, es war, als ginge ein stummes Gespräch hin und her.

Der ›Vater der Weisheit‹ begann zu sprechen:

»Ihr kamt zu unserem Volke, Herr? Sind die Hopi auserwählt, Euch dienen zu dürfen, Herr?«

In Suns Augen zeigte sich ein Schimmer von Erstaunen.

»Ihr sprecht, als wäre ich ein Fürst. Ich kam nur zu den Hopi, um hier zu rasten. Morgen will ich weiter, um einige Weiße zu suchen, die sich in den Canyons verborgen halten.«

Der Greis nickte, als sei ihm das lange bekannt.

»Ich las es. Darf ich fragen, Herr, ob es mit dem großen Ereignis zusammenhängt?«

Suns Gesicht blieb unbewegt, aber in seiner melodischen Stimme klang eine Frage auf.

»Ihr sprecht von einem großen Ereignis, ›Vater der Weisheit‹?«

Der Alte senkte demütig die Stirn.

»Verzeiht, wenn ich zu viel fragte. Ich wusste nicht, dass Ihr darüber zu schweigen wünscht, Herr.«

»Ihr missverstandet mich«, entgegnete Sun ruhig. »Ich wünsche nicht zu schweigen, sondern ich bin unwissend.«

Über das Gesicht des anderen ging es wie ein Erschrecken.

»Geht der König von Atlantis ahnungslos durch sein Schicksal?«

Durch Suns Körper ging es wie ein Schlag. Schon wieder der ferne Ruf, der Name der sagenhaften Atlantis in Verbindung mit seiner Person? Und das hier im einsamen Tempel eines schlichten Indianerstammes, inmitten der unendlichen Meza und der furchtbaren Canyons aus dem Munde eines Mannes, der für die Welt schon gestorben war?

Zögernd und leise gab er Antwort. »Man bringt mich nicht zum ersten Male in Beziehung zu Atlantis, aber ich weiß nichts von einem Königtum und von meiner Zukunft. Ihr wisst mehr als ich, ›Vater der Weisheit‹, und ich wäre dankbar, wenn Ihr zu mir sprechen würdet.«

Der Greis schwieg eine Weile. Dann machte er eine winzige, abschließende Handbewegung. »Ich weiß nichts, Herr.«

»Und doch wisst Ihr mehr als ich.« Kaum bemerkbar wiegte der Greis den Kopf. »Nicht mehr, als dass der Erdteil der Götter wieder auftauchen wird, und dass meine Augen gesegnet sind, Euch zu sehen, bevor sie sich schließen.«

»Ihr wusstet von meiner Ankunft?«

Der Alte wies auf ein Häufchen abgeschliffener Knochenstücke, die vor ihm in einem flachen Kästchen lagen, und sagte eintönig: »Ich las es.«

»Und woher wisst Ihr von Atlantis, obgleich das Meer Tausende von Kilometern von hier entfernt liegt?«

Jetzt huschte es wie ein Lächeln um die faltigen Lippen des Mannes, der wohl den Zweifel in Suns Worten gespürt haben mochte.

»Ich übernahm es vor Dutzenden von Jahren von dem Priester, der vor mir dem Gotte der Vorsehung diente. So geschah es schon immer, solange mein Volk besteht, seit Tausenden von Jahren. Kein Wort von dem ging verloren, was vor unendlich fernen Zeiten der Mund eines Weisen sprach, und alles, was die Hopi erlebten, pflanzte sich getreu von Geschlecht zu Geschlecht fort. Die Priester der Vorschung sind die Geschichtsbücher unseres Volkes.«

Suns Stimme war voller Zurückhaltung.

»Ihr sagtet mir noch nicht, was Euer Volk mit Atlantis zu tun hat?«

Die Antwort kam umso überraschender, als sie im gleichgültigen Ton einer Selbstverständlichkeit gegeben wurde.

»Unsere Vorfahren lebten einst auf Atlantis, Herr.«

Sun warf dem Greis einen forschenden Blick zu und entgegnete langsam:

»Das ist eine erstaunliche Behauptung.«

Wieder neigte jener demütig die Stirn.

»Ich kann Euch nichts anderes sagen, Herr. Die Überlieferungen behaupten es.«

»Wovon sprechen sie?«

»Sie berichten von einer Zeit, da die Erde für die Hopi noch eine Insel war, auf der sie den Herren von Atlantis dienten. Und sie berichten von einer langen Wanderung nach Westen und von einer anderen nach Norden, die unsere Ahnen schließlich in dieses Land führte. Als sich das Unheil über Atlantis häufte, als die Erde nicht mehr ruhig wurde und mehr und mehr im Wasser versank, da zog der letzte König der Atlanter nach Westen in das Gebiet, das heute Mittelamerika genannt wird. Hier lebten schon lange Untertanen von ihm, bis weit nach Süden und Norden. Der König von Atlantis brachte Tausende von Menschen mit. Sie drängten unsere Vorfahren, die sich damals ebenfalls dort unten angesiedelt hatten, nach Norden. So kamen wir hierher und sind geblieben.«

»Merkwürdig«, sagte Sun nachdenklich, »und doch hörte ich einmal, dass die Hopi Nachkommen der Tolteken sein sollten?«

Der ›Vater der Weisheit‹ schüttelte den Kopf.

»Nein, Herr. Die Tolteken herrschten Jahrhunderte in diesem Gebiet und mancher Tropfen Toltekenblut mag in den Adern der Hopi fließen, aber unsere Überlieferungen sprechen deutlich von einem Zug aus dem Süden. Als die Tolteken hier ankamen – von Norden her – da waren wir schon lange sesshaft. Ihr wisst vielleicht, Herr, dass die Tolteken wieder von den Azteken vertrieben wurden. Sie mussten nach Süden ziehen und dort die Nachkommen der Atlanter vernichten, um leben zu können. Die Azteken folgten ihnen allerdings auch dorthin und rieben sich allmählich auf. Wenn aber die Tolteken nachweislich nach Süden abzogen, warum sollten sie auf einmal trotzdem noch hier geblieben sein und noch heute hier sitzen?«

»Dann hätten die Hopi, die nach Eurer Meinung weder Azteken noch Tolteken sind, beiden Völkern hier getrotzt, während das den Maya im Süden nicht gelungen ist?«

»So war es«, bestätigte der Greis ruhig. »Gerade aus jener Zeit berichten unsere Überlieferungen genau. Die Tolteken kamen von Norden zu uns,

48

zuerst als Gäste. Wir nahmen sie auf und halfen ihnen. Sie besuchten uns sehr oft. In jener friedlichen Zeit mischte sich Hopiblut mit Toltekenblut. Dann kamen die Tolteken zu oft, sie wurden Eroberer. Feindschaft entstand zwischen den Völkern. Es kam zu Kämpfen und Schlachten, in denen die Hopi unterlagen. Um nicht vernichtet zu werden, flohen sie in die Felsen der Canyons, auf die Höhen der Meza, in die unwirtlichsten Gegenden. Sie litten Jahrhunderte hindurch Unsägliches, aber sie überstanden beide – Tolteken und Azteken.«

»Wie konnte das möglich sein?«

Der Alte wies in die Höhe. »Wisst Ihr, Herr, warum die Hopi auf den unzugänglichsten Gipfeln bauen, obgleich Wasser und Fruchtbarkeit unten in den Canyons zu finden sind?«

»Um vor feindlichen Indianerstämmen geschützt zu sein?«

Der Greis lächelte.

»Seit Jahrhunderten gibt es in diesem Gebiet zwei Indianerstämme: die Navajos und die Apachen. Beide sind Nomaden, Jäger, ohne feste Wohnsitze. Die Hopis sind sesshafte Ackerbauer. Es gab viel Krieg zwischen Navajos und Apachen, aber wenig zwischen jenen und den Hopis, weil der eine den anderen nicht stört. Ihretwegen hätte unser Volk nicht so feste Plätze zu beziehen brauchen.«

»Dann geht die Anlage der Pueblos auf frühere Zeit zurück?«

Der Greis nickte.

»Sie stammen aus der Zeit, als die Azteken ebenfalls abgezogen waren, aus einer Zeit, als sich unsere Ahnen sicher genug fühlten, um sich wieder ins Freie hinauszuwagen und doch noch nicht die Überlieferungen vergessen konnten, weil sie ihnen allzu fest eingeimpft waren.«

»Dann müssten die Hopi früher noch unzugänglichere Wohnungen besessen haben?«, fragte Sun verwundert.

»Gewiss«, antwortete der ›Vater der Weisheit‹ ohne Zögern. »Ihr seid fremd auf der Meza, Herr, aber Euer Weg wird Euch schon morgen an unzugänglichen Befestigungen, an vielstöckigen Burgen mitten in der glatten Felswand und an Tempeln und Gräbern vorbeiführen, die seit Jahrtausenden bestehen. Dort verteidigten die Hopis ehemals ihr Leben.«

Sun vermochte die Überraschung über die erstaunliche Ankündigung nicht ganz zu verbergen. Er schüttelte den Kopf.

»Ihr werdet sie sehen«, betonte der Greis noch einmal. »Aber auch sie waren nicht die letzten Zufluchtsstätten der Hopi. Die findet Ihr in Arizona, in dem wüsten, trostlosen Gebiet, über dem einst der Himmel brannte, an den Hängen des San Franzisko-Vulkans. In meiner Jugend war ich dort, wie es Vorschrift ist. Viertausend Meter hoch droht der erloschene Berg, aus dem früher die Erde ihr Feuer spie. Noch heute sieht es furchtbar und schrecklich dort aus. Unsere Überlieferungen sprechen andeutungsweise von einem riesigen Wasserbecken, das sich vor Urzeiten in jener Gegend entleert haben muss und dabei die Erde in Furchen zerrissen hat. Eine der größten dieser Furchen ist die Schlucht, die von den Weißen der Walnut-Canyon genannt wird. Mitten in den viele Hunderte von Metern hohen Wänden dieses Canyons sind mächtige Risse und lang gestreckte Höhlen. Ihr werdet sie noch heute durch uralte Steinmauern verschlossen finden, die bis zur Decke reichen. Nur ab und zu sind sie unterbrochen. Im Innern werdet Ihr Scheidemauern finden, durch die die Höhlen in Kammern abgeteilt werden. Dort, Herr, in einem Gebiet, das noch heute für die Weißen als fast unerforscht gilt, in dem noch heute niemand freiwillig lebt, dort verbargen sich unsere Ahnen vor ihren Feinden. Wie sehr müssen sie von ihnen gelitten haben, und welche tiefe Scheu musste in ihnen wohnen, nach Süden gegen die Reiche der Mayas, gegen die Nachfahren der Atlanter zu ziehen, dass sie lieber litten und jenes Gebiet aufsuchten? Die Tolteken gingen einfach nach Süden weiter, die Hopi aber konnten nicht gegen ihre eigenen Götter kämpfen und mussten auf der Meza bleiben.«

»Ihr seid ein vortrefflicher Anwalt Eurer Überlieferungen, ›Vater der Weisheit‹. Es scheint mir nun doch glaubhaft, dass ihr dereinst unter der Herrschaft der Atlanter lebtet. Aber wie könnt Ihr von einer Wiederkunft der Atlantis wissen?«

»Die Überlieferung spricht von einer Prophezeiung der Weisen vom Dach der Welt. 11450 Jahre nach dem Untergang soll der Erdteil …«

Sun unterbrach ihn durch eine Handbewegung.

»Es ist gut, ich kenne die Prophezeiung. Woher wollt Ihr wissen, dass ich jener Erbe von Atlantis bin?«

Der Alte wies schweigend auf die Knochenplättchen.

Sun hob stumm die Schultern. Das Rätsel war dadurch nicht gelöst, dass man es durch ein anderes erklärte. Der Greis bemerkte es und sagte mit sanfter doch feierlicher Stimme:

»Ich las es, Herr. Und die Überlieferung verkündet, dass ich vor meinem Tode den Erben von Atlantis sehen werde.«

»Aber …?«, wollte Sun mehr gleichgültig als wissbegierig einwenden. Doch da sah er, dass sich das gesamte Aussehen des vor ihm Sitzenden veränderte. Der Mann verfiel sichtlich wie eine Mumie, dann glitt ein rätselhaftes Lächeln über sein Gesicht, und plötzlich hauchte er:

»Ich weiß, wer Ihr seid, Herr, denn ich werde vor meinem Ende keinen anderen Menschen mehr zu sehen bekommen.«

Die Lippen schlossen sich, die Augen gingen einen Augenblick ganz weit auf, dann senkten sich die Lider. Durch den Körper ging ein kaum bemerkbarer Ruck, dann fiel er an die Felswand zurück.

Der ›Vater der Weisheit‹ war tot.

*

Es war angenehm kühl über dem Pueblo, die ersten Sterne begannen zu flimmern. Einige Fackeln gaben wildromantisches Licht.

Auf der Dachterrasse saß Blue mit Nimba und Hal Mervin, umgeben von einer andächtigen Schar von Neugierigen, die auf gekreuzten Beinen hockten, auf den Leitern standen oder ihre Füße über den Dachrand baumeln ließen. Sie lauschten, und wenn auch nur ein Teil der Indianer die englischen Worte verstand, so erfuhren doch alle schnell genug von den ungeheuerlichen Dingen, weil Blue und verschiedene andere fleißig dolmetschten.

Hal hatte das Wort. Und Hal schnitt fürchterlich auf. Er fühlte sich als Mittelpunkt, als zweiter Old Shatterhand, machte majestätische Gesten und reckte sein sommersprossiges Näschen hoch, dass die Sterne fast hineinblicken konnten. Seine Stimme schallte über den ganzen Platz.

Blue saß mit todernstem Gesicht neben ihm.

Nimba saß auf der anderen Seite und hatte ständig die Hände am Mund. Der arme Kerl schien Zahnschmerzen zu haben.

»Was glaubt ihr wohl«, fabelte Hal drauf los, »warum mein Herr diesen Neger bei sich hat? Denkt ihr, weil er der Prinz von Arkadien ist oder weil er einen ganzen Ochsen auf einmal frisst? Davon werde ich euch nachher mal was flüstern. Wisst ihr, warum er immer mit sein muss? Weil ihn mein Herr jeden Morgen für seine Turnübungen braucht. Jawohl. Schließlich kann er ja nicht jeden Morgen ein vierstöckiges Haus umreißen, um seine Arme kräftig genug zu halten. Wisst ihr, was er da macht? Ihr wisst's natürlich nicht. Gut, ich will's euch erzählen. Er nimmt diesen Mann, den ihr hier seht, in seine Arme, wirft ihn zehnmal in die Luft und fängt ihn wieder auf.«

Erstauntes Murmeln ging durch die Runde. Hal erhitzte sich.

»Jawohl, zehnmal, aber wie. Er wirft ihn so hoch, dass der ganze lange Lulatsch nur noch wie ein Punkt aussieht. Einmal musste er sogar das Fernrohr nehmen, damit er ihn nicht aus den Augen verlor. Und da dachte er schon, er hätte ihn auf den Mond hinaufgeworfen. Nimba kam gar nicht wieder herunter. Aber dann hat mein Herr gerufen, das Mittagessen sei fertig. Was denkt ihr, wie schnell er da heruntergesaust kam? Und dann hat ihn mein Herr natürlich wieder aufgefangen, damit sich der arme Kerl seine weiche Birne nicht eindrückt. Ja, das sind Muskeln. Solche Kräfte hat unser Herr. Stimmt's, Nimba?«

Der Neger stöhnte eine undeutliche Bemerkung, die man gut und gern für eine Bejahung halten konnte. Seine Augen quollen gefahrdrohend aus den Höhlen.

Hal legte ihm wohlwollend den Arm auf die Schulter.

»Seht hier den armen Kerl, wie er sich die Hände ständig unter die Augen hält, damit er mit ihnen kein Unheil anrichtet. Er hat zu viel Pech gehabt und ist jetzt vorsichtig geworden. Früher musste er sich immer die Arme an den Leib binden lassen, bevor er auf die Straße ging, besonders in London, wo so viele Menschen über die Straße laufen. Wenn er das nämlich nicht tat, dann blieben rechts und links hinter ihm die Leichen nur so liegen. Stimmt's, Nimba?«

Der schien sich in einem letzten, schmerzhaften Stadium zu winden. Der Junge fuhr ungerührt fort:

»Seht ihr, wie kummervoll ihn die Erinnerung packt. Es ist nicht so einfach, unfreiwillig zum Massenmörder zu werden. Wisst ihr auch, wie das kam? Nun, ganz einfach. Wenn seine Arme nicht festgebunden waren, dann schlenkerte er beim Gehen mit ihnen, und wie das so im Gedränge ist, traf er hier einen Mann und dort einen Mann. Na, und die fielen eben tot um. So viel Forsche hat dieser Mann in seinen Muskeln. Wen er antippt, der steht nicht wieder auf. Ich kann euch da ein Ding erzählen, was auch in London passiert ist. Ihr kennt London nicht? Ich sage euch, das ist eine Stadt, in der sind die Häuser so hoch, dass sie bis in die Wolken gehen. Wenn nun die Leute dort oben Wasser brauchen, so stecken sie ganz einfach einen Spund in die Wolke, drehen den Hahn auf, und schon fließt das Wasser heraus.«

Er holte einen Augenblick Atem, um seinen Zuhörern gebührend Gelegenheit zur Bewunderung zu lassen. Die blieb auch nicht aus. Ein Schwall erregter und staunender Ausrufe ging über den Platz. Gleichzeitig kam aber auch klar und deutlich eine Stimme, die höhnisch feststellte:

»Du bist ein verfluchtes Großmaul, Junge.« Hal war einen Augenblick starr und blickte auf den Zwischenrufer. Der blieb lässig an der Leiter lehnen. Er war nicht ganz deutlich zu erkennen, aber sicher war es ein Weißer, ein mittelgroßer Mann, der einen etwas verkommenen und liederlichen Eindruck machte.

Schon hatte sich Hal wieder erholt und schrillte los:

»Was piepst Ihr hier in der Gegend herum? Großmaul? Wer ist hier Großmaul? Ihr habt wohl von Euch selber gesprochen? Wollt Ihr etwa behaupten, dass ...«

»Jawohl«, grinste der Fremde und zeigte ein paar missfarbene Zahnstummel, »genau das. Habe nie eine derartig unverschämte Aufschneiderei gehört. Ich kenne London und weiß, wie hoch dort die Häuser sind.«

Hal nahm einen Anlauf.

»So, Ihr kennt London? Was Ihr nicht sagt. Seid wohl Lord Rothschild auf der Weltreise? Ihr seht mir nicht so aus wie ein Londoner, seid wohl aus Dublin ausgerissen, he? Wann habt Ihr denn London zum letzten Male gesehen?«

»War vor zwanzig Jahren, Kleiner, als du noch nicht auf der Welt warst.«

Der Junge gellte vor Triumph und Verachtung.

»Vor zwanzig Jahren? Und da wollt Ihr wissen, wie es jetzt dort aussieht? Dass ich nicht lache! Ich war noch vor wenigen Wochen dort und werde wohl besser wissen, was um den Tower herum los ist.«

»Ein verdammtes Lügenmaul bist du trotzdem«, knurrte der Mann giftig.

Hal war ernsthaft gekränkt und krähte wie ein frühreifes Hähnchen:

»Und was seid Ihr, he? Was seid Ihr, Ihr ...«

Hal konnte grimmig fluchen. Er war nicht umsonst auf dem Asphalt Londons groß geworden. Es war förmlich ein Genuss, ihn anzuhören, wie er aus dem reichen Bilderschatz des Cockney auspackte. Nimba schmunzelte über das ganze Gesicht.

Aber der Fremde schien wenig humoristische Anlagen zu haben. Er nahm die Sache ernsthaft und anstatt zu lachen, wurde er wütend und drohte dem Jungen, ihm den Mund zu stopfen. Das war ja nun für Hal ein gefundenes Fressen. Nimba war dabei, und folglich konnte nichts passieren. Er sprang kampfbereit hoch und schrie herausfordernd:

»Was, Ihr wollt Euch an mir vergreifen? Ihr habt wohl nicht gehört, wie ich ein Dutzend Texasreiter mit einer Hand gefangen habe. Kommt nur ran, ich will Euch schon beibringen, mich Lügenmaul zu schimpfen.«

Der Fremde zögerte nicht lange und trat zwei Schritte näher. Der Kerl schien keinen Spaß zu verstehen.

Da kam die Rettung.

Sun Koh hörte beim Heraufsteigen aus dem unterirdischen Tempel die streitenden Stimmen, sah die bunte Versammlung und trat näher. Und gerade als sich die Lage drohend zuspitzte, schob er den Ring der Zuhörer auseinander und trat vor.

»Was soll das?«, fragte er ruhig.

»Herr!«, schrie Hal freudestrahlend auf.

»Was ist's«, wiederholte Sun ernst und wohl auch ein wenig streng seine Frage, »warum streitest du dich mit jenem Fremden?«

»O Herr«, sagte der Junge eifrig, »denken Sie sich, er hat die Frechheit gehabt, mich zu beschimpfen und dabei habe ich die reine Wahrheit erzählt. Sagen Sie selbst Herr, ist es nicht Tatsache, dass Sie Nimba ein paar Mal hoch in die Luft geworfen haben?«

»Das stimmt allerdings«, erwiderte Sun leicht erstaunt, ohne zu ahnen, welches Unheil er mit seiner Bestätigung in den Köpfen der Zuhörer anrichtete und ohne zu verstehen, warum Nimba so merkwürdige Gesichter schnitt.

Hal leuchtete wie die liebe Sonne.

»Seht ihr, dass es stimmt. Und Herr, dass es Häuser gibt, die bis in die Wolken reichen?«

»Ja«, nickte Sun, »in New York gibt es sogar Hunderte.«

»Und ist es wahr, dass man in London nur den Hahn aufzudrehen braucht, und dann fließt das Wasser von ganz allein?«

»Auch das ist richtig«, gestand Sun mit steigender Verwunderung zu. »Hat man dich deshalb einen Lügner genannt?«

»Jawohl, Herr«, nickte Hal und war ganz gekränkte Unschuld. »Dieser schmutzige Fremde dort …«

»Schweig!«, gebot Sun ernst und wandte sich an den Mann:

»Ich heiße Sun Koh. Ich glaube Eurer Sprache entnehmen zu können, dass Ihr ein Weißer seid. Warum strittet Ihr mit dem Jungen?«

»O'Mirke«, stellte sich der Fremde nun seinerseits mit einer ungeschickten Verbeugung vor. »Stamme aus Irland, bin Händler und ziehe bei den roten Stämmen herum. Euer Junge ist ein verdammtes Lügenmaul, und das habe ich ihm gesagt.«

Das Gesicht des Mannes war wenig angenehm, zu finster, zu hämisch und zu lauernd, als dass es hätte Vertrauen erwecken können. Sun gab denn auch sehr kühl zurück:

»Was mich der Junge fragte, war die Wahrheit. Wenn es sich also darum handelt …«

»Tut's schon«, unterbrach der Hausierer höhnisch, »aber ein bisschen anders hat's schon geklungen. Habt Ihr den Neger tatsächlich schon mal so hoch geworfen, dass Ihr ihn nur noch mit dem Fernrohr als kleinen Punkt erkennen konntet?«

Sun wandte sich langsam zu Hal um. Der senkte schuldbewusst den Kopf und kratzte sich hinter den Ohren.

Sun wusste Bescheid und erwiderte ruhig:

»Dann hat der Junge allerdings aufgeschnitten. Seht es seiner kindlichen Fantasie nach. Ihr zieht regelmäßig durch die Meza?«

»Seit Jahr und Tag«, gab O'Mirke wortkarg zurück.

»Dann müsstet Ihr die Gegend recht gut kennen?«

Der Händler schüttelte den Kopf.

»Ich gehe immer die gleiche Strecke, und die Canyons sind zu zahlreich, als dass man sie alle kennenlernt.«

»Schade«, sagte Sun sinnend, »ich hoffte von Euch eine Nachricht über einen Trupp Mexikaner zu bekommen, der sich hier in der Nähe aufhalten soll?«

In die Augen des Iren trat einen Augenblick lang ein Funkeln, das Sun auffing, ohne recht sagen zu können, ob er sich nicht getäuscht hatte. Die Stimme des Mannes blieb jedenfalls gleichmütig.

»Kam mir dieser Tage so vor, als ob ich Weiße in der Nähe gesehen hätte. Hörte auch, dass hier zwei Mädchen geraubt wurden, weiß aber nichts Genaues, Fremder.«

»So«, erwiderte Sun mehr im Selbstgespräch, »dann werden wir eben im Lancos-Canyon nachsehen müssen.«

»Im Lancos-Canyon?«

Überrascht, fast erschreckt hatte es der Händler ausgerufen und war dabei zusammengezuckt. Diesmal war keine Täuschung möglich. Sun fixierte den Mann streng und fragte scharf:

»Ihr erschreckt? Was wisst Ihr über den Canyon?«

O'Mirke nahm sofort wieder eine gleichgültige Miene an.

»Ich? Nicht das Geringste. Denke nicht daran, zu erschrecken. War nur verwundert, weil Ihr den Lancos nanntet. Ist ein Canyon, den selbst die Hopi kaum kennen. Müsst verflucht gut in der Gegend Bescheid wissen.«

»Ich bin hier fremd«, beantwortete Sun die versteckte Frage kurz. Irgendetwas stimmte hier nicht, aber es war unmöglich, den Mann jetzt zum Sprechen zu bringen. Deswegen setzte er höflicher, aber abschließend hinzu:

»Nun entschuldigt mich, wir sind heute schon lange unterwegs.«

O'Mirke murmelte etwas zurück, und Sun wandte sich von ihm ab. Zusammen mit Blue, Nimba und dem tief geknickten Hal verließ er die abendliche Runde. Blue geleitete die Gäste in ihre Hütte und eilte dann zu seinem Vater, um ihm die Kunde vom Tode des ›Vaters der Weisheit‹ zu bringen.

Über Pueblo Maos breitete sich der Frieden der Nacht aus.

3.

Am anderen Morgen brachen Sun, Nimba und Hal wieder in Begleitung Blues auf, der ihnen auch weiterhin als Führer dienen wollte. Sun hatte beabsichtigt, dem Händler noch einmal auf den Zahn zu fühlen, aber O'Mirke war bereits in ganz früher Stunde weitergezogen. Das schien verdächtig, zumal er nicht den Eindruck eines ehrlichen Menschen machte. Aber andererseits war O'Mirke seit mehr als einem Jahrzehnt in der Gegend bekannt. Er zog von einem Pueblo zum anderen, suchte die Zeltlager der Navajos auf und handelte und tauschte bei Hopi, Zuni und Moqui wie bei den nomadisierenden Stämmen der Navajos und Apachen.

Nach einem vollen Tagesritt hatte der kleine Trupp die Talsohle des San Juan erreicht. Am Ende des zweiten Tages lagerte man an der Mündung des de Chelly-Canyons. Am dritten Tag drangen die Männer in die mächtige Schlucht, die von Norden her auf den San Juan stieß, ein.

Während sie in den ersten Tagen noch dann und wann harmlosen Indianern begegnet waren, trafen sie nun auf keinen Menschen mehr. Den ganzen Tag ging es vorwärts, ohne dass sie auch nur ein einziges Mal einem menschlichen Wesen begegnet wären. Der Canyon wurde eben von den Indianern nach Möglichkeit gemieden. Nur wenn es einen Toten feierlich zu begraben galt, dann zogen nach Blues Erklärung die Navajos noch hier durch.

Noch weniger fanden sich Anzeichen dafür, dass sich in dieser Gegend Weiße aufhielten oder in letzter Zeit den Canyon besucht hatten. Das weckte unangenehme Zweifel. In Sun drängte alles, den Aufenthaltsort Juan Garcias zu finden. Joan Martini war nun schon lange Zeit in seiner Gewalt.

Aber vielleicht befand sie sich ganz wo anders, vielleicht hatte die Skizze, die Hal aus Mexiko mitgebracht hatte, eine ganz andere Bedeutung, vielleicht … Sun riss sich aus seiner Grübelei heraus. Nun war man einmal so weit – es schadete nicht mehr, im Lancos-Canyon nach dem Rechten zu sehen.

Es war bereits später Nachmittag, als Blue mit der Hand nach vorn wies und rief:

»Seht, die Casablanca!«

Die anderen spähten aufmerksam voran und stießen Rufe der Überraschung aus. Es war wirklich ein erstaunliches Bild, das sich ihnen bot.

Die rötliche Felswand ging senkrecht und fast völlig glatt zweihundertfünfzig Meter in die Höhe, stand wie eine düstere Drohung, obgleich die helle Sonne noch auf ihr lag. Ungefähr dreißig Meter über der Talsohle befand sich in dieser Wand ein klaffender Spalt, als sei dort einmal ein Riesenkeil hineingetrieben und wieder herausgerissen worden. Der Spalt war vielleicht hundert Meter lang, an seinem vorderen Ende fünf und an seinem hinteren Ende gegen zwanzig Meter hoch.

Das Erstaunliche war nun, dass sich in diesem Felsenspalt mehrere burgähnliche Bauten befanden. Ihre fast fensterlosen Außenwände bildeten eine Verlängerung der Felswand und reichten nahezu bis zur Decke. Es waren Trümmer, Ruinen, das sah man schon von Weitem, aber trotzdem wirkten diese menschlichen Bauten in solcher Einsamkeit wie ein fantastischer Spuk. Kühne, verwegene Raubritterburgen in einem Canyon, der nur von Indianern durchzogen wurde, die nie anders als in leichten Zelten gelebt hatten.

Im Näherreiten entdeckte man auf der Talsohle selbst Ruinen. Unmittelbar unter dem Spalt wurde das dürre Gras von einem mächtigen Schutt- und Geröllhaufen abgelöst, aus dem letzte, stehende Reste ehemaliger Mauern herausragten.

Sun wandte sich an den Hopi.

»Warum nanntest du diese Stätte Casablanca (Weißes Schloss)?«

Blue wies auf den hellen Kalkbewurf, der noch stellenweise erhalten war.

»Unsere Vorfahren sahen diese Mauern noch weiß leuchten.«

»Der ›Vater der Weisheit‹ sagte mir, dass diese Bauten vor Jahrtausenden errichtet seien, bevor noch Tolteken und Azteken durch diese Gegend zogen?«

»Ich weiß nichts über die Geschichte dieser Völker, Herr, aber der ›Vater der Weisheit‹ war ein kluger Mann, der Vergangenheit und Gegenwart kannte.«

Sun wies auf die Trümmer zu ihren Füßen.

»Hier unten haben doch jedenfalls auch Häuser gestanden?«

»Ja, Herr«, nickte der Hopi, »man erzählt sich, dass sie vier Stockwerke hoch gewesen seien. Das Dach des vierten Stockwerkes befand sich auf einer Höhe mit dem Fuß der Häuser dort oben.«

»Da konnten sich die Leute aber fein verteidigen«, rief Hal voller Begeisterung. »Wenn sie dort oben saßen, brauchten sie nur mit Steinen runterzuschmeißen. Früher gab's doch noch keine Gewehre. Die konnten lachen.«

»Aber auch verhungern«, warf Sun ernst hin, der am vergangenen Abend manches über die Schicksale der Erbauer dieser Festungen gehört hatte. Diese mächtigen Bauwerke stimmten ihn nachdenklich. Mochte das, was der ›Vater der Weisheit‹ über den Zusammenhang der Hopi mit der alten Atlantis gesagt hatte, Wahrheit sein oder nicht – jedenfalls waren das keine Indianerbauten. Sie zeugten von einer Kultur, die der Meza heute fremd war, stammten von einem Volke, dessen Ursprung zumindest manches Rätsel barg.

Unter den schweigenden Ruinen schlugen sie ihr Lager auf.

Während die Sonne noch den oberen Rand der Wände purpurn aufglühen ließ, lagen im Tal schon tiefe, blaue Schatten. Der Feuerschein zuckte gespenstig um die verfallenen Mauern.

Nimba bereitete eine Abendmahlzeit zu.

Hal stellte sich nach einer Weile zu ihm und verfolgte seine Bewegungen.

»Was braust du denn zusammen, oller Giftmischer?«, erkundigte er sich schließlich misstrauisch.

Nimba schwieg würdevoll.

»Hat's dir die Sprache verschlagen?«, setzte der Junge das hoffnungsvolle Gespräch fort.

Der Neger nickte nur.

»Dir ist wohl eine Laus über die Leber gelaufen?«, fragte Hal nun allmählich ärgerlich.

Jetzt grinste Nimba über das ganze Gesicht.

»Ich würde dich schön runterwimmeln, wenn du mir über die Leber laufen wolltest.«

Hal erkannte, dass er aufgesessen war und steckte voller Grimm die Zunge heraus:

»Pah, du elender, schwarzer …«

Nimba drehte sich blitzschnell herum und tat so, als wollte er dem Jungen eine Ohrfeige verabreichen. In Wirklichkeit hätte er es nie übers Herz gebracht, außerdem bückte sich Hal viel zu schnell, als dass er ihn hätte treffen können. Päng.

Nimba erstarrte jäh in der Bewegung, griff wie verwundert nach der Stelle an seinem Hinterkopf, an der es scharf vorbeigebrannt war, und sprang dann mit einem Satz auf den geduckt ebenfalls lauschenden Jungen. Er riss ihn auf und sprang mit einem weiteren Satz aus dem Bereich des Feuers, während eine zweite Kugel in die brennenden Äste schlug.

Sie wurden beschossen.

Sun und Blue, die hinter der Mauer bei den Pferden waren, rissen instinktmäßig beim Knall des ersten Schusses die Gewehre aus den Sattelholstern und sprangen vor.

»Nimba?«

»Alles in Ordnung, Herr«, rief der Neger leise, während er von der Seite mit Hal heraneilte, »irgendein Kerl schießt auf uns. Die Schüsse kommen von weiter oberhalb.«

Acht Augen spähten in den Canyon hinein, um am Schein des Mündungsfeuers den Standort des Schützen zu erkennen.

Aber der Canyon blieb stumm; es folgte kein Schuss weiter. Das bedeutete jedoch keine Sicherheit. Sun verbot streng, sich dem Feuer zu nähern, und Nimba musste schmerzerfüllt darauf verzichten, das Essen fertig zuzubereiten.

Blue verschwand nach einer kurzen Unterredung im Dunkel. Er war mit dem Gelände vertraut und wollte versuchen, den Feind ausfindig zu machen.

Über eine Stunde lag Sun mit seinen zwei Begleitern aufmerksam auf der Wache, dann erst kam der Hopi geräuschlos wieder heran.

»Niemand zu finden«, berichtete er. »Einmal glaubte ich das Geräusch ferner Schritte zu hören, aber ich konnte keinen Menschen entdecken. Vermutlich hat sich der Feind doch entfernt.«

Dabei musste es notwendig bleiben. Man verzichtete auf ein Wiederentfachen des Feuers und begnügte sich mit einer kalten Mahlzeit. Und als sich die anderen dann in die Decken hüllten, übernahm Sun die Wache für die erste Hälfte der Nacht. Später löste ihn der Hopi ab.

Die Nacht verging ohne Zwischenfall. Zeitig am Morgen brach man auf. Jetzt ging es vorsichtiger vorwärts als bisher. Irgendwo steckte ein heimtückischer Gegner, und wenn tatsächlich Garcia in einem der Canyons saß, so konnte man sich unter Umständen auf allerhand gefasst machen.

Blue ritt als Wegekundiger voran. Ihm folgte Sun, dann Hal und zum

Schluss Nimba. Alle vier hatten die Karabiner schussbereit in der Hand, und ihre Augen spähten ununterbrochen voraus.

Aber das Gelände war unübersichtlich. Jeder der vier wusste, dass der Gegner alle Vorteile für sich hatte. Der Canyon war mit größeren und kleineren Felsblöcken förmlich übersät, und jeder der Felsblöcke bot ein vorzügliches Versteck. Letzten Endes lief es darauf hinaus, den zielenden Gewehrlauf schneller zu sehen und eher zu bemerken, als der oder die fremden Schützen abdrückten.

Die meisten Gedanken machte sich wohl Sun. Auf seinem Gesicht lag düsterer Ernst. Der Zwischenfall ließ kaum noch die Hoffnung zu, unbemerkt an Garcia herankommen zu können und Joan Martini überraschend zu befreien. Und der Mexikaner war ein Gegner, der seine Vorbereitungen treffen würde.

Sie erreichten ungehindert die Mündung des Canyons des Todes. Hier sollten sich ähnliche geheimnisvolle Bauten befinden wie im Canyon de Chelly, nur noch zahlreicher, noch älter. Die Navajos hatten sich die vorhandenen Steinbauten zu einem seltsamen Zwecke dienstbar gemacht: Sie bestatteten dort ihre Toten. Hunderte von urnenförmigen Behältern standen nach dem Bericht des Hopi-Häuptlings in dieser Schlucht, steinerne Gräber, die von einem verschollenen Volke angelegt worden waren. Und diese Behälter dienten nunmehr den Navajos als Grabstätten. Daher der Name des Canyons.

Er war schmaler als der Canyon de Chelly, aber seine Wände stiegen ebenso hoch an. Die Schlucht wirkte eben wegen ihrer geringen Breite dunkler und drohender.

Sie waren etwa fünfzig Meter in die Schlucht hineingeritten, als plötzlich ein Schuss krachte, dem eine ganze Salve folgte.

Blue warf mit einem Schrei die Arme in die Luft und stürzte rücklings von seinem Pferde.

Die drei andern glitten blitzschnell aus den Sätteln und duckten sich hinter die Felsblöcke.

Eine neue Salve klatschte gegen die Steine, Querschläger surrten.

Sun schoss.

Seine scharfen Augen hatten einen Kopf hinter einem Block hervorlugen sehen. Der Mann bezahlte seine Unvorsichtigkeit.

Nimba und Hal krochen vorsichtig an ihren Herrn heran. Auf einen Wink Suns ging Nimba weiter vor. Er fand genügend Deckung, um ungefährdet an den gestürzten Hopi heranzukommen und ihn zurückzutragen.

Blue war bereits tot. Ein Schuss hatte ihn dicht über dem Herzen getroffen und wahrscheinlich eine große Schlagader zerrissen.

Die Schüsse knallten jetzt vereinzelt. Es war nicht schwer, festzustellen, dass weiter oben im Canyon mindestens ein halbes Dutzend Leute liegen musste. Sie schossen nicht schlecht und sorgten außerordentlich für De-ckung. Trotzdem gelang es Sun, noch einen zweiten Kopfschuss anzubringen.

Hal schob vorsichtig den Lauf seines Karabiners um den Felsblock herum. Er brannte darauf, seine Künste unter Beweis zu stellen. Sun entdeckte rechtzeitig sein Beginnen und rief ihn an.

»Hal, lass das! Kriech lieber vorsichtig zurück und sieh zu, dass du die Pferde hinter den großen Block lockst, bevor sie niedergeschossen werden. Und dann beobachte, ob niemand von hinten kommt. Das Schießen überlass uns.«

Hal zog einen Flunsch. Das war nicht nett von Mr. Sun, dass er ihn nicht für voll nahm. Der Neger durfte doch auch schießen. Aber er wagte keine Gegenäußerung, sondern gehorchte schweigend dem Befehl. Die Pferde folgten sofort seinem Rufe und drängten sich unruhig hinter den schützenden Stein.

Die Schüsse knallten in Abständen hin und her. Manchmal herrschte für Minuten völlige Ruhe. Einer belauerte den andern, um eine Blöße auszunützen. Solche Blößen entstanden bei Sun und Nimba zwangsläufig immer dann, wenn sie zum Schuss kamen. Auge und Hahn mussten mindestens freigegeben werden. Nun lagen dort oben freilich keine Kunstschützen, die das winzige Ziel hätten treffen können, wenn es nicht gerade der Zufall mit sich brachte.

Die Angreifer waren in Bezug auf ihre Deckung erheblich im Vorteil. Sie befanden sich auf vorbereitetem Gelände und ließen auch nicht einen Millimeter mehr von sich sehen, seitdem sie zwei ihrer Leute eingebüßt hatten. Sie lagen hinter aufgehäuften steinernen Schutzwällen und schossen aus kleinen Schießscharten heraus, die gerade Platz für den Lauf und das visierende Auge bieten mochten.

Sun richtete seine Aufmerksamkeit auf diese Löcher mit den winzigen schwarzen Gewehröffnungen. Es war trotz seiner scharfen Augen nicht leicht, sie zu finden, aber nach und nach konnte er sie doch alle oder wenigstens fast alle feststellen.

Und dann begann er sie planmäßig zu belegen. Seine Waffe war ein Präzisionsinstrument und Suns Schießkunst hatte schon einmal einen Kunstschützen sprachlos gemacht.

Sechs Schüsse genügten, um die Gegner zum Schweigen zu bringen.

Entweder waren die Leute selbst getötet und verletzt, oder es waren doch mindestens ihre Waffen nicht mehr in gebrauchsfähigem Zustand.

Das Feuer setzte aus.

»Nimba«, wandte sich Sun an den Neger, der neben ihm lag, »ich werde nun versuchen, an die Leute heranzukommen. Sobald sie sich dort oben rühren, schießt du weiter.«

Nimbas Stimme war voller Unruhe.

»Herr, ist es nicht besser, wir warten ab, bis sich die Leute in Bewegung setzen? Hier sind wir sicher und …«

»Herr!!«, schrie plötzlich Hal hinter dem großen Felsblock auf. »Achtung, von oben …«

Sun und Nimba warfen den Kopf hoch, sahen einen schwarzen Stein direkt auf sich zukommen, warfen sich instinktiv zur Seite …

Wumm …

Seitlich von ihnen explodierte der schwarze Körper und warf eine Garbe von Splittern, Steinen und Staub hoch. Sie wurden nicht getroffen, da die Flanke des Felsblocks den Hagel abfing, und die beiden Männer machten schon eine Bewegung, um sich wieder aufzurichten, als sie plötzlich zusammenbrachen.

Während Sun das Bewusstsein verlor, wusste er, dass Garcias Leute von der Höhe des Canyons herunter eine Gasbombe geschleudert hatten.

*

Hal erwachte mit einem merkwürdigen Gefühl im ganzen Körper. Seine Gelenke brannten, die Haut war wie aufgeschunden, der Kopf hing wie ein schwerer Ballon auf einem dünnen Halsstiel, und im Munde lag ein abscheulicher Geschmack, während sich der Magen jener ersten Zigarette zu erinnern schien, die Hal mit dem Fahrstuhlboy im Keller des ›Excelsior‹ geraucht hatte.

Was war denn das für ein Loch?

Hinten Steine, vorne Steine, oben und unten Steine. In einem anständigen Bierfass wäre mehr Platz gewesen. Übrigens Bierfass – es sah bald aus, als ob sich die Steinwände nach oben verjüngten. Waren das nicht Lichtritzen? Todsicher, dort oben war die Öffnung und auf ihr lag eine Steinplatte oder sonst was Kaltes. Gleich mal versuchen.

Teufel, die Hände waren auf dem Rücken zusammengebunden und die Füße ließen sich auch nicht bewegen.

Was war denn hier geschehen?

Hal brauchte einige Zeit, bevor sein Kopf einen leidlich klaren Gedanken fassen konnte. Richtig, da war der Überfall, die Schießerei und dann das schwarze Ding von oben und die Explosion. Eine Bombe. Getroffen war er nicht worden, und eigentlich hatte er keinen Luftdruck gespürt. Musste wohl Gas in dem Kuckucksei gesteckt haben.

Aber wo waren der Herr und Nimba? Waren sie tot, verletzt, gefangen?

Hal hätte sich gern am Kopf gekratzt, um die Gedankenarbeit wirksam zu unterstützen, aber das ging leider nicht, ohne dass man die Hände frei hatte. Hm, die Hände.

Er lauschte. Irgendwo mussten sich Menschen befinden, denn jetzt hörte er ganz deutlich Männerstimmen. Was sie sprachen, war nicht zu unterscheiden, aber er brauchte nicht erst ein Kreuzworträtsel zu lösen, um zu wissen, dass es keine Freunde waren.

Hm.

Hal knobelte lange. Was hatte doch gleich der berühmte Detektiv John Haltefest, dessen Taten er in London mit Begeisterung geschmökert hatte, in ähnlichen Lagen getan? Hm. Hände freimachen, raus aus der Kiste und mit kühlem Lächeln die Revolver auf die Verbrecher gerichtet.

Hm, mit den Revolvern hatte es freilich seine Eier, die waren nämlich nicht vorhanden. Aber ganz gleich, was John Haltefest konnte, das brachte Hal Mervin allemal.

Er probierte vorsichtig die Handfesseln aus. Eine Weile faserte er hin und her und fühlte nach einem scharfkantigen Stein, auf dem er die Stricke zerreiben konnte. Doch dann merkte er, dass sie nur einfach um die Gelenke herumgeschlungen und durch einen schlichten Knoten befestigt waren. Das war zwar eine willkommene Entdeckung, aber Hal fühlte sich trotzdem ein bisschen enttäuscht. Er konnte sich des leisen Verdachts nicht erwehren, dass man ihn wieder einmal nicht ganz für voll genommen hatte. Oder hielt man die Betäubung für stark genug? Jedenfalls wollte er es den Kerlen schon beweisen.

Ohne viel Mühe rutschte er mit seiner schmalen Kinderhand aus den Schlingen heraus. Seine Hände waren frei, kurz darauf auch seine Füße. Immerhin, so ganz gebrauchsfähig kamen sie ihm nicht vor; er hatte wohl zu lange in dieser Hockstellung gesessen. Vorsichtig bewegte er sich und brachte sich allmählich auf die Knie. Die dort draußen durften ihn nicht hören.

Dann rieb er seine Gelenke, erstens weil es wirklich angebracht war, und zweitens weil es bei John Haltefest so vorgeschrieben ist, von wegen Blutkreislauf und so weiter.

Nach Verlauf einer Viertelstunde fühlte er sich wieder leidlich handlungsfähig. Was nun?

Draußen war augenblicklich überhaupt nichts zu hören.

Vorsichtig drückte er gegen die Steinplatte dicht über seinem Kopf. Sie verschob sich sofort um ein Stück, lag also sehr leicht auf. Ein breiter Lichtstrahl flutete in den steinernen Behälter hinein. Tatsächlich, es schien kein Keller, kein Gelass zu sein, sondern nichts als ein freistehender Behälter, eine besondere Art von Müllkasten.

Hal sah sich die Geschichte jetzt genauer an. Die eine Seite des nach oben enger werdenden Loches war glatte Felswand, die andere zeigte ein rohes Rund aus groben Steinen, die durch einen Mörtel zusammengehalten wurden. Der Boden war wieder glatter Fels.

Teufel, waren das nicht Knochen?

Hatte der Hopi nicht erzählt, dass hier im Canyon del Muerto hunderte von Urnen standen, von Behältern, in denen die Navajos ihre Toten begruben?

Hal war im Bilde und wandte sich der Öffnung wieder zu. Draußen war noch immer alles still. Doch nein, jetzt kamen Schritte, jetzt wurden Stimmen hörbar. Zwei Männer sprachen miteinander.

»Immer noch nichts«, stellte einer mürrisch fest. »Verfluchte Warterei. Die Nacht wird uns über den Hals kommen, und dann bleiben wir bis zum Morgen hier liegen.«

»Lässt sich auch nicht ändern«, beruhigte der zweite. »Wird nicht so schnell gehen. Der Chef wird sich auch nicht gedacht haben, dass uns der Kerl zusammenschießt. Er wird schön fluchen.«

»Hätte die Bombe schneller werfen lassen sollen«, brummte der erste zurück.

»Wir sollten auch mit der Schießerei warten, bis der Indio oben bereit stand. Aber manchem konnte es nicht schnell genug gehen. Nun haben sie die Bescherung.«

»Eigentlich müssten wir die Leichen gleich zudecken«, brachte der andere in Erwägung. »Sie können nicht über Nacht liegen bleiben.«

»Geht schneller, wenn die anderen dabei sind. Ist ein Haufen Arbeit«, wandte der zweite ein.

Ein hässliches Lachen.

»Wird sich aber schließlich lohnen.«

Nach einer ganzen Weile kam die Antwort.

»Hast recht, zumindest können wir anfangen.«

»Die Gefangenen?«

»Die wachen vorläufig nicht wieder auf, brauchen keine Wache.«

»Möchte wissen, warum sie der Chef erst noch hinaufschleifen lassen will. Könnten uns die Schlepperei sparen.«

»Er wird seine Gründe haben. Komm.«

Schritte verhallten.

Hal hatte mit freudiger Genugtuung davon Kenntnis genommen, dass Nimba und sein Herr noch lebten. Vermutlich steckten sie in ähnlichen Löchern wie er selbst.

Als draußen alles still geworden war, schob Hal die Platte noch ein Stück weiter zur Seite. Er wurde blass vor Schreck, als sie seinen sanften Druck falsch auffasste und völlig verschwand, außerhalb des Behälters dumpf aufschlug.

Atemlos horchte Hal und streckte dann mit großer Vorsicht seinen Kopf heraus. Niemand zu sehen. Die Platte war auf einen Schutthaufen gefallen und die Männer mochten bereits zu weit sein, um das Geräusch gehört zu haben.

Eine merkwürdige Gegend.

Der steinerne Behälter befand sich in einer waagerechten Felsspalte, über der drohend wuchtig die Felswand hing. Die Spalte war voller ruinenhafter Gebäude. Hal sah Reste von Mauern, die bis zur Felsendecke hinaufgingen, sah verfallene Querwände, gut erhaltene kreisrunde Mauern und noch eine ganze Reihe solcher kleiner Grabstätten, wie sie ihm als Aufenthalt gedient hatten.

Der Junge stemmte sich aus dem Loch heraus und kroch auf dem Boden entlang bis zum Rande des Spalts. Die Felswand darunter fiel nicht so schroff ab wie an der Spalte in der de Chelly-Schlucht, sondern führte über Geröll allmählich auf die Talsohle.

Erst nach einer geraumen Zeit entdeckten Hals spähende Augen die beiden Männer, die sich vorhin hier oben unterhalten hatten. Sie befanden sich ein Stück weiter unten im Canyon und machten sich dort zu schaffen. Hal atmete auf. Von denen war vorläufig nichts zu befürchten.

Wo war nun der Herr?

Hal begann zu suchen. Todsicher befand er sich in der Nähe. Die Urnen? Nein, sie waren zu klein, um einen Mann aufzunehmen, wenn man nicht oben die Öffnung erweiterte. Immerhin.

Der Junge schwang sich flüchtig über die zerfallenen Wände von einer der Kammern in die andere. Nichts. Ah, das sah eher nach einem Gefängnis aus.

Hal war an einer Kiwa angelangt, einem kreisrunden Bauwerk von wenigen Metern Durchmesser, das den früheren Bewohnern zu religiösen Zwecken gedient haben mochte. Solche Kiwas gab es mehrere, eine davon war sogar ziemlich groß, fast wie ein Saal.

Dort sah er allerdings erst später hinein. Er entdeckte Sun und Nimba bereits in der ersten Kiwa, einem leeren Raum, an dessen Innenwänden die Reste steinerner Bänke zu sehen waren.

Die beiden Männer lagen an Händen und Füßen gefesselt auf dem Felsboden. Hal stürzte mit einem freudigen Aufschrei auf sie zu. Im nächsten Augenblick fuhr er schon wieder erschrocken zurück. Sie rührten sich nicht. Waren sie tot?

Unsinn, sie waren nur betäubt, wie er es gewesen war. Ja, bestimmt, die Herzen schlugen, langsam und regelmäßig. Man musste sie nur munter machen. Jeder hatte eben nicht solch eine Pferdenatur wie er, dass er nach einem Gasangriff von selbst wieder aufwachte.

Hal rüttelte an der Schulter Sun Kohs. Nichts. Der Herr schien es nicht zu spüren. Er fasste stärker zu. Nichts zu machen. Dann zog er an Suns Ohrläppchen, dann an den Haaren, kniff ihn in den Arm und probierte schließlich sein Glück sogar an der Nase, aber immer vergeblich. Sun Koh blieb betäubt, kehrte nicht ins Bewusstsein zurück.

Hal kratzte sich am Kopf und unterzog dann den Neger dem gleichen Verfahren, nur mit dem Unterschied, dass er jetzt ein bisschen robuster vorging. Nimba hatte ein dickes Fell. Aber auch er rührte sich nicht.

Hal war nicht gut zumute. Wenn er die Männer nicht aufbrachte, dann waren sie alle drei rettungslos gefangen, wurden fortgeschleppt und möglicherweise sofort ermordet.

Er rüttelte von Neuem an Suns Schulter und flüsterte zugleich heiser: »Herr, Herr, wachen Sie doch auf. Aufwachen! Aufwachen!«

Suns Körper rollte willenlos hin und her.

Hals Augen wurden verdächtig nass. Er weinte fast, aber mehr vor Wut als vor Verzweiflung. Jetzt hatte es so fein geklappt, dass die Kerle hier den Platz geräumt hatten, und nun war doch alles umsonst. Garcia würde lachen.

Wasser?

Ja, Wasser müsste man haben. Ein kräftiger Schwapp soll schon manchen Toten lebendig gemacht haben. Aber Wasser gab es hier nicht, das konnte er nur aus dem Canyon holen. Ganz gleich, er würde versuchen, an den Leuten vorbeizukommen und Wasser heraufzubringen.

Hal war schon halb draußen, als ihm ein neuer Gedanke kam. Sun Koh und Nimba waren noch gefesselt. Vor allen Dingen musste er sie von den Stricken befreien, bevor er hier weglief.

Hal kehrte um. Er sah sofort, dass die Fesselung ernsthaft gemeint war. Man hatte die Gelenke stark zusammengeschnürt und die Stricke kunstvoll geführt und mehrfach gesichert.

Ein Messer.

Der Junge suchte vergeblich.

Die beiden Männer waren ebenso restlos ausgeplündert wie er selbst. Stein oder Knoten?

Er entschied sich für das Letztere um Geräusche zu vermeiden. Mit unendlicher Geduld – wenn man von einer Reihe Flüchen absah, die er zwischen den Kiefern zermalmte – begann er die Knoten zu lösen. Es war eine mörderische Arbeit, die nahezu eine Stunde in Anspruch nahm. Mit Händen und Zähnen ging er den straffen Knoten zu Leibe, die mit brutaler Kraft zusammengezogen waren.

Endlich. Die Fingernägel brauchten für die nächsten Wochen keine Maniküre mehr, aber Sun und Nimba lagen frei und ungefesselt.

Vorsichtig schlich sich Hal aus der Kiwa hinaus. Jetzt galt es, Wasser herbeizuschaffen. Hoffentlich waren die Männer …

Teufel, da kamen sie schon herauf, gar nicht mehr weit entfernt. Er musste sie erst hoch lassen, anders kam er nicht vorbei.

Krach.

Als er über eine der niedrigen Quermauern glitt, um sich zu verstecken, geschah das Unglück. Ein lockerer Stein fiel.

Das Geräusch war nicht zu überhören. Hal, dem der kalte Schweiß ausbrach, sah, wie die beiden Männer überrascht stehen blieben und die Spalte musterten. Ihre Stimmen drangen bis zu ihm.

»Nanu, was war das?«

»Ein Stein?«

»Die Gefangenen werden doch nicht etwa …«

»Quatsch«, beschwichtigte der andere, »die mucksen sich vorläufig nicht. Wird irgendein Tier gewesen sein, vielleicht noch nicht mal das. In diesem verdammten Gemäuer ist jeder Stein wacklig, das Zeug fällt von allein zusammen.«

»Kann sein«, brummte sein Begleiter, »ich werde aber auf alle Fälle mal nach dem Rechten sehen.«

Hal hätte sich selbst ohrfeigen können. Nun war alles verloren. Der Mann würde herankommen und die Gefangenen ungefesselt finden. Dann hatte er sich die Fingernägel umsonst abgebrochen. Sun und Nimba würden wieder eingefangen und er natürlich ebenfalls.

Die Verzweiflung ließ einen tollkühnen Plan in ihm aufschießen. Die Männer nahmen ihn doch sicher nicht für voll, und außerdem wussten sie nichts von ihm, zumindest war er ihnen in Mexiko nicht begegnet. Das musste ausgenutzt werden.

Sein Plan war einfach der, sich den Männern zu stellen und harmlos an sie heranzukommen, bis er eine der Pistolen fassen konnte, die sie im Gürtel trugen.

Furcht? Pah, Hal Mervin kannte keine Furcht, und wenn er sie kannte, so zeigte er es nicht. Schließlich war er ja in London aufgewachsen. Es gibt aber so leicht keinen Londoner, der sich nicht allen überlegen fühlt, die irgendwo in den ›Provinzen‹ der Erde geboren wurden.

Hal steckte die Hände in die Taschen, begann ein Liedchen zu pfeifen und marschierte auf die Männer zu, die eben den Rand der Spalte erreicht hatten. Sie brachten sofort ihre Karabiner in Anschlag, als sie das erste Geräusch vernahmen, ließen sie aber verblüfft sinken, als sie den sommersprossigen Jungen bemerkten, der dreist und gottesfürchtig bis auf fünf Meter an sie herankam und sie musterte.

»Nanu?«, würgte der eine.

Hal nahm sofort das Wort.

»So, seid ihr endlich da? Das wird aber Zeit, dass sich jemand sehen lässt. Wenn's nach euch geht, kann man hier anscheinend umkommen. Habt ihr was zu trinken da? Meine Kehle ist wie ein trockenes Ei.«

Der erste der beiden Männer, ein breitschultriger untersetzter Kerl mit wilden Gesichtszügen, fasste sich mühsam.

»Was?? Hast du dich aus deinem Loch freigemacht? Bist du nicht mehr betäubt?«

Der Junge musterte ihn verächtlich.

»Ihr glaubt wohl an Geister? Oder seht ihr mich nicht hier stehen? Denkt wohl, ich schlafe drei Tage in dem Loch, in das ihr mich hineingeschmissen habt? Nee, mein Lieber. Setzt euch nur mal selber rein. Schätze, dass ihr auch schnell wieder raus seid.«

»Und deine Fesseln?«

»Pah, soll ich etwa eure verfaulten Stricke mit rumschleifen? Holt sie euch gefälligst selber raus, wenn ihr sie braucht.«

»Reiß dein Maul nicht so auf«, sagte der Mann barsch. Aber damit goss er Öl in Hals Feuer. Der reckte sich hoch und schrie in vernichtendem Ton:

»So, jetzt wollt ihr mir auch noch den Mund verbieten? Das hat gerade noch gefehlt. Erst schmeißt ihr eine Bombe auf mich runter, nachdem ihr vorher wie die Wilden in der Gegend rumgeknallt habt, dann schnürt ihr mich zusammen wie ein Paket und schmeißt mich in ein Rattenloch, und nun soll man wohl auch noch Dankeschön sagen? So eine Frechheit ist mir doch noch nicht vorgekommen …«

Hal verbiss sich förmlich in seine Wut und schonte nicht mit seinen Flüchen. Und die waren ziemlich umfangreich.

Der gewünschte Erfolg trat ein.

Die Männer begannen zu grinsen, und als der Breitschultrige wieder zu Worte kam, war zwar sein Misstrauen nicht völlig geschwunden, aber in seiner Stimme lag ein gewisses Wohlwollen.

»Fluchen kannst du wie ein Alter, aber wenn hier einer frech ist, so bist du es, mein Bürschchen. Sei froh, dass du nicht eine Kugel erwischt hast. Mitgefangen, mitgehangen. Lauf nicht mit solchen Kerlen in der Welt herum, die die Leute über den Haufen knallen. Hast auch deinen Anteil an der Schießerei.«

Hal stemmte die Arme in die Hüfte. »Ich? Ihr seid wohl meschugge? Ich soll wegen der Kerle, die mich mitgeschleppt haben, einen Menschen niederschießen? Da lachen die Spatzen!«

Der erste wollte antworten, aber der andere Mann, der erheblich schmächtiger war, kam ihm zuvor.

»Das stimmt, was der Junge sagt. Ich habe zufällig sein Gewehr in der Hand gehabt. Es war nicht daraus geschossen worden.«

»Na also«, triumphierte Hal, »bin doch auch nicht verrückt. Was gehen mich die Leute an?«

»Du gehörst doch zu ihnen«, warf der Schmächtige misstrauisch hin.

Der Junge tippte sich an die Stirn. »Ich? Zu denen gehören? Wenn euch ein Greifer schnappt und führt euch nach Sing-Sing, dann gehört ihr wohl ebenfalls zu denen, he? Mitgeschleppt haben sie mich. Hat mich Mühe genug gekostet, auszureißen und mich selbstständig zu machen. Aber ich hatte Pech. Sie schnappten mich wieder und ließen nicht mehr locker. Wollten hier noch was erledigen, und dann sollte ich wieder mit zurück nach London. Haben mich keinen Augenblick aus den Augen gelassen, sonst wäre ich schon lange wieder getürmt. Und da soll ich zu denen gehören? Bei euch piept's wohl. Bin heilfroh, dass ihr sie erwischt habt und hoffe, dass ihr mich nicht wieder ausliefert.«

Der Untersetzte grinste.

»Das ist nun weniger zu befürchten, schätze ich. Darfst die beiden mit einscharren, wenn's so weit ist. Ich denke nur, ganz wird deine Geschichte nicht stimmen, he?«

Hal machte eine großzügige Handbewegung. »Ist mir völlig wurscht, ob ihr mir glaubt oder nicht. Jedenfalls will ich nicht nach London zurück, und dabei hat's bei euch sicher mehr Weile als bei denen. Seid ein bisschen hinterm Mond hier, aber ich hoffe, wir werden schon auskommen.«

Der Breite stieß belustigt seinen Kameraden an.

»Hör bloß das Großmaul. Habe noch nie so was von größenwahnsinniger Laus kennengelernt. Was machen wir mit dem Bürschchen?«

Der andere musterte den Jungen noch einmal mit zusammengekniffenen Augen. Dann sagte er langsam:

»Klingt ja nicht übel, was er vorbringt, aber mir ist so, als ob die Rede von einem Jungen gewesen wäre, der in Mexiko halstief in die Geschichte verwickelt war. Wollen lieber keinen Fehler machen. Mag der Chef entscheiden. Bis dahin werden wir ihn gebunden in eine Ecke legen.«

Hal zitterte innerlich vor Erregung, aber er vermochte das verräterische Schwingen in seiner Stimme durch besondere Lautstärke zuzudecken.

»Was, binden wollt ihr mich wieder? Stellt euch das wohl als besonderes Vergnügen vor? Habt wohl Angst vor mir?«

»Quatsche nicht«, fertigte ihn der Schmale ab, »glaubst doch deinen Kohl selber nicht. Angst vor dem Wurm? Nee, aber ich habe keine Lust, ständig hinter dir her zu gucken, damit du keinen Unfug anrichtest. Wir haben mehr zu tun, als Kinderfrau zu spielen.«

Das war die Entscheidung. Hal hob die Schultern, als wollte er andeuten, dass er sich in sein Schicksal ergebe und schritte dichter an die Männer heran, wobei er gleichgültig sagte:

»Wenn ihr's nicht anders wollt, dann meinetwegen. Schließlich kann's ja nicht ewig dauern und besser als London ist's allemal. Aber gebt mir wenigstens vorher einen anständigen Schluck zu trinken, meine Zunge ist ganz trocken.«

Er war bis dicht an den Breitschultrigen herangekommen. Der nickte und wies auf die große, zweischnäblige Flasche, die am Lederband auf seinem Rücken hing.

»Kannst du haben, bediene dich.«

Der Riemen der Flasche lag unter dem Patronengurt, und der Mann war wohl zu bequem, die Flasche erst auszuhaken.

Hal ließ sich die Aufforderung nicht wiederholen. Günstiger konnte er es gar nicht treffen. Unmittelbar neben der Flasche ragte der Kolben der Pistole heraus. Hoffentlich war sie geladen.

Trotzdem griff er zuerst nach der Flasche und trank in langen Zügen. Erstens war er wirklich durstig und zweitens beobachtete ihn der Schmale. Erst als dessen Blick gleichgültig zur Seite ging, setzte der Junge ab und ließ die Flasche zurückbaumeln.

Im gleichen Augenblick aber riss er auch schon die Pistole aus dem Holster, sprang einen Schritt zurück, wobei er die Sicherung umlegte, richtete die Waffe auf die Männer und schrie:

»Hände hoch, sonst knallt's!«

Der Erfolg war über alle Maßen verblüffend. Der Schmale warf mit unsäglich dämlichem Gesicht die Arme in die Luft.

Der Breitschultrige dagegen drehte sich kurz um, zog ein sprachloses Gesicht und begann dann brüllend zu lachen, wobei er halb einknickte und die Hände auf die Oberschenkel stemmte.

Hal wusste, dass er nicht lange Zeit hatte, denn schon löste sich der Ausdruck im Gesicht des Schmächtigen. Deswegen schrie er mit größtmöglicher schriller Schärfe noch einmal: »Hände hoch!« Der Breite brüllte weiter. Da drückte Hal los, aus zwei Meter Entfernung auf den Arm.

Ein leichtes Knacken. Die Pistole war nicht geladen. Verspielt.

Der Untersetzte wieherte von Neuem los, als die Enttäuschung bittere Falten in Hals Gesicht grub.

»Ha, ha, ha, da kannst du lange drücken, ist kaputt. Hättest dir die andere aussuchen müssen, ha, ha. Jetzt haben wir die verflixte Kröte. Werden dir die Flötentöne schon beibringen …«

Hal hätte am liebsten die Hände vors Gesicht geschlagen und sich aufheulend in eine Ecke verdrückt. Aber er ließ sich nicht umwerfen. Noch gab es eine Rettung, und wenn sie noch so verzweifelt war. Diese hieß: Ausreißen. Der Weg in den Canyon hinunter war frei und doch andererseits wieder so unsichtig, dass er sehr bald hinter den Felsblöcken Schutz vor den Kugeln finden konnte. Freilich, wenn sie schnell und gut schossen, dann kam er keine zehn Meter. Aber dann war's auch nicht schlimmer als so. Und wenn es ihm gelang, davonzukommen, so konnte er sich vielleicht bis zu den Hopis durchschlagen und Hilfe holen.

Er zögerte nicht, warf dem noch immer Johlenden die nutzlose Pistole ins Gesicht und wandte sich zur Flucht.

Die abdrehende Bewegung wurde nicht vollendet. Schon im Umdrehen sah Hal, dass sein Wurf eine überraschende Wirkung hatte. Der Breitschultrige fiel um wie ein Klotz. Im gleichen Augenblick sah er einen schlanken Körper hinter der Mauer hervor durch die Luft sausen und auf den Schmalen stürzen, der bereits die Hand an der Waffe hatte.

»Herr!«, jubelte der Junge in überquellender Freude auf.

Kurz darauf erhob sich Sun Koh von dem Mann, den er mit einem wuchtigen Schlag kampfunfähig gemacht hatte und nickte Hal lächelnd zu. Gleichzeitig kam weiter von der Seite her Nimba mit breitem Grinsen angeschlendert.

Hal stürzte auf Sun zu und umschlang ihn förmlich. Die ganze hochgradig gesteigerte Erregung entlud sich in krampfartigen Zuckungen. Sein Gesicht wurde nass von Tränen, und was er sprach, war mehr ein undeutliches Schluchzen:

»O Herr, Sie sind da – kamen zur rechten Zeit – war bald alles aus ...«

Sun strich ihm über das wirre Haar, bis der Sturm abebbte. Dann sagte er sanft:

»Du bist ein Held, mein Junge. Ich bin stolz auf dich.«

Hal schluckte noch einmal auf, wischte sich mit dem Handrücken über die Augen, und dann begann er zu strahlen.

Was war er für ein Kerl. Selbst der Herr bewunderte ihn.

»Ja, Herr«, begann er eifrig zu berichten, »das war ein verteufeltes Ding. Ich dachte wirklich, es wäre aus, wollte gerade versuchen, mich davonzumachen. Fein, dass Sie rechtzeitig kamen.«

Sun lächelte ihn an.

»Wir lagen schon eine Weile versteckt, warteten nur auf den günstigen Augenblick. Der bot sich, als sich die Männer nach dir zu auf die andere Seite drehten.«

Hal wurde feuerrot.

»Sie haben gehört, was ich denen aufgetischt habe? Sie werden doch nicht glauben …«

Sun beruhigte ihn.

»Aber Hal. Wir ahnten ungefähr, was du beabsichtigtest. Dein Gedanke war reichlich kühn und vielleicht auch ausführbar. Aber was hättest du mit den Männern getan? Du konntest sie doch nicht ewig stehen lassen, wenn sie die Arme gehoben hätten? Und doch hättest du sie auch nicht binden können.«

Hal erschrak förmlich und sagte dann nachdenklich:

»Das habe ich mir gar nicht weiter überlegt. Es ging alles so schnell. Ich glaube, ich hätte mich mit den Kerlen neben Ihnen hingesetzt, bis Sie wach wurden, oder – ich hätte sie kampfunfähig geschossen. Aber wie konnten Sie überhaupt so schnell da sein? Als ich Sie losgebunden habe, waren Sie noch ganz betäubt.«

»Also warst du es doch, der die Fesseln abgenommen hat. Wir sahen sie liegen und spürten sie auch noch an unseren Gelenken. Bist ein fixer Kerl. Ich weiß nicht, wann du bei uns warst, aber meine erste schwache Erinnerung ist die, dass jemand die Kiwa verließ.«

»Das war ich«, warf Hal mit gebührender Demut ein.

»Dann hörte ich laute Stimmen«, fuhr Sun fort, »und das brachte mich schnell hoch. Nimba kam auch gerade zu sich. Wir schlichen dann heraus und sahen, was vor sich ging.«

»Wo ist denn überhaupt Nimba?«, wandte sich der Junge um.

Der Neger verschnürte bereits fachmännisch die beiden Männer mit ihren eigenen Riemen. Er war taktvoll genug gewesen, die Tränen des heldenhaften Jungen zu übersehen. Aber jetzt erhob er sich, kam mit würdevoller Miene heran und reckte seine riesige Hand hin, um die Hals zu schütteln.

»Fein gemacht, Hal«, sagte er anerkennend.

Der Junge hatte das Empfinden, dass das der schönste Tag seines Lebens sei. Er schüttelte ebenso schweigend wie kräftig die Hand. Damit hatte er aber auch genug des Ruhms und wurde mit möglichster Beschleunigung wieder der ewig schnoddrige Straßenjunge.

Er besichtigte mit Interesse die gefesselten Leute, besonders den Breitschultrigen, dessen Schläfe voller Blut war.

»Na«, wandte er sich herausfordernd an den Neger, »nun hast du immer geschrien, dass ich keine Kraft habe. Hast du gesehen, wie ich den Mann umgelegt habe? Ein Wurf mit der Pistole, schon sackte er weg. Sie muss ihm die Schläfe zerschmettert haben, obgleich ich noch nicht einmal besondere Kraft anwandte.«

Nimba starrte ihn einen Augenblick entgeistert an, dann tippte er sich grinsend an die Stirn.

»Du spinnst, teurer Freund. Deine Pistole hat überhaupt nicht getroffen. Den Mann habe ich mit einem Stein umgelegt.«

»Schwarzer Neidhammel«, warf Hal verächtlich hin.

Nimba hob wortlos einen Felsbrocken auf, der neben dem Betäubten lag. Die eine Seite war vom Blut gerötet.

»Sieh ihn dir an. Kannst auch den Herrn fragen.«

Es war nicht nötig, Hal wusste auch so Bescheid. Also darum war der Mann so schnell umgefallen. Na, wenn schon. Aber Nimba musste trotzdem seine Meinung hören, sonst bildete sich der Neger noch was ein.

»So, da hast du ja was Rechtes fertig gebracht. Aus dem Hintergrund mit Steinen schmeißen, weiter kannst du nichts. Hast wohl nach mir gezielt und aus Versehen den da getroffen?«

Nimba lachte gutmütig auf.

»Bestimmt, du wimmernder Säugling. Wird übrigens höchste Zeit, dass ich dich trocken lege.«

So, nun war man wieder im Fahrwasser. Die schönste Häkelei hatte ihren verheißungsvollen Anfang genommen. Schon hieb Hal zurück:

»Leg dich selber trocken, du ausgesetztes Nashornbaby.«

»Aufgewärmter Straßendreck«, trumpfte der Neger höhnisch zurück.

Die beiden waren in bester Laune.

Aber Sun Koh unterbrach wie gewöhnlich sehr bald die erhitzte Streiterei. Man durfte keine Zeit ungenützt verstreichen lassen. Hal fiel ein, was er von dem ersten Gespräch der Männer erlauscht hatte, und die Mitteilungen trieben noch mehr an. Sie schafften die Männer in die Kiwa, nachdem sie ihnen die Waffen abgenommen hatten. Kurze Zeit später konnten sie allerdings auf diese Waffen verzichten, da sie ihre eigenen Sachen auf dem Platze wiederfanden, von dem aus ihre Angreifer das Feuer eröffnet hatten.

Die Opfer des Kampfes waren noch nicht begraben, sondern nur unter einen halb ausgewaschenen Block gelegt worden. Hal machte als Erster die Entdeckung, dass sich unter ihnen O'Mirke befand, der Händler, mit dem er sich im Pueblo Maos gestrubelt hatte.

Damit bestätigte sich der leise Verdacht Suns. O'Mirke hing mit den Leuten zusammen. Wenn er nicht gerade einer von Garcias Gehilfen war, so musste er doch mindestens in loser Verbindung mit ihm gestanden und gewusst haben, was ihre Anwesenheit im Pueblo bedeutete. Jedenfalls war er ohne Aufenthalt vorausgeritten und hatte Nachricht gegeben, denn sonst hätten Garcias Leute hier nicht den Weg versperrt.

Wenn der Mexikaner erfuhr, dass sie wieder freigekommen waren, würde er noch zu ganz anderen Mitteln greifen, um sein Versteck zu hüten.

Er musste es erfahren.

Die Lage war ungünstig.

Sun Koh wusste nun ungefähr, wo sich Garcia aufhielt und wo Joan Martini gefangen gehalten wurde. Weiter oben ging der Lancos-Canyon nach Norden ab. Dort befand sich die Stelle, die auf der Skizze angekreuzt war. Und der Canyon war nicht so groß, dass man sie nicht hätte finden können. Aber sie kannten alle drei das Gelände nicht, und wenn sie den aufmerksamen Widerstand von Garcias Leuten vor sich hatten, konnten sie bis zum Ziel hundertmal in den Tod rennen.

»Hört«, wandte sich Sun an Nimba und Hal, »wir wollen versuchen, Garcias Leute zu täuschen. Hier kommen wir kaum mehr durch. Wir werden den Canyon verlassen und den Anschein erwecken, als ob wir aus der Gegend geflüchtet seien. Vielleicht lässt die Wachsamkeit doch nach. Wir werden unsern Weg nur umkehren, auf der Höhe entlang wandern und dann vom entgegengesetzten Ende, das man kaum übermäßig bewachen wird, in den Canyon eindringen.«

»Können wir nicht einfach alles zusammenschießen, was sich uns entgegenstellt?«, schlug Hal selbstbewusst vor.

Sun schüttelte den Kopf und erwiderte ernst:

»Es hat schon genug Tote gekostet. Außerdem vergisst du die Hauptsache, nämlich, dass wir Miss Martini befreien wollen. Sieht aber Garcia die Gefahr allmählich herannahen und weiß, dass er uns nicht aufhalten kann, so verschwindet er mit ihr, entführt sie woanders hin. Denke daran, dass er ein Flugzeug zur Verfügung hat. Nein, wir müssen ihn überraschen, und um das zu können, müssen wir zunächst fliehen. Alles fertig? Wenn ich nicht irre – tatsächlich. Fort!«

Über dem Grund des Canyons lagen bereits tiefe Schatten, aber Suns scharfe Augen hatten doch noch einige Anzeichen dafür aufnehmen können, dass sich dort Menschen näherten. Es war kaum anzunehmen, dass man sie schon bemerkt hatte, zumal die Leute keine Feinde mehr vor sich fürchteten.

Die zwei Männer und der Knabe eilten geduckt, aber in großer Eile dem Ausgang des Canyons del Muerto zu. Ungefährdet erreichten sie den Canyon de Chelly. Dort entdeckten sie zu ihrer Freude in einer Grasmulde ihre Pferde, die wohl bei der Annäherung der Fremden hier hinausgaloppiert und von jenen nicht weiter beachtet worden waren.

Das änderte ihre Pläne etwas.

Es war nicht mehr nötig, unverzüglich zu verschwinden. Die anderen hatten keine Pferde zur Verfügung und konnten nicht nachkommen. Man konnte sie also erst noch darauf aufmerksam machen, dass man tatsächlich abzog.

Sie warteten. Endlich wurden die Leute Garcias auf dem Schräghang zur Spalte hinauf sichtbar. Sie stutzten. Einige blieben spähend stehen, andere sah man hinaufeilen. Jetzt musste man die Flüchtenden entdeckt haben. Jetzt beriet man, und schon krachte der erste Schuss.

Sun und seine beiden Begleiter sprangen mit betonter Überraschung auf, liefen zu den von oben natürlich sichtbaren Pferden und jagten davon, selbstverständlich in Richtung auf den San Juan. Sie erfuhren später, dass sie tatsächlich den Eindruck von Fliehenden gemacht hatten.

Der Ritt war scharf. Sun ließ den Falben ausgreifen, und das edle Tier streckte sich voller Wonne. Seine Hufe donnerten über den felsigen Boden, und auf seiner Haut bildete sich eine feine Schweißschicht, aber seine starke Brust atmete tief und ruhig, und seine Nüstern schnoben dann und wann in freudiger Erregung. Die letzten Tage war es allzu langsam gegangen. Auch die anderen Pferde hielten sich gut. Blues dunkle Stute jagte ledig hinterher.

Am wenigsten war Hal mit dem tollen Ritt einverstanden. Das Tempo war ihm noch zu fremd, und er begann einzusehen, dass zum Reiten noch ein bisschen mehr gehört als ein leidlicher Zuckeltrab. Am liebsten hätte er die Sache aufgegeben. Da das aber nicht ging, biss er die Zähne zusammen. Nicht um den Tod hätte er einen Ton gesagt. Aber mit der stolzen Haltung war es natürlich aus. Er klemmte sich schon nach einer Viertelstunde wie ein verängstigter Affe auf den Sattelknauf und trug sein Leiden mit Anstand. Mochte die Bestie laufen, was sie wollte.

Bevor noch die Nacht herniedersank, erreichten sie die Stelle, die Sun zum Aufstieg vorgesehen hatte. Blue hatte ihm den schwindelnden Pfad im Vorbeireiten gezeigt und auf den kaum sichtbaren Anfang hingewiesen. Der Pfad werde nur ein- oder zweimal benutzt, wenn Navajos zum Canyon del Muerto ziehen und nicht den Umweg über den San Juan machen wollen, hatte er berichtet. Er selbst sei in früheren Jahren einmal hier heruntergestiegen und sei heilfroh gewesen, als er unten angekommen sei.

Nimba und Hal sprangen ab. Sun blieb sitzen.

»Nehmt eure Gewehre und die Vorräte herunter«, gebot er, während er gleichzeitig sein eigenes Gepäck, Decken und Stricke abwarf. »Dort, zwischen den beiden Blöcken, hinter der großen Kiefer, beginnt der Pfad. Ihr klettert hinauf bis zu dem überhängenden Busch, hinter dem ihr gegen Sicht aus dem Tal geschützt seid. Dort wartet auf mich.«

»Sie wollen weiter, Herr?«, fragte der Neger mit großen Augen.

Sun nickte freundlich.

»Wir wollen an dieser Stelle hinauf auf die Meza. Was würde geschehen, wenn Garcias Leute bis hier vordrängen und die Pferde hier finden würden?«

»Dann wüssten sie genau Bescheid«, warf Hal aufmerksam ein.

»Also muss ich erst die Pferde weiter hinunterbringen. Ich denke, dass ein dreistündiger Ritt genügt, um einen Verdacht zu zerstreuen. Vielleicht kann ich die Tiere dann sogar bewegen, weiter hinabzuziehen.«

»Und Sie wollen zu Fuß zurück, Herr?«

»In der Dunkelheit?«, ergänzte Hal die Frage des Negers, die voller Bedenken war. »Da wird es doch morgen früh?«

Über Suns Gesicht glitt ein Lächeln.

»Macht euch keine Sorgen. Ich werde drei Stunden reiten und nicht viel länger brauchen, um zurückzukommen. Die Pferde können nun nicht mehr schnell vorwärts, da es zu dunkel ist. In sechs bis sieben Stunden bin ich wieder da. Und nun verschwindet, ich möchte euch erst dort oben wissen. Hal, du wirst schlafen und dich nicht mit Nimba herumstreiten.«

Hal riss gekränkt die Augen auf.

»Ich, Herr? Ich habe mich mit der verbrannten Kaffeebohne noch nie gestritten, immer nur Notwehr.«

»Na, na, das wollen wir offen lassen. Fort mit euch.«

Nimba und Hal luden sich wohl oder übel ihre Packen auf und machten sich auf den Weg. Der Pfad führte sofort steil in die Höhe. Es sah gefährlich aus, wie die beiden Menschen in fast völliger Dunkelheit hinauftappten, aber schließlich konnte Nimba von oben verkünden:

»Wir sind da, Herr.«

»Gut«, scholl Suns Stimme zurück, »seid vorsichtig! Auf Wiedersehen.«

Der grüßende Ruf von oben ging im Schnauben und Stampfen der Pferde unter. Sun ritt davon, hinter sich die drei Pferde ohne Reiter.

Nimba und Hal starrten in die Tiefe, aber sie fingen nur noch undeutlich eine entschwindende Bewegung. Der Mond war noch nicht hoch, und der Boden des Canyons war wie ein lichtloser Schacht.

Sie hatten ein trostloses Gefühl im Herzen. Es war trotz allem sehr gefährlich, was der Herr da unternahm. Der Canyon war alles andere als eine Promenade.

Das gemeinsame Gefühl der Verlassenheit und Sorge war stark genug, um keine Neckerei aufkommen zu lassen. Hal ließ sich willig in die Decken wickeln. Viel Platz war nicht, aber das winzige Plateau hinter dem Busch reichte aus, um den Körper lang zu strecken.

Eine Viertelstunde später schlief der Junge tief und fest.

Nimba hielt Wache.

Sun Koh ritt drei Stunden lang südwärts. Zu Anfang ging es nur langsam, da die Dunkelheit zu tief war. Er musste das Pferd völlig sich selbst überlassen, damit es seinen Weg fand.

Nach einer Stunde wurde es besser. Der Mond kam über die Schlucht, das Gelände wurde sichtbarer. Die Pferde griffen aus.

Nachdem die vorgesetzte Zeit erreicht war, sprang Sun ab. Die Pferde drängten sich schnaubend an ihn heran. Er nahm den Falben beim Kopf und begann leise mit ihm zu reden, als sei er ein menschliches Wesen. Das Pferd schnaubte und blickte mit klugen Augen nach dem Arm, der ihm die Richtung wies, aber als Sun ihm einen leichten Schlag gab, da wieherte es nur leise auf, blieb stehen und wandte den feinen Kopf zu Sun hin. Wieder flüsterte er dem Tier ins Ohr und wies nach Süden, wo der Pueblo Maos lag. Dann führte er das Pferd im kleinen Schritt mit sich, und dann gab er ihm wieder einen merklichen Schlag. Und das Pferd schien jetzt zu ahnen, was von ihm verlangt wurde. Es wieherte auf, blickte sich auffordernd nach seinen Gefährten um und griff in leichtem Trab aus.

Drei Minuten später waren die vier gestreckten Leiber verschwunden, nur das Aufschlagen ihrer Hufe hallte mehr und mehr verklingend zurück.

Nun wandte sich Sun und begann den weiten Weg zurückzulaufen. Er lief unbeschwert. In seinem Gürtel hingen zwar die beiden Pistolen, die er aus Birth-Valley mitgebracht hatte, aber sonst trug er keine Lasten. Das Mondlicht zeichnete jetzt ziemlich klar, und Suns Augen waren ebenso scharf wie sein Instinkt sicher, der Weg machte ihm keine Schwierigkeiten. Er konnte das Tempo vorlegen, das sein Körper hergab.

Er lief mit der Geschwindigkeit eines Rekordsprinters und der Ausdauer eines Tamahuri-Indianers, der seine dreihundert Kilometer in einem Zuge erledigt. Es war ein herrlicher Lauf mit gleichmäßigem Atem und lockeren Gliedern, das stürmende Hohelied eines geübten Körpers.

Drei Stunden ohne Pause und ohne Schritt, dann war Sun wieder an der Stelle angelangt, an der er Nimba und Hal zurückgelassen hatte. Der Neger stand wie eine dunkle Säule vor der helleren Felswand und winkte. Von seinem Herzen fielen Zentnerlasten.

Einige Stunden Schlaf, dann kam die Sonne und mit ihr der Aufstieg zur Meza. Es wurde eine grauenerregende Klettertour. Ein Teil der Wand musste in der letzten Zeit nachgebröckelt sein, denn auf halbem Wege war nicht die geringste Andeutung von einem gangbaren Pfad zu finden.

Sie seilten sich mit dem Lasso an. Sun übernahm die Führung, Nimba den Schluss. Beide fühlten sich ihrer eigenen Person sicher und achteten sorgfältig auf den Jungen, dem am Seil allerdings nicht mehr viel passieren konnte.

Hal kletterte auch zu Anfang sehr gut, gewandt und flink, aber sein Körper war auf die Dauer nicht zäh genug. Er hob seine Beine immer mühsamer, sein Tritt wurde unsicher.

Dreihundert Meter ging es fast senkrecht aufwärts, aber von dem größten Teil der Strecke musste jeder Meter förmlich erkämpft werden. Ohne die Sicherheit Suns und seine unerschrockene Kühnheit wären sie wohl kaum hinaufgekommen. Er klebte sich förmlich mit Fingern und Zehen an die winzigen Spalten überhängender Stücke an und überwand so die unmöglichsten Strecken. Zweimal gelang es sogar nur durch einen Sprung, weiter zu kommen.

Einen halben Fußbreit Trittfläche unter sich klebten sie an einer völlig glatten Wand, die vier Meter senkrecht stand und dann erst wieder zerklüftet zurücksprang. Nicht die geringste Spalte, auch kein Zentimeter, wo die Hand hätte greifen können. Hier wagte Sun das Äußerste. Wie stets an gefährlichen Stellen rückte Nimba dicht zu Sun auf, das Seil bekam mehr Spielraum. Hal starrte ängstlich und schweigend. Nimba stellte sich fest, soweit das möglich war. Es schien, als wollte der riesige Körper selbst zum Felsen werden, als stemme er sich schon gegen den furchtbaren Ruck, der da kommen könnte.

Nimba wusste in solchem Augenblick, dass das Leben seines Herrn von seiner Standsicherheit abhing. Geschah das Unglück, dann musste er den Sturz abfangen. Gelang ihm das nicht, so kamen sie alle drei zerschmettert in der Tiefe an.

Sun legte das Seil in weite, lockere Schlingen, wandte sich dann mit dem Rücken zum Abgrund, sodass er nur mehr mit den Zehenballen auf dem Felsen stand. Ein letzter prüfender Blick, eine federnde Kniebeuge, dann schnellte sein Körper senkrecht nach oben, auf Millimeter an der glatten Wand entlang, seine Hände fassten die obere Kante – gelungen.

Der Rest war leicht. Sun stellte sich fest, zog Hal und dann den Neger hinter sich her in die Höhe. Der Neger ließ sich grinsend und augenrollend von seinem Herrn hochangeln. Er wusste, dass es für diesen keine Anstrengung bedeutete.

Und wenn sie dann glücklich die eine Schwierigkeit überwunden hatten, dann stellte sich ihnen zwei Minuten später eine neue entgegen.

Es waren nur dreihundert Meter, aber jeder Meter zählte zehnfach.

Und dann hatten sie doch die Höhe der Meza erreicht, und der Canyon lag unheimlich düster unter ihnen.

Hal fand die Sprache wieder.

Er verlor sie wieder, als die Meza unter der unbarmherzigen Sonne zu glühen begann, als die Luft vor den Augen ununterbrochen flimmerte, als sich Haut und Muskeln in trocknen, reibenden Strängen auf die Knochen legten, als die Zunge zum Klumpen wurde und der Gaumen zusammenzukleben schien.

Den Männern tat der Junge leid, und sie erleichterten ihm die Anstrengung ,so gut es ging. Aber sie achteten auch seinen Ehrgeiz und ließen ihn laufen. Sun hatte ihn auf die Schulter nehmen wollen, als er sah, wie er immer erschöpfter wurde, aber Hal hatte förmlich mit Tränen in den Augen gebeten, ihn marschieren zu lassen.

»Ich weiß, dass ich fertig bin«, hatte er in verzweifeltem Ehrgeiz geschrien, »aber warten Sie, bis ich von selber umfalle. Vorläufig bin ich erst mal auf dem toten Punkt. Wenn der überwunden ist, geht's besser. Das wissen Sie doch, Herr. Wenn ich jetzt aufhöre, wird's nie was Gescheites, und ich bleibe Ihnen immer nur ein lästiges Anhängsel. Lassen Sie mich, bis ich umfalle.«

Und sie ließen ihn, wenn sie auch mehr Ruhepausen einlegten, als nötig gewesen wäre. Sie verstanden den Jungen und wussten, dass er bis zum gewissen Grade Recht hatte. Sie sahen, wie er tatsächlich über den toten Punkt hinweg kam, wie er wieder frischer, zuverlässiger wurde.

Nimba, der wie stets hinterher ging, wusste die Willenskraft seines kleinen Freundes besonders zu schätzen, da er selbst ähnliche Erfahrungen aus seiner Boxerlaufbahn kannte. Er beobachtete Hal wie ein Manager seinen Schützling und störte ihn nicht, bis er sah, dass der Junge wie eine Maschine lief. Dann erst lenkte er etwas ab, um den Jungen nicht verkrampfen zu lassen. Und dabei war er rührend in seiner Erfindungsgabe, den Zweck zu erreichen und seine Absicht nicht merken zu lassen.

So schaffte es Hal.

Er hielt den ganzen mörderischen Tag durch, den sie brauchten, um den Canyon del Muerto zu erreichen und weit oben zu umgehen. Und er biss sich auch in den zweiten Tag hinein, bis er gegen Mittag von allein weich wurde.

Seine Muskeln glitten in die Gewöhnung hinein, die Krise war überwunden, Hal war marschfest geworden.

In der zweiten Hälfte dieses Tages war er wieder ganz Hal Mervin.

Und als sie mit hereinbrechender Nacht auf den Lancos-Canyon stießen, hatte er sich zum ersten Mal wieder mit seinem schwarzen Busenfreunde in den Haaren.

Und nicht zu knapp.

4.

Nacht auf der Meza.

Das riesige, öde und zugleich großartig erhabene Tafelland inmitten der Rocky Mountains von Nordamerika mit seinen zahllosen Schluchten und Canyons, die wie brutale Messerschnitte hunderte und tausende von Metern in die glatte Hochfläche hineinschneiden, erstarrte in kühlem Schweigen. Wo tagsüber eine unbarmherzige Sonne auf rotem Felsen wie auf brandiger Haut glühte, wölbte sich jetzt der Himmel in dunklem Samt mit unwahrscheinlich rein leuchtenden Sternen. Der Mond, der erst wie eine blutige Drohung am Horizont hing, wurde zur ruhig-klaren Messingscheibe, deren gelblich weißes Zwielicht die zerfurchte Nacktheit der Meza wohl etwas milderte, aber nur durch den unheimlichen Mantel des Gespenstischen.

Hal rieb eifrig seine Waden, während Nimba in der kleinen Bodensenke die Decken zurechtlegte und Sun in eine unendliche Ferne starrte.

Hal hielt plötzlich mit Reiben und Kneten inne. Sein Blick hing an der schroffen Wand des Canyons fest. Nanu? Er wischte sich mit der Hand über die Augen, einmal, zweimal. Dann wandte er sich in gedämpftem Ton an Sun. Man spürte seine Sorge deutlich.

»Herr?«

»Was ist, Hal?«, fragte Sun halb geistesabwesend.

»Gibt es das, Herr, dass man sich durch das ewige Sonnenlicht die Augen verderben kann?«

Sun wurde aufmerksam.

»Möglich ist es. Hast du Schmerzen?«

»Das nicht, aber ich sehe Lichter vor meinen Augen ...«

»Tanzende, feurige Lichtkreise?«, unterbrach ihn Sun besorgt.

Hal schüttelte den Kopf und meinte kläglich: »Nein, Herr, viereckig, bald wie Fenster.«

Sun sah ihn streng an. »Hal. Bring deine Witze bei Nimba an.«

»Aber ich sehe doch die hellen Rechtecke, Herr. Immer, wenn ich dort hintergucke, dann ...«

»Wo?«, fuhr Sun herum und sprang im gleichen Augenblick auf.

In der dunklen Felswand auf der gegenüberliegenden Seite des Canyons hingen fünfzig Meter unter der Hochfläche sechs helle Vierecke, aus denen gelbliches Licht herausdrang. Sie waren unregelmäßig verteilt, nur zwei von ihnen standen dicht beieinander.

»Junge«, flüsterte Sun, »du bist wieder einmal auf die Hauptsache gestolpert. Beruhige dich wegen der Sinnestäuschungen und deiner Augen, das sind Fenster.«

Hal stieß einen Pfiff aus und begriff.

»Garcias Versteck? Aber Herr, das ist doch eine glatte Felswand?«

»Anscheinend doch nicht«, erwiderte Sun, dessen Augen ein gut Stück schärfer als die Hals waren, »wenn ich nicht irre, deuten die tieferen Schatten dort eine Höhle, einen Spalt an.«

»So ähnlich wie im Canyon de Chelly?«

»Vermutlich. Genaues kann ich nicht sagen, es ist alles zu undeutlich. Nimba?«

Der Neger kam herangestürzt und vergaß vor Staunen den Mund zu schließen, als er die leuchtenden Rechtecke bemerkte.

»Strenge deine Augen an und sage mir, was du siehst«, befahl ihm Sun.

Nimba konnte leider auch nicht mehr wahrnehmen als sein Herr.

»Wir müssen den Morgen abwarten«, entschied dieser. »Die Lichter befinden sich rund fünfzig Meter unter uns, und von da aus mögen es noch annähernd 150 Meter bis zur Tiefe des Canyons sein. Wir müssen festzustellen versuchen, auf welchem Wege man in die Behausung, die jetzt bei Nacht völlig in der Luft zu schweben scheint, eindringen kann.«

Einen dieser Wege, vielleicht gar den einzigen, sollten sie noch in der gleichen Nacht kennenlernen.

Sie hatten sich in die Decken gewickelt und waren eingeschlafen, nachdem sie lange vergeblich versucht hatten, etwas von dem aufzufangen, was hinter den fernen Fenstern vorging.

Plötzlich wachte Sun aus festem Schlaf auf. Seine Sinne waren hellwach. Irgendetwas hatte ihn ermuntert, irgendwo lauerte eine Gefahr.

Er lauschte. Ah, das war die Ursache.

In der Luft lag ein dumpfes Dröhnen, noch unbestimmt, aber merklich stärker und greifbarer werdend. Ein Flugzeug über der Meza.

Da, dort schnitt es die Mondscheibe, näherte sich, senkte sich in steilem Winkel. Der Lancos-Canyon war sein Ziel.

Nimba richtete sich mit sichernden Augen hoch. Sun verständigte ihn leise, und sie schlichen behutsam zum Absturz vor.

Das Flugzeug stand jetzt fast senkrecht über der Schlucht. Mit ziemlicher Geschwindigkeit kam es herunter, blieb dann aber fast in der gleichen Höhe mit der Mezaplatte hängen. Es war ein Windmühlenflugzeug, das außer dem gewöhnlichen Propeller noch ein waagerecht liegendes Schraubenkreuz besaß, das sich über dem Flugzeug mattflirrend drehte.

Die beiden Beobachter verschmolzen förmlich mit dem Gestein.

Ein Scheinwerfer flammte aus dem Flugzeug heraus, warf ein kräftiges Lichtbündel auf die schroffe Felswand, aus der die hellen Rechtecke schon lange verschwunden waren.

Das weiße Licht tanzte mit den leichten Schwankungen der Maschine unruhig hin und her. Es dauerte Minuten, bevor eines der Fenster aufleuchtete. Die beiden Männer hatten Zeit genug, das fantastische Bild, das sich ihnen wie auf der Leinwand eines Kinos bot, gründlich in sich aufzunehmen.

Dort unten befand sich tatsächlich ein Spalt oder richtiger eine lang gestreckte Höhle mit ebenem Boden und leicht geschwungener Decke, eine weite Öffnung, die an die weite Höhlung eines riesigen Bergkristalls erinnerte. Wie bei jenem die einzelnen Kristalle regelmäßig stehen, so war diese Höhle mit menschlichen Bauten gefüllt, die sich hinter einer gemeinsamen Frontmauer bargen. Zwei- und dreistöckige Gebäude abwechselnd mit Türmen, die fast an die Decke des Spalts stießen, füllten ihn aus. Nur an der einen Seite war Raum, eine glatte, hofartige Fläche, deren Bedeutung den Beobachtern bald klar werden sollte.

Die Mauer und die Gebäude waren zum größten Teil uralt und erinnerten an die hohen Bauten im Canyon de Chelly. Sun wusste, dass er eine der unzugänglichen Festungen vor sich hatte, in denen die vermuteten Vorfahren der Hopi-Indianer, die Auswanderer von Atlantis, sich jahrhundertelang gegen den Ansturm der Tolteken und Azteken gehalten hatten. Tausende von Jahren zählten diese Bauten. Man sah es ihnen an, dass sie durchgängig nur aus roh bearbeiteten Felsblöcken aufgeführt waren. Den Erbauern musste es wohl an Werkzeug und Kunstfertigkeit gefehlt haben. Umso erstaunlicher schien die mächtige Anlage dieses Höhlenschlosses. Wie stark musste die Erinnerung an die hochragenden Prunkbauten der Urheimat gewesen sein, wenn sie die Nachkommen des atlantischen Dienervolkes noch solche Bauten aufführen ließ.

Ein Teil der Höhle zeigte nur ruinenhafte, fast zerfallene Mauern. Daneben aber standen Gebäude, die offensichtlich erst in letzter Zeit erneuert und wieder vervollständigt worden waren. Da sah man auf alten Trümmerfundamenten Wände aus frisch behauenen Steinen mit flachen Holzdächern, Fenstern und sogar Glasscheiben. Das waren völlig gebrauchsfertige Wohnhäuser, und ihre Fenster hatte man vor Stunden leuchten sehen.

Die ganze Anlage wirkte bei aller greifbaren Deutlichkeit fast gespensterhaft. Das lag nicht nur am grellen Licht des Scheinwerfers, sondern zugleich daran, dass die tragende Felswand ebenso wie das überhängende Stück im Dunkel völlig verschwand. Zwischen Himmel und Erde hing diese burgähnliche Anlage wie ein schwebendes Phantom, und es war nicht verwunderlich, dass beide Männer unwillkürlich die Bezeichnung hauchten, die der erschossene Hopi für den Platz gehabt hatte:

»Die schwebende Burg.«

Sun spähte vergeblich nach dem Zugang. Weder in die Tiefe noch in die Höhe führte ein Pfad.

Der Scheinwerfer des Flugzeugs erlosch, dafür wurde die freie, glatte Fläche innerhalb der Höhle grell erleuchtet. An elektrischem Licht schien es nicht zu fehlen.

Das Flugzeug senkte sich in den Canyon hinein und trieb dann vorsichtig auf die Plattform zu. Dort hatten sich mittlerweile vier Männer versammelt, die im geeigneten Augenblick nach kurzen Tauen griffen, die an den Tragflächen hingen, und damit das Flugzeug festlegten. Immerhin, eine derartige Landung schien ein gewagtes Stück zu sein, und der Pilot musste sich auf seine Sache sehr gut verstehen.

Die Beobachter sahen zwei Männer aussteigen, dann wurde die Plattform dunkel. Dafür flammten in den Gebäuden noch einige Fenster auf.

Hal schlief tief und fest.

Die beiden Männer hielten eine flüsternde Beratung ab.

»Hast du einen Zugang bemerkt, Nimba?«

»Nein, Herr.«

»Er muss da sein, es ist kaum anzunehmen, dass die Leute, die uns angriffen, mit dem Flugzeug auf den Boden des Canyons gebracht wurden. Entweder benutzt man eine Strickleiter, oder es führt ein Weg im Felsen selbst hoch.«

»Wollen wir dort zugreifen?«

Sun sah nachdenklich vor sich hin.

»Ich halte es für zwecklos und fürchte, dass der Alarm schneller in der Burg ist als wir. Wie lang sind unsere Seile?«

»Beide zusammen vierzig Meter, Herr.«

»Hm, vielleicht reichen sie aus. Wir werden von oben eindringen. Am Seil. Im Notfall zerschneiden wir unser Lederzeug, das gibt haltbare Taue. Ich denke, dass wir es in der nächsten Nacht versuchen.«

Die Stirnhaut des Negers lag in dicken Falten.

»Gefährlich, Herr.«

»Aber das Sicherste. Von oben wird man kaum einen Angriff erwarten.«

»Dann müssen wir erst auf die andere Seite?«

»Allerdings. Ich hoffe, dass wir weiter oben leichter hinüber kommen und morgen Abend drüben sind.«

»Wird man uns nicht bemerken?«

Sun wies auf das Kieferngehölz, das sich dünn, aber weitgedehnt am Rande des Canyons hinzog.

»Das genügt zur Deckung. Im Übrigen verschwinden wir ja von hier, sobald es licht wird. Alles klar?«

»Jawohl, Herr.«

Das Gespräch war beendet. Die kurzen Andeutungen hatten genügt, um den Plan in den Umrissen festzulegen. Nimba würde kaum mehr Anweisungen brauchen. Die verwegene Kühnheit ihres Beginnens schreckte die Männer nicht. Sie hüllten sich schweigend wieder in ihre Decken und waren nach wenigen Minuten fest eingeschlafen.

*

Die schwebende Burg.

Joan Martini lag auf dem niedrigen Diwan ihres Zimmers und horchte auf die Geräusche. Sie wusste, was die Rückkehr des Flugzeugs für sie bedeutete. Ihre Augen gingen unruhig über die Wände des Raumes, deren rohe Nacktheit jeden Versuch, das Zimmer wohnlich zu machen, scheitern ließ.

Seit Wochen befand sie sich in der Gewalt der Mexikaner, seitdem sie in Mexiko das Flugzeug verlassen hatte. Oh, man hatte sie sehr höflich behandelt. Señor Garcia wünscht die Dame dringend zu sprechen, und da er vorläufig nicht anwesend ist, wird die Dame gebeten, seine Rückkehr zu erwarten. Einige Tage später hatte es dann geheißen: Señor Garcia hofft, nach Mexiko kommen zu können und bittet die Dame, sich dorthin zu begeben. Und später: Señor Garcia kann leider nicht nach Mexiko kommen, aber er wartet an einem anderen Ort.

Sie hatte gar nichts tun können, hatte es sich gefallen lassen müssen, dass man sie von Ort zu Ort brachte, bis sie hier in dieser Felseneinsamkeit gelandet war. Und hier hatte sich endlich Garcia eingefunden – auf einen Sprung zunächst, wie er grinsend erklärte. Und heute wollte er endgültig zurückkommen.

Ihre Hand tastete nach dem Messer, das ihr eines der beiden Indianermädchen heimlich zugesteckt hatte. Die armen Geschöpfe. Man hatte sie irgendwo geraubt und missbrauchte sie hier. Sollte Garcia es wagen, ihr nahezutreten, so würde die scharfe Klinge ihren Weg finden.

Sie sprang auf. Draußen näherten sich Schritte. Ein kurzes, herrisches Klopfen, dann wurde die Tür geöffnet.

Juan Garcia stand im Zimmer.

Wieder durchfuhr sie der Anblick dieses Gesichts wie ein Schlag. Es war ein Satansgesicht. Aus der schmalen Kopfform sprangen die Backenknochen wuchtig heraus und bildeten mit dem spitzen Kinn ein hartes Dreieck, das von einer weißgelben Haut überspannt war. Die fahle Blässe dieser Haut wurde noch betont durch einen schmalen, tiefschwarzen Bartstrich über den Lippen und durch einen gleichfarbigen kurzen Kinnbart. Den Mund sah man kaum, obwohl er nicht gerade klein war. Das kam daher, dass die Lippen außerordentlich schmal, blutleer und auch noch dicht aufeinander gepresst waren. Dagegen stand die Nase drohend in diesem Gesicht, sprang mit leichter Hakenkrümmung wie ein Dolch hervor und bildete mit den Augen ein neues, gefährliches Dreieck.

Es waren Augen, in die noch kaum jemand länger als eine Sekunde zu sehen gewagt hatte. Manche schworen darauf, dass sie schwarz seien wie Steinkohle, andere legten einen Eid darauf ab, dass sie grün schillerten wie das Mordwasser der Fiebersümpfe, aber alle waren sich einig, dass die engen Pupillen unter den wimperlosen Lidern wie Nadelspitzen hervorstachen, dass es nicht gut war, in diese Augen zu sehen. Alles in allem ein unheimliches, höllisches Gesicht. Man durfte nicht von ihm träumen und man musste verhüten, dass Kinder es sahen.

Garcia verbeugte sich und sagte halb schmeichlerisch, halb spöttisch:

»Ich bitte tausendmal um Verzeihung, dass ich noch zu so später Stunde bei Ihnen eindringe, aber ich war voller Ungeduld, mich nach Ihrem Befinden zu erkundigen. Ich hoffe, dass es Ihnen während meiner Abwesenheit an nichts gefehlt hat.«

»Doch, an Freiheit«, erwiderte sie kurz.

Er zeigte Bedauern.

»Oh, ich bin untröstlich. Aber ich hoffe, dass Sie auch diese von nun an nicht mehr vermissen werden. Ich bin für die nächste Zeit frei und werde Ihnen durch meine Gesellschaft ...«

»Bemühen Sie sich nicht«, unterbrach sie frostig.

Seine Augen verengten sich kaum merklich, und um seine Mundwinkel glitt der Hohn.

»Sehr fürsorglich, aber die Mühe wird mir ein Vergnügen sein. Im Übrigen vergessen Sie nicht, dass wir uns hier nicht in London befinden.«

»Soll das eine Drohung sein?«

Er zuckte die Achseln.

»Wenn Sie wollen? Sie haben es in der Hand, ob Sie als verehrter Gast hier weiter behandelt werden oder ob Sie, hm, die Ungunst der Verhältnisse zu spüren bekommen. Seien Sie nicht töricht.«

»Was wollen Sie eigentlich?«

»Sie!«, sagte der Mexikaner brutal.

»Niemals!«, gab sie scharf und entschlossen zurück.

Über sein Gesicht ging ein verzerrtes Grinsen.

»Ich gefalle Ihnen wohl nicht, meine Teure?«

»Sie sind mir widerlich«, antwortete sie mit Abscheu. »Vergessen Sie auch nicht, dass Sie der Mörder meiner Eltern sind.«

Er verbeugte sich spöttisch.

»Danke. Sie wissen genauso gut wie ich, dass ich Ihre Eltern nicht getötet habe.«

»Aber Ihre Leute.«

»Was kann ich für meine Leute? Und den Abscheu vor meiner Person werden Sie bald überwunden haben.«

»Triumphieren Sie nicht zu früh«, erwiderte sie eisig und fühlte dabei den Stahl des Messers auf ihrer bloßen Haut.

Seine Augen lauerten.

»Sie hoffen noch auf Rettung?«

»Auf Rettung?«, flüsterte sie gedankenvoll.

Er verstand sie falsch und lachte höhnisch auf.

»Da werden Sie wohl vergeblich warten. Ihr Liebhaber ist schon wieder davongelaufen.«

Ihr Herz begann hart zu schlagen.

»Mein Liebhaber?«

Er lachte niederträchtig.

»Nun ja, dieser ehrenwerte Mr. Sun Koh.«

»Er war in der Nähe?« Die Hoffnung in ihrer Stimme ließ ihn sich auf die Lippen beißen. Er sah ein, dass er einen Fehler begangen hatte, aber nun ging er nicht mehr zurück, sondern sagte leichthin:

»Allerdings, er trieb sich in der Gegend herum. Ich schätze aber, dass er sich nicht wieder hier sehen lässt. Ist ausgerissen wie Schafleder. Die Geschichte war ihm doch wohl zu brenzlig.«

»Das glauben Sie selber nicht«, entfuhr es ihr.

»Leider muss ich wohl«, grinste er. »Hätte den Burschen gern in meine Finger bekommen. Im Übrigen lassen Sie sich noch einmal vor törichten Hoffnungen warnen. Sie verschlimmern nur Ihre Lage. Der Platz ist uneinnehmbar und wenn gleich ein ganzes Regiment käme.«

»Und warum halten Sie mich gerade hier gefangen?«

Er stutzte und sah sie forschend an. Dann sagte Garcia langsam:

»Nehmen Sie an, dass das mein sicherster Platz ist. Hier fragt kein Mensch nach Ihrem Schicksal.«

Sie schwieg. Instinktiv wusste sie, dass er log. Er hatte noch andere Gründe, sie an diesem Platz festzusetzen.

Er kam auf sie zu. In seinen Augen funkelte die Gier auf.

»Sie sind hübsch, Miss Joan, und ich bin sehr reich. Sie können bei mir Ihr Glück machen. Ich möchte, dass Sie mir freiwillig geben, was ich mir mit Gewalt nehmen kann.«

»Wagen Sie es!«, drohte sie verächtlich.

Er zuckte zusammen.

»Sie scheinen heute schlecht aufgelegt zu sein. Nun gut, ich gebe Ihnen bis morgen Abend Zeit. Gestatten Sie, dass ich mich verabschiede?«

»Mit größtem Vergnügen.«

Er beherrschte auch seine aufblitzende Wut, verneigte sich abermals und verließ den Raum.

Joan Martini sank zusammen.

Garcia war furchtbar. Und gerade seine zynisch-kalte Beherrschung machte ihn so abstoßend. Man konnte ihn weder erweichen noch zum Narren halten, man konnte sich ihm nur freiwillig unterwerfen oder ihn töten.

Das junge Mädchen fühlte nach dem Dolch.

*

Wieder war es Nacht über der Meza.

Wenige Meter vom Absturz des Canyons entfernt stand eine schiefgewachsene Kiefer. Sun Koh prüfte sorgfältig die Schlinge nach, die um den starken Stamm gelegt worden war. Dann trat er dicht an die Felskante heran und ließ das Seil hinunter. Sein Oberkörper war nur von dem hellen Hemd bedeckt. Die Wildlederjacke hing streifenweise am unteren Ende des Seils.

»Also achte auf das Signal«, erinnerte Sun den Neger noch einmal an die vorangegangenen Besprechungen. »Sobald es kommt, ziehst du auf.«

Nimba nickte. Er hätte zwar gern gewusst, was geschehen sollte, wenn es nicht kam, aber er schwieg. Der Herr wollte Miss Martini aufspüren, befreien und am Seil hochziehen lassen. Wenn das nicht gelang, so befand er sich selbst in der Gewalt seines Feindes, und dann mussten seine Begleiter eben so handeln, wie es die Lage erforderte. Diese aber ließ sich noch nicht voraussehen.

Hal starrte stumm und störrisch auf das Seil. In seinem Kopfe wälzte sich ein Plan. Es passte ihm durchaus nicht, dass er hier oben Nimba Gesellschaft leisten sollte, während unten die Gefahr riesengroß war.

Sun Koh fasste das Seil und schwang sich mit einem grüßenden Wort über die Felsenkante hinaus. Im Nu war er verschwunden. Die Zurückbleibenden spürten nur noch am leichten Rucken des Taus, dass ein Mensch daran hing.

Zwanzig Meter, dreißig Meter, vierzig Meter.

Dicht an der Felswand glitt Sun hinab. Er hätte die Füße dagegen stemmen können, aber er hangelte sich einfach mit den Händen hinunter. Dann bog die Wand ein Stück zurück, das Seil hing frei. Und dann sah er in die zurückbauchende Höhle hinein.

Er befand sich auf einer Höhe mit dem Dach eines der turmähnlichen Gebäude, als seine Hände die wildlederne Verlängerung zu spüren begannen. Unter ihm drohte stumpf und schwarz der Abgrund. Er gab noch einige Meter zu. Das Leder zog sich. Immer noch ein Stück. So, jetzt würde es genügen.

Die schwebende Burg lag in tiefster Stille. An der Seite war allerdings ein Lichtschein. Vielleicht waren dort einige Fenster erleuchtet.

Sun Koh begann zu schwingen. Seine Hände hielten stählern fest, während sein Körper waagerecht nach vorn schnellte und dann wie ein Pendel hin und her ging. Immer stärker wurden die Schwingungen des Seils, immer mächtiger schwang das lebende Lot aus, und die beiden Menschen oben starrten besorgt auf das ruckweise, reibende Anheben und Wiederanpressen des Seils an der Felsenkante.

Minuten schwang das Riesenpendel, dann berührten Suns Füße die Mauerkante des Turms.

Noch nicht genug, die Hände griffen regulierend nach. Ein neues gewaltiges Nachbäumen – jetzt ...

Die Hände ließen das Seil los, ließen es locker durch den Handteller gleiten. Der Körper schoss in der Verlängerung des Pendelschwungs über die Kante hinweg, die Füße federten auf, fingen den Stoß.

Sun Koh stand auf der Plattform des Turms.

Er lauschte. Hatte man den Aufsprung gehört? Es rührte sich nichts.

Die Lampe flammte auf. Der weiße Schein glitt über eine leere Holzfläche aus groben Brettern, die offensichtlich erst in letzter Zeit gelegt worden war. In der Mitte befand sich eine Art Falltür.

Bevor er auf sie zuschritt, schlang er das Seilende um einen der ziemlich freiliegenden mächtigen Schlusssteine. Dieses dünne Tau bedeutete für ihn und Joan Martini wahrscheinlich den einzigen Rückweg in die Freiheit.

Die Lukentür ließ sich leicht anheben. Darunter zeigte sich eine Leiter, die zwischen kahlen Mauern in die Tiefe führte. Sie mündete seitwärts von einer neuen Luke. Abermals eine Leiter.

Sun stand vor einer festen Bohlentür, die sich jedoch als unverschlossen erwies. Es dauerte ewig lange, bevor er sie millimeterweise geöffnet hatte.

Irgendwo waren Geräusche, aber es war unmöglich, festzustellen, ob sie Gefahr bedeuteten.

Ein kurzer Gang zwischen ruinenhaften Seitenmauern, dann wieder eine Tür, die rechtwinklig abbog. Sie musste zu dem Gebäude führen, in dem sich die erleuchteten Fenster gezeigt hatten.

Auch diese Tür war nur eingehängt, drohte aber wie die erste zu knarren. An Öl schien man hier keinen Überfluss zu haben.

Nach fünf Minuten konnte er hindurchschlüpfen. Alle Anzeichen wiesen darauf hin, dass er sich jetzt in einem bewohnten Gebäude befand. Ein verhältnismäßig schmaler Gang mit festen Türen.

Er horchte an der ersten. Ein Mensch schien dahinter zu atmen.

Während er noch schwankte, ob er eindringen sollte, klangen weiter vorn Stimmen auf. Er zuckte zusammen, eilte mit leichten Schritten vorwärts.

Ah, das waren Garcia und Joan Martini.

Höhnisch forderte der Mann, eisig und voll mühsam unterdrückter Angst wehrte das Mädchen ab. Die Lage war gefährlich, Garcia schien zum Äußersten entschlossen.

Der Lauscher lächelte grimmig und fasste nach der Türklinke.

Ein leises Geräusch hinter seinem Rücken warnte ihn. Er wollte herumfahren, aber plötzlich flammte vor seinen Füßen die überweiße Sonne eines Magnesiumlichtes auf, biss sich blendend und schmerzhaft in seine Augen und machte sie stumpf und tot.

Er sah gerade noch die Andeutung eines Schattens hinter seinem Rücken, fühlte einen hämmernden Schlag auf seinem Schädel, dann brach er zusammen.

Garcia hatte ihn überlistet.

*

Als er wieder zu sich kam, lag er gefesselt auf dem nackten Fußboden eines Raumes, in dem sich mehrere Menschen befanden. Er konnte sie zunächst nur undeutlich sehen, da seine Augen noch halb geblendet waren. Die Lider schmerzten, als seien sie aus Sandpapier, und der Kopf dröhnte ein dumpfes, wirres Lied. Die Fesseln schnitten unbarmherzig ins Fleisch, und die Gelenke schienen reißen zu wollen, so gewaltsam hatte man ihn zusammengeschnürt.

Nach Minuten konnte er Garcia erkennen, neben ihm einige fremde, üble Gesichter. Einer der Männer beugte sich über ihn.

»Er ist erwacht, Chef.«

»So?«, erwiderte Garcia. »Dann wollen wir ihm gleich mal auf die Zähne fühlen.«

Er stellte einen Stuhl hart vor seinen Gefangenen und ließ sich darauf nieder. Sein Gesicht war voller Hohn und Genugtuung. Eine Weile weidete er sich am Anblick seines verhassten Gegners, der nun wehrlos vor ihm lag. Dann begann er mit triumphierender Stimme zu sprechen:

»Nun, mein teurer Mister, was sagen Sie zu der Überraschung? Sie hatten mich wohl schon in der Tasche? Hähä, mit Speck fängt man Mäuse, und diesmal hat die hübsche Joan mit ihrem Geschrei ein gutes Werk getan.«

Sun schwieg.

Garcia stieß ihn wohlwollend grinsend mit der Fußspitze an.

»Recht schweigsam, he? Die Falle hat Ihnen wohl nicht gepasst? Feine Sache mit dem Magnesium. Haben mir genug Leute zusammengeschossen. Wie sind Sie überhaupt hier hereingekommen?«

Sun sah den Mann forschend an. Wusste er nicht alles? Seine Frage ließ die Hoffnung offen, dass Nimba und Hal noch nicht entdeckt waren. Das wäre ein nicht zu unterschätzender Vorteil.

Gleichgültig gab er zurück:

»Sie haben doch meine Ankunft bemerkt, was fragen Sie also?«

Garcia zwinkerte.

»Hähä, bemerkt schon, aber wie sind Sie auf den Turm gekommen?«

»Wie konnten Sie wissen, dass ich mich dort befand?«, stellte Sun die Gegenfrage. Er war durchaus nicht gesonnen, etwas preiszugeben und wollte deshalb Klarheit, was der andere wusste.

Der Mexikaner genoss seinen Sieg.

»Waren wahrscheinlich so dumm, Licht zu machen. Dort oben steckt so eine kleine Selenzelle, durch die sich das Flugzeug anmeldet. Wusste natürlich gleich Bescheid, als das Alarmzeichen kam. Hähä, war ein netter Reinfall für Sie, mein Lieber.«

»So«, stellte Sun gelassen fest.

Er wusste nun auch Bescheid. Mit einer Selenzelle hatte er freilich nicht gerechnet, obgleich ihn das gestrige Scheinwerferspiel des Flugzeugs hätte stutzig machen können.

Selen. Ein Metall, das die merkwürdige Eigenschaft besitzt, unter dem Einfluss des Lichts seine Leitfähigkeit für elektrischen Strom zu ändern. Einfache Angelegenheit. Man schließt ein Stück Selen mit in einen Stromkreis ein. Sobald Licht auf das Metall fällt, schwankt der Strom, wird stärker und kann mithilfe eines Relais Signale auslösen. Mancher Bankeinbrecher wurde schon mithilfe dieses metallischen Polizeiauges gefangen.

Die kurze Antwort genügte dem Mexikaner nicht.

»Nun«, forderte er mit einem neuen Fußtritt, »wie kamen Sie auf den Turm? Ich hätte gewettet, dass Sie mithilfe eines Seils von oben heruntergekommen seien, aber dann hätte doch das Seil da sein müssen. Wie steht das?«

»Nehmen Sie an, dass ich von unten heraufgesprungen bin«, erwiderte der Gefangene kühl. Garcia hatte das Seil also nicht gefunden. Wie das möglich war, blieb ein Rätsel. Man konnte es wirklich nicht übersehen, wenn man einmal die Plattform aufsuchte.

Garcia grinste.

»Sie scheinen mich noch immer für dumm zu halten? Wo sind Ihre Begleiter?«

»Hoffentlich bereits mit der Staatspolizei auf dem Wege nach hier.«

Der Mexikaner tippte sich an die Stirn.

»Wenn Sie damit bei mir Eindruck schinden wollen, dann sind Sie schief gewickelt. Aber ich schätze, Ihre Leute werden Ihnen bald Gesellschaft leisten. Hähä, der König von Atlantis soll nicht ohne Hofstaat bleiben.«

»Sparen Sie sich Ihr Geschwätz.«

»Auf einmal?«, höhnte der Mexikaner. »Ich hoffe, dass es kein Geschwätz ist. Die alte Urkunde geht in Ordnung. Wir beide werden den Aufstieg der Atlantis Arm in Arm miteinander erleben.«

Sun zog die Brauen hoch.

»Wir beide?«

Garcia grinste satanisch.

»Selbstverständlich. Oder dachten Sie, ich wollte Sie abmurksen? Ich denke nicht daran. Sie sind mir zu wertvoll, mein Teurer.«

»Verblüffende Erkenntnisse«, warf Sun spöttisch ein.

»Hähä, bilden Sie sich nichts darauf ein. Ich möchte nur die Schrift sehen, die auf Ihrer Brust erscheinen soll, wenn Sie achtundzwanzig sind. Schätze, dass es sich um wichtige Dinge handelt. Nachher können Sie abfahren, den König von Atlantis werde ich spielen.«

»Und da wollen Sie sich schon heute meiner Person bemächtigen, obgleich noch einige Jahre Zeit sind? Ihre Sorgen möchte ich haben«, entgegnete Sun spöttisch.

Den Mexikaner rührte das nicht. Er nickte vielmehr ziemlich ernsthaft.

»Kümmern Sie sich nicht um meine Sorgen. Draußen richten Sie nur allerlei Unheil an, und so leicht laufen Sie mir nicht wieder ins Garn. Außerdem brauche ich Sie wirklich.«

»Sie machen mich neugierig.«

Garcia kniff die Augen zusammen.

»Ach nee? Nun, von mir aus sollen Sie es nicht lange bleiben. Sie haben in London ein Stück Pergament verbrannt. Ich brauche die Zahlen, die darauf standen. Denken Sie darüber nach, damit sie Ihnen recht bald einfallen.«

»Sie werden lange warten müssen.«

»Vielleicht doch nicht so lange, wie Sie vermuten«, höhnte Garcia zurück und erhob sich. »Meine Leute verstehen es, einen Menschen auszuhorchen. Fangt an.« Er ging hinaus.

*

Am Rande des Absturzes lagen Nimba und Hal auf dem Bauche und starrten in die Tiefe. Das Seil hing schon eine ganze Weile ruhig.

»Nimba?«, kam es besorgt aus Hals Munde.

»Hal.«

»Wenn nun dem Herrn unten etwas geschieht?«

Der Neger beschwichtigte mit einer unwilligen Bewegung seine eigenen Bedenken.

»Quatsch, was soll ihm schon groß geschehen? Zur Not kann er ja jederzeit am Seil zurück.«

»Hm, das sagst du so in deinem jugendlichen Leichtsinn. Ich glaube, es ist besser, wenn ich ebenfalls hinunterklettere und nach dem Rechten sehe.«

Nimba schnaufte verächtlich.

»Du? Du fällst nach den ersten zehn Minuten hinunter.«

Hal wandte sich beleidigt um.

»Bei dir piept's wohl? Hier, fühle mal meine Muskeln.«

Der Neger griff sich bezeichnend an die Stirn. Das beruhigte aber den Jungen durchaus nicht. Seine Stimme wurde erregter.

»Wir halten hier Maulaffen feil, und dem Herrn geschieht mittlerweile sonst was. Dir macht das freilich nichts aus, aber ich kann mir das nicht mit ansehen.«

Bevor Nimba noch begriffen hatte, packte Hal mit beiden Händen das Tau, schwang sich in den Abgrund hinunter und begann eifrig abwärts zu klettern.

»Himmeldonnerwetter!«, schrie der Neger entsetzt, »willst du dich gleich wieder hochscheren, Lausejunge, verwünschter!«

»Bäh!«, machte Hal und hangelte eifrig weiter.

Mit einem Fluch griff der Neger nach dem Seil und zog es in scharfen Rucken aufwärts. Mit vier weiten Griffen hatte er es so weit hochgezogen, dass der Kopf des Jungen wieder über dem Felsrand erschien. Beim fünften Zug spürte Nimba einen deutlichen Widerstand. Mit einem kräftigen Ruck kam er darüber hinaus und riss gleichzeitig den vorwitzigen Jungen auf das Plateau hinauf.

Im gleichen Augenblick hatte er ihn schon bei der Binde und schüttelte ihn, dass ihm Hören und Sehen verging.

»Was fällt dir ein, verflixte kleine Wanze? Weißt du nicht mehr, was der Herr befohlen hat? Sollen wir sein Leben wegen deiner Alberei aufs Spiel setzen? Du bist wert, dass man dir den Hosenboden versohlt.«

Ein dumpfes, polterndes Krachen kam aus dem Abgrund herauf. Einen Augenblick stutzten die beiden. Nimba ließ den Jungen los und lauschte in die Tiefe. Nichts rührte sich mehr.

Hal zitterte vor Wut.

Er hätte dem andern gern einige saftige Grobheiten an den Kopf geworfen, aber er wagte es doch nicht recht. Der Ton des Negers war allzu ernst gewesen und hatte gerade so geklungen, als sollte im nächsten Augenblick die angekündigte Tracht Prügel nachfolgen. So begnügte er sich denn, ein halbes Dutzend seiner Lieblingsflüche durch die Zähne zu murmeln und sich dann gehässig zu erkundigen:

»Na, und was meinst du, was du jetzt angerichtet hast?«

»Wieso?«, knurrte der Neger.

»Hast du nicht gemerkt, dass das Seil gespannt war? Der Herr hat es doch sicher irgendwo befestigt. Und du, du schwarzer Sklavenhalter, du hast es natürlich losgerissen.«

Nimba war erschrocken. Er vergaß seinen ganzen Groll und sagte ängstlich:

»Mach keine Witze, das hätte uns gerade noch gefehlt.«

Hal blies verächtlich durch die Nase.

»Witze? Mir ist nicht nach Witzen zumute. Ich habe es doch gefühlt, dass das Seil gespannt war. Hast du den Ruck nicht bemerkt?«

»Allerdings«, gab der Neger kleinlaut zu.

»Na also«, gab der Junge vernichtend zurück, »und da ist doch vorhin auch etwas gefallen?«

Nimba nickte.

»Ich habe es für einen Stein gehalten.«

»Ich auch. Sollte der Herr das Seil um einen Stein geschlungen haben, den du runtergerissen hast?«

»Hättest du den Unfug unterlassen«, wehrte der Neger die Beschuldigung ab.

»Hättest du mich doch klettern lassen«, erwiderte Hal heftig.

Nimba machte eine Handbewegung.

»Wir wollen uns nicht streiten. Jetzt muss ich vor allen Dingen sehen, was mit dem Seil ist.«

Er zog das Seil zunächst vorsichtig nach. Als er keinen Widerstand fand, holte er es ganz und gar herauf. Sie starrten es eine Weile schweigend an. Die Lage war klar. Der Herr hatte sich schwingen müssen, um die schwebende Burg zu erreichen, und es war nicht anzunehmen, dass er das Seil hatte frei hängen lassen. Es war also tatsächlich vorhin aus seiner Befestigung herausgerissen worden.

»Was nun?«, murmelte der Neger.

Hal hob die Schultern.

»Ganz einfach. Du musst freilich hier bleiben, um über das Seil zu wachen, aber ich werde nun doch hinunter gehen, mich wie der Herr an die Burg heranschwingen und das wieder gut machen, was du verdorben hast.«

»Hm.«

Nimba überlegte eine Weile, dann sah er ein, dass der Vorschlag des Jungen die einzig gegebene Möglichkeit war.

»Gut«, sagte er schließlich, »es wird uns weiter nichts übrig bleiben. Aber frei hinunterhangeln darfst du nicht.«

»Warum nicht?«, erkundigte sich Hal herausfordernd.

»Sei vernünftig, Junge«, sagte Nimba in ruhigem, ernstem Ton, »es steht zu viel auf dem Spiel. Wenn dir noch etwas geschieht, dann kann der Herr nicht zurück. Ich werde dich anbinden und dich langsam hinunterlassen. Gelingt es dir, dich hineinzuschwingen in die schwebende Burg, dann kannst du dich allemal losbinden. Wenn nicht, stürzt du wenigstens nicht in die Tiefe.«

Gegen diesen Vorschlag hatte Hal nichts einzuwenden. Er brannte darauf, hinunter zu kommen und ließ sich willig das Ende des Seils um den Leib schlingen.

Behutsam ließ Nimba den Jungen hinab. Hal hatte das Seil mit beiden Händen gefasst und stemmte sich mit den Füßen gegen die glatte Felswand. Es ging ausgezeichnet. Als dann die Felswand zurückwich, ließ er sich frei hängen.

Immer tiefer rutschte das Seil. Jetzt sah Hal die Plattform des Turms seitlich vor sich. Er begriff, wo der Herr gelandet war, ließ sich noch etwas tiefer sinken und gab dann ein schnelles Blinkzeichen nach oben.

Das Seil stoppte. Hal begann zu schwingen, wobei er von den kräftigen Armen des Negers unterstützt wurde. Immer weiter schwang das lebende Pendel aus, immer heftiger bäumte Hal den Körper nach vorn, bis er schließlich einen der Schlusssteine des Turms fassen konnte. Der Rest war eine Kleinigkeit. Er zog sich behend hinüber, verständigte Nimba durch ein abermaliges Lampenzeichen und band dann das Seil los. Selbstverständlich, dass er es gewissenhaft befestigte.

Hal ahnte nicht, was in der Zwischenzeit geschehen war. Er wusste nicht, dass Sun gefangen lag. Er wusste auch nicht, dass die Leute Garcias inzwischen bereits die Plattform abgesucht hatten und recht enttäuscht gewesen waren, als sie nicht erwartungsgemäß ein Seil vorfanden.

Mit äußerster Vorsicht hob der Junge den Lukendeckel an, stieg die Leiter hinunter, öffnete die zweite Luke und passierte auch die zweite Leiter. Dann horchte er an der Bohlentür, wie es Sun vor einiger Zeit getan hatte. Er brauchte sie nicht erst zu öffnen, da sie nur angelehnt war. Es genügte, dass er sie ein Stück zurückzog, dann konnte er den kurzen Gang mit den Ruinenwänden übersehen.

Von fern her drangen dumpfe Geräusche, Schritte und Stimmen von Menschen.

Nachdem sich Hal vergewissert hatte, dass der Gang vor ihm frei lag, eilte er vorwärts bis zur nächsten Bohlentür. Auch sie war nur angelehnt.

Die Geräusche waren jetzt deutlich bestimmbar. Aus einer der Türen weiter vorn drangen Worte. Eine Tür wurde geöffnet, dann wieder zugeschlagen. Ein Mann ging über den Gang. Nun war es wieder still.

Hal zog die Tür millimeterweise zurück, hockte sich am Boden nieder und steckte den Kopf durch den Spalt. Der Gang war dunkel, und es war nicht zu befürchten, dass man ihn bemerkte.

Wieder öffnete sich eine Tür, klar und deutlich kamen Worte.

»Also, meine Liebe, dann werde ich Ihnen Gelegenheit geben, sich mit Ihren eigenen Ohren zu überzeugen. Ich hoffe, dass Sie über die Angelegenheit anders denken, wenn Ihnen erst das Jammergeschrei Ihres Liebhabers in die Ohren klingt.«

Hal zuckte zusammen. Das war Garcias Stimme. Ja, das war tatsächlich das Leichengesicht. Im Lichtschein, der aus dem geöffneten Zimmer drang, war das Profil deutlich zu erkennen.

Die Tür klappte zu, Garcia ging zur gegenüberliegenden Tür und trat ein. Hal hörte noch seine ersten Worte, die er an die Menschen richtete, die sich in jenem Zimmer aufhalten mussten.

»Alles fertig? Nehmt den Gefangenen hoch auf den Tisch und …« Dann wurde es still.

Hal war nicht dumm. Er dachte sich aus den aufgefangenen Worten allerhand zusammen. In dem Zimmer rechts musste sich Miss Martini befinden und in dem anderen Zimmer der Herr und einige von Garcias Leuten. Und den Herrn wollte man foltern. Da war es freilich höchste Zeit, einzugreifen.

Hal schlich sich mit leichten Schritten in den Gang hinein. An der Tür, hinter der sich Joan Martini befand, machte er Halt. Mit zwei Griffen überzeugte er sich noch einmal, dass die Pistolen entsichert waren und locker im Holster saßen. Dann drückte er vorsichtig die Türklinke herunter.

In seinem Gehirn lag es wie verzweifeltes Beten. Jetzt nur einige Minuten Glück haben. Wenn sich drüben vorzeitig das Zimmer öffnete, dann war alles umsonst. Und wenn sich bei der Miss eine Wache befand, sah es auch böse aus.

Joan Martini schrie leise auf, als sie plötzlich den Jungen im Türrahmen gewahrte. Hal legte bedeutungsvoll den Finger auf die Lippen und flüsterte erregt:

»Pst, um Himmels willen keinen Laut. Der Herr ist in größter Gefahr. Er liegt nebenan gefesselt, wird bewacht.«

»Ich weiß«, hauchte sie zurück.

»Ich will ihn befreien«, sagte er ebenso leise wie entschlossen, »wollen Sie mir helfen?«

Sie nickte in stummer Erregung. Er drückte ihr eine Pistole in die Hand und raunte:

»Sie ist bereits entsichert. Sie müssen schießen, sobald sich jemand wehrt. Trauen Sie sich das zu?«

Sie nickte abermals und prüfte mit schnellem Blick die Waffe durch, die ihr der Junge gereicht hatte. Die Pistole hatte für sie nichts Ungewohntes, und sie war auch völlig entschlossen, von ihr Gebrauch zu machen, denn sie wusste, um was es ging.

»Verlass dich auf mich«, sagte sie kurz.

»Dann kommen Sie!«

Sie schlichen gemeinsam über den Gang bis zur anderen Tür, hinter der undeutliche Geräusche hervordrangen.

»Achtung!«, hauchte Hal und stieß mit einem scharfen Ruck die Tür auf. Im nächsten Augenblick gellte er:

»Hände hoch!«

Wie aus alter vertrauter Gewohnheit warfen die fünf Männer, die um den Gefesselten herum im Zimmer standen, die Arme in die Höhe. Die Pistolenläufe waren allzu drohend auf sie gerichtet, und sicher kam es den Männern erst später zum Bewusstsein, dass hinter ihnen nur ein Knabe und ein junges Mädchen standen.

Hal sprang sofort auf seinen Herrn zu, riss das Hüftmesser heraus und schnitt mit kräftigem Ruck die Fesseln durch. Sun richtete sich auf.

Sofort wich die Lähmung des ersten Schreckens von den Männern.

»Verdammt!«, zischte Garcia, griff nach dem Stuhl, der neben ihm stand, und schleuderte ihn gegen die Lampe. Joan Martini schoss, aber ihre Erregung war zu stark, sie fehlte ihn.

Und nun ging die Hölle los.

Hal warf sich herum und schoss auf den nächsten Mann, dessen Hand er gerade noch zur Hüfte fassen sah. Schüsse krachten zurück. Hal duckte sich auf die Erde nieder, schoss von Neuem.

Der Tisch krachte um, Flüche hallten auf, Körper fielen übereinander,

Schatten sprangen, ein Mensch krachte dumpf gegen Stein, dann schrie Joan Martini gellend auf.

»Licht, Hal!«, donnerte Suns Stimme.

Gleich darauf schoss das weiße Lichtbündel aus Hals Lampe durch das Zimmer. Einer von Garcias Leuten wälzte sich am Boden und stöhnte wie ein Sterbender. Die anderen waren verschwunden.

Sun, der sich mit dem ersten Schuss vom Tisch heruntergeworfen hatte, sprang aus der Mitte des Raumes mit einem Satz zur offenen Tür. Draußen wehrte sich Joan Martini verzweifelt unter den Fäusten eines Mannes, der sie mit fortschleppen wollte. Als dieser Sun auftauchen sah, ließ er sofort los und stürzte mit einem Fluch davon. Sun Koh fing das Mädchen in seinen Armen auf.

*

Minuten später hatten sie sich über das Notwendigste gegenseitig unterrichtet. Viel Zeit zum Reden blieb nicht, Garcia und seine Leute, die sich durch die Überraschung hatten davonjagen lassen, konnten jeden Augenblick zum Angriff vorgehen.

»Wir werden auf schnellstem Wege von hier verschwinden«, entschied Sun. »Das Seil liegt doch oben bereit, Hal?«

»Gewiss, Herr.«

Sie stiegen in den Turm hinauf. Kaum hatte Hal, der vorausging, den Kopf aus der Luke herausgestreckt, als die Plattform von starkem Scheinwerferlicht übergossen wurde und zugleich ein Schuss krachte, der dem Jungen fast die Haare versengte.

Schleunigst zog er seinen Kopf wieder ein.

»Himmel, Herr, wir können nicht hinauf. Sie halten die Plattform unter Feuer.«

Suns Gesicht wurde starr. Damit zwang ihm Garcia den Kampf bis zum Äußersten auf. Er winkte den Jungen herunter und stieg selbst hinauf. Es ging ihm nicht besser als Hal.

»Hal hat Recht«, sagte er leise zu Joan Martini, »es ist unmöglich, auf diesem Wege die schwebende Burg zu verlassen. Wir müssen Garcia angreifen.«

Sie schritten wieder in das Zimmer zurück, in dem der Kampf stattgefunden hatte. Der Mann, der vorhin darin liegen geblieben war, war tot.

Der erste Schuss Hals hatte ihn erwischt. Glücklicherweise trug er Waffen bei sich, sodass sie nicht allein auf die zwei Pistolen des Jungen angewiesen waren.

Sun reichte dem Mädchen wieder eine der Waffen.

»Nimm sie an dich für den äußersten Fall. Ich hoffe, wir werden bald zurückkehren und dich abholen können.«

Joan Martini zog erstaunt die Augenbrauen hoch.

»Ich soll doch nicht etwa hier bleiben?«

»Doch«, nickte Sun, »es ist nicht nötig, dass du dich in Gefahr begibst.«

Sie schüttelte den Kopf und sagte bestimmt: »Glaubst du, dass ich hier besser aufgehoben bin, als in deiner Nähe? Ich will kämpfen und nicht untätig das Schicksal über mich ergehen lassen.«

Er fügte sich.

»Gut, du hast nicht so Unrecht. Weißt du hier Bescheid?«

»Nein, ich weiß nur, dass dieser Gang durch eine Tür hindurch auf die Treppe mündet.«

»Dann wollen wir zunächst sehen, ob man nicht etwa durch die Fenster hier eindringen kann.«

Während Hal im Gange wachte, nahm Sun eine kurze Untersuchung vor. Die Zimmer befanden sich im zweiten Stock des Gebäudes, dessen Wände glatt abfielen. Die Fenster lagen immerhin ungefähr sechs Meter über dem felsigen Boden. Ohne Leiter konnte man hier nicht eindringen. Sun hatte erwartet, auch die Fronten unter Scheinwerferlicht zu finden. Sie lagen jedoch völlig schwarz und dunkel. Anscheinend war Garcia der Überzeugung, dass man ebenso wenig ohne Hilfsmittel aus den Fenstern herauskommen wie hineinkommen konnte.

Als Sun den Gang wieder betrat, kam Hal gerade von der Tür zurückgeschlichen, die er mittlerweile besichtigt hatte.

»Sie ist geschlossen, Herr«, flüsterte er, »und hinter ihr befinden sich Leute. Ich hörte sie sprechen und sich bewegen. Hoffentlich planen sie nicht irgendeine Teufelei und sprengen die ganze Bude in die Luft.«

Sun beruhigte ihn mit einem kleinen Lächeln.

»Keine Sorge, Hal, Garcia will Miss Martini lebendig haben, und auch an meinem Tod scheint ihm recht wenig zu liegen. Allenfalls versucht er es mit Gas.«

»Was gedenkst du zu tun?«, erkundigte sich das Mädchen.

Sun sah sie ernst an.

»Wir können hier nicht geduldig warten, was man über uns beschließt. Die beste Verteidigung war noch immer der Angriff. Ich werde angreifen.«

»Aber wie willst du das machen? Wir sitzen hier in der Falle.«

Er deutete durch die offene Tür zum Fenster hin.

»Ich werde die Falle öffnen, werde die Leute von hinten angreifen.«

»Fein, Herr«, jubelte Hal mit gedämpfter Stimme. »Ich bin dabei.«

»Du wirst nicht dabei sein«, wehrte Sun bestimmt ab. »Du wirst mit Miss Martini hier bleiben und den geeigneten Augenblick abwarten, bis wir die Leute unter zwei Feuer nehmen können.«

»Du wagst sehr viel, Sun«, sagte Joan leise.

Er strich ihr sanft über das Haar.

»Es muss sein, Joan. Ihr wartet also hier, bis ihr hört, dass ich angreife. Dann werdet ihr versuchen, jene Tür zu öffnen und mich zu entlasten. So viel ich sehe, ist sie nur eingehängt.«

»Wir werden die Sache schon schmeißen«, erklärte Hal voller Zuversicht.

Sun nickte ihm freundlich zu und ging in das Zimmer hinein. Noch einmal überzeugte er sich, dass diese Seite des Hauses nicht unter Bewachung lag, dann öffnete er vorsichtig das Fenster, schwang sich hinaus und sprang. Es war ein gewagter Sprung, nicht so sehr wegen der Höhe, die bei der außerordentlichen Federkraft der Gelenke dieses Mannes nicht übermäßig viel zu besagen hatte, sondern mehr deswegen, weil die Bodenbeschaffenheit unter dem Fenster völlig unbekannt war. Aber Sun hatte Glück. Seine Füße trafen auf harten, jedoch völlig glatten Felsboden. Unbeschädigt richtete er sich auf.

Er lauschte. Der Aufschlag war hörbar gewesen, doch schienen Garcias Leute anderweitig beschäftigt zu sein. Nichts deutete darauf hin, dass man seinen Sprung bemerkt hatte.

In der Höhe lag noch das Licht des Scheinwerfers, das ihnen die Benutzung des Seils unmöglich machte. Es kam von der Plattform eines zweiten

Turms. Nach den Umrissen zu schließen, mussten dort zwei Männer Wache halten. Die Tiefe war ihnen jedoch unverdächtig, das Licht senkte sich nicht. Vorsichtig schlich Sun an der Wand entlang, bis sie durch eine Tür unterbrochen wurde. Sie war offen, dahinter zeigte sich ein Treppenhaus, dessen Treppen eigentlich mehr kräftige Schrägleitern waren. Weiter oben war es erleuchtet, von dort her klangen auch Stimmen und Geräusche. Gleich die erste Stufe knarrte schrecklich laut. Es schien aussichtslos, hochkommen zu wollen, ohne bemerkt zu werden.

Sun zögerte nicht, seine Taktik zu wechseln. Er trat laut und hörbar auf, stieg die Treppe gleichmäßig ruhig empor, als sei alles in Ordnung.

Die Leute hielten ihn tatsächlich für einen der ihren und achteten kaum auf seine Ankunft. Sie standen am oberen Ende der Treppe und arbeiteten eifrig. Ein Stahlballon, mehrere Röhren und Bohrer – der Zweck der Tätigkeit war völlig klar. Die Eingeschlossenen sollten unter Gas gesetzt werden.

Sun hob die Pistolen.

»Hände hoch!«

Er hatte leise und kühl gesprochen, aber die Wirkung war die Gleiche, als wenn ein Donnerschlag gekracht hätte. Die vier Männer fuhren mit verstörten Gesichtern herum und hoben die Arme.

Es war vielleicht unbeabsichtigt, dass dabei der eine der Männer ein Stahlrohr, das er gerade in der Hand hatte, mit hochriss und auf den unvermuteten Angreifer wirbeln ließ.

Sun verstand die Bewegung jedenfalls falsch. Während er dem Wurfgeschoss auswich, drückte er ab. Klick.

Die Pistole versagte.

Die vier Männer, geübte Schützen, begriffen sofort. Über ihre Gesichter huschte ein böses Grinsen, ihre Hände fuhren zur Hüfte. Sie waren hoffnungsfreudig genug, anzunehmen, dass die zweite Pistole auf gleiche Weise versagen würde, und dass sie ihren Mann, der im vollen Licht stand, nur niederzuknallen brauchten.

Aber die zweite Pistole, eine von Hals Waffen, dankte die sorgfältige Pflege, die ihr zuteil geworden war. Vier Schüsse krachten in kaum merkbaren Abständen hintereinander, und vier Arme zuckten auf und sanken schlaff herunter.

»Auf die Seite«, herrschte Sun jetzt die Männer an, deren entsetzte, schmerzhaft verzogene Gesichter wie die tollpatschiger ungeschickter Kinder wirkten, die ein Erwachsener gestraft hat.

Sie gaben unverzüglich Raum. Sun ging an die Tür heran und öffnete sie. Hal, der schon dahinter gelauert hatte, sprang heraus, hinter ihm folgte Joan Martini.

»Nimm ihnen die Waffen ab«, gebot Sun dem Jungen.

Eine angenehmere Aufgabe hätte er Hal kaum zuweisen können. Mit Geschick und Sachkenntnis befreite er die vier von dem Waffenarsenal, das sie mit sich herumschleppten. Dabei ging sein Mundwerk wie eine gut geölte Maschine und verteilte innerhalb weniger Minuten genügend Boshaftigkeiten, um die Gefangenen für ihr ganzes ferneres Leben damit zu versorgen. Kein Wunder, dass sie ihn höchst wütend anstarrten. Man sah es ihren Gesichtern an, dass sie dem Jungen gar zu gern eins ausgewischt hätten, aber das beschwerte Hal nicht. Er war völlig obenauf.

»Wir brauchen Stricke, um die Leute zu binden!«, warf Sun hin, während er bereits nach unten lauschte.

»Ich will mal sehen, dass ich welche finde«, erklärte Hal bereitwillig und verschwand in dem Gang.

Sun lauschte schärfer. War das nicht das leise Schleichen, das Atmen eines Menschen da unten?

Da!

Zwei schwarze, faustgroße Kugeln kamen schattenhaft hoch, schlugen schräg gegen die steinerne Wand, polterten auf das Holzpodest.

»Fort!«, schrie Sun auf.

Er sah noch, wie die Männer die Gefahr erkannten und in Abwehr mit der Hand vor die Augen fuhren, dann nahm ihn der Gang auf. Mit einem verzweifelten Satz hatte er sich hineingeschnellt und Joan Martini mit gewaltsamem Ruck mitgerissen. Seine Füße berührten den Boden, stießen sich sofort einmal ab.

Wumm ...

Die beiden Eiergranaten explodierten mit ohrenbetäubendem, scharfem Krach. Todesschrei der Opfer mischte sich mit dem reißenden Splittern des Stahls, dem dumpfen Dröhnen stürzender Mauern und dem trocknen Brechen von Holz. Nachhallendes Poltern und Bröckeln, beißender Explosionsgeruch und dichte Staubwolken, dann Schweigen.

Hal kam mit schreckensvoller Frage aus einem der Räume herausgestürzt und half Joan Martini aufrichten. Sie war an der Schläfe leicht verletzt. Sun selbst erhob sich allein, wenn auch etwas mühsam. Der Luftstoß hatte ihn im zweiten Sprung getroffen und ihn gegen die Mauer geschleudert. Die Seite war etwas geprellt.

Die Treppe war verschwunden, ebenso die sie umfassende Wand. An der Explosionsstelle gähnte ein riesiges Loch. Die Außenwand war ebenfalls zum überwiegenden Teil zusammengebrochen. Durch die Lücke spielte der Scheinwerfer vom Turm herunter.

Päng. Der erste Schuss schlug gegen die Wand.

Sie zogen sich schleunigst ins Dunkel des Ganges zurück. Ihre Lage war nicht übermäßig günstig. Sie konnten die Gegner infolge des scharfen Lichts überhaupt nicht sehen, aber umso besser konnte man sie bemerken.

»Sieht böse aus, Herr«, bemerkte Hal sachkundig.

»Nicht so schlimm«, erwiderte Sun beruhigend, wobei seine Worte wohl mehr dem Mädchen galten als Hal. »Ich werde auf einem Umwege angreifen. Unsere Lage hat den Vorteil, dass Garcia nicht mehr so leicht heran kann. Wenn wir nicht gerade ins Licht treten, sind wir verhältnismäßig si-cher.«

Hal kratzte sich den Kopf. Er dachte anders darüber, aber er begriff, dass sein Herr die Miss nicht beunruhigen wollte. Garcia konnte sehr wohl angreifen, wenn er sich einmal entschlossen hatte, zu töten und über noch mehr Handgranaten oder ähnliche Teufeleien verfügte. Man saß in einer Falle, die schnell zuklappen konnte.

Wenn nur das Scheinwerferlicht nicht gewesen wäre!

Sun gab schnelle Anweisungen und verschwand. Auf der dem Licht abgelegenen Hausfront wagte er zum zweiten Mal den Sprung in die Tiefe. Es gelang. Das war aber auch alles.

Was Sun schon oben befürchtet hatte, erwies sich als Tatsache. Die ganze Vorderfront des Gebäudes lag restlos unter Licht, und nicht nur sie, sondern auch die anschließenden, zerfallenen Mauern bis an die Innenwand der Höhle. Der Scheinwerfer zeichnete unbarmherzig scharf, und hinter ihm lagen wachsame Augen.

Trotzdem machte Sun den Versuch, die Sperre zu durchbrechen. Er hob vorsichtig den Kopf. Ein Schuss krachte. Die Kugel brannte über seine Kopfhaut. Garcia musste noch einige vorzügliche Gewehrschützen bei sich haben. Sun war kühn, aber nicht frevelnd leichtsinnig. Das Schicksal mehrerer Menschen war mit dem seinen verbunden. Der Scheinwerfer bestrich eine mindestens zwanzig Meter breite Zone. Selbst wenn er versucht hätte, sie unter Entfaltung aller Kräfte blitzschnell zu durcheilen, so waren doch die Aussichten bei der Schusssicherheit jener Leute denkbar gering.

Garcia hatte sie in der Falle. Die einzige Möglichkeit schien noch zu sein, einen Fleck ausfindig zu machen, von dem man den Scheinwerfer unter Feuer nehmen konnte.

Während Sun noch im Schutz der Mauer überlegte, knatterten plötzlich irgendwo Schüsse aus einem Revolver, die kurz darauf durch wütendes Gewehrfeuer erwidert wurden. Der Scheinwerfer drehte ab, zuckte und verlosch.

Rabenschwarze Finsternis lag über der schwebenden Burg.

Sun ahnte, was geschehen war, und nicht viel später erhielt er die Bestätigung für seine Vermutung.

Nimba hatte oben auf der Meza die Schüsse und später die Explosion gehört. Von äußerster Sorge getrieben, war er schließlich am Seil heruntergeklettert, bis er den Scheinwerfer auf der Plattform des einen Turmes entdeckte. Undeutliche Bewegungen auf der einen und Suns hockende Gestalt auf der anderen Seite hatten ihn einigermaßen über die Lage unterrichtet, und dann hatte er das getan, was ihm das Notwendigste zu sein schien. Er hatte den Scheinwerfer unter Feuer genommen.

Bevor noch Garcias Leute die an der Felswand hängende Gestalt nachdrücklich hatten aufs Korn nehmen können, war sein waghalsiger Versuch geglückt. Der Scheinwerfer war zerstört.

Sun versäumte die Gelegenheit nicht. Er schwang sich über die Mauer. Auf dem Turm blitzte ein Schuss auf, der aber offenbar nicht ihm galt. Er feuerte trotzdem schnell zurück. Der Aufschrei bekundete ihm einen Treffer.

Über dem Platz, auf dem er eben noch gestanden hatte, fegten die Kugeln. Sun kauerte schon jenseits des freien, hofartigen Geländes im Schutz eines Trümmerhaufens.

Wieder Gewehrfeuer, Pistolenschuss und ein stöhnender Fluch. Einer von Garcias Schützen hatte die Dunkelheit für ausreichende Deckung gehalten.

Eine Salve von Querschlägern spritzte heulend um die Steine. Sun schoss in das Gewehrfeuer hinein und sprang weiter.

Eine Weile belauerten sich die Gegner vorsichtig. Einer suchte den unbekannten Standort des anderen zu erraten und daraus Nutzen zu ziehen.

Sun wusste freilich, dass die Leute Garcias hinter den schattenhaft sich abzeichnenden Fensteröffnungen des alten Gemäuers hockten, aber er hütete sich, sinnlos hineinzuschießen.

Minuten vergingen in tödlicher Stille.

Dann schlich es von hinten heran. Sun hielt den Schuss im letzten Augenblick zurück. Es waren Hal, Nimba und Joan Martini.

»Wir sind's, Herr«, hauchte Hal, nachdem er an Ort und Stelle war.

»Nun wäre es ja Zeit, dass ich das erfahre«, erwiderte Sun sarkastisch. »Wie kommt ihr hier herunter?«

»Ich habe die Stricke zusammengebunden, mit denen Sie gefesselt waren«, berichtete der Junge nicht ohne Stolz. »Daran haben wir uns heruntergelassen.«

»Und du, Nimba?«

Der Neger berichtete im Flüsterton, wie er den Scheinwerfer erledigt hatte und dann am Seil entlang einfach auf den Turm weitergerutscht war. Hal hatte es wirklich dauerhaft befestigt.

»Garcia hat noch mindestens ein halbes Dutzend Leute bei sich«, stellte Sun fest, als Nimba zu Ende war. »Ewig können wir hier nicht liegen bleiben. Wenn sie weiter so vorsichtig sind und noch nicht einmal schießen, so müssen wir angreifen.«

»Unmöglich«, konnte sich Nimba nicht verkneifen, zu murmeln. Dafür fasste er einen unsanften Rippenstoß, den er zu erwidern vergaß, weil der Einfall wirklich nicht schlecht war.

Hal erhielt strenge Anweisung, nicht leichtsinnig zu sein und schlich fort. Zwanzig Meter von den Männern entfernt fand er ziemlich in der Mitte zwischen den beiden Gebäuden ein paar passende Trümmerblöcke, hinter die er seinen schmächtigen Körper schmiegen konnte. Nachdem er weisungsgemäß für genügend Deckung gesorgt hatte, schob er mit der Hand die Scheinwerferlampe vor, ließ das Licht aufflammen und zog die leere Hand hurtig wieder zurück. Der Erfolg war durchschlagend.

Das Lichtbündel streute zwar ziemlich bis an die Wand hin, aber der Schein war stark genug, um deutlich Arme und Köpfe mehrerer Männer erkennen zu lassen, die in den offenen Fenstern standen und in die Dunkelheit hinaushorchten oder spähten.

Sie schossen fast unverzüglich, oder wollten es wenigstens tun, denn schneller als ihre Bewegungen war die Feuergarbe, die aus Suns und Nimbas Pistolen heraussprühte.

Einige Sekunden später leuchtete das Licht in leere Finsternis. Garcias Leute waren freiwillig oder unfreiwillig in die Dunkelheit verschwunden.

Hal holte sich mit dem Pistolenkolben die Lampe vorsichtig heran. Er hätte ebenso gut die Hand nehmen können. Von drüben fiel kein Schuss mehr. Er knipste, es war wieder dunkel ringsum.

»Gut gemacht«, lobte Sun, als er zurückgeschlichen kam. »Ich denke, dass wir jetzt Luft haben. Joan, du bleibst mit Nimba hier liegen. Bewacht diese Seite sorgfältig. Ich werde mich herumschleichen und von drüben aus angreifen. Allzu viel Widerstand werden die Leute nicht mehr leisten.«

»Das Flugzeug, Herr«, erinnerte der Neger.

»Richtig«, sagte Sun nachdenklich. »Damit wird Garcia fliehen wollen. Besser wäre, wir könnten es ihm abjagen. Komm mit, Hal.«

Der Junge machte voller Genugtuung über die erwiesene Ehre dem Neger eine lange Nase, die Nimba infolge der Dunkelheit nicht sah – glücklicherweise. Denn Nimba hatte auch seinen Ehrgeiz und wäre lieber mit vorgegangen, als an dieser Stelle still liegen zu bleiben.

Er tröstete sich mit dem Bewusstsein, dass dem Herrn an der Sicherheit von Miss Martini mehr lag als an seiner eigenen.

Es war ein umständlicher Weg über Zyklopenmauern dicht an der hinteren Felswand der Höhle entlang. Wenn Hal nicht so furchtlos und gewandt wie eine Katze gewesen wäre, hätte er beizeiten zurückbleiben müssen. Als sie vor der ersten der vier Mauern standen, die immerhin noch mehrere Meter Höhe hatte, wollte Sun auf seine Begleitung verzichten. Aber Hal drängte:

»Werfen Sie mich doch einfach hinauf, Herr. Mehr wie runterfallen kann ich nicht. Aber ich werde mich schon festhalten.«

»Zu viel Lärm«, wandte Sun bedenklich ein.

»Nicht eine Spur, Herr«, erklärte Hal eifrig. »Eine Maus wird der reinste Elefant gegen mich sein.«

Sun nahm ihn auf die Arme und stieß ihn mit kurzem Ruck hoch. Der Junge landete vortrefflich, seine Holster klappten an, aber dann lag er wie ein Stein auf der breiten Mauerkrone. Sun sprang federnd nach, schwang sich hinauf und sprang auf der anderen Seite wieder hinunter. Hal ließ sich von ihm auffangen.

Die anderen Mauern waren weniger hoch, eine bot sogar eine bequeme Durchgangslücke. Dann lagen sie endlich zusammen oben auf der letzten Mauer.

Vor ihnen befand sich der freie Platz, auf dem das Flugzeug gestern Nacht eingerollt war. Er war nicht erleuchtet, aber das Mondlicht gab hier genügend Schein, um die Vorgänge leidlich erkennen zu lassen.

Das Flugzeug stand noch tief im Hintergrund in einer Art Felsentor. Es hatte aber ganz den Anschein, als wolle man es in Kürze benutzen. Alles deutete auf Flucht hin. Am Eingang des Hauses waren Koffer aufgestapelt. Neben ihnen standen einige Männer, unter denen Sun den Mexikaner zu erkennen glaubte. Sie hatten wahrscheinlich soeben die Koffer herausgeschafft. Jetzt gingen die Männer wieder ins Haus hinein. Nur einer blieb stehen. Er rief den anderen etwas nach, das wie eine Aufforderung zur Eile klang.

»Sie wollen fliehen«, flüsterte Hal aufgeregt.

Sun nickte.

»Wir werden ihnen das Flugzeug abnehmen. Achtung!«

Der einzelne Mann begann auf das Flugzeug im Hintergrund zuzuschreiten, da sprang Sun, kurz hinter ihm Hal. Der Mann wurde aufmerksam, riss mit einem Alarmschrei die Waffe heraus und brach zusammen.

Suns Pistole hatte gesprochen.

Stille. Mit weiten Sprüngen eilten die beiden hinter die schützende Ecke des Felsenhangars, in dem die Maschine stand. Sie hatten sich kaum in Deckung geworfen, als die ersten Schüsse hinter ihnen her spritzten.

Sun konnte die Hauswand vorzüglich übersehen. Er selbst lag mit dem Jungen im Dunkel, Garcias Leute waren jedoch dem Mondlicht ausgesetzt. Jene schienen die Ungunst ihrer Lage auch einzusehen, denn sie hüteten sich, mehr zu zeigen als einen Büchsenlauf.

Die Verhältnisse hatten sich durchgreifend gewandelt. Jetzt lagen die andern unter zwei Feuern, waren eingeschlossen und belagert. Die einzige Sorge war die, dass es ihnen nicht gelang, auf Nimbas Front durchzubrechen. Man schien den Versuch zu machen, denn von jenseits klangen Schüsse herüber. Pistolen, Gewehre, dann wieder Pistolen. Dann schwieg der Lärm. Sun deckte mit einigen Schüssen die Fenster zu, um sich bemerkbar zu machen und drüben zu entlasten. Unlustig kam die Antwort.

Minutenlang geschah nichts. Dann kam auf einmal Garcias Stimme. Er stand jedenfalls in der Nähe des offenen Fensters und schrie auf den freien Platz hinaus:

»Mr. Sun Koh?«

Sun zögerte einen Augenblick, dann meldete er sich:

»Hier bin ich. Was wünschen Sie, Señor Garcia?«

»Ich schlage Ihnen eine Vereinbarung vor. Wenn Sie versprechen, nichts weiter zu unternehmen, erhalten Sie freien Abzug.«

»Sehr liebenswürdig«, rief Sun spöttisch. »Aber wenn ich nicht irre, liegen die Dinge gerade umgekehrt. Sie sind in der Falle, und wir können Ihnen höchstens freien Abzug gewähren.«

»Sie irren sich«, erwiderte der Mexikaner sofort bestimmt. »Sie haben zwar das Flugzeug in der Gewalt und legen mir dadurch einige Unannehmlichkeiten auf, aber Sie können auch nicht ewig dort liegen bleiben. Und fort kommen Sie nicht ohne meine Einwilligung.«

»Seien Sie versichert, dass ich mir diese noch holen werde«, gab Sun kühl zurück. »Ich bin nicht im Geringsten geneigt, mich Ihrem guten Willen auszuliefern.«

»Sie trauen meinem Vorschlag nicht?«

»Nein.«

»Ich versichere Ihnen mit meinem Ehrenwort, dass Sie diesen Ort unbehelligt auf dem gleichen Wege verlassen dürfen, auf dem Sie ihn aufgesucht haben. Ich verzeihe Ihnen sogar, dass Sie widerrechtlich hier eingedrungen sind und den Frieden meines Hauses gestört, sowie meine Leute getötet haben.«

Sun lachte grimmig auf.

»Ihre Frechheit ist bewunderungswürdig, Señor Garcia. Und Ihr Ehrenwort das Gegenteil. Ich verzichte.«

»Sie lehnen ab?«

»Ganz recht. Ich will Ihnen aber die Aussicht lassen, unbewaffnet und mit erhobenen Händen aus dem Hause herauszutreten. Ich werde Sie zwar dem Richter überliefern, aber sonst wird Ihnen nichts weiter geschehen.«

Garcias Stimme höhnte schrill:

»Ich müsste verrückt sein.«

»Ich verzichte auf die Behauptung des Gegenteils«, erwiderte Sun kalt. »Ich lasse Ihnen die Wahl. Wenn Sie verzichten, soll es mir auch Recht sein.«

»Triumphieren Sie nicht zu früh«, warnte Garcia scharf. »Sie übersehen die Lage nicht. Noch einmal: Wollen Sie freiwillig den Platz räumen?«

»Nein.«

»Dann fahren Sie zur Hölle«, schloss der Mexikaner wutentbrannt das Gespräch.

Minuten vergingen in schweigender Spannung. Nichts geschah. Dann feuerte Sun einige Schüsse ab. Die Antwort blieb aus.

»Sie haben wieder eine Teufelei vor«, flüsterte Hal.

»Scheint so, leider wissen wir nicht, welche. Wir müssen schon abwarten.«

Wieder vergingen lange Minuten. In dem Gebäude rührte sich nichts mehr. Ein Schuss blieb ohne Antwort.

»Sieh mal zu, Hal, ob du dort nicht eine Stange oder einen langen Schraubenschlüssel findest.«

»Jawohl, Herr.«

Der Junge kroch zurück. Nach zwei Minuten kam er mit einem schmalen Brett wieder an.

»Genügt das, Herr?«

»Ja. Nun zieh deine Jacke aus.«

Hal begriff noch nicht ganz, aber er tat, was ihm gesagt worden war. Sun hängte die Jacke über das Brettende und schob es aus der Deckung heraus. In dem unsicheren Licht mussten Garcias Leute die Jacke für einen schleichenden Menschen halten. Die erwarteten Schüsse blieben aus.

»Es scheint«, sagte Sun nachdenklich, während er Hal die Jacke zurückgab, »dass man das Haus geräumt hat. Vermutlich gibt es noch einen anderen Ausgang aus der schwebenden Burg, durch den Garcia und seine Leute geflohen sind. Ein Weg, der zum Talgrunde führt.«

»Sie sagten es doch schon gestern, Herr. Demnach müsste der Weg dort drin beginnen?«

»Es wird eine Treppe im Felsen sein.«

»Dann können wir doch hin«, drängte Hal.

»Langsam«, beschwichtigte Sun. »Wir können auch in eine offene Falle rennen. Pass auf: Du bleibst hier gedeckt liegen und beobachtest. Ich werde zum Flugzeug zurückgehen und den Scheinwerfer in Betrieb setzen. Wir müssen dann zwar doppelt vorsichtig sein, aber bekommen auch gutes Schusslicht. Ich komme dann wieder vor, und wenn sich noch nichts rührt, springe ich um die Ecke herum. Das müssen wir schon wagen. An der Mauer habe ich wieder Schatten und Deckung. Ich werde dann von dort aus vorgehen. Schieß, sobald sich jemand zeigt, aber vergiss deine Deckung nicht.«

»Wird gemacht, Herr.«

Sun eilte zurück. Hal hörte ihn sich bewegen und schließlich in die Maschine hineinsteigen. Dann flammte das Licht auf die grauen, klobigen Mauern, hinter denen Garcia steckte. Die Fenster zeichneten sich deutlich ab, aber weder ein Mensch noch ein Gewehrlauf wurden sichtbar.

Dicht an der Wand kam Sun vor.

»Nichts, Herr«, teilte Hal mit.

»Gut, dann werde ich nach dem Rechten sehen.«

Er wollte gerade springen, da geschah die Katastrophe.

Eine Flammengarbe schoss auf, ohrenbetäubendes Donnern wuchtete auf die Trommelfelle, der Felsen bebte, Steinmassen wirbelten durch die Luft und krachten tonnenschwer gegen die Wände der Höhlung, ein furchtbarer Luftstoß presste wie eine Riesenfaust gegen den Fels, aus dem Abgrund polterte es hoch, Qualm- und Staubschwaden quollen durch die Höhle.

In schlitternden Rucken verebbte die Explosion zu lastender Stille.

»Hal?«

»Teufel, Herr«, ächzte der Junge, »ich glaube, mir ist die Lunge geplatzt. Da hat uns ja der Kerl was angerührt.«

»Sonst nichts?«

Sie erhoben sich. Die Glieder waren völlig in Ordnung. Der feste Fels hatte sie gegen den Hauptstoß der Explosion und gegen die Trümmer geschützt.

Garcia hatte eine teuflische Rache ersonnen. Sie wäre geglückt, wenn Sun nicht allzu misstrauisch gewesen wäre. Sein Zögern und seine sorgfältigen Vorbereitungen hatten ihnen das Leben gerettet. Wenn sie sich schon in dem Gebäude befunden hätten, wären sie kaum am Leben geblieben.

Die Sache war klar. Der Mexikaner hatte den Platz durch den unbekannten Ausgang verlassen und vorher eine Höllenmaschine oder Ähnliches eingestellt, die zu gegebener Zeit alles zerreißen musste.

Er selbst stand vielleicht schon auf dem Grunde des Canyons und lachte höhnisch.

Das Flugzeug war durch den Stoß ebenfalls an die Wand gedrückt worden und war halb gekippt. Aber der Scheinwerfer brannte noch, strich in dunstigen Strähnen durch die stinkende, quellende Wolke und geisterte über den wüsten Trümmerhaufen, der ehemals die schwebende Burg gewesen war.

Suns erster Gedanke galt dem Mädchen. Sie lag mit Nimba zusammen ziemlich geschützt.

»Warte hier«, befahl er dem Jungen sofort, als er sah, dass diesem nichts geschehen war, und jagte davon.

Die Explosion hatte die mürben Mauern wie Kartenblätter umgelegt. Wirr und bunt lagen die Steine durcheinander. Sun eilte über sie hinweg, stürzte um ein Haar, fing sich rechtzeitig und rannte weiter.

Joan Martini und Nimba hatten hinter zwei starken Blöcken gelegen, die ihnen gegen die Schüsse Schutz boten, nicht aber gegen die fallenden Trümmerstücke. Sun fand sie noch an der gleichen Stelle, aber über ihnen lag ein mächtiger, zentnerschwerer Stein.

Durch sein Herz krampfte der Schreck.

»Joan!«, schrie er auf.

Dann war er heran. Und da sah er, dass der Stein, unter dem er zerschmetterte Leiber zu finden gefürchtet hatte, in Wirklichkeit die Rettung der beiden geworden war. Er lag mit seinem einen Ende auf den Blöcken und mit dem anderen hatte er sich in den Schutt eingebohrt, sodass er gewissermaßen ein Dach bildete, in dessen Höhle die beiden lagen.

Joan Martini ward kaum sichtbar. Sie lag fast völlig unter der massigen Gestalt des Negers begraben. Aber sie bewegte sich.

Sun wuchtete den Stein zur Seite, Nimba rollte sich von seinem Schützling herunter und setzte sich mühsam auf. Nun erhob sich auch Joan Martini, verdreckt, verstaubt und verstört, aber bis auf kleine Hautabschürfungen unverletzt. Auf die besorgte Frage Suns schüttelte sie den Kopf.

»Mir fehlt nichts. Nimba hat mir das Leben gerettet. Er muss die Explosion früher gesehen haben als ich, denn er riss mich auf einmal an die Blöcke und warf sich auf mich. Ich danke dir, Nimba.«

Der Neger rollte die Augen.

»Nichts zu danken, Miss Martini. Ich rechnete schon mit irgendeiner Teufelei, weil sich nichts mehr rührte. Sie schossen, Herr, und das Feuer wurde nicht erwidert. Ein Glück, dass ich die Miss noch unter mich bekam, bevor der Brocken kam.«

»Du bist verletzt?«, fragte Sun und begann den Neger abzutasten.

Er wehrte ab.

»Die Knochen sind ganz, Herr. Habe in der ersten Zeit meines Boxtrainings noch ganz andere Stöße aushalten müssen. Ein Stein ist mir an den Kopf geflogen, aber ich glaube, das Loch ist bald wieder zu.«

»Und wie steht's mit deinen Beinen? Scheint nicht alles zu stimmen?«

Nimba holte sich mit Suns Unterstützung hoch.

»Nicht kaputt, Herr, wie Sie sehen, nur ...«

Er grinste verlegen und flüsterte dann in Suns Ohr:

»Der Brocken hat mich ein bisschen erwischt. Sozusagen die Verlängerung des Rückgrats. Mit dem Sitzen wird's wohl ein paar Tage hapern.«

Sun musste lächeln und tröstete ihn.

»Bist ein braver Kerl, Nimba, und ich danke dir wie Miss Martini. Ich werde dafür sorgen, dass du nicht zu sitzen brauchst.«

Nimba kratzte sich den Kopf.

»Hm, Hal merkt's ja doch!«

Seine böse Ahnung sollte sich bewahrheiten. Hal hatte sehr bald heraus, an welcher Stelle dem Neger sozusagen der Schuh drückte, und nachdem einmal die Schrecken der schwebenden Burg hinter ihnen lagen und sich die alte friedlich-hitzige Kampfstimmung zwischen den beiden wieder eingestellt hatte, nutzte er die günstige Gelegenheit weidlich aus. Zwanzigmal am Tage bekam es Nimba mindestens zu hören, wie Hal über die Einsicht des Schicksals dachte, das einem missgeratenen Negersprössling noch nachträglich das bescherte, was ihm von Rechts wegen schon seit frühester Jugend Tag für Tag zustand.

Nimba trug die Sticheleien mit Würde.

Was blieb ihm schon anderes übrig?

*

Die schwebende Burg war ein einziger Trümmerhaufen. Die uralten, nur noch notdürftig geflickten Wände hatten dem Druck der Explosion nicht mehr standgehalten und waren zusammengestürzt oder in den Canyon hinabgeschleudert worden. Es war ein wüstes Bild, über dem fahl der Morgen dämmerte.

An der Stelle, wo sich der Ausgang in die Tiefe befinden musste, lag ein gewaltiger Stein- und Schutthaufen. Es schien aussichtslos, ihn beiseite zu räumen. Dazu hätten Dutzende von Arbeitern Wochen gebraucht.

Von Garcias Toten war nichts mehr zu sehen. Sie waren zerrissen, begraben oder im Abgrund zerschmettert.

Hal zog in der Nähe des ehemaligen Gebäudeeingangs einen flachen Lederkoffer unter einem Stein hervor, dessen Seite zerbeult und aufgerissen war. Er schwenkte ihn hoch und schrie:

»Hallo, hier hat das Leichengesicht seinen Stadtkoffer vergessen!«

Sun kam mit den anderen heran. Es musste eines der Gepäckstücke sein, die vorhin an der gleichen Stelle aufgestapelt worden waren. Von den anderen war nichts mehr zu sehen, doch dieser war jedenfalls durch den niederschlagenden Brocken gehalten worden.

Er riss das Leder vollends auf. Ein Bündel von Papieren, teilweise beschädigt, kam zum Vorschein.

»Ach«, sagte Joan Martini mit leichter Enttäuschung, »ich hatte schon gehofft, es sei ein Reisenecessaire.«

Ihre Enttäuschung war einigermaßen verständlich, denn sie sah alles andere als salonfähig aus. Das vermochte zwar ihre Schönheit nicht wesentlich zu beeinträchtigen, aber sie hätte keine Frau sein müssen, wenn sie nicht das lebhafte Bedürfnis hätte haben sollen, wenigstens das Haar zu kämmen und was der Kleinigkeiten mehr waren.

Sun tröstete sie lächelnd und warf einen kurzen Blick über die Papiere. Er schüttelte den Kopf.

»Das ist eine merkwürdige Sammlung. Ich glaube, wir werden sie nicht hier lassen, sondern mit uns nehmen. Sie wird manches Interessante enthalten.«

»Was sind es für Papiere, Sun?«, erkundigte sich das Mädchen.

»Zeitungsausschnitte, Dokumente und alles Mögliche durcheinander. Aber alle Schriftstücke scheinen auf den Erdteil Atlantis Bezug zu haben. Garcia scheint ernster an diesen Dingen beteiligt zu sein, als ich bisher angenommen habe. Es sieht fast so aus, als ob er die Erfüllung der alten Prophezeiung bestimmt erwartet und allerlei Unternehmungen im Gange hat.«

»Das sind alles Schriftstücke um die Atlantissage herum?«

Sun nickte.

»Soviel ich sehe, ja. Hier zum Beispiel ein Zeitungsausschnitt: Auf dem Wege, den die Flugzeuge von England nach Amerika zurücklegen, befindet sich etwa 400 Meilen von Neu-Schottland entfernt eine Stelle, wo der Kompass stark von seiner Richtung abgelenkt wird. Nachdem nun verschiedene Flieger auf dieser Strecke die gleiche Beobachtung gemacht haben, nimmt man an, dass sich an der genannten Stelle entweder ungewöhnlich große Ablagerungen von magnetischen Erzen im Ozean befinden müssen, oder dass sonst eine sehr starke magnetische Anziehungskraft von dort ausgeht, und dass dadurch der Kompass von seiner Richtung abgelenkt wird. Als der amerikanische Flieger Kingford-Smith kürzlich den Ozean überflog, konnte er sich an dieser Stelle nur mithilfe des Radios orientieren, weil sein Kompass einfach den Dienst versagte. Nun kommt es allerdings öfter vor, dass Schiffskompasse durch magnetische Einwirkungen abgelenkt werden, aber nur an Stellen, wo das Wasser sehr seicht ist. Um Neu-Schottland herum ist das Wasser jedoch zwei Meilen tief, was die Erscheinung noch unerklärlicher macht.«

»Herr!«, sagte der Neger.

»Ich glaube, wir kennen die Stelle«, lächelte Sun. »Der Schreiber irrt sich, wenn er meint, das Meer sei dort zwei Meilen tief. Du musst wissen, Joan, dass uns beide ungefähr dort ein ausbrechender Vulkan erwischt hat, als wir das Meer nach dir absuchten. – Hier ein neuer Zeitungsausschnitt: Im Zusammenhang mit dem letzten Erdbeben in Mittelamerika ist in der Nähe von Kuba eine kleine Insel aufgetaucht, die anscheinend jahrtausendelang unter der Meeresoberfläche gelegen hat. Aufgrund sensationeller Berichte der ersten Besucher dieser Insel, in denen von riesigen Mauerresten und sonstigen Anzeichen einer versunkenen Stadt die Rede war, haben jetzt amerikanische Gelehrte das Eiland eingehend untersucht. Sie stellten zu ihrer Überraschung fest, dass jene Berichte der Wahrheit entsprechen: In der Tat fanden sich zahlreiche Trümmer ehemaliger Steinbauten, die auf das Vorhandensein einer großen Stadt schließen lassen. Diese Stadt muss vor sehr langer Zeit bestanden haben, denn selbst in den ältesten Berichten, deren man habhaft werden konnte, ist nirgends von einer Insel östlich von Kuba die Rede. Untersuchungen über das Alter der vorgefundenen Bauten sind noch nicht abgeschlossen, aber die Ansicht gewinnt an Wahrscheinlichkeit, dass die versunkene Stadt schon lange vor der Entdeckung Amerikas bestanden hat. Darauf lassen uralte Inka-Überlieferungen schließen, nach denen vor sehr langer Zeit an der amerikanischen Ostküste eine große Stadt mit riesigen Mauern bestanden haben soll, die dann durch eine gewaltige Sturmflut vernichtet wurde, bei der die Insel im Meer versank.«

»Fabelhaft«, flüsterte Joan Martini.

»Dort müssen wir hin, Herr!«, schrie Hal.

»Langsam«, wehrte Sun ab, während er ein Schriftstück überflog. »Hier habe ich gleich was, was dich noch mehr begeistern wird, wie ich dich kenne. Inka-Schätze im Quitarasca-Tal, heißt es hier. Wie uns berichtet wird – hallo …«

Der Scheinwerfer des Flugzeugs, in dessen Licht er gelesen hatte, verlosch vollends. Das graue Morgenlicht ließ die Schrift noch nicht erkennen. Die Aufmerksamkeit war ohnedies abgelenkt. Sun stopfte das Bündel wieder in den Koffer hinein und sagte:

»Wir wollen uns später damit beschäftigen. Ich glaube, wir tun gut, wenn wir uns zunächst einmal darum kümmern, wie wir die schwebende Burg verlassen können.«

»Das Seil hängt noch, Herr«, teilte Nimba mit. »Aber wir können nicht heran. Der Turm ist eingestürzt.«

»Das Flugzeug«, machte Hal unnötigerweise aufmerksam.

»Es bietet allerdings die einzige Möglichkeit. Hoffentlich ist es noch in Ordnung.«

Eine eingehende Untersuchung erwies, dass es zwar beschädigt war, aber nicht so erheblich, dass sich die Schäden nicht ausbessern ließen. Der Luftstoß hatte es gegen die Felswand gedrückt und dabei die eine Tragfläche beschädigt. Es konnte nicht lange dauern, das in Ordnung zu bringen.

Immerhin vergingen einige Stunden, bevor Sun Koh die Maschine für flugfähig hielt.

Es war ein gefährliches Stück Arbeit, die nicht ganz ausgeglichene Maschine aus der Höhle heraus und auf die Meza hinaufzubringen. Sun flog zum ersten Mal einen derartigen Hubschrauber, und das Rollfeld war auch nicht viel wert. Es gehörte viel Feingefühl dazu, um das Flugzeug vor dem Sturz zu bewahren.

Aber das Wagstück gelang. Die flirrenden Mühlenarme saugten das Flugzeug aus der drohenden Wildheit des Canyons heraus, dann rissen die Propeller die Maschine voran, nach Osten zu.

Nach Stunden erreichten Sun Koh und seine Begleiter die Stadt Santa Fe. Hier bekamen sie ein besseres Flugzeug, mit dem sie am nächsten Tage weiter nach Süden fliegen konnten.

Das Abenteuer auf der Meza war beendet. Die schwebende Burg lag weit hinter ihnen. Juan Garcia, der sich irgendwo in den Canyons herumtreiben mochte, war eine überwundene Gefahr.

Aber würde sich Juan Garcia mit seiner Niederlage zufrieden geben?

Sun Koh hob die Schultern, als er das bedachte. In der Sonnenstadt wartete die Arbeit, warteten Fritz Peters und seine Kameraden, die inzwischen wohl dort eingetroffen waren. Wenn Juan Garcia noch eine Gefahr bildete, so musste man warten, bis diese herankam. Es gab Wichtigeres als Juan Garcia.

5.

Wochen später nahm Juan Garcia Rache.

Sun Koh befand sich eben mit Peters auf einem Rundgang durch die unterirdische Sonnenstadt, in der jetzt die Freunde von Peters bereits eifrig arbeiteten. Zum Schluss suchten sie noch einmal die geheime Schatzkammer neben der Königshalle auf. Sie hatten sie kaum betreten, als aus der Ferne ein

Laut wie das Schreien eines Menschen herandrang. Er kam näher, wurde stärker, schien aus der Erde hervorzudröhnen, schwoll zum Brüllen an, das durch die unterirdischen Gänge donnern mochte, wenn es auch hier nur abgeschwächt zu vernehmen war.

Ein Mensch war es, der dort schrie, und doch war es auch wieder nicht die Stimme eines Menschen, so stark und überlaut und infolgedessen verzerrt klang sie. Es war, als ob der Mensch über eine Lautsprecheranlage hinweg sprach.

Denn er sprach.

Was wie das tierische Brüllen eines Urweltriesen klang, war nur die Verzerrung von Worten, von Rufen.

Sekundenlang lauschten die Männer atemlos, dann fassten ihre Ohren den fernen Klang.

»Türen schließen! Nicht wieder öffnen, bevor ich es sage. Es ist euer Tod. Türen schließen! Der Feind ist über euch. Wo ist Sun Koh? Außerhalb der Felsenkammern lauert der Tod. Wo ist Sun Koh? Ihr seid einem Gasangriff ausgesetzt, von dem ihr nichts spürt. Hier spricht Manuel Garcia! Wo ist Sun Koh? Antwortet doch, Himmel und Hölle! Es genügt, wenn ihr es laut ruft! Nicht die Türen öffnen! Ihr wisst nicht, wo er ist? Sun Koh? Sun Koh?«

»Hier bin ich!«, schrie Sun Koh mit donnernder Stimme. »In der Königshalle!«

Aber es war, als ob die stummen Wände seine Stimme verschluckten. Der ferne Frager schien sie nicht zu hören. Er brüllte weiter:

»Sun Koh? Wo ist Sun Koh?! Es geht ums Leben! Türen nicht öffnen! Der Feind ist über euch! Türen schließen!«

Ein Druck. Lautlos glitt die schwere Felsentür zu, fügte sich luftdicht und spaltenlos in die Wand ein.

Peters blickte mit verstört fragenden Augen und bleichem Gesicht in Suns Antlitz, über dem es wie eine starre Bronzemaske lag.

*

Kurze Zeit vorher.

In einer der Felsenkammern war Nimba eifrig am elektrischen Herd tätig. Hal leistete ihm Gesellschaft.

Nimba hatte sofort nach seiner Ankunft den Küchendienst übernommen und sorgte gemeinsam mit Joan Martini für die Verpflegung der Männer. Bis dahin hatten sich diese selbst geholfen. Es war auch gegangen, wenn auch ein bisschen wild durcheinander, wie das bei Junggesellen mehr oder weniger üblich ist.

Etwas später schritten sie hochbeladen in den Felsengang hinaus. Einer der stillen Arbeiter nach dem anderen wurde aufgesucht und erhielt seinen Imbiss vorgesetzt. Es fiel dabei kein Wort, es schien zweifelhaft, ob die Essensbringer überhaupt bemerkt wurden.

Sie hatten gerade ihre fünfte Portion abgeladen und waren auf dem Wege, die sechste unterzubringen, als sie über ihren Köpfen ein dumpfes Krachen und eine leichte Erschütterung zu spüren vermeinten. Sie stutzten einen Augenblick und sahen nach oben, setzten dann aber ihren Weg fort.

Nach drei Schritten brüllte auf einmal eine überlaute Stimme auf. Sie füllte die Gänge und wuchtete auf die Trommelfelle, als komme sie hundertfach verstärkt durch ein gewaltiges Sprachrohr. Und doch konnte man nicht sagen, woher die Stimme kam.

»Achtung!«, schrie die Stimme. »Achtung! Sun Koh und alle, die ihr bei ihm seid: Ihr werdet angegriffen, seid in Gefahr. Tödliches Gas dringt von oben herein! Sofort in die Wohnräume! Heraus aus den Gängen! Die Bleikammer muss geräumt werden, sie bietet keinen Schutz! Schnell, schnell! Hört ihr nicht? Die Bleikammer räumen, fort von den Gängen, Türen nicht öffnen! Wo ist Sun Koh?«

Nimba und Hal hielten mit Mühe das Geschirr in ihren Händen. Sie sahen sich einen Augenblick verstört an.

»Was ist das, Nimba?«, schrie Hal, um die Stimme zu übertönen.

Der Neger sah sich unsicher um. Dann setzte er entschlossen das Tablett zur Erde und brüllte zurück:

»Ich weiß nicht! Irgendeine Teufelei. Möchte wissen, wer da spricht.«

Es war gerade, als ob der unsichtbare Rufer die Worte vernommen hätte, denn er schrie jetzt noch lauter und noch stärker:

»Hier spricht Manuel Garcia. Vertraut mir, der Tod ist über euch. Türen schließen!«

Zunächst trat gerade das Gegenteil ein. In dem langen Gang wurden einige

Türen geöffnet, und die Gesichter der jungen Deutschen zeigten sich. Auch Joan Martini trat heraus.

Die Lage war sehr fragwürdig. Irgendein Unbekannter warnte vor einer noch unbekannteren Gefahr, von der man nichts spürte. Wer weiß, was geschehen wäre, wenn sich Nimba nicht schnell gefasst hätte. Die Erinnerung an den dumpfen Krach, den er vorher über sich gehört hatte, tauchte blitzartig auf. Und außerdem wusste er jetzt, wer die Botschaft hinausschrie. Er erkannte auch die Stimme. Das war wirklich Manuel Garcia, der geheimnisvolle, unenträtselbare Mensch, der wie ein höhnischer Teufel auftrat. Aber Nimba wusste schon eine ganze Menge von ihm, und das, was er wusste, genügte, um seine Handlungen entscheidend zu beeinflussen.

»Zurück!«, donnerte er die Menschen auf dem Gang an. »Hinein in die Räume. Das ist kein Scherz. Hören Sie auf die Stimme.«

Man sah ihn unschlüssig an, und einige wollten Einwendungen machen, aber Nimba schnitt alles ab.

»Hinein, zum Donnerwetter! Es ist keine Zeit zu verlieren. Wo ist Mr. Biedermann?«

»Noch in der Bleikammer!«, rief einer.

»Dann werde ich ihn holen. Und nun Türen zu!«

»Türen schließen!«, gellte die Stimme. »Türen schließen! Der Tod ist über euch! Wo ist Sun Koh?«

Nimba packte den Jungen, der noch nicht wusste, was er tun sollte, kurzerhand beim Kragen und warf ihn im Vorbeilaufen in eine der nächsten Türen hinein, zu Joan Martini und zwei der jungen Deutschen, die dorthin geeilt waren.

Die Türen schlossen sich.

Nimba raste in langen Sätzen den Gang hinunter zur Hafenhöhle, bog dort ab und sah zu seinem Erschrecken, dass Biedermann tatsächlich noch in der Bleikammer stecken musste. Die Tür ohne Schloss war noch nicht geöffnet.

Sekunden später jagte er zusammen mit Biedermann in dem langen Gang zurück. Überall waren die Türen verschlossen.

Nimba überlegte nicht lange. Er wollte es nicht wagen, vergeblich an eine der Tür zu hämmern. Es gab nur einen Raum, in den sie bestimmt sofort hineinkommen konnten.

Nimba und Hal neckten sich, so oft sie beieinander waren, und für den Außenstehenden mochte es so aussehen, als ob die beiden sich spinnefeind seien. In Wirklichkeit verstanden sie sich ausgezeichnet und waren gegenseitig von einer Hochachtung durchdrungen, die kaum zu überbieten war.

In diesem Augenblick, auf einer schmalen Grenze zwischen Leben und Tod, erteilte Nimba dem Jungen das größte Lob, das er je zu vergeben hatte. Er vertraute dem scharfen Instinkt und der klaren Überlegung des Jungen sein Leben an. Es war kein Wort zwischen beiden gefallen, als Nimba davonlief, um Wolf Biedermann zu retten, aber doch wusste der Neger, dass jetzt der Junge in zitternder Erwartung hinter der Tür stand, hinter die er ihn geworfen hatte, und auf den Zeitpunkt wartete, wo sein schwarzer Kamerad wieder zurückkommen würde.

Er hatte sich nicht getäuscht.

Die Stimme dröhnte unablässig weiter, und es war sehr zweifelhaft, ob überhaupt ein Mensch die jagenden Schritte auf dem Felsboden vernehmen konnte. Aber als die beiden im vollen Lauf an der Tür gelandet waren, hinter der Nimba Schutz zu finden hoffte, da wurde sie auch schon von innen aufgerissen, sodass sie nur hineinzustürzen brauchten.

Sofort schmetterte Hal die Tür wieder zu. Die sechs Menschen starrten sich eine Weile schweigend an. Dann atmete Nimba auf.

»Gott sei Dank, es war noch nicht zu spät. Oder haben Sie schon etwas von Gas gemerkt, Mr. Biedermann?«

Der schüttelte den Kopf und sagte mit stoßendem Atem:

»Nein, ich habe nichts gerochen. Habe allerdings auch keine Aufmerksamkeit darauf verwendet.«

»Es war jedenfalls nichts zu bemerken«, meinte Nimba.

»Das hat an sich leider nicht viel zu besagen«, warf Paul Arndt hin, »es gibt Giftgase, von denen weder etwas zu riechen noch zu sehen ist.«

Ein bedenkliches Schweigen folgte.

»Hm«, sagte Wolf Biedermann leise, »du musst es wissen, Paul, es ist ja schließlich dein Spezialgebiet. Du hältst es also nicht für ausgeschlossen, dass das Gas bereits hier unten eingedrungen ist?«

»Nicht im Geringsten«, erwiderte der Gefragte, »es kann sich um ein Gas handeln, von dem man erst nach Stunden die ersten Anzeichen spürt, dann nämlich, wenn es bereits zu spät ist, um irgendwelche Gegenmaßregeln zu treffen. Die Frage ist nur, ob tatsächlich ein Angriff erfolgt ist?«

Joan Martini nickte, als ob sie bereits einen ähnlichen Gedanken gehegt hätte.

»Ja, es ist doch immerhin zweifelhaft, ob diese unbekannte laute Stimme auch die Wahrheit gesprochen hat.«

»Vielleicht ist es ein Bluff«, mutmaßte Hal, »um uns schachmatt zu setzen und mittlerweile ungestört eine Teufelei verüben zu können?«

»Ähnliches dachte ich auch schon«, sagte Joan Martini, »und wisst ihr, was mir am verdächtigsten erscheint? Der Mann, der da ruft, nennt sich Garcia. Und Garcia – das heißt der Teufel in Person.«

Wieder brüllte die Stimme auf:

»Türen nicht öffnen! Wo ist Sun Koh? Antwortet doch, Himmel und Hölle! Wo ist Sun Koh?«

Sie sahen sich erschrocken an.

»Wo ist der Herr?«

Niemand wusste es.

»Nicht antworten«, bat Joan Martini mit weißem Gesicht.

»Er ist vielleicht schon hinter dem Feind her?«

»Er wird sich absichtlich verborgen halten.«

Und wieder die Stimme:

»Wo ist Sun Koh? Antwortet doch. Es genügt, wenn ihr laut ruft!«

»Nicht antworten!«

»Doch«, knurrte Nimba wie ein gereiztes Tier, »er ist in Gefahr.«

Dann donnerte er mit vollem Stimmenaufwand:

»Er ist nicht hier, Señor Garcia, wir wissen nicht, wo er sich aufhält!«

»Ihr wisst es nicht?«, hallte jener zurück, und es schien, als flüsterte er: »Dann ist der Tod über ihm. Ich kann ihn nicht schützen. Sun Koh, Sun Koh!«

Dem Neger kam ein Gedanke, den er sofort rufend verkündete:

»Er ist vielleicht in der Königshalle, Señor Garcia?«

Eine Weile war es ganz still, dann kam der ferne Sprecher noch einmal tonlos:

»Es ist gut, ich will tun, was ich kann.«

*

»Was ist geschehen?«

Stumm sahen sich Sun Koh und Fritz Peters an, aber zwischen beiden stand die Frage.

»Die Sonnenstadt ist angegriffen worden?«, flüsterte der Doktor schließlich. »Von wem?«

»Es gibt nur einen Mann, der es wagt und der genügend Gründe dazu hat: Juan Garcia«, erwiderte Sun eintönig, das sicherste Zeichen dafür, dass er unter einer scharfen, inneren Spannung stand.

»Und der Bruder, Manuel Garcia, warnt und will retten?«, fuhr Peters zweifelnd fort.

»Wenn Manuel Garcia uns einen Streich spielt, so wird es sein letzter sein.«

»Oder ...?«

Er brach ab. Es war nicht nötig, es auszusprechen, dass es auch für sie beide und für alle anderen der Tod sein konnte.

»Ich habe die Tür geschlossen und mich damit ihm anvertraut«, antwortete Sun trotzdem. »Jetzt bleibt uns nichts, als vorläufig abzuwarten.«

Peters besaß nicht im Entferntesten die starre Ruhe des anderen. Nach einer Weile brach er aus:

»Wenn man nur wüsste, was geschieht. Es ist furchtbar, so einfach abzuwarten. Wenn Manuel doch ein Schuft ist ...«

»Dann wären wir schon längst tot.«

Das war der einzige Halt. Sie wussten beide, dass jener Mann Mittel besaß, um sie aus dem Wege zu räumen, ohne dass sie sich hätten wehren können. Er hatte es noch nicht getan. Das war eine ganz kleine Hoffnung.

Aber auch sie sollte zuschanden werden.

Sun stand mit dem Gesicht zum Wasserbecken, dessen Fläche ruhig und eben wie ein Spiegel lag.

Plötzlich schoss aus dem Wasser etwas heraus – ein Kopf, Schultern, ein Arm.

War das ein menschliches Wesen?

Sun hatte nie Ähnliches gesehen, aber wusste, bevor ihm noch die Sinne schwanden, dass es sich um eine Maske handeln müsse. Eine straffe Hülle zog sich über den Kopf, in der vorn riesige Sehscheiben saßen. Dort, wo sich der Mund befinden musste, verlängerte sich die Maske wie der Rüssel eines Schweines zu einer kolbenartigen Röhre. Ein gespenstischer Anblick. Es war, als ob ein Fabelwesen aus dem Wasser tauchte.

Auch der Arm, der gleichzeitig mit dem Kopf sichtbar wurde, war dicht umhüllt. Dort, wo die Hand vermutlich saß, löste sich ein Gegenstand.

Es ging blitzschnell. Während auf dem Gesicht des Doktors noch nicht die leiseste Ahnung des Überfalls auftauchte, hatte Sun schon begriffen, das Gefahr drohte.

Er warf sich nach vorn.

Zu spät.

Kurz vor der Steinfassung brach er zusammen, fast gleichzeitig mit Peters. Der Angreifer musste ein Gas benutzt haben, das mit unheimlicher Schnelligkeit das Bewusstsein schwinden ließ.

Eine Weile regte sich nichts. Zwei leblose Gestalten lagen inmitten von Milliardenschätzen. Dann stieß die seltsame Erscheinung zum zweiten Male an die Oberfläche des Wassers empor, doch diesmal schwang sie sich über den steinernen Hang hinweg in die Höhle hinein. Es war tatsächlich ein Mann, der aber von Kopf bis Fuß in einen dichten Schutzanzug gehüllt war.

Ohne die Daliegenden weiter zu beachten, ging er an die Felsentür und zog sie auf. Zwei weitere Gestalten traten ein, in gleicher Weise vermummt wie die erste. Die Tür klappte sofort wieder zu.

Die zwei rollten die Bündel auf, die sie in ihren Händen hielten. Es waren lange Säcke aus Gummistoff. In wenigen Sekunden hatte man den Betäubten die Säcke übergezogen.

Die Tür wurde abermals geöffnet. Jeder der beiden Männer hob sich eine menschliche Last auf seine Schultern und schritt hinaus.

Der zurückbleibende Dritte schloss die Tür wieder, legte den Riegel vor und verließ die Höhle auf demselben Wege, auf dem er gekommen war.

*

Die Ruinenstadt lag scheinbar in tiefstem Frieden. Nichts deutete darauf hin, dass sich eine Katastrophe ereignete.

Zwei Flugzeuge senkten sich in weiten Kreisen. Auf dem freien Gelände neben einem der mächtigen Kriegertempel rollten sie an und hielten.

Die Türen öffneten sich, Männer kletterten heraus. Man konnte allerdings nur vermuten, dass es Männer waren, denn sie waren von oben bis unten in weite Schutzanzüge gehüllt, die nirgends ein Stück des Körpers sehen ließen. Auf dem Kopf saßen Gasmasken.

Es waren acht Männer, die sich da zusammenscharten. Sie mussten ihr Vorgehen bereits vereinbart haben, denn ein kurzes Nicken des einen genügte, um sich in Bewegung zu setzen.

Es war noch keiner von ihnen weiter als fünf Meter gegangen, als plötzlich eine dumpf klingende Stimme über die Ruinen scholl:

»Herzlich willkommen, ihr lieben Leutchen. Nehmt schleunigst die Arme hoch, sonst könntet ihr euer eigenes Gas zu atmen bekommen.«

Ein überraschtes Zucken lief durch die Gestalten. Dann starrte man auf den dichten Kreis von vermummten Männern, der sich wie aus dem Boden herausgewachsen um die acht schloss. Die Pistolenmündungen redeten eine eindrucksvolle Sprache. Die Arme gingen nach oben.

Vier Mann sprangen in den Kreis hinein und tasteten die Überfallenen nach Waffen ab. Dann ein deutlicher Wink, die ganze Schar, Angreifer wie Angegriffene, setzte sich in Bewegung.

Der Boden öffnete sich zu einem Schacht. Wie auf eine Schnur gereiht, verschwanden die Männer in ihm. Das Verschlussstück hob sich wieder, einsam blieben die Flugzeuge zwischen den Ruinen stehen.

*

Als Sun Koh erwachte, lag er mit gefesselten Händen, Beinen und Füßen auf einer niedrigen Lagerstadt. Neben ihm lag Peters im gleichen Zustand. Er schien gerade wieder zum Bewusstsein zu kommen.

Sun sah sich erstaunt um. Der Raum war ihm völlig fremd.

Auf einem Stuhl saß ein Mann, dessen enge, stechende Augen auf Suns Antlitz hafteten.

Manuel Garcia.

In Suns Augen glomm ein gefährliches Funkeln auf, um Garcias Lippen tröpfelte es wie feiner Hohn.

»Sieh da, Mister Sun Koh, wieder aufgewacht von den Toten? Wie befinden Sie sich?«

Sun Koh schwieg erst eine Weile, und als er dann antwortete, klang seine Stimme voll Bitterkeit.

»Sie sind bei Ihrem Bruder in die Schule gegangen, Señor Garcia. Ich hätte nicht geglaubt, dass Sie im Ernst mit derartigen Mittelchen arbeiten. Wie fühlen Sie sich als Mörder?«

Der Mexikaner schien sich sehr wohl zu fühlen, denn er grinste ganz unverhüllt.

»Hähä, soweit ganz ausgezeichnet, selbstverständlich bin ich außerordentlich betrübt, dass Sie mich im falschen Verdacht haben.«

»Der Gasangriff?«, warf Sun schroff hin.

»Ist nicht meine Sache«, feixte Garcia, »bin daran unschuldig wie ein neugeborenes Kind. Sieht man mir das nicht an?«

Sun blickte verächtlich in die Fratze des anderen.

»Schweigen wir lieber von Ihrem Anblick. Warum haben Sie uns beide nicht gleich mit getötet?«

»Getötet, hähä, bin ich ein Mörder? Sie glauben wohl gar, ich habe Ihre ganze Gesellschaft abgemurkst?«

»Ich wollte, ich könnte das Gegenteil glauben«, sagte Sun etwas unsicher. »Was gedenken Sie, mit uns beiden zu tun?«

Garcia schüttelte verweisend den Kopf.

»Dass sich manche Menschen doch die Neugierde nicht abgewöhnen können! Müssen Sie mir denn immer die Pistole auf die Brust setzen? Aber wenn Sie wollen – ich habe mit Ihnen gar nichts vor. Sie sind bei mir in Sicherheit, wie man so schön zu sagen pflegt, hähä.«

»Und warum haben Sie uns gefesselt?«

Der Mexikaner erhob sich, trat dicht an Sun heran und sagte mit überraschendem Ernst:

»Wir haben eine Abmachung miteinander getroffen, mein lieber Herr. Erinnern Sie sich?«

»Helfen Sie meinem Gedächtnis nach«, erwiderte Sun kurz.

»Wir vereinbarten, dass Ihnen alle Räume dieses unterirdischen Reiches gehören sollten, die Sie jemals betreten würden. Ich traf die Vereinbarung in der Annahme, dass es Ihnen nie gelingen würde, hier unten einzudringen. Sie wissen, wie ich hineingefallen bin. Sie wissen auch, dass ich die Abmachung streng gehalten habe.«

»Das mag stimmen«, gestand Sun zu. »Nehmen Sie an, dass ich es Ihnen zur Ehre anrechne.«

»Sehr liebenswürdig«, sagte der Mexikaner kalt. »Sie werden verstehen, dass ich nicht die geringste Neigung habe, mich hier völlig verdrängen zu lassen. Ich habe alle Vorkehrungen getroffen, um die mir verbliebenen Räumlichkeiten zu schützen. Der kleine Zwischenfall von heute hat mich gezwungen, Sie und Ihren Freund um Ihrer Sicherheit willen einstweilen bei mir unterzubringen. Es wäre ja nun immerhin möglich, dass Sie aufgrund unserer Abmachung verlangen, dass …«

»Sie sind ein Narr«, unterbrach Sun scharf. »Glauben Sie im Ernst, dass ich ein derartiges Verlangen stellen würde, nachdem Sie in meinem Interesse gehandelt haben?«

Garcia grinste wieder über das ganze Gesicht.

»Nun, nun, man kann doch mal fragen. Sie würden also keinerlei Ansprüche erheben?«

»Nein!«, stieß Sun heraus und wusste nicht, ob er lachen oder sich ärgern sollte.

Garcia rieb sich verzückt die Hände.

»Ist ja ausgezeichnet. Dann kann ich Ihnen auch die Fesseln abnehmen, wenn Sie nichts Erhebliches dagegen einzuwenden haben.«

»Nicht das Geringste«, erwiderte Sun ernst.

Kurz darauf waren Sun Koh und Fritz Peters frei. Der Doktor war mittlerweile wach geworden. Auf seinem Gesicht stand eindeutig das Misstrauen.

»Warum haben Sie uns eigentlich betäuben lassen?«

»Um Sie fesseln zu können«, grinste Garcia. »Sie dürfen sich aber beruhigen, es hat sich am wenigsten um Sie gehandelt, verehrter Herr Doktor.«

»Ich beruhige mich«, gab Peters trocken zurück. »Und warum überhaupt das ganze Theater? Sollte Ihr Gebrüll ein Witz sein, oder wollten Sie nur gern wissen, wo sich der Schatz der Mayas befindet?«

Ein merkwürdiger Blick kam aus den Augen des Mexikaners. Seine Stimme triefte förmlich vor Hohn.

»Nicht alle Leute machen sich so viel aus Gold, dass sie gleich umfallen, wenn sie einen Haufen davon sehen. Ich kenne den Schatz bereits seit zehn Jahren.«

»Hm.«

»Sie überlegen wohl, wie viel ich in der Zeit geklaut haben könnte? Keine Sorge, ich mache mir mein Gold selber.«

Peters schüttelte den Kopf.

»Dann möchte ich gern einmal wissen, was das alles bedeuten soll?«

»Gründlich, gründlich«, feixte der andere. »Warum nehmen Sie nicht auch mal an, dass ich Sie tatsächlich vor einem Gasangriff geschützt habe?«

»Weil das Ihre eigene Behauptung ist«, hieb der Doktor grimmig zurück.

»Hähä, und die schaltet natürlich von vornherein aus. Nun, mein Lieber, dann gehen Sie mal dort zur Tür hinaus. Wenn Sie zehn Minuten draußen bleiben, ist es genauso gut, als ob Sie in einem Fass voll Säure gesteckt hätten. Von mir kriegen Sie jedenfalls keinen roten Heller mehr für Ihr Leben.«

Sun gab Peters einen Wink, zu schweigen und setzte das Gespräch selbst fort. Ruhig und höflich bat er:

»Wollen Sie uns nicht sagen, Señor Garcia, was eigentlich geschehen ist? Sie meinen, dass man uns tatsächlich angegriffen hat?«

Der Mexikaner nickte beifällig, als freue er sich über das gute Gelingen einer selbst getroffenen Anordnung.

»Selbstverständlich, und nicht zu knapp. Über und unter dieser netten Ruinenstadt ist alles vergast, mit einem mörderischen Phosgengemisch, wenn ich nicht irre. Ein höllischer Einfall. Sie werden es komisch finden, aber der zugehörige Teufel war diesmal ein anderer als ich.«

»Das Format wird das Gleiche sein«, brummte Peters halblaut. Garcia hatte es jedoch gehört, denn er griff die Bemerkung auf.

»Ganz recht, mein sauberes Brüderlein steckt dahinter.«

Das hatte er noch mit einem teuflischen Lächeln gesagt, aber dann wurde er auf einmal ernst und wütend.

»Dieser missratene Bursche, dieser Tropf hat es tatsächlich gewagt, Derartiges zu unternehmen. Er wird es büßen müssen.«

»Sie wollten uns sagen, was geschehen ist«, erinnerte Sun sanft.

Garcias Gesicht glättete sich sofort wieder, er begann nun sachlich zu sprechen.

»Mein Bruder hat aus mir noch unbekannten Gründen die Sonnenstadt angegriffen. Er ist mit einer Bande seines Schlages in zwei Flugzeugen über die Ruinen gekommen und hat Dutzende von Gasbomben abgeworfen, ziemlich genau an den Stellen, wo sie wirklich Schaden anrichteten. Diese Bomben waren mit einer bestimmten Phosgen-Verbindung gefüllt, einem Gas, das man weder sieht, noch riecht, noch schmeckt. Man spürt die Wirkung erst nach einigen Stunden, wenn man bereits unrettbar einem qualvollen Tode ausgeliefert ist.«

»Wie konnten Sie einen Angriff rechtzeitig feststellen?«

Ein kleines Grinsen spielte um die Lippen des Mexikaners.

»Rechtzeitig, hm, es war allerhöchste Zeit. Die Bomben platzten bereits, als ich begriffen hatte. Hätte mir freilich gleich denken können, dass es nichts Gutes bedeutet, wenn der teure Juan erscheint.«

»Sie waren über seine Ankunft unterrichtet?«

»Unterrichtet? Nee. Mein Beobachter meldete die Flugzeuge und ihren Inhalt. Hähä, wir sind schon ein Stückchen weiter, als Ihre Technikergarde, wir haben da einen kleinen Apparat, mit dem wir sogar sehen können, wenn sich einer in dreitausend Meter Höhe im Flugzeug den Buckel kratzt.«

Suns Gesicht blieb unbeweglich. »Niemand von uns zweifelt an Ihrer technischen Überlegenheit, Señor Garcia. Es ist Ihnen gelungen, unsere Leute zu retten?«

Der Mexikaner wurde merkwürdigerweise fast heftig.

»Warum fragen Sie? Sie wissen doch, dass es so ist?«

»Ich weiß es«, räumte Sun ruhig ein. »Ich nahm jedoch an, Sie wollten Näheres darüber sagen.«

Garcia beruhigte sich schnell.

»Das Gas sollte in die Luftschächte eindringen. Es gelang meinen Leuten nicht mehr, sie abzusperren, wohl aber konnten wir die Lüftung umdrehen.«

»Umdrehen?«

»Nun ja. Wir kamen an die Schlusskanäle heran, dichteten sie ab und drückten von dort aus Sauerstoff hinein, sodass der Lüftungsstrom nun in umgekehrter Richtung fließt. Höchst einfach, nicht? Ihre Leute waren vernünftig genug, die Türen zu schließen, sodass sie alle wohlbehalten sein dürften. Die Bleikammer ist ebenfalls rechtzeitig geräumt worden, die hat nämlich direkte Lüftung und konnte nicht geschützt werden.«

Sun trat mit ernster Miene an den Mexikaner heran und reichte ihm die Hand.

»Ich danke Ihnen, Señor Garcia.«

Der Mann wurde tatsächlich verlegen. Es war eigenartig, zu sehen, wie er es hinter seiner Teufelsgrimasse zu verbergen suchte.

»Hähä, nichts zu danken. Will gewissermaßen meinen Spaß an den übergescheiten jungen Leuten nicht einbüßen. Hähä.«

»Und warum ließen Sie uns nicht einfach in der Höhle?«

Garcia warf ihm einen schiefen Blick zu.

»Hätte es vielleicht auch tun können, denn die wird aus der halben Höhe der Pyramide entlüftet. Glaube kaum, dass das Gas so hoch gestiegen ist. Aber sicher war sicher.«

»Und ist die Gefahr jetzt beseitigt?«

Garcia begann wieder zu grinsen. »Hähä, bin ich ein Hexenmeister? Sie kennen wohl Phosgen nicht? Aber ich werde mich gleich mal erkundigen. Matsuko?«

Er hatte eine runde Kapsel aus der Tasche geholt, nicht viel größer als ein Hühnerei, die grau schimmerte. Er hielt sie lose in der Hand, aber es war seinen zwei Gästen sehr schnell klar, dass er gegen sie sprach und auch aus ihr die Antwort vernahm.

Sie stellten keine diesbezügliche Frage, da sie sicher keine Auskunft erhalten hätten, aber schließlich war ja solch ein drahtloser Sprechapparat im Zeitalter des Radio nichts Besonderes mehr. Der Apparat war nur um vieles kleiner, als die, die sonst üblich waren – kein Grund, um zu staunen.

Der Angerufene meldete sich klar und deutlich. Peters konnte das Gesprochene nicht verstehen, da es japanische Worte waren, wohl aber vermochte Sun dem Gespräch zu folgen, das übrigens sehr kurz war.

Garcia steckte seinen Apparat ein und erhob sich.

»Wenn Sie nichts dagegen haben, lasse ich Sie jetzt einen Augenblick allein.«

Nach wenigen Minuten erschien er wieder und bat die beiden Herren, ihm zu folgen.

»Ich denke, draußen ist alles voll Gas?«, konnte sich Peters nicht verkneifen, zu fragen.

Garcias Gesicht war zum Malen.

»Hähä, das kommt ganz auf die Tür an, die Sie erwischen. Diese Tür führt ins Nebenzimmer, und da ist auch die Lüftung angeschlossen.«

Es war ihm eben nicht beizukommen. Sie folgten ihm durch mehrere Zimmer.

»Ich werde Ihnen meinen Bruder vorführen«, erklärte er. »Es wird ihm ein besonderes Vergnügen sein, Sie wohlbehalten zu sehen.«

Sie fanden Juan Garcia dabei, wie er seinen Arm rieb. Er empfing sie stumm, aber mit den wütenden Blicken eines gereizten Tigers. Übrigens wirkte jetzt, wo man die Brüder in einem Raum zusammen sah, die Ähnlichkeit doch nicht ganz so stark, wie es den Anschein gehabt hatte. »Nun, geliebtes Bruderherz«, begann Manuel kichernd, »was sagst du zu meinen beiden Freunden? Machst ein recht wehleidiges Gesicht? Was hast du denn mit deinem Ärmchen? Hast wohl probiert, über den Strich zu kommen?«

Jetzt erst sahen Sun Koh und Peters den schmalen Metallstreifen, der durch das Zimmer lief.

»Halt's Maul«, zischte Juan wütend. »Ich wollte, deine verfluchten Erfindungen kämen dir selber über den Hals.«

»Was denn?«, tat Manuel erstaunt, »warum so aufgeregt? Ist doch weiter nichts als eine Hochspannungs-Sperrzone? Bleib nur hübsch auf deiner Hälfte.«

»Scher dich zum Teufel.«

»Hähä, wirst mich noch oft genug sehen während deiner drei Monate.«

Die Augen des anderen funkelten vor Hass.

»Willst du im Ernst die Komödie fortführen? Du vergisst wohl, dass ich dein Bruder bin?«

Die Stimme Manuel Garcias wurde ganz kalt.

»Das ist eine Tatsache, die für mich keine Verpflichtungen mehr in sich birgt. Du bist ein Schurke, Juan Garcia. Man tötet nicht ein paar Dutzend Menschen zu seinem Privatvergnügen. Drei Monate Einzelhaft sind eine mäßige Strafe. Übrigens bist du nicht in einem Gefängnis, sondern in einer Besserungsanstalt.«

»Ach nee«, höhnte sein Bruder, »wohl für verwahrloste Kinder? Dein Gottvertrauen möchte ich haben.«

»Das wird nach drei Monaten der Fall sein«, grinste Manuel. »Wir werden dich in Behandlung nehmen, mein Teurer.«

Juan Garcia tippte auf seine Stirn.

»Idiot, hoffnungsvoller.«

Manuel wandte sich mit komischem Seufzer an seine Begleiter.

»Sie sehen, meine Herren, ein rettungslos schwarzes Schaf in meiner Familie. Er verdirbt mir das ganze Ansehen. Ich muss ihn tatsächlich in eine Kur nehmen. Übrigens, mein geliebter Juan, was hattest du hier zu suchen?«

»Frag doch den dort«, wies der Gefangene mürrisch auf Sun. Der hob die Schultern.

»Ich vermute, dass Sie die Papiere haben wollten, die ich Ihnen in der ›Schwebenden Burg‹ abgenommen habe?«

»Was für Papiere?«, erkundigte sich Manuel.

»Zeitungsausschnitte über den versunkenen Erdteil Atlantis, Pläne und Aufzeichnungen über einen Inka-Schatz in Peru, Bemerkungen über das Auge des Buddha in Angkor, über einige merkwürdige Ereignisse in Joruba, über eine riesige Stadt unter der Eisdecke Grönlands ...«

»Das genügt«, unterbrach Manuel Garcia feixend. »Brüderchen, hier bist du reingefallen. Wie steht doch so schön in der Bibel: Unrecht Gut gedeiht nicht, he?«

»Spar dir deinen Quatsch.«

»Hähä, kann ich mir denken. Die Papiere, meine Herren, hat dieser feine Herr mir nämlich geklaut, als ich ihn noch als Bruder ansah und weniger vorsichtig war. Sie gehören eigentlich mir.«

»Sie gehören Ihnen?«, fragte Sun und in seiner Stimme schwang leises Misstrauen.

»Hähä, Sie glauben mir wohl nicht? Soll ich Ihnen Einzelheiten erzählen? Aber ist schon gut, ich will sie gar nicht wieder haben. Ich schenke sie Ihnen feierlich, weil Sie so hübsche Augen haben, hähä.«

Juan Garcia lachte in seiner Ecke grell auf.

»Und so was regt sich über mich auf? Du bist ein noch größerer Halunke als ich. Soll ich mal erzählen, wer du bist und wem die Papiere von Rechts wegen gehören? Wird unseren gemeinsamen ›Freund‹ sicherlich sehr interessieren, zu erfahren, dass du ...«

Damit brach seine Stimme ab oder Sun und Peters hörten sie wenigstens nicht mehr. In der Mitte des Zimmers, über dem durchlaufenden Streifen, schien auf einmal die Hölle aufzuzüngeln. Hunderte von elektrischen Blitzen züngelten senkrecht auf und nieder und knatterten so ohrenbetäubend, dass nichts mehr zu verstehen war. Juan Garcia wurde hinter einem feurigen Schleier unsichtbar.

Manuel Garcia winkte den beiden, ihm hinaus zu folgen.

»Hähä, wie schade«, grinste er, »da hofft man nun, was Interessantes zu hören, und schon kommt der kleine Zwischenfall. Wirklich schade, hähä.«

»Wir hindern Sie nicht, den Satz Ihres Bruders zu vollenden«, sagte Sun kalt.

Es war, als ob sich der Mexikaner vor innerem Lachen schüttelte.

»Hähä, wie komme ich dazu? Bin ich meines Bruders Vormund?«

Sie schritten schweigend zurück in das Zimmer, aus dem sie gekommen waren, aber die beiden Freunde waren jetzt wieder von Neuem von tiefem Misstrauen erfüllt.

Wer war dieser Manuel Garcia? Und was waren seine wirklichen Pläne und Absichten?

*

Achtundvierzig Stunden später.

Endlich ließ sich Manuel Garcia wieder bei den beiden Männern sehen. Sie sprangen sofort auf.

»Nun?«, fragte Sun ungeduldig.

»Ihre Haft ist zu Ende«, versuchte der Mexikaner verbindlich zu lächeln. »Die Sonnenstadt ist vom Gas befreit.«

»Also lassen Sie uns gehen.«

»Nicht so hitzig, junger Freund«, wehrte Garcia ab. »Sie bilden sich wohl ein, ich zeige Ihnen geradewegs die Tür zu Ihrem Bereich, damit Sie mir bei nächster Gelegenheit über den Hals kommen können?«

»Seien Sie nicht albern«, drängte Sun. »Ich gebe Ihnen mein Wort …«

»Hähä, wäre mir schon lieber, wenn Sie sich die Augen verbinden ließen, verehrter Herr.«

Sun überhörte die Beleidigung und sagte kurz:

»Meinetwegen.«

Garcia rieb sich die Hände.

»Das nenne ich vernünftig. Aber noch eins: Meine Leute, die drüben mitgearbeitet haben, sind schon zurückgezogen. Aber wie wird's mit mir? Ich liefere Sie drüben ab. Hoffentlich behalten Sie mich nicht gleich vor lauter Sehnsucht bei sich, hähä?«

Sun Koh sah ihn durchdringend an.

»Sie sind ein komischer Kauz, Señor Garcia. Ich bin durchaus überzeugt, dass es einfach unmöglich ist, Sie gegen Ihren Willen festzuhalten. Aber wenn es Sie beruhigt, so gebe ich Ihnen mein Versprechen, dass Sie ungehindert und ungestört verschwinden können.«

»Sie sind ein wunderbarer Mensch«, feixte der Mexikaner. »Kein Wunder, dass sich Ihre Leute auf Ihre Rückkehr freuen. Kommen Sie.«

Sun blieb wider Erwarten stehen und starrte nachdenklich in die dreieckige Fratze.

»Hm, eine Frage, Señor Garcia. Sie können hören und auch sehen, was in meinen Räumen vor sich geht?«

Garcia zuckte unter dem eigentümlichen Ton dieser Frage zusammen. Es schien, als sei er einen Augenblick atemlos. Dann wurde sein Gesicht glatt und von tödlichem Ernst.

»Ich verstehe, was Sie sagen wollen. Ja, in allen meinen Räumen lagen Aufnahmeapparate, Mikrofone, wenn Sie wollen, in einigen auch Einrichtungen zum Fernsehen. Sie haben einen Teil meiner Räume mit Beschlag belegt, und ich hatte keinen Anlass, die Anlagen herauszunehmen. Sie sind noch heute benutzbar. Und nun hören Sie: So lange, wie dort drüben Fremde hausen, sind sie nicht weiter in Tätigkeit gesetzt worden, mit der jetzigen Ausnahme, die durch die gemeinsame Gefahr bedingt wurde. Ich versichere Ihnen, dass sie nie wieder benutzt werden. Ihr ganzer Bezirk ist bereits wieder abgeschaltet.«

Minutenlang fast starrten sich die beiden Männer in die Augen.

Dann sagte Sun leise:

»Ich glaube Ihnen, Señor Garcia, und bitte um Verzeihung.«

Sofort löste sich die Maske des Mexikaners zu einem Grinsen.

»Hähä, habe mehr zu tun, als andere Leute zu belauschen. Im Übrigen sollte man meinen, hm, dass bei Ihnen nichts geschieht, was das so genannte Licht der Öffentlichkeit zu scheuen hat, hähä.«

»Führen Sie uns«, gebot Sun kurz.

Sie schritten durch unbekannte Zimmer und Gänge, dann verband ihnen der Mexikaner sorgfältig die Augen. Einige Minuten lang liefen sie blind, einer an der Hand des andern. Der Weg schien gerade weiter zu gehen. Von einer Tür war nicht ein einziges Mal etwas zu spüren.

Als Garcia die Binden löste, sahen sie sich zu ihrem Erstaunen bereits unmittelbar vor der ›Messe‹, einem größeren Raum, den sie auf diesen Namen getauft hatten, weil hier die gemeinsamen Mahlzeiten eingenommen wurden. Garcia verbeugte sich ironisch.

»Die Herrschaften sind angelangt.«

»Wir sind in Ihrer Schuld, Señor Garcia«, sagte Sun in einem Anflug von Wärme, »und danken Ihnen. Ich bin überzeugt, dass auch unsere Freunde die Rettung ihres Lebens zu danken wissen werden.«

»Hähä«, grinste Garcia, »ich fühle mich geehrt. Da ich einmal hier bin, hätte ich nicht übel Lust, den Dank persönlich entgegenzunehmen. Bin gewissermaßen neugierig, wie Ihre Leutchen aus der Nähe aussehen.«

Die beiden Freunde wechselten einen überraschten Blick. Was mochte denn nun wieder dahinter stecken? Garcia kannte sicher jeden Einzelnen sehr genau.

»Bitte«, lud Sun höflich ein.

Sie traten gemeinsam in die Messe ein. Dort fanden sie alle versammelt, die zu Sun gehörten.

Der erste Begrüßungssturm blieb in den Ansätzen stecken, als man den seltsamen Gast bemerkte. Sun fing die peinliche Stille ab.

»Ich freue mich, da ihr alle wohlbehalten seid. Hier stelle ich euch euren Retter vor – Señor Manuel Garcia, der gewissermaßen unser Nachbar ist. Dank seiner Umsicht und seiner menschenfreundlichen Hilfsbereitschaft ist es gelungen, das verbrecherische Vorhaben eines Schurken zu vereiteln. Señor Garcia möchte euch kennenlernen.«

Der Mexikaner verbeugte sich wie auf dem Parkett und meckerte dabei:
»Ganz recht, ich freue mich darauf. Eine freundnachbarliche Stippvisite, wenn ich so sagen darf, hähä.«

Man drängte sich unter Gemurmel heran. Sun legte kameradschaftlich liebevoll den Arm über Joan Martinis Schulter und machte sie als Erste mit Garcia bekannt.

»Das ist Joan Martini, Señor Garcia.«

Sie reichte ihm mit aufrichtig dankbarem Gesicht die Hand.

»Ich danke Ihnen, Señor, dass Sie Mr. Koh und uns gerettet haben.«

Nun geschah etwas Sonderbares. Garcia nahm die schmale Hand und küsste sie mit der Grandezza eines spanischen Höflings, wobei er murmelte:

»Möge das Leid Sie nie daran zweifeln lassen, dass Sie zum Glück auserwählt sind.«

Und dann, während er die Hand losließ, wechselte er blitzschnell seinen Gesamtausdruck, wurde aus einem andächtigen Priester zu einem lästernden Teufel. Ein unverschämtes Feixen ging über sein Gesicht, während er seine kleinen, vor Bosheit funkelnden Augen über die beiden jungen Menschen gleiten ließ.

»Hähä, jetzt verstehe ich. Müsste allerdings peinlich sein, wenn man so manchmal belauscht wird. Hähä, könnte mich direkt verlocken, die Mikrofone …«

»Unterstehen Sie sich«, drohte Sun zwar scherzhaft, aber doch mit einem sehr bestimmten Unterton. »Nimba kennen Sie ja wohl schon?«

Garcia reichte dem Neger sehr vorsichtig seine Fingerspitze.

»Könnte dir so passen, schwarzer Kamerad, mir wieder die Pfote zu zerquetschen. Hast dich brav gehalten. Was hast du dir gedacht, als du meine süße Stimme hörtest?«

»Dass ich mir keinen besseren Schutzengel wünschen würde als Sie«, erwiderte Nimba in ernster Ehrerbietung.

Garcia stutzte einen Augenblick, dann zwinkerte er belustigt.

»Hähä, endlich mal einer, der eine gute Meinung von mir hat. Kriegst einen Orden, mein Sohn. Was ist denn das für ein Knirps?«

Diese Bemerkung galt Hal Mervin, der sich neben den Neger schob. Sie wirkte auf den Jungen wie ein Trompetensignal auf einen Soldatengaul. Er

141

stemmte fast unverzüglich die Hände in die Hosentaschen und begann zu schnauben.

»Knirps? Pah, bei Ihnen bringt's wohl auch die Masse statt der Güte?«

Der Mexikaner grinste.

»Hähä, entschuldige nur, dein Mundwerk ist das Gegenteil von Knirps.«

Hal fing ein Schmunzeln Nimbas und entgegnete wütend:

»Mancher brüllt so laut, dass einem die Ohren wehtun.«

»Unerhört«, strahlte Garcia, »von Rechts wegen dürfen sie es doch nur, wenn sie lang gezogen werden, ha?«

Hal markierte in jedem Zoll verächtliche Würde.

»Ich wünsche Ihren Erfahrungen nicht zu widersprechen, Señor.«

Der andere schien sich köstlich zu belustigen. Er klatschte theatralisch Beifall.

»Bravo, gut gegeben. Du gefällst mir, Bürschchen. Komm, reich mir die Hand.«

Zögernd ließ sich Hal die Hand drücken. Er hatte noch allerhand auf der Zunge, aber Suns mahnender Blick hatte ihn getroffen.

»Wolf Biedermann, unser Spezialist für Atomzertrümmerung«, stellte Sun Koh den ersten der jungen Deutschen vor.

»Sieh da«, wurde Garcia wieder ernster, »ich hoffe, Sie haben die Apparate noch nicht ganz entzwei gemacht. Wollte Ihnen schon mal zusehen, was Sie in meiner Bleikammer zusammenzaubern.«

»Es wäre mir lieber, ich könnte Ihnen bei der Arbeit zusehen und Ihnen einige Geheimnisse ablauschen«, entgegnete Biedermann mit höflichem Ernst.

»Hähä, das könnte Ihnen so passen, Sie kleiner Schwerenöter. Kommen Sie nur allein dahinter. Wenn Sie erst mal begriffen haben, dass man die Protone auch treffen muss, wenn man sie hinausschießen will, wird Ihnen der Rest eine vergnügliche Nachmittagsbeschäftigung sein.«

Wolf Biedermann stutzte, sah den anderen sprachlos an und trat dann sehr schnell, sehr nachdenklich zurück.

So ging es einem nach dem anderen. Mit jedem wechselte Garcia kurze Worte, und jeden Einzelnen wusste er zwischen Scherz und Ernst so zu treffen, dass er für die nächste Zeit zu grübeln hatte. Es war einstimmiges Urteil der jungen Gelehrten, dass dieser Mann über ein geradezu unheimliches

Wissen verfügen musste. Darüber hinaus stand es fest, dass er über den Stand der Forschungen bei jedem Einzelnen genau unterrichtet war, denn seine kurzen Hinweise hatten wie Blitze bei allen in jenen Punkten eingeschlagen, in denen sie gerade festsaßen. Sie gaben offen zu, dass ihnen der kurze Hinweis Wochen grübelnden Suchens erspart hatte.

Garcia hielt Cercle. Anders konnte man es kaum bezeichnen. Er stand inmitten eines Halbkreises und sprach bald mit diesem, bald mit jenem. Und obgleich er nach allem andern mehr aussah, als nach der feierlichen Majestät eines gekrönten Hauptes, obgleich er Grimassen schnitt und meckerte wie ein Teufel, so konnte man ihm doch nicht die Bewunderung versagen, ganz abgesehen von der Dankbarkeit, die er zweifelsohne verdient hatte. Man war verwirrt und doch gebannt.

Sun beobachtete den seltsamen Menschen scharf, während er seinen gesellschaftlichen Pflichten nachkam. Und dann geschah es, dass Sun still in sich hinein lachte.

Er wusste jetzt, warum Garcia sich bekannt machen wollte, warum er sich hier unterhielt. Die Lösung war sehr einfach.

Manuel Garcia war eitel.

Er sonnte sich ja förmlich in der Bewunderung, die aus Blicken und Gebärden sprach, er genoss das Staunen, die Bestürzung, die ehrfürchtige Scheu wie einen Leckerbissen.

Ein merkwürdiger Kauz, dieser Manuel Garcia.

Konnte er Gedanken lesen oder hatte er den Blick Suns richtig gedeutet? Er brach jedenfalls auf einmal ziemlich kurz ab und trat an Sun heran.

»Hähä, man scheint mich hier für ein Auskunftsbüro zu halten. Ich verschwinde. Gehaben Sie sich wohl, Verehrtester.«

»Leben Sie wohl, Señor Garcia«, gab Sun gemessen zurück. »Wenn es Ihnen Vergnügen macht, können Sie sich öfter hier sehen lassen.«

»Habe mehr zu tun«, höhnte Garcia verächtlich.

»Ganz wie Sie wollen«, erwiderte Sun gleichmütig. »Soll ich Sie bis an die Grenze Ihres Reiches begleiten?«

»Danke«, grinste jener, »ich finde meine Haustür allein.«

Schon war er hinaus und hatte die Tür hinter sich zugezogen.

Jetzt erst wurden die Zurückbleibenden richtig lebendig. Fragen und Antworten schwirrten hin und her. Die Erlebnisse der letzten zwei Tage wurden mit aller Gründlichkeit erörtert.

Man war dem Mexikaner wirklich dankbar.

Aber Garcia gab keine Gelegenheit mehr, sich Dank erweisen zu lassen. Er wurde nicht mehr gesehen. Kein Laut verriet, dass er sich irgendwo im Felsen mit seinen Leuten noch aufhielt.

Man spürte ihm nicht nach, aber manch einer lauschte unwillkürlich an den Enden der Felsengänge, ob nicht ein fremder Ton herüberdrängt. Manch einer tastete auch die Wände mit seinen Blicken nach einem verräterischen Spalt ab. Aber vergeblich. Garcia blieb verschwunden und sein Reich öffnete sich nirgends.

Nur einmal stieß man noch auf seine Spuren.

Als Sun Koh, Peters und Nimba wieder in die Schatzhöhle zurückkehrten, um die erste Ladung Goldbarren herauszuholen, da fanden sie dicht neben dem stillen Wasser zwei Gegenstände und zwei Zettel.

Der eine Gegenstand war ein ordenähnliches Geschmeide aus Gold, Platin und Diamanten, das einen Widderkopf mit seltsamen Arabesken darstellte, offenbar eine uralte Arbeit. Das dazugehörige Papier trug die kurze Bemerkung:

»Der Orden für Nimba.«

Der Neger nahm das Stück in scheuer Andacht an sich und murmelte:

»Es ist Olokuns Widderkopf, ein Heiligtum meiner Vorfahren, von dem unsere Sagen noch erzählen.«

Der zweite Gegenstand war – ein Ohrenschützer, ein ganz hundsgemeiner Ohrenschützer mit der Randbemerkung:

»Für das kleine Großmaul, damit ihm die Ohren nicht wieder wehtun.«

Damit war Hal Mervin gemeint. Man brachte ihm das Geschenk Garcias mit unerschütterlichen Mienen. Selbst Nimba hielt seine Grimassen zurück.

Hal pfefferte es erst einmal in die Ecken und erklärte allerhand, was er über die Albernheit gewisser erwachsener Leute und dieses ausgekochten Satans mit seiner Hohnepiepelei im Besonderen dachte, aber seine Erklärungen waren wahrhaftig nicht salonfähig genug, um sie wiederzugeben. Nimba verdrückte sich jedenfalls schleunigst, da er nicht die geringste Lust hatte, Blitzableiter zu spielen.

Später, als sich Hal ausgetobt hatte, zog er sich heimlich doch einmal das Ding über die Ohren. Es wurde ihm verflucht schwach zumute, als er plötzlich Garcias guten Rat hörte, seine Aufregung durch ein Glas Zuckerwasser zu bekämpfen. Und als dann die Stimme des Mexikaners in sein Ohr meckerte, er dürfe nicht so respektlos über andere Leute schimpfen, da riss er entsetzt die Ohrenschützer wieder herunter.

Es dauerte schon noch eine Weile, bis er begriffen hatte, dass die vermeintlichen Ohrenschützer eine Erfindung bargen, dass Garcias blutiger Witz in Wirklichkeit ein herrliches Geschenk bedeutete, dessen Wert sich erst später richtig erweisen sollte.

Vorläufig steckte er es nach den ersten Versuchen sorgfältig weg und schimpfte sich nach Herzenslust seinen Schreck vom Herzen. Und als er trotzdem sein Gleichgewicht nicht wieder fand, suchte er sich sein Opfer, das ihm vorhin ausgerissen war.

Nimba hatte nichts zu lachen.

Im Übrigen ging das Leben weiter. Joan Martini blieb in der Sonnenstadt und damit in der sicheren Hut Sun Kohs und seiner Freunde. Juan Garcia wurde irgendwo in einer stillen, abgelegenen Felsenkammer von seinem Bruder Manuel sicher verwahrt. Das große Schweigen fiel für lange Zeit über ihn.

Sun Koh konnte sich ungehemmt der Arbeit hingeben, die mit jedem Tag gewaltiger wuchs und sich mit immer größeren Aufgaben herandrängte. Alle Arbeit aber diente einem Ziel, das immer deutlicher und klarer, immer verheißungsvoller und immer greifbarer wurde, je mehr Genie und Tatkraft, Begeisterung, Hingabe und unermüdliches Schaffen die Fülle der Aufgaben bewältigte – Atlantis!

Der Erbe von Atlantis

Sun Koh

Die Krone der Khmer

1.

Echte Fantasie hat immer den Mut, bis an die Grenzen des Wahrscheinlichen vorzustoßen. Der letzte Rest von Wahrscheinlichkeit gibt ihr die Kraft, von außen her die Verwirklichung des Erdachten zu erstreben. Die großen Selbstverständlichkeiten des heute Wirklichen waren einst nichts anderes als fantastische Grenzbereiche dünnster Wahrscheinlichkeit.

Die fantastische Idee Sun Kohs hieß Atlantis. Der Wiederaufstieg des versunkenen Erdteils zwischen Europa und Amerika war nichts als eine Annahme, eine Setzung. Aber sie reichte hin, um Sun Koh und seinen Mitarbeitern ein Ziel zu geben und auf dem Wege zu ihm erstaunliche Wirklichkeiten zu schaffen. Und sie genügte, um den großen Gegenspieler zu wütenden Anstrengungen zu veranlassen.

Der Feind Sun Kohs war Juan Garcia.

Er griff die Sonnenstadt auf Yukatan an, um Sun Koh zu vernichten. Der Versuch misslang.

Juan Garcia wurde der Gefangene seines Bruders Manuel, der zu Sun Kohs Freunden zählte.

Manuel Garcia hatte die Absicht, den gefährlichen Gegner für alle Zeiten unschädlich zu machen. Deshalb verwahrte er seinen Bruder in einer der zahlreichen Felsenkammern der unterirdischen Stadt.

Dort standen sie sich gegenüber.

Äußerlich waren sie sich überraschend ähnlich. Beide hatten das gleiche, dreieckige Gesicht mit fahler Haut und tiefschwarzen Bärten, beide hatten die gleiche scharfe Nase, dieselben nadelspitzen Augen mit den seltsam fliehenden Brauen darüber. Es waren Satansgesichter, aus einem Stück geschnitten, aber trotzdem waren die Charaktere der beiden erheblich verschieden. Juan Garcia war ein gewissenloser, eiskalter Verbrecher, der seine ohne Zweifel glänzenden Fähigkeiten rücksichtslos für seine eigenen Gelüste ausnützte. Manuel Garcia besaß vielleicht die gleiche Skrupellosigkeit in der Verfolgung seiner Ziele, aber diese dienten einer höheren Bestimmung. Juan Garcia verfügte über einen grausamen Zynismus, Manuel Garcia hatte Humor, wenn er auch zeitweilig bizarr wirkte.

»Wie lange soll die Affenkomödie hier dauern?«, fragte Juan verbissen zum zweiten Mal.

Manuel grinste wie ein Teufel.

»Drei Monate, mein Lieber. Das wird genügen, wird völlig genügen.«

»Wozu?«, kam es explosiv heraus.

»Hähä, ich werde dir deine Untugenden abgewöhnen, teures Bruderherz. Einen Landpastor werde ich aus dir machen, wie er im Buche steht, einen wandelnden Engel.«

Juan höhnte mit verzerrter Miene.

»Du bist verrückt, größenwahnsinnig. Wenn nicht die elektrische Wand zwischen uns wäre, würde ich dir deinen Verstand zurechtrücken, du dreifacher Narr!«

»Lass dich nicht abhalten«, lachte Manuel. »Die Sperrwand ist weg, ich kann in diesem Raum nicht die geringste Spur von Elektrizität gebrauchen. Sonst gelingt nämlich die Kur nicht, Verehrtester.«

Juan Garcia blieb trotzdem an der gleichen Stelle stehen. Schließlich hatte er keine Lust, Selbstmord zu begehen. Aber er wechselte nun völlig den Ton. Seine Stimme wurde ruhig und nachdenklich, mit einem Unterklang von Beschwörung.

»Sei vernünftig, Manuel, und vergiss nicht, dass wir Brüder sind. Ich verstehe dich einfach nicht. Du hast es doch wahrhaftig nicht nötig, dich hier in diese Keller zu sperren und anstatt dein Leben in vollen Zügen zu genießen, allen möglichen Unsinn zu treiben und fremden Befehlen zu gehorchen. Was hast du denn von deinem Leben? Komm mit mir hinaus, ich will dir zeigen, wie schön die Welt ist. Lass mich frei, wir schließen einen Bund. Es wird uns leicht fallen, die ganze Welt unterzukriegen. Du kannst den Erdball beherrschen, ist das nicht mehr wert als deine Maulwurfsarbeit hier unten?«

Manuel Garcia klatschte ironisch mit den Händen, als sein Bruder schwieg.

»Bravo, Söhnchen, du wirst ein ausgezeichneter Pastor. Den Ton hast du schon ganz schön getroffen, nur die Sache hast du verwechselt. Gerade im umgekehrten Sinne musst du reden, dann ist es richtig.«

»Verdammt«, zischte Juan, um dann in schneller Beherrschung wieder ruhig zu werden und weiter zu dringen:

»Überleg es dir, was du dir versagst. Wie viele Frauen …«

Manuel trat mit harter Bewegung einen Schritt vor.

»Du«, keuchte er, »du wagst es, mir gegenüber von Frauen zu sprechen?«

Juan zuckte die Achseln.

»Warum denn nicht?«

Die Augen seines Bruders brannten.

»Ah, deine Frechheit übersteigt alle Grenzen. Du weißt, dass es einst in meinem Leben eine Frau gab …«

»Ich bin nicht schuld an ihrem Tode«, warf Juan ein.

Manuels Stimme wurde wie sprödes Eis.

»Du lügst, Juan. Ich habe die Beweise. Es hätte dich schon lange das Leben gekostet, wenn es mir nicht verboten worden wäre, dich zu töten. Du beschwertest dich, dass ich mir befehlen lasse? Danke lieber deinem Schöpfer auf den Knien dafür. Denn wisse«, aus seiner Stimme schoss jetzt heiß und glühend der Hass heraus, »wisse, in der gleichen Stunde, in der man dich meiner Rache frei gibt, werde ich dich tausend qualvolle Tode sterben lassen, tausend entsetzliche Tode für jenen einen. Und jene Stunde wird kommen, Juan Garcia!«

Der andere wurde noch fahler. Seine Lippen verzerrten sich und sein Spott klang gezwungen, als er erwiderte:

»Das sind ja nette Pläne. Gib nur Acht, dass sie dir nicht ins Wasser fallen. Einstweilen stehe ich ja wohl noch unter Naturschutz?«

Auf Manuels Gesicht erschien ein böses Lächeln.

»Ganz recht, mein Lieber, nur wirst du bald vergessen haben, dass du Juan Garcia bist. Aber wenn meine Stunde kommt, dann werde ich dafür sorgen, dass du es wieder weißt, dass du weißt, warum du stirbst.«

Damit drehte er sich scharf ab und schritt hinaus.

Am Abend saß er mit Dr. Fritz Peters zusammen, dem Führer der jungen Wissenschaftler, die hier unten die abenteuerlichsten Dinge zusammenbrauten. Zwischen den beiden Lagern, die gewissermaßen getrennte Flügel des gleichen unterirdischen Felsenreiches bewohnten, hatte sich eine Art freundschaftlicher Verkehr angebahnt. Er war allerdings insofern einseitig, als zwar Manuel Garcia häufig und gern bei den Deutschen auftauchte, aber in sein eigenes Reich niemanden hineinsehen ließ. Das nahm ihm jedoch niemand übel. Man sah ihn ganz gern und ertrug auch seinen bissigen Humor, denn sein Wissen stand über allem Zweifel. Und es geschah mehr als einmal, dass er einem Grübler mit wenigen Worten über den toten Punkt hinweghalf und ihm neue, überraschende Möglichkeiten seiner Arbeit zeigte.

Manuel Garcia brachte selbst das Gespräch auf seinen Bruder und berichtete in kurzen Zügen.

»Was haben Sie eigentlich mit ihm vor?«, fragte Peters nachdenklich. »Es ist wohl nur ein Scherz, dass Sie einen Landpastor aus ihm machen wollen?«

Der Mexikaner lachte hinterhältig.

»Nicht im Geringsten, verehrter Doktor. Ich beabsichtige genau das, was ich ihm sagte.«

Der Deutsche schüttelte den Kopf.

»Das verstehe ich nicht.«

Garcia machte eine unbestimmte Bewegung zur Seite.

»Sehen Sie, drüben hockt jetzt in seiner Kammer ein ausgefeimter Verbrecher, der sein Leben lang nichts weiter als Böses getan hat. Ich will den Versuch machen, seine Vorstellungs- und Gefühlswelt wie seine Willenseinrichtungen so zu verändern, dass er zukünftig wie ein harmloser, friedlicher Mitbürger handelt.«

»Und wie? Ich muss gestehen, dass mich das Problem brennend interessiert.«

Garcia grinste.

»Was interessiert Sie schon nicht? Aber mich interessiert, wie Sie so etwas anstellen würden. Was meinen Sie?«

Peters begann zu überlegen.

»Hm, es steht fest, dass bei oder durch Tätigkeit des menschlichen Gehirns Ströme und Strahlungen erzeugt werden, die viel Ähnlichkeit mit elektrischen Erscheinungen besitzen. Diese Strahlungen sind außerordentlich schwach, aber sie durchdringen nachweislich ungehindert die Schädeldecke und die Luft. Man muss versuchen, einen Apparat zu schaffen, der auf diese außerordentlich feinen Strahlen reagiert. Ist er vorhanden, so kann man sie mühelos auf beliebig starke elektrische Ströme übertragen und damit entsprechend verstärken. Da dabei der Gedanke der Ursprungsstrahlen durchaus gewahrt werden kann, müsste es gelingen, ein beliebiges Gehirn durch die Schädeldecke hindurch zu beeinflussen, das heißt durch die Strahlen in den

Ganglien bestimmte chemische Reize auszulösen und die winzigen Muskeln zu bestimmten Tätigkeiten zu veranlassen. Praktisch würde das bedeuten, dass man mithilfe einer solchen Apparatur einen Menschen mühelos dazu zwingen kann, sich mit dem Sondergehirn völlig gleichzuschalten, also das zu denken und zu fühlen, was das sendende Gehirn denkt und fühlt. Dann würde in absehbarer Zeit das beeinflusste Gehirn auch ohne weitere Strahlung nur noch in dem gewünschten Sinne weiterarbeiten. Nicht bestrahlte Zellgruppen sind verkümmert oder abgeriegelt, die bestrahlten aber haben sich so an die vorgeschriebenen Bahnen gewöhnt, dass sie diese nicht mehr verlassen können. Das wäre …«

»Eine Dauerhypnose von Grund auf, von der der Betroffene nichts merkt. Es wird ihm kaum bewusst werden, dass er die gewohnten Vorstellungen verloren hat, dass ganz andere Gedankeninhalte in ihm arbeiten. Seine Eigenkontrolle versagt, weil die Strahlungen eines fremden Gehirns ununterbrochen in ihm arbeiten. Er wird Schmerz fühlen, wenn der andere Schmerz fühlt, und er wird sich freuen, wenn sich sein Original freut, wird mit jenem zusammen drei mal drei Rechner und einen Gänsebraten riechen, der gar nicht in seiner Nähe ist. Es ist Ihnen doch klar, welchen Umfang eine solche Beeinflussung annehmen wird?«

Peters atmete schwer.

»Es ist fantastisch, ungeheuerlich, sich das bis in alle Einzelheiten auszudenken. Jener Mensch verliert seine Eigenpersönlichkeit, spürt fremden Schmerz und fremde Lust, lebt ausschließlich das Leben des andern, solange er unter den Strahlen steht, und lebt es dann später automatisch weiter. Aber wie nun, wenn die aufgeprägte Gewöhnung doch einmal versagt, wenn die stillgelegten, verkümmerten Bezirke sich wieder kraftvoll zu regen beginnen?«

Garcia schüttelte den Kopf.

»Das ist wohl kaum zu befürchten. Sollte es doch eintreten, so würde sich der Betroffene gespalten, auseinandergerissen, zwischen zwei Welten fühlen und vermutlich darüber wahnsinnig werden.«

»Wird nicht der Zellenstaat des Körpers mit seinen gewaltigen Entladungen alles gefährden? Ich kann mir denken, dass der Selbsterhaltungstrieb, die Todesangst mit einem Schlage alles zerreißen.«

»Wohl kaum mehr als unter normalen Umständen. In der Todesangst reagiert eben nur das Sonnengeflecht. Ist sie vorbei, so geht es wie bei jedem Menschen frischfröhlich weiter, aber nur mit dem künstlichen Gehirn, wenn ich mich so ausdrücken darf.«

»Das künstliche Gehirn«, wiederholte Peters nachdrücklich, um dann lebhafter fortzufahren: »Immerhin, ich würde nicht allzu zuversichtlich sein. Der Mensch ist keine einfache Angelegenheit. Man müsste Ihre Erfindung erst gründlich ausprobieren, damit man ihre Wirkungen in der Praxis kennenlernt.«

»Bin gerade dabei«, ergänzte der andere. »Mein Bruder macht das Versuchskarnickel. An ihm ist bestimmt nichts zu verderben.«

Der Deutsche schüttelte sich.

»Offen gestanden, wenn ich einen Bruder hätte, so möchte ich ihn mir nicht in solcher Lage vorstellen.«

Garcias Lippen verzerrten sich.

»Wenn Sie einen Bruder hätten wie diesen, so hätten Sie ihn wahrscheinlich schon als Säugling erdrosselt.«

»Lassen wir's«, bat Peters. »Sie müssen aber doch dann einen Menschen zur Hand haben, der als Sendestation für die Gehirnstrahlen dient.«

Der Mexikaner grinste wieder boshaft.

»Habe ich, habe ich, Verehrtester. Sie werden Ihre Freude an ihm haben. Ein Landpastor, wie er im Buche steht. Habe mir ihn eigens aus der Nähe von Detroit geholt.«

»Wie sind Sie zu ihm gekommen?«

Garcia hob die Schultern.

»Wer viel fragt, wird viel beschwindelt. Jedenfalls ist er davon überzeugt, in einem Sanatorium gegen Heuschnupfen zu sitzen, der ihn bisher bald zu Tode geplagt hat. Er fühlt sich großartig, ist seinen Heuschnupfen los – Kunststück hier unten; isst, trinkt und hat im Übrigen nicht die geringste Ahnung, dass er gewissermaßen Modell steht. Wollen Sie ihn einmal beaugenscheinigen?«

Peters nickte.

»Es würde mich interessieren, den Mann kennenzulernen, dessen Leben Ihr Bruder zukünftig mitleben soll.«

»Kommen Sie.«

Sie schritten durch mehrere Gänge auf eine Tür zu, die in der Nähe jener lag, hinter der sich Juan Garcia befand.

Das Zimmer, das sie betraten, war behaglich, wenn nicht luxuriös eingerichtet. Der Bewohner empfing sie mit einem etwas altväterlichen Kratzfuß.

Man konnte es wirklich nicht übersehen, wes Geistes Kind er war. Peters wusste es, bevor er noch den Mund aufgetan hatte. Diese schwammige, starke Gestalt mit dem wappelnden Doppelkinn und dem feisten Specknacken, die vor harmloser Gutmütigkeit und sanfter Lebensfreude geradezu strahlte, war der schreiende Gegensatz zu dem finsteren, satanischen Juan Garcia. Dieser Mann lebte seinem Essen und Trinken sowie sonstigen kleinen Freuden des Alltags. Für ihn gab es keine Probleme, keine Frauen und keine großen Erregungen. Ein harmloses Kind, das noch keiner Fliege etwas zuleide getan hatte, in Bratenrock und niedrigem Umlegekragen. Das war echt Manuel Garcia. Es genügte ihm nicht, dass er seinen Bruder überhaupt in ein fremdes Leben hineinformte, nein, er musste unbedingt noch einen Witz dabei machen und ein Modell aussuchen, das etwas Lächerliches an sich hatte. Es erschien Peters sehr bedenklich, einen solchen starken Gegensatz zu wählen. Wenn die Erfindung hier nicht versagte, so war ihre Brauchbarkeit bewiesen.

»Guten Tag, Mr. Trouthan«, grüßte Garcia, »ich bringe Ihnen hier einen ausländischen Gelehrten, der Sie gern begrüßen möchte. Er interessiert sich außerordentlich für das neue Verfahren gegen Heuschnupfen.«

»Sehr erfreut, sehr erfreut«, dienerte der Amerikaner. »Unberufen, er scheint spurlos verschwunden zu sein.«

»Hoffen wir, dass es dabei bleibt«, sagte Peters lächelnd.

»Einige Monate werden wohl noch vergehen, bevor der Organismus umgestellt ist«, fiel der Mexikaner schnell ein. »Wie fühlen Sie sich sonst, Mr. Trouthan?«

»Ausgezeichnet, ausgezeichnet«, versicherte jener. »Ich würde zwar ganz gern wieder einmal die lieben kleinen Schäfchen und die gelben Butterblümchen auf der grünen Wiese vor meinem Häuschen sehen, aber man kann ja nicht alles auf einmal haben. Dachten Sie übrigens schon an meine neue Leibbinde, von der ich Ihnen gegenüber schon sprach?«

»Ist bereits unterwegs«, erwiderte Garcia und zwinkerte dabei seinen Begleiter an. »Sie werden sie in Kürze bekommen.«

»Sehr nett, sehr nett«, freute sich der Amerikaner. »Sie müssen wissen, mein Herr«, wandte er sich an Peters, »dass meine alte Leibbinde im Laufe der Jahre ein bisschen zerschlissen ist, sodass sich nunmehr ein Ersatz notwendig machte. Ich hoffe, dass das nicht als Luxus betrachtet werden kann.« Peters schüttelte lebhaft den Kopf. Zu sprechen vermied er, um nicht lachen zu müssen. Wenn Juan Garcia sich eines Tages auch so benahm, fühlte und dachte wie dieser Mann, so war das der ungeheuerlichste Witz, den die Weltgeschichte je erlebt hatte.

Nach einem feierlichen Händeschütteln ließen sie den Landpastor wieder allein.

»Nun, was sagen Sie dazu?«, erkundigte sich Garcia, als sie wieder draußen auf dem Gange standen.

Peters hob die Schultern.

»Nicht viel. Theoretisch ist ja alles in schönster Ordnung, aber wie es mit der Praxis aussehen wird, ist noch sehr die Frage. Es bleibt uns wohl kaum etwas anderes, als die Ergebnisse mit einem gewissen Fatalismus abzuwarten.«

Garcia lachte.

»Also mit anderen Worten: Es wird schon schief gehen.«

*

Das Experiment hatte begonnen.

Dicht beieinander lagen die beiden Zimmer, zwischen denen geheimnisvolle Ströme eine Brücke schlugen, kaum dreißig Meter weit voneinander entfernt lebten die beiden Menschen, die gegenseitig nichts von ihrer Existenz ahnten und doch durch die stärksten Bande verbunden waren, die es zwischen zwei Menschen geben konnte. Ahnungslos war Juan Garcia, ahnungslos auch Mr. Trouthan.

Man hatte dem amerikanischen Landpfarrer eine seltsame Apparatur an den Leib gehängt, die er schon deswegen nicht ungern trug, weil sie nicht im Geringsten belästigte. Außerdem war er fest davon überzeugt, dass sie zur Beseitigung seiner Überempfindlichkeit unbedingt erforderlich sei.

Auf seinem Kopf trug er eine dünne, weitmaschige Seidenhaube. Diese verlängerte sich über den Nacken hinaus bis hinunter zum Kreuz. Sie war weich und geschmeidig, man spürte ihr wahrhaftig nicht an, dass eine Fülle feinster Drähte in ihr verborgen waren. Außerdem war die neue Leibbinde, mit einem kleinen, schmalen Kästchen versehen, das dem Träger aber auch nicht weiter unangenehm auffiel, mittlerweile eingetroffen.

Im Zimmer Juan Garcias waren überhaupt keine wesentlichen Veränderungen vorgenommen worden. Hier brauchte man keine Apparatur, da die Ströme mit beliebiger Stärke von außen in das Zimmer hineingesandt werden konnten. Die einzige Vorsorge, die getroffen worden war, bestand darin, dass man Bett, Diwan, Tisch und Stuhl ungefähr in die gleiche Anordnung und Stellung gebracht hatte, wie in jenem anderen Zimmer. Es wäre auch peinlich aufgefallen, wenn James Trouthan sich nach einem Schritt auf dem Diwan ausgestreckt hätte, während Juan Garcia nach dem gleichen Schritt auf den Erdboden geplumpst wäre.

Juan Garcia war von Anfang an nicht töricht genug, um wie ein gewöhnlicher Gefangener in seinem Zimmer auf und ab zu rasen. Er kannte seinen Bruder und wusste, dass hinter dessen grotesken Ankündigungen allerlei unliebsame Dinge stecken konnten. Irgendetwas würde geschehen, und darauf wartete er mit lauernden, angespannten Sinnen.

Es geschah zunächst nichts.

Er rechnete insgeheim mit einem Versuch, ihn zu hypnotisieren. Es kam ihm lächerlich vor, da er selbst auf diesem Gebiete genug bewandert war, aber er war auch vorsichtig genug, sich für alle Fälle zu wappnen. Man wartete vielleicht draußen auf den gegebenen Augenblick, in dem man ihn überraschen konnte, auf die schwache Minute, in der er dem hypnotischen Einfluss unterliegen würde.

Juan Garcia lächelte jedes Mal höhnisch, wenn er bei diesem Punkte seiner Überlegung angekommen war. Sein liebes Brüderlein sollte sich täuschen. Er würde schon auf der Hut sein.

Es ereignete sich nichts. Niemand kam, um ihn durchbohrend anzustarren, niemand hielt ihm eine blitzende Kugel vor die Augen, niemand zauberte einen hellen Fleck auf die dunkle Wand, in dessen Anblick er sich verlieren konnte.

Und doch musste irgendetwas vorgehen.

Er erriet es aus den Blicken, aus dem Grinsen seines Bruders, der sich dann und wann bei ihm sehen ließ. Und es war eine böse Sache für ihn und bereitete ihm manche unruhige Stunde, dass er ahnte, aber nichts wusste.

Es war eine lächerliche Winzigkeit, die ihm auffiel.

Er ertappte sich dabei, dass er völlig geistesabwesend mit den Fingerspitzen der rechten Hand am linken Ringfinger spielte, als ob dort ein Ring säße, den er herumdrehen wollte. Schlagartig wurde ihm bewusst, dass er eine solche Bewegung noch nie in seinem bisherigen Leben vollzogen hatte, so wenig wie er dort an dem Finger jemals einen Ring besessen hatte. Und gleichzeitig wusste er auch, dass er nie in seiner Vergangenheit einen Gedanken gehabt hatte wie den, der eben durch sein Gehirn gegangen war.

»Sie ist jung gestorben, die liebe kleine Schwester Elvira. Aber wen die Götter lieben, den lassen sie nicht alt werden. Sie ist nun schon lange ein Englein mit schönen weißen Flügeln, und der Ring ist das Einzige, was von ihr hier auf Erden geblieben ist. Gottes Ratschluss ist unerforschlich.«

Das waren ungefähr die Gedanken, bei denen er sich ertappt hatte.

Er saß starr, wie gelähmt. Über seinen Rücken liefen ununterbrochen kalte Schauer.

Was bedeutete dieser Vorgang?

Und hatte er nicht vorhin mit beiden Händen an seinem Leib einen Gegenstand hochgezogen, der nicht vorhanden war? War es nicht gerade gewesen, als trüge er eine Leibbinde, die etwas spannte? Und war er sich vorhin nicht über die Haare gefahren – ein undenkbares, wahnsinniges Unterfangen in Anbetracht seines ständig pomadisierten Schopfes?

Das war die Teufelei.

Von irgendwoher kam sie, auf eine Weise, die ihm unbegreiflich war. Fremde Einflüsse drangen auf ihn ein, er spürte es, aber nicht auf dem üblichen Wege. Manuel arbeitete mit neuen, unbekannten Mitteln.

Juans Zähne rieben knirschend aufeinander. Manuel war ein Satan. Aber er sollte sich irren, er sollte sich täuschen. Noch spürte er sich selbst, noch hatte er die Kontrolle über sich selbst in der Hand, noch war er dem fremden Willen nicht erlegen.

Juan Garcia war kein seelischer Schwächling. Im Gegenteil, wenn einer ausgeglüht, ausgepicht, eiskalt und fest bis in die letzte Faser war, dann war er es. Seine Seele wurde weder von Gefühlen noch von Rücksichten behelligt, und sein Wille wurde durch nichts irritiert. Zielstrebend bis zum Äußersten, frei von lästigen Hemmungen, so wie er das gewagteste Verbrechen unternahm, so rüstete er sich jetzt zum Widerstand gegen das, was mit ihm geschehen sollte.

Er ahnte eine besondere Art der Hypnose und stellte sich entsprechend darauf ein. Vom Augenblick seiner Erkenntnis an ließ er sein Gehirn nicht eine Sekunde mehr unkontrolliert. Er setzte sich ein bestimmtes Thema und begann darüber nachzudenken, stundenlang, ununterbrochen. Er hielt sich mit zähestem Willen bei der Sache, ruhte nicht einen Augenblick aus, blieb dauernd angestrengt konzentriert bei den Dingen, die er sich selbst gesetzt hatte.

In diesen Tagen des Widerstandes baute Juan Garcia in seinem Gehirn bis in alle Einzelheiten hinein den Plan zu dem schurkigsten Verbrechen, das er je ausbrütete.

Juan Garcia schlief nicht mehr. Er lag nur lang ausgestreckt auf dem Diwan, Stunde um Stunde, Tag um Tag, Nacht um Nacht. Er sah nicht seinen Bruder, wenn dieser zu ihm trat, er hörte nicht dessen Worte.

Er kämpfte einen ungeheuerlichen Kampf gegen die unerbittlichen Strahlen, die auf sein Gehirn einstürmten, gegen die Strahlen, von deren Vorhandensein er noch nicht einmal wusste.

Fünf Tage und fünf Nächte lang schloss Juan Garcia kein Auge, fünf Tage und fünf Nächte lang hielt er sein ganzes Innenleben, sein Gehirn in eiserner, straffster Zucht, fünf Tage und fünf Nächte lang trotzte er mit staunenswerter Energie dem fantastischen Ansturm.

Dann brach er zusammen.

Die erstarrten, verkrampften Nervenstränge rissen wie klingendstraffe Saiten, das überreizte Gehirn sank in Bewusstlosigkeit, der übermüdete Körper fiel zusammen wie ein leerer Sack.

Er schlief.

Und das kindisch-einfältige Wesen da drüben sandte ununterbrochen seine Strahlen herüber.

*

Die Zeit verrann. Tage wurden zu Wochen.

Manuel Garcia und Fritz Peters standen wie schon oft vor der hellen Wand, auf der das Bild des Zimmers zu sehen war, in dem Juan Garcia hauste. Dicht daneben lief das zweite Bild aus Trouthans Zimmer. Die zwei Personen wurden fast in Lebensgröße projiziert, so nahe, dass man glauben konnte, unmittelbar vor ihnen zu stehen. Jede Bewegung, jeden Blick, jedes Zucken der Lider konnte man verfolgen, fast abstandslos vom wirklichen Geschehen. Es war grausig, die beiden Menschen zu beobachten.

Trouthan kratzte sich am Bein – Garcia tat das Gleiche, obgleich ihn sicher nichts juckte. Der Amerikaner legte den Kopf etwas zurück und murmelte oder sang etwas – der Mexikaner ahmte ihn naturgetreu nach.

Juan Garcia hatte sich bestimmt auch äußerlich geändert. Sein Gesicht war weicher, dunstiger geworden und schien in den Umrissen verschwimmen zu wollen. Haar und Bart waren ungepflegt, die Kleider auffallend vernachlässigt. Die Bewegungen waren schwerfällig, behäbig geworden, obgleich seine Figur gar keinen Grund dazu gab.

Es war grotesk, zumal wenn sich bei manchen Handlungen die Sinnlosigkeit gar zu krass bemerkbar machte. Trouthan starrte mit schmalzigem Entzücken auf eine Orchidee, die man ihm ins Zimmer gestellt hatte – sein Partner starrte mit dem gleichen Entzücken in die leere Luft, sofern man die seltsamen Verzerrungen seines Gesichtes überhaupt noch als Ausdruck des Entzückens werten konnte.

»Es ist grauenhaft«, stöhnte Peters. »Ihr Versuch ist Ihnen gelungen, aber das Ergebnis ist trotzdem furchtbar.«

Manuel Garcia hob die Schultern.

»Das wird es immer sein, wenn man einem Menschen eine fremde Persönlichkeit aufpfropft. Der Mann wird jedenfalls so leicht kein Verbrechen mehr begehen.«

»Wie lange wollen Sie die Kur fortsetzen?«

»Vielleicht noch acht Tage«, antwortete der andere überlegend. »Möglicherweise schalte ich die ersten Pausen auch schon früher ein, um zu sehen, wie er sich dann benimmt.«

»Er sieht nicht so aus, als ob er sich noch jemals zu seiner früheren Person zurückfinden würde.«

»Ich glaube es auch nicht. Aber ich kann ihn natürlich nicht auf halbem Wege stehen und ihn gewissermaßen als geistigen Zwitter hinauslaufen lassen. Ich werde den neuen Zustand erst nach allen Seiten hin prüfen. Übrigens, wir können ja gleich mal den ersten Versuch machen. Kommen Sie, wir gehen mal zu ihm hinein. Dann werden wir ja sehen, ob noch die Vergangenheit in ihm lebendig ist.«

»Sie selbst haben ihn noch nicht wieder aufgesucht?«

»Nein, seit seinem Zusammenbruch nicht. Ich wollte erst einmal die Strahlen wirken lassen. Kommen Sie.«

Peters zögerte.

»Ich weiß nicht, ob ich mir's nicht doch lieber ersparen soll?«

Garcia schüttelte den Kopf.

»Was seid ihr nur für Kerle? Fürchtet euch vor der Hölle nicht, habt einen Verstand wie zehn andere, und dann tut ihr zur Abwechslung wie zartbesaitete Jungfern. Sie werden nicht gleich umfallen.«

»Gehen Sie voran«, erwiderte Peters kurz, der einsah, dass ihn der andere selbst nach langen Erklärungen nie begreifen würde.

Der Mexikaner trat kurz vor dem Zimmer seines Bruders in einen Raum, den Peters noch nie betreten hatte, das heißt, er öffnete nur kurz die Tür und rief ein paar Worte hinein.

»Ich habe die Verbindung abschalten lassen«, meinte er, während er sich wieder Peters zuwandte.

Juan Garcia erhob sich langsam von seinem Stuhl, als die beiden in sein Zimmer traten. Auf seinem Gesicht lag sekundenlang ein Suchen, dann verneigte er sich und krächzte:

»Ah, Mr. Garcia. Lange nicht gesehen, lange nicht gesehen. Die Orchidee, die Sie mir schickten, ist ganz reizend.«

»Das ist Dr. Peters«, wies Manuel auf seinen Begleiter.

»Trouthan«, stellte sich Juan vor und reichte linkisch seine Hand.

Es war offensichtlich, dass er die beiden nicht wirklich erkannte. Das Erinnerungsbild an seinen Bruder stammte aus dem Gehirn des Landpastors. Er sprach bereits mit dessen Atem, obgleich augenblicklich die Strahlen nicht wirkten.

»Wie fühlen Sie sich?«, fragte Manuel, dessen nadelspitze Blicke seinen Patienten nicht losließen.

Juan strich sich mit einer leeren Handbewegung über die Stirn.

»Ausgezeichnet, ausgezeichnet«, murmelte er, »nur manchmal etwas Kopfschmerz und müde. Aber das Essen ist ausgezeichnet, besonders die Nachspeise heute schmeckte wie himmlischer Nektar.«

»Sie werden sich bald wohler fühlen, von Tag zu Tag besser«, versicherte Manuel mit kalter Stimme. »Wie geht es eigentlich Sun Koh?«

Wieder suchte der andere.

»Sun Koh, Sun Koh? Entschuldigen Sie, sehr geehrter Herr, aber wer ist das? Ich habe den Namen noch nie gehört.«

»Auch nicht den von Joan Martini?«, bohrte sein Bruder weiter.

Juan schüttelte langsam den Kopf.

»Es tut mir außerordentlich leid, Ihnen nicht dienen zu können. Aber falls ich später zufällig das Glück haben werde, die genannten Personen kennenzulernen, will ich Ihnen gern ein Brieflein schreiben.«

»Danke«, wehrte Manuel ab, »aber es ist nicht nötig. Haben Sie irgendwelche Wünsche?«

»Nicht, dass ich wüsste, wahrhaftig nicht. Die Verpflegung ist ausgezeichnet. Man könnte allenfalls dann und wann einen kleinen Spaziergang, der ja bekanntlich stets empfohlen wird ...«

»Ich werde Ihnen die Möglichkeit dazu verschaffen. Leben Sie wohl.«

Juan Garcia machte zwei tiefe, leicht altväterliche Verbeugungen.

Eine halbe Minute später war die Strahlenbrücke wieder geschlossen.

Abermals eine Woche später.

Juan Garcia durfte seinen ersten Spaziergang unternehmen. Die Verbindung mit Trouthan war selbstverständlich abgeschaltet.

Er lernte einige Japaner aus Manuels Umgebung kennen, er wurde den jungen deutschen Wissenschaftlern vorgestellt, und er traf mit Joan Martini zusammen, dem gleichen jungen Mädchen, das er mit wahnsinniger Leidenschaft verfolgt hatte.

Er benahm sich, wie sich eben ein biederer Landpfarrer in solch fremdartiger Umgebung und gegenüber bedeutsamen Personen zu benehmen pflegt. Er zeigte halb täppische, halb würdevolle Bücklinge, drehte verkrampfte

Redensarten und fragte Joan Martini, ob sie Gänseblümchen ebenso liebe wie seine verstorbene Schwester Elvira.

Das junge Mädchen war sehr bleich. Dieser Mann hatte auch unter den veränderten Bedingungen, die sie nur andeutungsweise kannte, für sie nichts von dem Schrecken verloren. Im Gegenteil, er schien ihr jetzt noch unheimlicher zu sein, und das umso mehr, je weniger sie ihn begriff. Den Juan von einst kannte und durchschaute sie, sie wusste, was von ihm zu erwarten war, aber dieser Mann wandelte unter einer unheimlichen Maske, unter einer Tarnung, aus der für ihr Gefühl jeden Augenblick der wahre Juan wieder hervorbrechen konnte.

Und es war grauenhaft, als er sie nun in harmloser Freundlichkeit fragte:
»Ist Ihnen nicht ganz wohl, mein sehr verehrtes Fräulein? Ich glaube zu bemerken, dass Sie blass sind und zittern?«

Sie schüttelte mit zusammengepressten Lippen den Kopf. Gorm kam ihr zu Hilfe und sagte ruhig:

»Miss Martini ist tatsächlich ein wenig erkältet.«

Juan Garcia hob den Zeigefinger und schüttelte mit sanftem Vorwurf den Kopf.

»Ja, ja, die jungen Mädchen. Sie ziehen sich so dünn an. Aber nehmen Sie Fliedertee, mein sehr geehrtes Fräulein. Tüchtig schwitzen, das war immer das Rezept meiner Schwester, die leider so früh gestorben ist.«

Das Urteil war einstimmig, das nach seinem Abgang gefällt wurde.

Das war nicht mehr Juan Garcia, sondern ein völlig anderer Mensch, ein Duplikat jenes harmlosen Landpfarrers aus der Gegend von Detroit. Nie wieder würde Juan Garcia Menschen gefährlich werden.

Nur Joan Martini schwieg.

Abermals eine Woche später erfolgte die schärfste Probe.

James Trouthan und Juan Garcia wurden zusammengebracht.

Sie näherten sich mit den gleichen Bewegungen, machten die gleichen Kratzfüße und öffneten den Mund zu den gleichen Redensarten. Sie stellten zunächst mit Überraschung ihre Namensgleichheit fest, mit Erstaunen, dass sie aus der gleichen Gegend stammten, aus dem gleichen Ort, dass sie das gleiche Amt besaßen, dieselbe tote Schwester, dass ihre Lebensinhalte völlig deckungsgleich waren.

Eine stärkere Belastungsprobe für Juan Garcia konnte es kaum geben. Und siehe da, er reagierte fast übereinstimmend mit dem Amerikaner. Auch er war erst verdutzt, dann misstrauisch, dann sanft beleidigt und schließlich offensichtlich voller Zweifel an den Angaben des anderen. Man sah es ihm wie jenem an, dass er sein Gegenüber für einen Schwindler hielt, aber aus angeborener Gutmütigkeit keinen Streit beginnen wollte.

Manuel Garcia ließ die beiden Doppelgänger des Geistes und der Seele eine Weile miteinander sprechen, bis er sich vergewissert hatte, dass auch jetzt bei seinem Bruder kein Rückfall eintrat, dann brachte er sie wieder auseinander.

Von jetzt an arbeiteten die Strahlen überhaupt nicht mehr.

Juan Garcia war wieder auf eigene Füße gestellt worden. Er lebte selbstständig das Leben von James Trouthan weiter.

Zwei Tage später ereignete sich die Katastrophe.

*

Juan Garcia wandelte durch die mächtige, flach gewölbte Halle, die als Hafen diente. Sie wurde von dem unterirdischen Strom durchflossen, der sich hier beckenartig verbreitete. Hier lagen am natürlich gewachsenen Felsenkai die verschiedenen Boote und Motorboote. Nach zwei Seiten zu verengte sich die Halle und lief in dunkle Tunnelöffnungen aus, die im überhöhten Bogen über der schwarzen Fläche des gleitenden Wassers standen.

Juan Garcia ging spazieren. Er hatte die Hände auf dem Rücken gekreuzt und den Kopf leicht vorgeneigt. Nachlässig und doch nicht ohne genießerische Wichtigkeit setzte er einen Fuß vor den anderen. Von Zeit zu Zeit blieb er stehen und betrachtete irgendeine Winzigkeit mit den liebevollen, geruhsamen Blicken des Naturfreundes, der die Feinheiten des Lebens zu schätzen weiß und über das Wunder eines Fliegenbeins in Entzücken gerät.

Man sah ihm an, dass er sich vollkommen wohlfühlte. Das war ein Mensch, der gut geschlafen, gegessen und getrunken hatte und nicht von erheblichen Sorgen behelligt wurde. Gesicht und Schädel wirkten zwar eigenartig und wollten gar nicht zu dem Gesamtbilde passen, aber die Natur hatte nun einmal ihre seltsamen Launen. In der Erlebniswelt dieses Mannes war jedenfalls kaum etwas, das eine innere Gegensätzlichkeit hätte begründen können. Er war völlig mit sich und der Welt einig.

Der kleine Japaner, der ihn unauffällig aus gebotener Entfernung beobachtete, ließ ihm allen Spielraum.

Juan Garcia nahm mit mäßigem Interesse von Halle, Strom und Booten Kenntnis. Er strich lässig über die Eisenstange, netzte spielerisch den Finger im Wasser und blickte mit gedämpfter Neugier in den Schlund des Tunnels hinein. Alles in allem ein seelisch leicht verfetteter, behäbiger Bürger, der kleine Anregungen für seine Verdauung sammelt.

Quer über den Felsenboden lief eine schmale, halbrunde Rinne, die von einer hölzernen Leiste überdeckt war. Man sah sie kaum, da der feine Staub des Gesteins das Holz mit tarnte.

In dieser Rinne lief das Starkstromkabel zu den Bleikammern hinüber. Selbstverständlich war es sorgfältig isoliert. Es lebte mancher hier unten, der schon oft darübergegangen war, ohne von dem Kabel etwas zu wissen.

Juan Garcia fiel die Holzleiste auf, oder vielmehr noch nicht einmal diese, sondern ein kleines Loch, das sich darin befand. Irgendein teuflischer Zufall lenkte seinen Blick darauf.

Er wusste nichts davon, dass dieses Loch von seiner eigenen Kugel geschlagen worden war – damals, als er in dieser Halle gegen Sun Koh kämpfte. Er wusste auch nichts davon, dass seine Kugel nicht nur das Holz, sondern zugleich die Isolierung des Kabels durchgeschlagen hatte, dass jetzt hier an einer nur wenige Millimeter breiten Stelle die blanken Drähte bloß lagen. Er ahnte es selbstverständlich nicht, so wenig wie irgendein anderer, sonst wäre er erschrocken zurückgefahren

Er sah das Loch und bückte sich. »Ah, sieh da«, murmelte er, »ein kleines Löchlein. Sollte es hier etwa Mäuse geben? Da müsste ich mich denn doch beschweren. Aber nein, das Löchlein ist wohl zu niedlich für Mäuse, es ist kaum so stark wie mein Finger.«

Mit einem harmlosen dummen Lächeln bohrte er den Zeigefinger in das Loch hinein. Da ihm das nicht gelang, probierte er es in einem Anfall von Ehrgeiz mit der Spitze des kleinen Fingers. Sie passierte die Öffnung.

Und plötzlich brach ein furchtbarer, entsetzter Schrei aus seinem Munde. Durch seinen Körper fuhr ein krampfender Schlag, warf ihn hoch und ließ ihn mit verdrehten Gliedern und verzerrtem Gesicht zusammenbrechen. Seine Sinne schwanden.

Der Japaner kam erschrocken mit schnellen Laufschritten herangeeilt. Der Schrei hatte ihn aus seiner beschaulichen Betrachtung herausgerissen. Er wusste nicht, was geschehen war, er sah nur seinen Schützling auf einmal zusammengebogen am Boden liegen.

Auch Holmer und Joan Martini hatten den wahnsinnigen Schrei gehört. Ihr Motorboot glitt soeben aus dem Tunnel in den Hafen hinein, an den Kai heran. Ihre Augen fassten die zusammengebrochene Gestalt und den heraneilenden Diener. Jetzt war dieser bei Juan Garcia angelangt und beugte sich zu ihm nieder.

Juan Garcia war durch den Starkstrom nicht getötet worden. Durch seinen Körper liefen peitschende, zitternde Wellen. Er sah gerade so aus, als schüttle er sich in Fieberschauern.

Der Japaner berührte ihn – Garcia spürte nichts davon. Erst den zweiten, festeren Griff bemerkte er.

Er richtete sich halb auf. Sein Gesicht war entsetzlich – eine eben noch friedliche Landschaft, über die der Atem der Hölle hinweggegangen ist. Irr und groß standen seine Augen in den Höhlen.

Endlich fingen sie das Bild des unbekannten Gelben, der unsicher auf ihn niederblickte, das Bild des unterirdischen Hafens, des soeben anscheuernden Motorbootes, der hellen Mädchengestalt …

Juan Garcia sprang auf. Seine Hand zuckte vor, riss dem Manne den Dolch aus dem Gürtel, aus der Lederscheide. Kurz blitzte das Licht auf dem Stahl auf, dann fuhr dieser in Leib und Leben des Japaners hinein, bevor der überraschte Diener noch eine Bewegung der Abwehr machen konnte. Er brach mit einem Ächzen zusammen.

Holmer sprang im Augenblick des Stoßes vom Verdeck aufs Ufer und stürzte sich aus vollem Lauf auf den Mörder. Aber in Juan schienen alle Höllenlisten auf einmal wieder losgebrochen zu sein. Er duckte sich blitzschnell, Holmers Angriff wurde dadurch unsicher, es war ihm nicht mehr möglich, sich genügend weit herumzuwerfen – und schon stieß der Dolch zum zweiten Mal zu, in die Schulter des jungen Deutschen hinein.

Holmer brach zusammen.

Juan Garcia starrte sekundenlang auf den Blutstropfen, der von der Spitze des Messers herabfallen wollte, dann gingen seine Augen zu dem Motorboot hinüber.

Und wiederum schrie er auf und reckte sich dabei auf die Zehenspitzen, wie ein Mensch, der aus der Tür seines Gefängnisses herausstürzen will.

Dann raste er in großen Sätzen auf das Boot zu, das noch in kleiner Fahrt am Felsen entlang trieb.

Joan Martini sprang, als sie ihn auf sich zukommen sah. Sie erreichte das Ufer, aber schon war Juan Garcia bei ihr, packte sie und sprang mit einer Kraft, die man ihm nie zugetraut hätte, auf das Verdeck zurück.

Eine halbe Sekunde später wäre das Boot vorbei gewesen.

Wie eine leblose Last ließ der Mann das Mädchen niederfallen, dann eilte er vor, in die Mitte des Bootes. Ein, zwei Griffe, die Fäuste um das Steuer, und schon begann das Fahrzeug in den schwarzen Schlund hineinzuschießen.

Ein Schuss krachte auf, dann ein zweiter. Walt Naumann feuerte. Er war als Erster in der Halle, er sah den Mexikaner und schoss, ohne lange zu überlegen. Aber seine Hand war unsicher wie das Ziel.

Ein letztes Hohngelächter, dann war das Boot mit Juan Garcia und Joan Martini verschwunden.

*

Zehn Minuten später stießen verfolgende Flugzeuge in die Luft.

Der Strom gabelte sich in seinem unteren Ende in nicht weniger als fünf verschiedene Äste. Die Stellen, in denen die einzelnen Wasserläufe an die Oberfläche drangen, lagen teilweise beträchtlich weit auseinander. Der eine Arm erweiterte sich unmittelbar nach seinem Austritt zu einem Zenote, einer Art See, die andern liefen glatt zwischen Urwald und Feld weiter bis ins Meer.

Die Bewässerungsverhältnisse in Yukatan sind etwas eigentümlich. Das ganze Land ist im Grunde genommen weiter nichts als eine Kalksteinplatte, die, ähnlich wie im europäischen Karstgebirge, das Regenwasser fast unverzüglich durchsickern lässt. Wenn auf Yukatan trotzdem statt öder Karstlandschaft üppiger Urwald zu finden ist, so liegt das wesentlich daran, dass das Land auf drei Seiten vom tropischen Meer umgeben wird. Es gibt dort nicht nur sehr viel Regen, sondern auch eine außerordentlich hohe Luftfeuchtigkeit.

Die riesigen Wassermengen der Niederschläge sickern also verhältnismäßig schnell in die Tiefe, bis sie von den wasserundurchlässigen Schichten aufgehalten werden. Das Grundwasser sammelt sich zu unterirdischen Strömen, diese durchziehen kreuz und quer das Land und führen das Wasser wieder zum Meer. Sie werden nur dann sichtbar, wenn an irgendeiner Stelle die Kalksteindecke eingebrochen ist. Diese Stelle nennt man Zenotes oder in der Sprache der Maya ›Tzonotes‹. Ferner werden die Ströme sichtbar, wenn sich die ganze Kalkplatte in natürlichen Abhängen zum Meer absenkt – also in den Küstenstrichen.

Diese Stellen, an denen ihr unterirdischer Strom sichtbar wurde, weil die Kalkplatte auslief, suchten die jungen Deutschen mit den Flugzeugen auf. Sie fanden sie anhand der Karte verhältnismäßig leicht, umso leichter, als die Ausmündungsstellen durch menschliche Siedlungen gekennzeichnet waren.

Es waren fünf Mündungen. Sie hatten nur drei Maschinen, aber sie waren acht Mann. So wurden denn je zwei Mann abgesetzt, die ohne Flugzeug Wache halten mussten, während die anderen Stellen von Einzelnen aufs Korn genommen wurden.

Sie wussten, dass ihre Aussichten nicht übermäßig groß waren. Bei Tag freilich würde es leicht sein, das herausschießende Motorboot zu beobachten und zu stellen. Aber bei Nacht, wenn die samtene Schwärze über dem Wasser lagerte, wurden die Aussichten entsprechend gering.

Fast war es ein Trost, dass Joan Martini mit im Boot war. Für einen einzelnen Mann konnte es nicht schwer sein, im Schutze der Nacht zu entwischen, aber mit einer Frau zusammen wurde das Vorhaben schon um vieles schwerer.

Sie warteten und warteten. Sie ließen ihre Augen brennen vom Starren, ließen die Schlafsucht anbranden und wieder verebben, sie hielten dem Ansturm der Millionen Mücken stand und ließen sich weder durch die drängende Neugier der einfältigen Eingeborenen noch durch die nächtlichen Geister des Urwaldes stören.

Sie warteten – die linke Hand am Scheinwerferknopf, die rechte am Pistolenkolben.

Als der Morgen graute, schoss auf Punkt zwei das Motorboot mit Gärtner und Naumann heraus. Die Hand mit der Pistole sank, die andere winkte.

Das Boot stieß zum Ufer und legte an.

»Hallo!«, rief Naumann. »Habt ihr Garcia nicht abgefangen, wir glaubten ihn vor uns!«

»Wir haben nichts von ihm gesehen.«

»Ihr seid wohl noch nicht lange hier?«

»Seit zwölf Stunden«, antwortete Markert. »Aber es gibt hier fünf Mündungsstellen, vielleicht ist er woanders herausgekommen. Wartet hier, ich fliege die anderen Wachen ab.«

Er erhielt überall negative Antwort. Man hatte nirgends etwas von Juan Garcia oder Joan Martini bemerkt.

Verabredungsgemäß wartete man weiter. Garcia musste noch drin stecken. Er wartete vielleicht in einem der Arme auf den Abzug der Verfolger oder auf eine günstige Gelegenheit.

Das Motorboot fuhr in den Tunnel zurück und suchte planmäßig alle fünf Abzweige durch. Am Abend wussten die jungen Männer, dass sich das andere Motorboot unmöglich noch drin befinden konnte, wenn nicht Garcia gerade mit teuflischer Schlauheit in einen Tunnel entschlüpft war, der eben durchsucht worden war.

Sie warteten wieder bis zum nächsten Morgen.

Dann wurde ihnen eindeutig gezeigt, dass weiteres Warten sinnlos war.

An Punkt drei lagen Peters und Gorm auf der Wache. Sie waren übermüdet, hielten ihre Augen nur noch mit Gewalt auf.

Plötzlich wies Gorm auf das Wasser unterhalb der Öffnung.

»Du, was ist denn das dort? Das sieht doch bald aus wie …?«

»Großer Gott«, murmelte Peters bestürzt, »das ist doch das Motorboot?«

Sie rissen sich die Kleider vom Leibe und sprangen ins Wasser. Nach Minuten gab es keinen Zweifel mehr.

Dicht unter dem Wasserspiegel, hier und da ein Stück herausragend, trieb das Motorboot, auf dem Juan Garcia mit dem Mädchen geflohen war. Das Boot war schwer beschädigt, die ganze Flanke war zersplittert und zerfetzt. Die Wucht des Stromes trieb es schwerfällig über den Grund des Flusses hin.

Weder von Garcia noch von Joan Martini fanden sich Spuren.

»Was bedeutet das?«, fragte Gorm wie im Selbstgespräch, als sie ans Ufer stiegen.

»Es kann zweierlei bedeuten«, nahm Peters die Frage mit schwerer, müder Stimme auf. »Es ist durchaus denkbar, dass dieser schlaue Garcia die Falle witterte und entsprechend handelte. Er ließ das Boot in voller Fahrt gegen den Felsen laufen, sprang mit dem Mädchen im letzten Augenblick ab und schwamm bei Nacht hier durch. Es war einfach nicht möglich, ihn zu sehen, wenn er es verstand, Miss Martini ruhig zu halten.«

Gorm fragte erst nach einer Pause zögernd weiter.

»Und was kann unser Fund noch bedeuten?«

Peters wischte sich über die Augen.

»Den Tod selbstverständlich. Wir können uns nicht der Wahrscheinlichkeit verschließen, dass es einen Unglücksfall gegeben hat, bei dem sowohl der Mann wie das Mädchen ertranken. Ich fürchte, es wird für uns alle eine schwere Stunde werden, wenn wir wieder vor Sun Koh stehen und ihm ins Auge sehen müssen.«

»Verdammt«, knirschte Gorm, »wir hätten diesen mexikanischen Schuft eben einfach abschießen sollen, anstatt allerhand Mätzchen mit ihm zu machen. Wenn ich die Sache mit meinem Leben in Ordnung bringen könnte, ich wäre sofort dabei.«

»Wir wären es alle«, sagte Peters ruhig. »Aber manche Dinge lassen sich durch den Einsatz des Lebens nicht mehr ändern. Wir wollen die anderen verständigen.«

Sie unterließen nichts, um restlose Klarheit zu gewinnen. Ihr nächster Schritt bestand darin, dass sie planmäßig alle Dörfer und Ortschaften absuchten, die Garcia bei einem Durchmarsch hätte berühren müssen. Auch nicht das kleinste Nest und nicht die winzigste Hütte ließen sie außer Acht. Sie fragten alle, mit denen wenigstens leidlich eine Verständigung möglich war.

Was sie aus den mannigfachsten Quellen erfuhren, war viel und auch wieder wenig. Man hatte einen Mann beobachtet, der sicher vorher im Wasser gewesen war. Die Beschreibungen deckten sich mit dem Äußeren Juan Garcias. Er hatte sich Kleider und Waffen gekauft und war nach Süden gezogen.

Weiter südlich wurde das Auftauchen der auffallenden Teufelsfratze wiederholt bestätigt. Man konnte den Weg des Mannes bis in die größere Ortschaft verfolgen, die am Meer lag. Dort hörten sie von einem amerikanischen Flieger, der eine Notlandung vorgenommen habe. Mit ihm sei der Fremde weggeflogen, nach Norden zu.

Sie erfuhren, welche Kennzeichen das Flugzeug gehabt habe, ja, man nannte sogar den Namen des Fliegers und San Franzisko als Heimatplatz. Damit war die Spur Garcias gesichert.

Aber das Schicksal Joan Martinis blieb unter einem dichten Schleier. Wenn sie noch am Leben war, so musste sie sich irgendwo im Bereich des unterirdischen Flusses befinden. Dort war sie zu suchen.

Sun Koh gab von Ägypten aus, wo er sich in dieser Zeit aufhielt, den entsprechenden Auftrag, als Manuel Garcia ihm nach ergebnisloser Suche Schuld und Verhängnis berichtete. Sun Koh selbst flog nach San Franzisko, um Juan Garcia zu stellen und ihn wegen Joan Martini zu befragen.

Der amerikanische Flieger musste Auskunft geben, wo er Juan Garcia hingebracht hatte. Und Juan Garcia würde bald eine deutliche Spur legen, denn er war so gut wie mittellos und hatte nichts in der Welt als sein verbrecherisches Gehirn.

2.

›San Franzisko Herald‹ berichtete:

```
           Zufall oder Verbrechen?
       J. M. Marning plötzlich gestorben.
  Tod wütet in den Reihen der oberen Zehntausend!
           Der dritte rätselhafte Todesfall
              innerhalb der letzten Tage.
```

```
Wie wir soeben erfahren, starb heute Vormittag J. M. Mar-
ning, der bekannte Führer des Schokoladentrusts, ganz über-
raschend beim Besteigen des Wagens. Wir geben unsern ver-
```

ehrten Lesern folgende Einzelheiten, damit sie sich selbst ein Urteil bilden können über das, was im Anschluss daran notwendig gesagt werden muss.

Mr. Marning, ein kerngesunder Mann, der nachweislich in seinem fünfzigjährigen Leben an noch keiner ernsthaften Krankheit gelitten hat, trat in vorzüglichster Verfassung aus der Tür des Verwaltungsgebäudes in der 9. Avenue. Er wechselte ein Scherzwort mit dem ihn begleitenden Detektiv – Näheres darüber später – und warf einen Blick über die Straße, die, wie gewöhnlich in dieser Gegend, nur schwach belebt war. Dann ging er vier oder fünf Schritte bis an seinen wartenden Wagen heran und rief dem Chauffeur zu, nach Hause zu fahren. Der Wagenschlag war bereits geöffnet. Mr. Marning setzte eben den Fuß zum Einsteigen vor, als er sich plötzlich nach dem Herzen griff, einige unverständliche Worte murmelte und zusammenbrach. Der Detektiv konnte ihn gerade noch auffangen. Der sofort herbeigerufene Arzt stellte den bereits eingetretenen Tod fest. Als Todesursache ermittelte er Herzschlag.

Das ist die erste Gruppe der Tatsachen, die wir unseren Lesern vorzulegen haben. Das ungeschulte Auge des Laien wird in dieser Gruppe wenig Auffälliges finden. Der Tod dieses Mannes erhält eine besondere Beleuchtung auch erst durch Folgendes:

Vor zwei Tagen erhielt Mr. Marning von einem unbekannten Absender ein Schreiben zugeschickt, das auf unauffälligem Papier in gewöhnlicher Maschinenschrift folgenden Text zeigte:

»Überweisen Sie sofort 200 000 Dollar auf das Konto Henry Smith bei der Western-Bank. Falls die Überweisung bis morgen nicht vollzogen ist, werden Sie sterben. Sie werden ebenfalls sterben, sobald Sie auch nur die geringste Äußerung über dieses Schreiben gegenüber der Polizei oder gegenüber Dritten tun. Erkundigen Sie sich, wie es Levinter und Croker gegangen ist, bevor Sie eine Unvorsichtigkeit begehen.«

Eine Unterschrift war nicht vorhanden. Mr. Marning hätte das Schreiben wohl in den Papierkorb geworfen, wenn er sich nicht erinnert hätte, dass die beiden Genannten in den letzten Tagen plötzlich verstorben waren. Er rief bei deren Angehörigen an und erfuhr, dass die beiden Herren kurz vor ihrem Ableben ähnliche Schreiben erhalten hatten. Sie hatten der Aufforderung des Erpressers keine Folge geleistet. Zwei Tage nach dem Empfang der Schreiben waren sie plötzlich an Herzschlag verschieden.

Mr. Marning ist – oder war, wie man leider nunmehr sagen muss – kein Mann, der sich ohne Weiteres einschüchtern ließ. Er benachrichtigte sofort die Kriminalpolizei und ließ sich einige Leute als ständige Schutzwache stellen. In Gegenwart dieser Leute ist er dann gestorben.

Wir stellen fest: Drei gesunde Männer empfangen Erpresserbriefe. Sie beachten sie nicht oder wenden sich an die Polizei, obgleich ihnen der Tod angedroht wird. Drei gesunde Männer sterben zwei Tage später an Herzschlag.

Ist das ein Zufall?

Unsere verehrten Leser mögen diese Frage selbst zu beantworten versuchen. Wir sind jedenfalls der Meinung, dass es sich hier um eine Serie von raffinierten, teuflischen Verbrechen handelt, obgleich die Verstorbenen nirgends auch nur die geringste Verletzung, eine Vergiftung oder sonstige Anzeichen eines Verbrechens aufweisen. Und wir müssen schon jetzt ankündigen, dass wir von den berufenen Sicherheitsorganen der Stadt unerbittliche Rechenschaft fordern werden, falls das mysteriöse Dunkel nicht gelichtet und die Einwohnerschaft von San Franzisko nicht von der schrecklichen Drohung eines erbarmungslosen Erpressers befreit wird.

Kriminalinspektor Carnell hieb die Zeitung wütend auf die Tischplatte und fluchte:

»Verdammtes Geschmiere. Die Kerle reißen das Maul auf, als müssten sie ihre eigenen Eisbeine fressen. Mögen sie doch selber zeigen, was sie können. Aber reden, reden und uns die ganze Bude verrückt machen.«

»Reg dich nicht auf«, beschwichtigte sein Kollege und Freund Raton. »Erstens wird's dadurch nicht besser und zweitens schadet's der Verdauung. Wir sind nun einmal dazu bestimmt, uns bei dieser Sache eine Blamage zu holen.«

»So, du hast dich also schon abgefunden?«, knurrte Carnell böse. »Ich noch lange nicht. Und wenn ich den Schmierkerl erwische, kann er was erleben. So eine Frechheit!«

Raton holte sich die Zeitung heran.

»Der Reporter will auch was verdienen, und jede Schlagzeile wird dreifach bezahlt. Nur keine Aufregung. Das Schlimmste bei der Geschichte ist, dass diese Schreiberei dem Verbrecher die ganze Arbeit abnimmt.«

»Wieso?«

»Ist doch klar? Das lesen doch noch andere als wir beide. Stelle dir vor, dass irgendjemand in der Stadt heute ebenfalls ein Schreiben des Unbekannten erhalten hat. Tausend zu eins, dass er sich nicht muckst und stillschweigend den geforderten Betrag überweist. Das muss schon eine feste Natur sein, die es trotzdem wagt, sich mit uns in Verbindung zu setzen.«

»Du meinst, dass der Kerl in aller Gemütsruhe weiter schröpft, ohne dass wir davon erfahren?«

»Davon darfst du überzeugt sein.«

Zwei Stunden später ließ sich Samuel Ceburn, für den mit jedem Apfel ein Prozentchen auf den kalifornischen Bäumen wuchs, bei Inspektor Carnell melden. Da Raton unterwegs war, empfing Carnell den Besucher allein. Nach der üblichen Vorrede begann der Finanzier:

»Ich sehe, Sie haben dort den ›Frisco Herald‹ liegen. Stimmt das, was die Zeitung über den Tod Marnings schreibt?«

Carnell, dem noch die etwas einseitige Unterhaltung mit dem Chef in den Gliedern saß, zog ein schiefes Gesicht.

»Möchte wissen, was daran stimmen soll.«

Der andere ließ sich nicht beirren.

»Ist es richtig, dass Marning starb, weil er sich nicht erpressen ließ?«

Carnell wurde grundlos heftig.

»Das bildet sich der Zeitungsschmierer ein. Vorläufig liegen nicht die geringsten Beweise für ein Verbrechen vor. Aber wollen Sie mir nicht sagen, was Sie hierher führt?«

Ceburn holte ein Schreiben aus der Tasche.

»Diesen Brief erhielt ich vor einer Stunde durch die Post zugestellt. Ich denke, das ist genügend Grund.«

»Ah!«

Der Inspektor riss ihm das Schreiben fast aus der Hand. Ein Blick genügte. Es war nach Papier, Inhalt und Form das gleiche Schreiben wie jenes, das Marning gebracht hatte. Nur Bank und Konto waren verändert. Das Geld sollte auf das Konto eines gewissen Lew Harper bei der Shipman-Bank eingezahlt werden.

»Was raten Sie mir zu tun?«

Die Frage blieb in der Luft schweben. Es dauerte lange, bis der Inspektor eine Antwort gab. Zuvor schrieb er einige Worte auf einen Zettel, steckte ihn mit dem Brief zusammen in eine der runden Kapseln und schickte ihn mit der Rohrpostanlage auf Fahrt. Und als er damit fertig war, starrte er immer erst noch eine Weile auf seine Fingernägel, bevor er sich dazu aufraffte, eine Auskunft zu geben.

»Sie haben die Entscheidung über das, was zu geschehen hat, bereits selbst getroffen, Mr. Ceburn. Angenommen, der Erpresser versteht es tatsächlich, seine Opfer so zu töten, dass man keine Ursache feststellen kann, angenommen also, dass Marning und die beiden anderen ermordet worden sind, so bleibt Ihnen nichts anderes übrig, als sich unter unseren Schutz zu stellen. Selbst wenn Sie jetzt das Geld einzahlten, so würde es Ihnen nichts mehr nützen.«

»Marning ist also doch ermordet worden?«

»Das wissen wir nicht«, sagte Carnell überraschend ruhig. »Aber wir werden nicht so töricht sein, die Möglichkeit auszuschließen. Und dadurch, dass Sie sich an uns wenden, geben Sie uns die Möglichkeit, den Mann zu stellen. Sie erweisen der Öffentlichkeit einen großen Dienst …«

»Daran liegt mir gar nichts«, winkte Ceburn ab. »Aber es fällt mir nicht im Traum ein, irgendeinem hergelaufenen Lumpen mein sauer verdientes Geld hinzuwerfen. Ich habe mich mein Lebtag um jeden Pfennig gekümmert und soll nun zweihunderttausend Dollar ... Nee, ausgeschlossen. Wozu haben wir denn die Polizei?«

Der Inspektor nickte nicht ohne Befriedigung. Ein solches Vertrauen tat geradezu wohl.

»Ganz recht. Sie dürfen überzeugt sein, dass wir tun werden, was in unseren Kräften steht. Wir werden Ihnen unsere besten Leute zum Schutz stellen ...«

»Das haben Sie bei Marning auch getan«, warf der andere mit einem Anflug von Misstrauen ein. »Ich dachte daran, zu verreisen.«

»Davon würde ich unbedingt abraten. Vielleicht geben Sie gerade dadurch unserem Mann eine günstige Gelegenheit, und wenn nicht, so würden Sie ja die Austragung der Angelegenheit nur verschieben.«

Ceburn überlegte eine Weile.

»Na schön, ich bleibe hier. Was soll ich also tun?«

»Gar nichts. Gehen Sie Ihren Geschäften nach wie gewöhnlich. Kümmern Sie sich nicht darum, dass ständig ein Dutzend Leute um Sie herum sind. Ich werde die Aktion selbst leiten. Erwarten Sie mich in einigen Stunden, ich werde mich dann bei Ihnen einfinden und Ihnen die nächsten Tage Gesellschaft leisten, wenn Sie damit einverstanden sind.«

Ein übermäßig erbautes Gesicht machte der Finanzmann nicht, aber er gab nickend sein Einverständnis.

Unmittelbar nach seinem Abgang traf das Gutachten der daktyloskopischen Abteilung ein. Es war völlig negativ. Außer einem Fingerabdruck des Inspektors waren nur noch die Abdrücke eines Mannes zu finden, und dieser musste der Empfänger selbst sein. Der Absender hatte keine Spuren mitgegeben. Es war das gleiche Ergebnis wie bei dem Marningschen Schreiben.

Gleich darauf rief Dr. Mitchell an.

»Es ist tatsächlich so, wie ich bereits vermutete. Die Zersetzung macht bei Marning ungleiche Fortschritte. Seit sechs Stunden ist er tot, die Herzpartien erwecken jedoch den Eindruck, als ob er schon mindestens vierundzwanzig Stunden tot sei.«

»Auch die davor liegenden Außenpartien des Körpers?«

»Ein schräg durch die Rippen führender Streifen macht mir den Eindruck, aber die Erscheinung ist nicht so stark ausgeprägt.«

»Welchen Spruch werden Sie fällen?«

»Todesursache nicht mit Sicherheit feststellbar, vermutlich Herzschlag.«

»Und Ihre persönlichen Vermutungen?«

»Genau genommen keine.«

»Seien Sie vernünftig, Doktor!«

»Hm, ich nehme an, dass auf irgendwelche unbekannte Weise eine plötzliche Zerstörung der Herzgewebe verursacht wurde, die die Weiterarbeit der Herzmuskulatur unmöglich machte. Vielleicht hat man eine besondere Strahlenart angewendet. Ich denke da an die so genannten Todesstrahlen, von denen man eine Zeitlang gefaselt hat.«

»Ultrakurze elektrische Wellen?«

»Darum handelt es sich wohl. Aber von elektrischer Einwirkung ist andererseits nichts festzustellen. Vor allem keine Verbrennungserscheinungen. Mehr kann ich Ihnen nicht sagen. Sie müssen schon auf andere Weise versuchen, an die Geschichte heranzukommen.«

»Lässt sich leicht sagen«, murmelte der Inspektor und hängte ab.

Es ließ sich nicht leugnen, dass er innerlich stark beunruhigt war, obgleich er gegenüber Ceburn den Gelassenen gespielt hatte. Der unbekannte Gegner war gefährlich, zumal man nicht den geringsten Anhaltspunkt für seine Person hatte. Wenn es nicht gelang, den Apfelfmanzier zu schützen beziehungsweise bei dieser Gelegenheit den Erpresser zu fangen, war vermutlich die letzte Gelegenheit hin, und der Mann konnte ungestört seine Opfer schröpfen.

Aber noch war es nicht zu spät. Man würde alle Vorkehrungen treffen, und wenn die gesamte Kriminalpolizei vierzehn Tage nicht in die Betten kommen sollte.

Carnell trommelte nach seiner Gewohnheit an die Scheibe des Fensters, bei dem er im Verlauf seiner unruhigen Wanderung angekommen war. Die Aufgabe aus einer Millionenstadt wie San Franzisko einen unbekannten Verbrecher herauszufischen war fast unmöglich, wenn nicht der Zufall zu Hilfe kam. Schon unter den verhältnismäßig wenig zahlreichen Passanten einer solchen Straße würde es nicht leicht sein, den Schuldigen eines Verbrechens festzustellen.

Ah, dort trat ja Ceburn soeben aus dem Portal heraus. Sein Wagen stand am Rande der Fahrbahn. Dort kam auch schon Sergeant Snyder hinterher, der bereits verständigt war.

Teufel, was gab's da?

Carnell prallte mit dem Kopf hart gegen die Scheibe. Seine Augen stierten, weigerten sich aufzunehmen, was dort unten geschah.

Ging jetzt nicht über das Gesicht Ceburns ein erstaunter und zugleich erschreckter Ausdruck? Griff er sich nicht mit einer leeren Bewegung zum Herzen? Und jetzt – er schwankte, taumelte.

Mord!

Carnell war erheblich tüchtiger, als es sein etwas wässriges, unbedeutendes Äußere vermuten ließ. Wenn es galt, in begreifbaren Dingen und vorgeschriebenen Bahnen schnelle Entschlüsse zu fassen, so zeigte er sich als der geeignete Mann.

Während Ceburn noch im Fallen war, warf er einen flüchtigen Blick über die Straße und stürzte dann ans Telefon. Ein halbes Dutzend schneller, sich überstürzender Befehle prasselte hinein, dann sauste er zum Fenster zurück.

Das Bild der Straße schien sich kaum verändert zu haben. Die Passanten wurden eben erst aufmerksam, dass vor dem Portal des Präsidiums etwas Außergewöhnliches vor sich ging.

Doch jetzt stürmte der erste Trupp Polizisten heraus. Ein zweiter folgte, kurz darauf ein dritter. Nach beiden Richtungen rannten die Leute wie vom Teufel besessen die Straße hinunter.

»Stehen bleiben! Stehen bleiben! Niemand darf die Straße verlassen! Stehen bleiben!«

Die Passanten verhielten erschreckt den Schritt. Ein Auto, das gerade anfuhr, stoppte ab. Carnell beobachtete von oben mit fieberhafter Spannung. Er wünschte sich hundert Augen, um jeden Vorgang, jede Bewegung registrieren zu können. Einer von denen da unten musste der Mörder sein.

Wer von all den Menschen würde davonrennen wollen, wer würde eine Bewegung machen, die ihn verriet?

Der Inspektor sah nichts, was ihm Aufschlüsse gegeben hätte. Aber vielleicht stak der Verbrecher in einem der gegenüberliegenden Häuser und grinste über die Aufregung auf der Straße?

Er würde sich täuschen. In diesem Augenblick kamen schon von hinten herum andere Trupps und riegelten den ganzen gegenüberliegenden Block ab. Der Inspektor wusste, dass ihn dieses eigenmächtige, rigorose Vorgehen die Stellung kosten konnte. Aber das war ihm gleichgültig, wie zu seiner Ehre gesagt werden muss. Außerdem war er fest davon überzeugt, dass er den Mörder im Netz hatte. Bestimmt hatte keiner, der sich im Augenblick des Verbrechens in unmittelbarer Nähe des Tatortes befand, die Straße schnell genug verlassen können. Er hätte rennen müssen, und das wäre dem beobachtenden Kriminalbeamten aufgefallen.

Die Straße war nun abgeriegelt. Carnell stürzte hinunter.

Ceburn war tot. Der Inspektor starrte ihm sekundenlang gedankenverloren in das Gesicht, das noch den erschreckten Ausdruck zeigte. Dann befahl er, ihn hineinzutragen.

»Tag, Inspektor«, redete ihn plötzlich jemand von der Seite her an, »was ist hier vorgefallen? Wieder ein neues Verbrechen des unbekannten Erpressers? Darf man Näheres hören? War das nicht Mr. Ceburn, der Apfelkönig?«

Carnell drehte sich langsam herum. Natürlich, so ein verflixter Reporter durfte nicht fehlen. Der Mann stand schon wie eine Hyäne bereit, den Bleistift gezückt, um ihn auszuquetschen. Über der Schulter hatte er den üblichen Apparat hängen.

»Wer sind Sie?«, schnauzte der Inspektor. »Was fällt Ihnen ein, sich hier vorzudrängen?«

Der Reporter langte mit fahlem Grinsen eine Karte hin.

»James Gregory, Lokalreporter des ›Herald‹.«

»Neuer Mann?«, forschte Carnell, der die Reporter im Allgemeinen kannte. Dieser hier gefiel ihm gar nicht, ganz abgesehen davon, dass er eben Reporter war. Das glatt rasierte Gesicht mit den dünnen, höhnischen Lippen und den kleinen, stechenden Augen wirkte abstoßend. Die ausladenden Backenknochen und die spitz zulaufenden harten Linien der Kiefer bildeten ein Dreieck, das irgendwie drohend und unangenehm wirkte.

»Wie man's nimmt«, antwortete Gregory wegwerfend. »Seit einigen Wochen.«

Die Brauen des Inspektors zogen sich zusammen.

»Von Ihnen stammt wohl auch der famose Artikel über den Tod von J.M. Marning?«

»Ganz recht«, bestätigte der andere. »Hat er Ihnen gefallen? Augenblick – Inspektor Carnell lobt Presseauffassung. Werde das in Schlagzeilen bringen.«

»Unterstehen Sie sich«, knurrte Carnell drohend. »Werden Sie Romanschreiber, aber nicht Reporter. Sie vermasseln in Ihrer Unerfahrenheit der Polizei die ganze Tour. Und nun verschwinden Sie, Pressekonferenz findet in zwei Stunden statt.«

Gregory wehrte entsetzt ab.

»Nur einige kurze Fragen, Herr Inspektor.«

»Scheren Sie sich zum Teufel!«, erwiderte Carnell scharf und drehte sich weg.

»Polizeiinspektor macht leere Redensarten«, meckerte der andere laut und hörbar.

Carnell fuhr wieder herum.

»Wie meinen Sie das?«, erkundigte er sich mit gefährlicher Drohung.

Der Reporter sah ihn stechend an.

»Ihre Leute lassen niemanden fort. Geben Sie mir die Erlaubnis, zur Redaktion zu gehen oder wenigstens zu telefonieren.«

Der Inspektor rang einen Augenblick nach Luft, dann winkte er einem seiner Leute und sagte kurz:

»Bringen Sie den Mann durch die Sperre. Und der Teufel soll euch frikassieren, wenn ihr ihn wieder durchlasst.«

Es war eine Riesenarbeit, über hundert Menschen, die sich auf der Straße und im gegenüberliegenden Häuserblock befunden hatten, einzeln zu verhören und auf Herz und Nieren zu prüfen. Es war eine unangenehme Arbeit, denn es waren viele darunter, die gegen den gewaltsamen Zugriff der Polizei allerhand einzuwenden hatten und mit Klagen wegen Freiheitsberaubung und Schadenersatz drohten. Und es war eine nutzlose Arbeit.

Nach Stunden wusste der Inspektor, dass sein rücksichtsloser Zugriff zwecklos gewesen war. Kein einziger der Verhörten war ernsthaft verdächtig, noch viel weniger fanden sich bei einem von ihnen irgendwelche Spuren oder Beweise für die Beteiligung an dem neuen Verbrechen. Der ganze Aufwand war umsonst gewesen. Die Karte, auf die Carnell so gut wie alles gesetzt hatte, war eine Niete gewesen.

Und draußen braute sich bereits der Skandal zusammen.

Carnell stützte müde den Kopf in die Hände. Alles vertan, alles sinnlos. Er würde gehen, und der Erpresser fand wohl kaum wieder jemand, der sich ihm zu widersetzen wagte. Wenn wenigstens Raton bald zurückkäme, der hatte manchmal einen brauchbaren Rat zur Hand. Aber natürlich, ausgerechnet heute ließ er sich den ganzen Tag nicht sehen.

Sergeant Hopkins trat ein.

»Draußen steht ein Mann, der Sie zu sprechen wünscht.«

Carnell sah nicht auf.

»Soll morgen wiederkommen. Ich bin fertig.«

Hopkins räusperte sich.

»Hm, würden Sie ihm das selber sagen?«

»Was soll das heißen?«, fuhr Carnell hoch.

»Bitte um Entschuldigung«, murmelte der Sergeant, »aber das ist kein Mann, der sich abweisen lässt. Er schickt mich nur wieder herein.«

»Werft ihn hinaus!«, polterte der Inspektor.

»Was will er denn?«

»Es soll sich um die Erpressersache handeln.«

Der Inspektor seufzte.

»Schicken Sie ihn herein.«

Die Erscheinung seines Besuchers machte Carnell mit einem Schlage munter und veranlasste ihn, sich unwillkürlich zu erheben. Donnerwetter, was war das für ein Mann? Auch andere waren hoch gewachsen und schlank, auch andere hatten gut geschnittene Gesichter, aber …

Der Fremde verneigte sich leicht.

»Sun Koh ist mein Name. Ich komme wegen der geheimnisvollen Verbrechen, die sich in den letzten Tagen ereignet haben.«

Der Inspektor wies auf einen Stuhl.

»Bitte nehmen Sie Platz, Mister. Ich hoffe, dass Sie mir nicht eine Unglücksnachricht bringen.«

»Nein. Es handelt sich im Wesentlichen nur um einige Fragen zu meiner eigenen Unterrichtung.«

Carnell hätte mit hundertprozentiger Gewissheit jeden anderen, der gekommen wäre, um Fragen zu stellen, hochkantig hinausgeworfen. Diesem Manne gegenüber murmelte er nur ein höfliches:

»Bitte.«

»Heute fand bereits der vierte Mord des Erpressers statt?«

Der Inspektor nickte.

»Ja, wenn es sich um Mord handelt.«

»Die Todesursachen konnten einwandfrei festgestellt werden?«

»Es soll sich um Herzschlag handeln.«

»Aber?«

»Aber die Leute waren kerngesund. Außerdem stellte Dr. Mitchell, unser Polizeiarzt, einen schnelleren Verfall der Herzpartien fest. Was das bedeuten kann, wissen wir nicht.«

»Hm.«

Sun Koh schwieg eine Weile, dann fragte er weiter:

»Haben Sie bereits einen Verdacht auf den Täter?«

Carnell seufzte.

»Leider nicht den geringsten. Wir tappen völlig im Dunkeln.«

Nach einer zweiten Pause sagte Sun Koh:

»Ich will versuchen, Ihnen einen Hinweis zu geben, Herr Inspektor. Ich verfolge einen Mann, der an einem anderen Ort ein Verbrechen begangen hat. Der Mann hält sich in dieser Stadt auf. Er ist ein geborener und vollendeter Verbrecher ohne eine Spur von Gewissen, ebenso unbarmherzig wie genial in seinen Mitteln. Nein, bemühen Sie sich nicht, Sie werden ihn in keinem Ihrer Verbrecheralben finden. Hören Sie weiter. Er ist vermutlich ziemlich mittellos hierher gekommen. Er musste Verbrechen begehen, um sich Geld zu verschaffen. Und Sie dürfen davon überzeugt sein, dass er der gesuchte Erpresser und Mörder ist.«

»Wer ist der Mann?«, fragte Carnell mit gierigen Ohren.

»Er heißt eigentlich Juan Garcia, aber diesen Namen wird er wohl kaum tragen.«

»Juan Garcia«, dachte der andere nach. »J. G.? Wo sind mir die Anfangsbuchstaben nur aufgefallen? Wie sieht er aus?«

»Deswegen kam ich zu Ihnen. Ich habe ein dringendes Interesse daran, Juan Garcia zu finden. Es ist anzunehmen, dass er sich unter irgendeinem harmlosen Deckmantel verbirgt. Aber ebenso sicher ist anzunehmen, dass er in der Nähe seiner Opfer in Erscheinung treten wird. Sie sollen seine Beschreibung haben, damit Sie auf ihn achten können. Vielleicht wäre es auch möglich, Ihre Beamten zu verständigen. Er ist wirklich nicht leicht zu übersehen. Sein Gesicht ruft unwillkürlich die Vorstellung eines Satans herauf. Es ist auffallend dreieckig geschnitten und mit fahler, leichenähnlicher Haut überzogen. Seine Lippen …«

Der Inspektor beugte sich halb über den Tisch und schrie förmlich ergänzend:

»Sind wie höhnische dünne Striche und seine Augen wie dünne, stechende Nadeln. Stimmt's?«

»Auffallend«, bestätigte Sun Koh verwundert.»Haben Sie ihn bereits?«

Aber Carnell hörte ihn nicht mehr zu Ende. Er war in wilder Erregung, schlug sich gegen die Stirn und stöhnte:

»Er ist es. Daher kamen mir die Anfangsbuchstaben so bekannt vor. Und ich Idiot habe ihn auch noch fortgeschickt. Der Kerl war mir gleich so widerlich. An …«

»Sie kennen ihn bereits?«

Der Inspektor suchte fahrig nach seiner Mütze.»Und ob ich ihn kenne. Na warte, du Bestie, dich werden wir …« Damit stürzte er hinaus.

Sun Koh wartete eine Weile. Als Carnell nicht wieder erschien, trat er in das Nebenzimmer und fragte nach ihm. Der Sergeant hatte sich von seinem Erstaunen über das plötzliche Davonjagen seines Vorgesetzten noch nicht erholt. Aber er ging nun an den Apparat. Als er wieder abhängte, war sein Gesicht ein einziges Fragezeichen.

»Inspektor Carnell hat das Haus verlassen.«

Sun Koh blieb gleichmütig.

»Dann werde ich später wieder vorsprechen.«

*

Am nächsten Morgen wurde Sun Koh von Inspektor Raton empfangen, der bereits mit Ungeduld auf ihn gewartet hatte.

»Ich fürchtete schon«, bekannte der noch sehr junge Inspektor, dessen festes Gesicht Klugheit und Energie verrieten,»dass Sie nicht wiederkommen würden. Man sagte mir, dass Sie gestern mit Inspektor Carnell sprachen.«

»Allerdings«, bestätigte Sun Koh.. »Er rannte leider davon. Ist er etwa noch immer nicht zurück?«

»Carnell ist tot«, erwiderte Raton düster. »Er ist auf die gleiche Weise gestorben wie Ceburn und die anderen.«

»Ich fürchtete schon, dass er so unvorsichtig sein würde, den Mörder zu stellen.«

»Sie kennen ihn?«

»Ich glaube, ihn zu kennen. Und ich gab gestern Ihrem Kollegen eine Beschreibung, durch die er an einen bestimmten Mann erinnert wurde. Er nannte aber nicht den Namen des Mannes, sondern stürzte einfach davon. Vermutlich hat er ihn aufgesucht und – ist dadurch gestorben.«

»Ein sicherer Beweis, dass es sich um den Richtigen handelt. Würden Sie mir die Beschreibung geben?«

Sun Koh schilderte ihm das charakteristische Aussehen Juan Garcias. Aber im Gegensatz zu Carnell konnte sich Raton keines Menschen erinnern, dessen Äußeres mit dieser Beschreibung übereinstimmte. Das machte ihn selbst außerordentlich bestürzt.

»Himmel«, murmelte er, »ich kann mich beim besten Willen nicht entsinnen, eine ähnliche Figur schon einmal bemerkt zu haben. Es ist zum Verrücktwerden. Carnell wusste, wo der Mann steckt. Anstatt alles zu alarmieren, hat er sein Geheimnis mit in den Tod genommen, und der Halunke macht nun die Stadt weiter unsicher.«

Auch Sun Koh war enttäuscht.

»Auch ich bedaure es lebhaft, dass der Inspektor nicht wenigstens den Namen nannte. Aber vielleicht hat es Erfolg, wenn Sie Ihren Leuten eine Beschreibung des Gesuchten geben.« Raton nickte.

»Einen Augenblick, bitte.« Sergeant Hopkins erschien auf das Klingelzeichen.

»Hopkins, wir müssen einen eiligen Rundlauf fertigstellen. Übrigens, kennen Sie nicht einen Mann, der ungefähr wie der Bruder des Satans aussieht? Leichenblasse Haut, vorspringende Backenknochen, kleine Augen, dünne Lippen, alles in allem ein Gesicht, bei dessen Anblick einem unangenehm wird?«

Hopkins graulte sich völlig undienstlich hinter dem Ohr.

»Hm, beschwören will ich's nicht, aber so ungefähr kam mir der Reporter vor, mit dem Inspektor Carnell gestern sprach.«

Raton trat erregt auf ihn zu.

»Mann, die Auskunft kann Goldes wert sein. Packen Sie aus, was Sie wissen.«

Der Sergeant hatte keine Veranlagung zum Rennpferd. Er brauchte seine Zeit, bis er herausquetschte:

»Tja, im Grunde genommen weiß ich gar nichts. Ich guckte nur von oben herunter, als Carnell neben der Leiche von Mr. Ceburn stand. Und da wurde er von einem Mann mit der üblichen Reporterkamera angesprochen, der so aussah, wie Sie ihn beschrieben. Aber vielleicht kann Ihnen Sergeant Dryer Näheres sagen, er stand nämlich dabei und hat ihn später die Straße hinuntergeführt.«

»Schaffen Sie ihn her«, befahl Raton kurz.

Dryer meldete sich nach wenigen Minuten. Er konnte nicht nur bestätigen, dass die gegebene Beschreibung mit dem Aussehen des Reporters deckte, sondern er war auch imstande, fast wörtlich den Inhalt des Gesprächs wiederzugeben, das zwischen Carnell und Gregory geführt worden war. Das Wichtigste daran war natürlich der Name des Mannes und der seiner Zeitung.

Ein Telefongespräch gab Auskunft darüber, dass tatsächlich ein gewisser James Gregory als Reporter für den ›Herald‹ beschäftigt war. Man hatte ihn vor einigen Tagen auf Probe eingestellt. Ja, es war richtig, dass er merkwürdig aussah. Aber er leistete etwas. Er war der Verfasser der sensationellen Artikel über den mörderischen Erpresser. Auch der Bericht über Ceburns Tod stammte von ihm. Heute hatte er sich noch nicht sehen lassen, man war jedoch in der Lage, die Wohnung anzugeben.

Raton dampfte vor Eifer. Er bat Sun Koh einige Male zu warten und redete zwischendurch wild mit allen möglichen Stellen. Nach einer Viertelstunde erfuhr er vom zuständigen Polizeirevier, dass Gregory sich nicht in seiner Wohnung aufhielt und dort nichts Verdächtiges gefunden worden war. Man würde das Haus bewachen. Nach einer halben Stunde erhielt er Rückmeldung, dass sämtliche Polizeimannschaften die Beschreibung des Gesuchten in Händen hielten. Damit war seine Hauptarbeit erledigt.

»So«, wandte er sich grimmig lächelnd an Sun Koh, der geduldig und schweigsam gewartet hatte, »jetzt wird ihm wohl der Boden heiß werden. Unsere Leute sind zuverlässig und werden die Augen auftun.«

Sun Koh erhob sich.

»Es ist mir wertvoll gewesen, einen Einblick in die Arbeit der Polizei zu tun. Ihre Organisation scheint ausgezeichnet zu funktionieren. Leider fürchte ich, dass Juan Garcia mit diesen Vorbereitungen rechnete, bevor sie noch begonnen wurden.«

»Auch der schlaueste Fuchs fängt sich einmal im Eisen«, beruhigte Raton. »Außerdem ist es mit dieser allgemeinen Alarmierung nicht getan. Ich werde mich selbst mit meinen besten Leuten in Bewegung setzen, um die geringen Anhaltspunkte auszunutzen. Es müsste mit dem Teufel zugehen, wenn wir ihn nicht fänden.«

Sun Koh lächelte matt.

»Wenn es sich um Juan Garcia handelt, so geht es immer mit dem Teufel zu. Sollten Sie Erfolg haben, so vergessen Sie bitte nicht, dass ich dringend Wert darauf lege, mit dem Mann zu reden.«

»Ich werde Sie benachrichtigen, sobald es zum Klappen kommt«, versicherte der Inspektor.

*

Sun Koh schritt langsam die Straße hinunter.

Juan Garcia war durch den Übereifer der Polizeibeamten gewarnt. Das konnte ihn veranlasst haben, die Stadt zu verlassen. Aber es war kaum anzunehmen, denn Garcia hatte sicher noch ›Geschäfte‹. Seine Tätigkeit trug jetzt erst Früchte, und er war nicht der Mann, sie im Stiche zu lassen.

Er war aber auch nicht der Mann, sich von der Polizei seine Handlungsweise vorschreiben zu lassen. Wenn sich Juan Garcia noch in der Stadt befand, so überwachte nicht die Polizei ihn, sondern er die Polizei.

Sun Koh hatte Tag um Tag darauf gewartet, dass sich der Mexikaner bemerkbar machte. Joan Martini war verschwunden, von Garcia verschleppt worden, und nur dieser wusste um ihren Aufenthalt. Man musste Garcia finden, um ihn nach dem Mädchen fragen zu können.

Es gab nur zwei Möglichkeiten, um ihn in der Millionenstadt zu entdecken.

Die eine war der glückliche Zufall. Er war bisher ausgeblieben. Die andere war das Verbrechen, das seltsame, geheimnisvolle Verbrechen, das auf den Mexikaner hinweisen konnte. Das oder richtiger die Verbrechen hatten stattgefunden.

Und nun war Juan Garcia gewarnt. Jetzt blieb noch eine dritte Möglichkeit, nämlich die, herauszufordern. Wenn in Garcia ein starkes Gefühl saß, so war es der Hass gegen Sun Koh. Und wenn eines den Mann zu einem Fehler zu einer Unbesonnenheit hinreißen konnte, so war es dieser Hass.

Deshalb benutzte Sun Koh keinen Wagen, sondern schlenderte lässig vom Polizeirevier weg durch die belebten Straßen.

Seine Miene war unbeweglich, sein Blut ruhig. Nur seine Augen gingen scharf prüfend über die Menschen.

Niemand sah ihm an, dass er in jeder Sekunde eine Entscheidung über Leben und Tod erwartete.

Wenn Juan Garcia seinen Gegner im Auge behielt, wenn er sich in der Nähe befand, so würde er töten, wenn er Sun Koh zuerst bemerkte.

Das Experiment Sun Kohs war ungeheuerlich.

So handelt nur ein Mann, den trotz aller äußeren Ruhe und Gelassenheit eine letzte, tiefste Verzweiflung treibt.

*

Der Mann, der eben aus dem Gebäude der Flugzeuggesellschaft trat, zuckte scharf zusammen. In seinen Augen lag der Schrecken. Aber kurz darauf glühte der Hass, dann der höhnische Triumph in ihnen auf.

Endlich.

Der Zufall wird dich dein Leben kosten, König von Atlantis.

Juan Garcia folgte dem ahnungslosen Sun Koh in zehn Meter Abstand. Er fürchtete kein Erkennen.

Hähä, so ein Buckel war eine famose Einrichtung. Es gab nichts, was einen Mann mehr entstellen konnte. Die dunkle Brille verdeckte die Augen. Und dazu noch ein bisschen Farbe auf das Gesicht, schön dunkel und wasserfest. Nun konnten sich die Herren Schnüffler anstrengen. In wenigen Tagen würde es auch gehen. Zu dumm, es wäre besser gewesen, schon vorher Maskerade zu machen.

Harmlos plaudernd und lachend strömten die Menschen auf und ab. Keiner ahnte das Drama, das sich hier vorbereitete. Bewundernd gingen die Blicke zu der königlichen Gestalt zurück, die man eben gestreift hatte, gedankenlos glitten sie über den unauffälligen Buckligen mit seinem Paket im Arm.

Garcia hütete sein viereckiges, in graues Papier eingeschlagenes Paket recht sorgfältig. Man konnte ja schließlich nicht mehr mit der Pressekamera herumlaufen. Aber wenn man sie schön einpapierte und vorn ein unauffälliges Loch hineinbohrte, ging's auch.

Unnützes Menschengesindel, das sich herumschob. Keinen Augenblick war die Gestalt des Voranschreitenden frei. Mal hier ein Stückchen, mal dort ein Stückchen. Das nützte nichts, es musste schon nach Möglichkeit die Herzgegend sein.

Aber dort vorn wurde es besser. Die Straße verbreiterte sich, die Menschen drängten sich nicht mehr so aneinander.

Schade, dass man diesem eingebildeten Sun Koh nicht wenigstens erst ein paar Worte ins Gesicht schreien konnte. Er würde zu leicht sterben. Aber es war schon besser, dass er überhaupt starb. Er war zu gefährlich, der teure Erbe von Atlantis. Hähä, er bildete sich ein, die kleine Joan sei bei ihm. Leider nicht. Lange hatte sie in dem reißenden Strom kaum schwimmen können. Dummes Weibervolk. Anstatt das Leben zu genießen, geht so was ins Wasser. Teufel noch mal.

Ah, jetzt wird der Blick allmählich frei. Komm, mein Kästchen, nehmen wir dich ein bisschen mehr nach vorn. Ist die Öffnung auch auf der richtigen Seite? Das könnte euch so passen, wenn ich anstelle und kriege die Strahlen in meinen eigenen Bauch.

So, hier ist ja auch der Hebel. Wunderbare Erfindung. Ist doch nett, wenn man sich solche Sachen schön aufhebt.

Hm, jetzt schien's ja zu werden. Bloß noch diesen Querulanten dort weg, dann gab's einen kleinen Knips auf den Hebel und dann taten die Wellen ihr Übriges. Na also. Jetzt den Apparat noch etwas höher. Gleich war der Kerl seiner Joan hinterhergeschickt, die nun schon lange tot ...

»Ja, ja, sie hatte viel zu früh sterben müssen, die kleine Schwester Elvira. Sie musste reizend aussehen mit den weißen Flügelchen auf dem Rücken, wenn sie auf der Himmelswiese spazieren ging.«

Päng!

Was war das?

Hatte er geschlafen?

Der Apparat schlug eben auf dem Pflaster auf.

Die Hand durchschossen.

Der Neger?

Sun Koh?

Fort!

Juan Garcia glitt durch erschreckte, fassungslose Menschen in das Kaufhaus hinein, dessen Tür sich einladend kurz vor ihm öffnete.

Er wurde nicht mehr gefunden.

Die Ereignisse hatten sich schneller abgespielt, als sie sich erzählen lassen. Wie stets lagen zwischen Tod und Leben nur Bruchteile von Sekunden.

Juan Garcias Zeigefinger lag bereits an dem Hebel, der dem voranschreitenden Sun Koh den geheimnisvollen Tod in den Rücken schicken sollte. Eben war das Feld frei geworden.

Da hatte es in Garcias Gehirn einen Knacks gegeben. Urplötzlich hatte eine Umschaltung stattgefunden. Die Persönlichkeit des Mexikaners zerfloss für Sekunden, stattdessen schoben sich die Konturen des braven Landpfarrers Trouthan ein.

Der gleiche Mann, der eben vor der Ausführung des Mordes stand, in dessen Seele Hass und Triumph lebten, dieser gleiche Mann träumte im entscheidenden Augenblick von einem blonden Engelchen auf einer grünen Wiese.

Der Finger führte die begonnene Bewegung nicht aus.

Und dann schlug die Kugel durch die hohle Hand.

Das brachte Juan Garcia zu sich selbst.

Er sah das fallende Mordinstrument, ahnte den Schuss mehr als er ihn begriff, sah einen riesigen Neger und zugleich den verhassten Sun Koh mit mächtigen Sätzen heranschießen und – floh.

»Ich sah einen Buckligen unmittelbar hinter Ihnen die Straße betreten, Herr«, berichtete der Neger später. »Zunächst schöpfte ich keinen Verdacht. Ich fuhr also mit dem Wagen langsam hinter Ihnen her, wie verabredet. Kaum zwei bis drei Meter war ich hinter dem Buckligen, den ich mir ein zweites und drittes Mal etwas genauer ansah. Nun kam mir doch einiges seltsam vor. Erstens stimmt es nicht, dass sein Oberkörper eigentlich in normalem Verhältnis zu seinen Beinen stand. Bei Ausgewachsenen ist er gewöhnlich verhältnismäßig kleiner. Mir kam der Gedanke, dass der Mann seinen Buckel trüge wie ein anderer auf gesundem Rücken einen Rucksack. Zweitens schienen mir die Lippen merkwürdig bekannt zu sein. Und drittens sah ich dann von der Seite her seine Augen funkeln. Es waren Garcias Augen.«

»Und dann hast du geschossen – zur rechten Zeit.«

Nimba lehnte mit kummervoller Miene ab.

»Eben nicht, Herr. Ich glaube, ich wäre zu spät gekommen. Ich fuhr nämlich erst vor, um mir den Mann von vorn anzusehen. Da hatte er aber schon sein Paket hoch an die Brust gedrückt. Wie ich nun von vorn hinsah, bemerkte ich das dunkle Loch in dem Papier. Erst da wusste ich alles und schoss. Gott sei Dank, es war wie durch ein Wunder noch nicht zu spät.«

»Hättest du ihn nur gleich ganz erledigt«, sagte Hal Mervin vorwurfsvoll.

Der Neger tippte sich vielsagend gegen die Stirn.

»Der Herr hat doch erst ein Wörtchen mit ihm zu reden.«

Der sommersprossige Junge machte eine wegwerfende Bewegung:

»Na, wenn schon, dann konntest du ihn doch wenigstens fangen. Schade, dass ich mit dem Wagen weiter vorn war. Mir wäre er nicht entschlüpft.«

»Dir wäre er direkt in dein großes Maul hineingefallen«, grinste Nimba.

»Was ist denn in dem Paket eigentlich drin, Herr?«

»Geduld«, erwiderte Sun, »wir werden es im Hotel öffnen.«

»Hoffentlich explodiert das Ding nicht«, warnte Hal.

Sun Koh richtete, nachdem sie im Hotel angekommen waren, die Öffnung gegen die Wand und schnitt mit aller gebotenen Vorsicht das umhüllende Papier herunter. Ein schwarzer Kasten kam zum Vorschein, der in seiner ganzen Aufmachung verzweifelte Ähnlichkeit mit einer Pressekamera hatte. Kein Wunder, dass der Junge enttäuscht ausrief:

»Ooch, weiter nichts als ein Knipskasten!«

In diesem Augenblick trat Inspektor Raton ein, der vom Präsidium hierher geeilt war.

»Ich hörte, Sie hatten einen Zusammenstoß mit dem Mörder?«, fragte er in begreiflicher Hast und Neugier.

Sun Koh gab ihm einen kurzen Bericht.

»Leider mussten wir die Verfolgung als aussichtslos aufgeben«, schloss er. »Haben Ihre Leute mehr Erfolg gehabt?«

Raton schüttelte wehleidig den Kopf.

»Leider nicht, leider nicht. Spurlos verschwunden!«

»Herr«, rief Hal Mervin, »das ist aber ein komischer Fotoapparat. Was der alles in seinem Bauch hat.«

Der Junge hatte die Zeit, in der die Männer nicht auf ihn achteten, gut ausgenützt. Erst hatte er das geheimnisvolle Ding, an dem ein halbes Dutzend Menschen gestorben sein sollten, von allen Seiten nachdenklich beschnüffelt, dann hatte er probeweise den Hebel gedrückt, worauf gar nichts passiert war, und dann hatte er den Verschlussknopf geöffnet und das Innere des Apparates aufgedeckt.

Sun Koh nahm den Jungen bei den Ohren und sagte streng:

»Hal, Hal, du wirst dir die Finger schon noch gründlich verbrennen!«

»Sie wollten den Kasten doch ohnehin öffnen, Herr«, verteidigte sich Hal unsicher. »Ist doch besser, als wenn Sie sich die Finger verbrannt hätten.«

Dagegen war nichts zu machen.

Die Männer prüften mit den Augen Stück für Stück der komplizierten Apparatur, die vor ihnen lag.

»Sie können sie ruhig anstellen«, ermunterte Hal. »Es passiert gar nichts, ich habe es schon probiert.«

Er duckte sich unwillkürlich, als ihn der Blick Suns traf.

In der Tat, es geschah nichts, als sie jetzt den kleinen Hebel niederdrückten. Es geschah nichts weiter, als dass ein nadelfeiner Lichtpunkt aufsprang und ein millimeterdünner Streifen in ewiger Wiederholung über zwei schmale Rollen lief. Sun Koh stellte den Apparat wieder ab.

»Sieh mal zu, Hal, dass du eine Maus oder etwas Ähnliches auftreibst. Wir müssen uns überzeugen, ob der Apparat wirklich tödliche Wirkung hat.«

»Zwei Straßen links ist eine Tierhandlung«, sagte Raton.

Der Junge sauste los.

Sun Koh wies in den Apparat hinein.

»Dies hier hinten ist meiner Ansicht nach eine Hochspannungsbatterie. Und diese Anordnung hat sicher viele Ähnlichkeit mit einem elektrischen Auge, ein Lichtstrahl, der auf eine Selenzelle trifft.«

»Ich möchte sogar noch weiter gehen«, meinte Raton nachdenklich. »Irgendwie erinnert mich diese Anordnung an die Apparate zur Tonfilm-Wiedergabe. Das dort sieht ganz aus wie eine winzige Membrane. Dann hätten wir hier das Licht, dort den Musikstreifen auf dem Filmband, dort die Selenzelle und schließlich die Membrane, die die Töne von sich gibt.«

»Von Tönen war freilich nichts zu hören«, erwiderte Sun halb ergänzend, halb zweifelnd. »Haben Sie nicht jemand bei der Hand, der uns genaue Aufschlüsse geben kann?«

Der Inspektor überlegte.

»Hm, ich müsste mal versuchen, Professor Macroth herzukriegen? Er ist meines Wissens eine Koryphäe in solchen physikalischen Dingen. Habe neulich einen Vortrag von ihm gehört, von dem ich herzlich wenig verstanden habe.«

Sun Koh lächelte.

»Die Unverständlichkeit ist an sich kein Maßstab für den Wert der Wissenschaft. Aber versuchen Sie es, das Telefon steht zu Ihrer Verfügung.«

Professor Macroth war zufällig zu Hause.

»Was ist denn?«, meldete er sich mürrisch. »Ich habe mit der Polizei nichts zu tun.« Raton sprach in einem Tone, den er vermutlich einer Gesundbeterin abgelauscht hatte.

»Herr Professor, einen Augenblick, hängen Sie noch nicht ab. Wir haben hier einen Apparat, mit dem fünf Menschen getötet wurden. Er hat die Größe einer Kamera, enthält eine Hochspannungsbatterie, eine Art Filmstreifen, ein elektrisches Auge, eine Membrane und noch verschiedene andere Dinge, die wir noch nicht näher untersucht haben.«

»Der Teufel soll Sie holen, wenn Sie es tun«, brüllte der andere sehr lebhaft zurück. »Lassen Sie gefälligst Ihre Finger davon. Ich komme sofort. Wo stecken Sie?«

»Hotel Buntney, Appartement sechs. Lassen Sie sich zu Mr. Sun Koh führen.«

»Ist gemacht. In zehn Minuten.«

Hal brachte ein halbes Dutzend weiße Mäuse angeschleppt.

»Der Verkäufer konnte nicht herausgeben«, sagte er entschuldigend. »Außerdem sind sie wirklich niedlich. Du, Nimba, das ist doch deine Lieblingsspeise?«

Der Neger schüttelte sich in wortlosem Entsetzen.

Professor Macroth kam nach einer Viertelstunde. Er war untersetzt und zeichnete sich durch zwei wehende weiße Bartkoteletten sowie durch eine geradezu ideale Glatze aus.

»Da wären wir«, schrie er und schüttelte in zwei Sekunden sämtliche Hände, die sich im Zimmer befanden. »Wo ist das Ding? Wehe Ihnen, wenn Sie mich umsonst hergelotst haben!«

Man gab ihm den Blick auf den Apparat frei.

Er stürzte sich darauf wie ein Ausgehungerter auf einen Gänsebraten.

»Ah«, rief er, wobei er die Hände in die Luft warf, »ah, ein Blick genügt. Meine Vermutung stimmt. Wunderbar! Alles da, alles in schönster Ordnung. Ein Musterapparat. Funktioniert er?«

Hal reckte ihm stillschweigend die weißen Mäuse hin.

»Großartig«, zollte der Professor Beifall, »immer fix, dann kommt man zu etwas. Wirst mal ein tüchtiger Kerl werden, wenn du aus der Schule kommst.«

»Hä?«, glotzte Hal, der die Beleidigung nicht gleich zu fassen vermochte.

Aber Macroth kümmerte sich schon nicht mehr um ihn. Er nahm eine Maus aus dem Kasten heraus, setzte sie auf den Tisch und richtete die Öffnung des Apparates auf sie. Ein Hebeldruck, die Maus zuckte zusammen und blieb tot liegen.

»Sehen Sie, sehen Sie!«, rief Macroth mit Begeisterung. »Innerhalb einer Sekunde völlig tot. Zerstörung lebenswichtiger Organe durch Zertrümmerung der Moleküle. Alles tadellos in Ordnung. Wo haben Sie das Ding her?«

»Der fünffache Mörder hat es fallen lassen, genauer gesagt, es wurde ihm aus der Hand geschossen«, antwortete Raton bedeutungsvoll.

Der Professor zerrte an seinen Koteletten.

»Mörder? Wieso?«

»Ich sagte Ihnen doch schon, dass mit diesem Apparat fünf Menschen getötet wurden. Haben Sie nicht in der Zeitung über den Tod Marnings und Ceburns gelesen?«

Macroth war äußerst erstaunt.

»Ich? Ich lese überhaupt keine Zeitung. Habe wahrhaftig mehr zu tun. Pöh, Zeitung lesen! Also Sie meinen, dass ein Verbrecher …?«

»Die Morde sind Tatsache!«

Der andere nickte.

»Hm, hm, freilich, kann allerhand Missbrauch damit getrieben werden. Überhaupt«, er wurde plötzlich wieder zapplig, »natürlich ist der Mensch ein Verbrecher! Er hat doch das Ding gestohlen? Und wer weiß, ob bei dem Tod des jungen Mannes alles mit rechten Dingen zugegangen ist.«

Sun Koh unterbrach ihn und sagte ruhig:

»Wollen Sie nicht die Liebenswürdigkeit haben und uns berichten, was Sie über diesen Apparat wissen?«

Macroth verschluckte sich, starrte den jungen Mann einen Augenblick verblüfft an und nickte schließlich.

»Natürlich«, meinte er erheblich weniger lebhaft. »Die Sache war so: Vor ungefähr Jahresfrist reichte ein Dr. Martin, ein blutjunger Anfänger, bei mir eine Arbeit über ultrakurze Schallweller ein und gab zugleich die Beschreibung eines Apparats, durch den man mithilfe solcher Schallwellen Moleküle zertrümmern könne. Die Sache interessierte mich, und ich setzte mich einige Tage später mit ihm in Verbindung. Das heißt, ich wollte es tun, aber der arme Kerl war gerade gestorben. Wieso und warum, weiß ich nicht. Ich versuchte nur noch, das Modell zu bekommen, von dem er mir geschrieben hatte, aber es war verschwunden. Dort steht es übrigens.«

»Arbeiten Sie nicht in der gleichen Richtung weiter?«

Der Gelehrte zog die Brauen hoch.

»Wieso? Selbstverständlich fehlte mir die Zeit dazu. Außerdem war die Geschichte fix und fertig, klar bis aufs Tüpfelchen. Ein feines Köpfchen, dieser Martin. Den Apparat habe ich freilich nachbauen lassen, um die Geschichte nachzuprüfen. Wenn ich nicht irre, steht er bei mir im Laboratorium.«

»Und worin besteht das Geheimnis des Apparates?«

Macroth legte sich seine Koteletten von hinten über die Ohren, was Hal veranlasste, etwas zu murmeln, das wie ›Alter Affe‹ klang. Man überhörte es glücklicherweise allseitig, zumal der Professor jetzt antwortete:

»Geheimnis? Geheimnisse gibt's hier nicht. Die Geschichte ist doch sonnenklar. Es werden Schallwellen mit über hunderttausend Schwingungen in der Sekunde erzeugt, und diese Schallwellen sind imstande, Moleküle zu zerstören, selbst komplizierte wie die von Zucker, Eiweiß und so weiter.«

Sun Koh lächelte.

»Sie reden zu Laien, Herr Professor. Vielleicht halten Sie uns doch eine kleine Vorlesung?«

Macroth schüttelte wild den Kopf.

»Vorlesung ist gut. Habe keine Zeit für solchen Unfug.«

Man hielt den schnurrigen Gelehrten nicht mehr. Er ruderte mit seinen Händen in der Gegend herum und schüttelte alles, was greifbar war, bis er bemerkte, dass er seine eigene Hand schüttelte. Dann segelte er mit wehenden Koteletten hinaus.

*

Bereits die Abendzeitungen brachten ausführliche Berichte über die Vorfälle des Tages, die allerdings mehr oder weniger von der Polizei diktiert worden waren. Man wies nachdrücklich darauf hin, dass der Verbrecher nun seiner unheimlichen Waffe beraubt sei, und dass man sich nicht mehr vor ihm zu fürchten brauche.

Der Erfolg übertraf weit alle Erwartungen. Es meldeten sich in den nächsten Stunden achtunddreißig Leute, die an den Erpresser Beträge zwischen hundert- und fünfhunderttausend Dollar gezahlt hatten. Da sie Konto und Bank angeben konnten, wurden noch in der Nacht die entsprechenden Sperrungen vorgenommen. Ein Teil des Geldes konnte sichergestellt werden, aber der Großteil war von dem Erpresser bereits abgezogen worden. Er hatte sich innerhalb weniger Tage um Millionen bereichert. Dabei war es wahrscheinlich, dass auch jetzt noch eine ganze Reihe von Leuten es nicht wagte, mit der Polizei in Verbindung zu treten.

Die ganze Nacht hindurch wurde Juan Garcia von Tausenden von Polizeibeamten und sicherlich von Zehntausenden der Einwohner gesucht, schon um der hohen Belohnung willen, die ausgesetzt worden war. Er blieb jedoch verschwunden.

Eine winzige Spur blieb. Als die Polizei die Wohnung Garcias gründlich durchsuchte, fand sich in einem Buch ein Telegramm, das erst vor Stunden eingetroffen war. Es kam aus Saigon und besagte kurz und bündig:

»Es wird alles vorbereitet stopp Lapellier.«

Auf diesen Fund hin wagte Sun Koh den Flug nach Westen.

3.

Saigon.

In Hinterindien, dort, wo der Mekong seine schlammigen Fluten durch die unendlichen Sümpfe der Niederungen hindurchwälzt, liegt die Stadt. Sie versinkt nicht im Sumpf, aber sie atmet noch die giftigen Fieberdünste des niederen Cochinchina. Die französischen Soldaten, die ein verfluchtes Schicksal für ein oder zwei Jahre dorthin, verbannt, wissen zu erzählen, wie viele ihrer Kameraden dort starben, wie unzählige zwar in die Heimat kamen, aber ihr Lebtag nicht wieder recht gesund wurden.

Saigon.

Sun Koh und seinen Begleitern war es, als ob sie in ein erstickendes, giftgeschwängertes Dampfbad hinunterstiegen. Bleigrau und schwer hingen die Wolken über der Stadt, sintflutartig stürzte ein warmer Gewitterregen in gleichmäßigen Strömen herunter. Die Luft war schrecklich feucht, aber ebenso unerhört heiß, und dabei trug sie den betäubenden Geruch von wohlriechenden Düften und Fäulnisstoffen.

Alles in dieser Stadt wirkte von Anfang an fremdartig, traurig und sogar feindlich. Der Körper schien plötzlich weich und schlaff zu werden, die Ausdünstungen der Bäume und Blumen schienen zu betäuben. Fremdartig wirkten die gelben Gesichter der Annamiten und halbnackten Chinesen, unter deren patschenden Füßen der rötliche Kot aufspritzte. Seltsam stachen die Katzenaugen der gelben Frauen, die zwischen den Schlitzen der Lider hervorblinkten, gespenstisch fahl leuchteten die bleichen Gesichter der Europäer.

Saigon. Eine annamitische Stadt mit halbchinesischer Bevölkerung und europäischer Maske, die mühsam gehalten wurde. Straßen und Plätze und Häuser verrieten die jahrzehntelangen Bemühungen der Franzosen, aber dahinter ahnte man die dunklen, unergründlichen Chinesenviertel. Und an keiner Stelle war der seltsame Geruch von Moschus und Opium zu verkennen.

Saigon. Zwischen melancholischen Ebenen mit unendlichen, eintönigen Reisfeldern und zahlreichen, rötlichen Chinesengräbern liegst du wie eine giftige, blasse Orchidee, deren schwermütig feuchtheißer Duft den nordischen Menschen erschlafft und langsam tötet.

Das ist Saigon.

Sun Koh sprach mit dem Kapitän des Flugplatzes.

»Ist gestern hier ein Flugzeug von San Franzisko her eingetroffen?«

»Von San Franzisko?«, zögerte der Offizier überlegend. »Nein, dieser Monsieur Farlow gab an, von Yokohama zu kommen. Seine Maschine scheint mir allerdings kalifornischer Typ zu sein.«

Sun Koh nickte.

»Es ist schon der Mann, den ich suche. Wann kam Mr. Farlow an?«

»Mitten in der Nacht. Es gab eine Menge Umstände, bevor die Maschine im Hangar war.«

»Und wann ist er wieder abgereist?«

»Abgereist? Vorläufig nicht. Das Flugzeug steht noch drüben. Er wird sich in der Stadt aufhalten wollen.«

»Ausgezeichnet«, atmete Sun auf. »Und nun verraten Sie mir bitte noch, welche Hotels hier vorzugsweise in Frage kommen.«

Der Kapitän hob die Schultern.

»Genau genommen nur eins, das Hotel ›Paris‹. Die anderen Gaststätten sagen einem Auswärtigen meist wenig zu.«

»Schön, dann werde ich jenes Hotel aufsuchen, vielleicht finde ich dort auch Mr. Farlow.«

Der andere räusperte sich.

»Hm, darf man fragen, ob er ein Freund von Ihnen ist, Monsieur?«

Sun Koh lächelte merkwürdig.

»Wenn Sie sich den Mann angesehen haben, so werden Sie wissen, dass er keine Freunde kennt, höchstens Spießgesellen und Feinde. Er ist ein Verbrecher.«

Der Offizier war förmlich freudig erregt.

»Ah, nicht wahr, das habe ich mir gedacht. Er kam mir fast unheimlich vor, obgleich wir hier in Saigon wahrhaftig nicht verwöhnt sind.«

»Sie halten sich schon längere Zeit hier auf?«

Jener seufzte.

»Ein halbes Jahr, Monsieur. Es ist die Hölle hier. Aber was hilft's?«

»Kennen Sie einen gewissen Lapellier?«

»Lapellier? Lapellier?«, überlegte der Kapitän. »Den Namen habe ich schon gehört. Warten Sie. Halt, richtig, das ist doch dieser Händler, der als

Zwischenmann für den Opiumhandel gilt. Ein Mischblut, wenn ich nicht irre.«

»Wo wohnt er?«

»Das kann ich Ihnen leider nicht sagen, aber Sie erfahren es bestimmt im Hotel.«

Sun Koh verabschiedete sich.

»Ich danke Ihnen, Monsieur Kapitän. Sie lassen also meine Maschine sorgfältig bewachen?«

»Ich werde zwei Mann stellen«, versicherte der Offizier.

Im Hotel nahm Sun Koh nach den wenigen Förmlichkeiten der Zimmerbelegung den Geschäftsführer beiseite und fragte ihn nach Juan Garcia alias Henry Farlow. Der Geschäftsführer, übrigens auch ein Mischling, schüttelte den Kopf.

»Wir haben in den letzten Tagen zufällig überhaupt keine neuen Gäste gehabt, sodass ich Ihre Frage bestimmt verneinen kann.«

Sun ließ sich seine Enttäuschung nicht weiter merken.

»Sie erinnern sich auch nicht, ein auffallend dreieckiges Gesicht mit vorspringenden Backenknochen, kleinen Augen und scharfer Nase bemerkt zu haben?«

Der Mann schielte von unten herauf mit einem vielsagenden Blick. »Hm, solche Gesichter gibt es hier eine ganze Menge. Ich kann mich nicht erinnern, ein besonderes gesehen zu haben.«

»Kennen Sie einen gewissen Lapellier?«

Jetzt zuckte der Geschäftsführer unverkennbar zusammen. Seine Antwort ließ eine Weile auf sich warten.

»Meinen Sie den Händler Lapellier?«

»Vermutlich. Wo wohnt er?«

Der andere zog die Stirn in Falten.

»Sie wollen mit ihm in Verbindung treten? Lassen Sie sich warnen!«

»Bitte, geben Sie mir seine Wohnung an«, forderte Sun leicht ungeduldig.

»Das kann ich leider nicht«, verbeugte sich der Geschäftsführer.

»Sie wollen nicht?«

Der Mischling hob beschwörend die Hände.

»Um Gottes willen, ich bitte Sie! Was hätte ich für einen Grund dazu.

Nein, es handelt sich nur darum, dass Lapellier mindestens ein Dutzend verschiedener Wohnungen in der Stadt besitzt und diese fortwährend wechselt. Man beschuldigt ihn der verschiedensten Vergehen, kann ihm aber nichts nachweisen. Und fangen kann man ihn erst recht nicht, obgleich er am hellen Tag spazieren geht. Ah, sehen Sie, dort kommt er gerade herein.«

Sun Koh blickte zur Tür, die eben wieder zurückpendelte. Der Mann, der jetzt zwischen den Tischen schritt, war keine angenehme Erscheinung. Seine Gestalt war klein und zierlich, fast schwächlich, aber sein Gesicht zeigte allzu deutlich die Mischung zweier Rassen. Es wirkte unangenehm, durchtrieben schlau und zugleich tückisch und grausam. Es war das Gesicht einer missfarbenen lauernden Raubkatze.

»Das ist Lapellier?«

»Jules Lapellier«, bestätigte der Geschäftsführer.

»Ein Mann, der zu Juan Garcia passt«, murmelte Sun Koh. »Ich glaube, ich bin auf der richtigen Fährte.«

Tatsächlich – wenn Juan Garcia hier einen Spießgesellen hatte, so schien niemand dazu geeigneter zu sein als jener Mischling.

Und doch beging Sun Koh hier einen wichtigen Irrtum. Er legte sich vorzeitig fest und versäumte es, nach anderen Trägern des Namens Lapellier zu forschen.

Einen Augenblick schwankte er, ob er den Mischling nicht lieber gleich ansprechen und ihn nach Garcia fragen sollte. Aber dann entschied er sich dafür, lieber dem Mann auf den Fersen zu bleiben. Hier im offenen Lokal konnte ihn Lapellier einfach abweisen und dann schleunigst den Gesuchten warnen.

*

Eine Stunde später zahlte Jules Lapellier und schlenderte hinaus. Sun Koh folgte in geringem Abstand.

Es war Nacht über Saigon. Das Wetter hatte sich schlagartig gewandelt, wie so oft in jenen Gegenden. Über der Stadt wölbte sich klarer, dunkler Himmel mit unzähligen Sternen. Die Luft war erheblich angenehmer. Es war die ruhende, schönste Stunde zu Beginn der Nacht, die wie eine Oase zwischen Sonnenbrand und nächtlicher Mückenqual eingelagert ist.

Der Versuch, den Mischling zu verfolgen, war fast aussichtslos. Sun Koh hatte trotz seiner scharfen Augen die größte Mühe, ihn nicht zu verlieren. Und wenn er nicht an den Ecken so erstaunlich schnell hätte nachschießen können, hätten ihm auch die Augen kaum etwas genützt.

Lapellier schien von der Verfolgung nichts zu merken. Er bummelte gleichmäßig lässig hin, als habe er nichts zu sorgen und nichts zu befürchten. Dann und wann wechselte er mit vorübergehenden Bekannten ein kurzes Wort.

Nach einiger Zeit verließ er die breiten Straßen des französischen Viertels und tauchte in die Gassen der Chinesenstadt hinein.

Sun Koh verringerte den Abstand.

Als er eine der schmalen Seitengassen überquerte, kam ein weißgekleideter Junge mit gelbem Annamitengesicht auf ihn zugerannt und hielt ihm ein Blatt Papier hin.

»Monsieur, Papier lesen!«, stieß er heraus.

Sun schritt hastig weiter, da Lapellier eben um die nächste Ecke bog, nahm jedoch im Vorübergehen dem Jungen das Blatt ab. Es war doppelt zusammengefaltet. Auf der Innenseite stand in dünner, verschnörkelter Schrift, kaum lesbar bei dem schlechten Licht:

»Sie haben die schlechte Angewohnheit, hinter den Leuten herzulaufen. Ich hoffe, dass darin keine Absicht liegt. Betrachten Sie sich als gewarnt.«

Eine Unterschrift war nicht vorhanden. Die Zeilen konnten nur von Lapellier stammen. Und doch war es rätselhaft, dass sie von ihm kommen sollten, denn vom Hotel an hatte er bestimmt noch keine Gelegenheit gehabt, auch nur ein einziges Wort zu schreiben. Sun hatte auch nichts davon wahrgenommen, dass er sich mit jemand in Verbindung gesetzt hatte.

Sun Koh biss sich auf die Lippen.

Zu dumm – Lapellier wusste nun Bescheid. Und Garcia ebenfalls, sobald ihm der Mischling eine Beschreibung seines Verfolgers gab.

Unter diesen Umständen war es besser, den Mann sofort zu stellen. Er ging noch immer dort vorn, als wüsste er von nichts. Aber warum hielt er jetzt den Kopf etwas anders als vorher? Auch seine Schritte waren beträchtlich schleppender.

Sun Koh holte in scharfem Tempo auf. An der Ecke hatte er den anderen erreicht. Er tippte ihm kurzerhand auf die Schulter.

»Einen Augenblick, Monsieur Lapellier, ich möchte Sie um eine kleine Auskunft bitten.«

Der Angesprochene wandte langsam den Kopf.

Sun Koh prallte förmlich zurück.

Ein Chinesengesicht starrte ihn an.

Das war nicht mehr Jules Lapellier, sondern ein völlig Fremder.

»Was wollen Sie?« fragte er unfreundlich in schlechtem Französisch.

»Nichts« murmelte Sun halblaut. »Verzeihen Sie, es war ein Irrtum.«

Der Fremde zuckte die Achseln und ging weiter.

Sun Koh sah ihm nachdenklich hinterher. So also spielte der Mann. Er hatte Ersatz eingeschoben und er war selbst verschwunden. Das konnte nur in der Sekunde geschehen sein, in der Sun den Zettel gelesen hatte. Das also war der Sinn der Sache gewesen.

Er ging den gleichen Weg zurück.

Endlich bog er wieder in die lichteren und breiteren Straßen des französischen Viertels ein. Ungefähr fünfzig Meter vor dem Hotel überholte er einen stutzerhaft gekleideten Spaziergänger. Er beachtete ihn kaum, stellte nur im Vorübergehen fest, dass es sich um einen Asiaten handelte. Der andere widmete ihm dafür umso mehr Aufmerksamkeit. Erst blieb er eine Weile stehen, dann rannte er förmlich hinterher, bis er Seite an Seite mit Sun Koh schritt.

»Meine Augen leuchten vor Glück, Euren hochgeschätzten Anblick zu genießen«, säuselte er mit leicht hastigem Atem. »Der sehr alte Herr hat die Gassen der Stadt einer Besichtigung gewidmet?«

Sun Koh blieb stehen und musterte das undurchdringliche Gesicht, dessen Züge halb im Dunkel verborgen waren.

»Was wünschen Sie?«, fragte er kurz.

Der Kleine verbeugte sich demütig.

»Woher käme mir die Kühnheit, etwas von dem sehr alten Herrn zu wünschen? Ich hörte nur Schritte in der Nacht und …«

»Wer sind Sie?«

»Sin-Lu ist der Name Ihres unwürdigen Untertanen.«

»Reden Sie vernünftig, Mann«, sagte Sun mit verhaltener Ungeduld. »Sie können es. Was wollen Sie von mir?«

Der andere blieb nach wie vor in einer Demut, von der man nicht wusste, wie viel Tücke dahintersteckte. Aber er wechselte den Ton völlig und drückte sich ohne die umständlichen blumigen Redewendungen aus.

»Nichts, Sir. Der Müßiggang verleitet mich dazu, bald hier, bald dort ein Wort zu tauschen.«

»Sie kennen mich?«, forschte Sun, der nicht daran dachte, dem Gelben Glauben zu schenken.

»Ich sah Sie heute aus dem Flugzeug steigen, Herr.«

»Und seitdem sind Sie mir auf den Fersen?«

Sin-Lu tat verletzt.

»Sie verkennen mich. Eben vorhin unterhielt ich mich mit Ihren Leuten. Es war ein sehr nettes Gespräch.«

»So? Nun, Mr. Lu, für eine Unterhaltung habe ich leider keine Zeit. Aber vielleicht können Sie mir sagen, wo sich ein gewisser Jules Lapellier aufhält?«

Der andere hob die Schultern.

»Jules Lapellier hat viele Wohnungen.«

»Hundert Dollar für die eine, in der er jetzt zu finden sein wird«, bot Sun und hielt dem anderen gleichzeitig einen Schein unter die Nase. Dieser griff blitzschnell danach.

»Folgen Sie mir, ich führe Sie bis an das Haus.«

Sun Koh kam diese schnelle Bereitwilligkeit verdächtig vor. Er übergab den Schein, warnte jedoch:

»Wenn Sie irgendeine Teufelei im Sinne haben, mein Lieber, dann wird Ihnen das schlecht bekommen.«

Die Augen des Mischlings glitzerten.

»Ich werde Sie zu Lapellier führen. Aber er selbst ist gefährlich. Sie wissen es. Wie wollen Sie mich dann verantwortlich machen, wenn etwas geschieht?«

»Gehen Sie«, gebot Sun kurz.

Überraschenderweise führte der Weg nicht in die dunklen, lichtlosen Viertel der stinkenden Gassen. Sin-Lu blieb in breiten Straßen, führte an parkähnlichen Gärten und hell herausschimmernden Häusern und Bungalows vorbei und blieb schließlich kurz vor einem zweistöckigen, einfachen Häuschen stehen.

»Hier werden Sie Jules Lapellier finden«, flüsterte er. »Ich sehe Licht herausschimmern. Sollte er wirklich noch nicht da sein, so müssen Sie warten.«

Eine halbe Sekunde danach war er in der Dunkelheit verschwunden.

Sun Koh sprang über den niedrigen Zaun und schlich sich vorsichtig an das Häuschen heran. An zwei Stellen drangen schmale Lichtstreifen heraus. Vor den Fenstern lagen Läden, aber sie schlossen nicht ganz dicht, sodass man mit einiger Mühe Einblick in das Innere nehmen konnte.

Der erste Raum war eine Art Küche, in der zwei Chinesen hockten. Der zweite Raum zeigte europäische Einrichtung. Auf einem Bambussessel schaukelte sich ein Mann, von dessen Gesicht gelegentlich ein schmaler Profilstreifen sichtbar wurde.

Jules Lapellier.

Sun Koh bat seinem Führer nachträglich das starke Misstrauen ab.

Den Eingang in das Haus fand er auf der entgegengesetzten Seite. Er war weder bewacht noch verschlossen. Ungehindert konnte Sun die kleine Diele durchschreiten und an die Tür gelangen, hinter der er den Gesuchten wusste. Nachdem er sich vergewissert hatte, dass er nicht etwa vor der falschen stand, riss er sie auf und trat ein.

Lapellier fuhr halb hoch, sank aber unmittelbar darauf wieder zurück, als ihn Sun scharf aufforderte:

»Bleiben Sie, wie Sie sind. Halten Sie vor allem Ihre Hände ruhig.«

Der Mischling verbarg seinen Schreck hinter dem Spott.

»Ah, welch lieber Besuch tritt da herein. Sie gestatten doch wenigstens, dass ich mir eine Zigarette anzünde?«

Sun schloss die Tür und trat dicht an den Mann heran.

»Rauchen Sie, wenn es Sie beruhigt«, sagte er ebenso spöttisch. »Sie werden mir dann einige Auskünfte geben. Wo ist Juan Garcia?«

»Wer?«

Das Erstaunen wirkte außerordentlich echt.

»Juan Garcia«, wiederholte Sun Koh.

»Kenne ich nicht«, lehnte jener ab. »Ich habe den Namen noch nie gehört.«

Sun sah ihn finster an.

»Sie sandten ihm ein Telegramm nach San Franzisko, in dem Sie ihm mitteilten, dass alles bereit sein würde.«

»Ich?«, schrie der Mischling förmlich entrüstet auf. »Ist mir nicht im Traum eingefallen.«

»Das Telegramm kam aus Saigon und war mit Ihrem Namen gezeichnet.«

»Jules Lapellier?«

»Nur Lapellier.«

Die Augen des Mannes funkelten böse.

»Nur Lapellier? Na und, wie kommen Sie darauf, dass es dann gerade von mir stammen soll? Es gibt noch mehr Lapelliers in Saigon.«

»Machen Sie keine Ausflüchte«, erwiderte er drohend, »sonst frage ich Sie so, dass Sie die Wahrheit verraten. Sie kennen den Griff am dritten Halswirbel?«

Die Augen des Mannes weiteten sich entsetzt.

»Sie sind verrückt!«, schrie er auf. »Ich sage Ihnen doch schon alles. Aber warum muss ich unbedingt jener Lapellier sein? Es gibt noch zwei oder drei andere.«

Der Ton war unbedingt echt.

»Sagen Sie mir den, den ich suche«, fuhr Sun mäßiger fort.

»Woher soll ich das wissen? Sie müssten mir schon erzählen.«

Sun drückte den Mischling in den Sessel und ließ ihn los.

»Gestern landete ein gewisser Juan Garcia, der sich allerdings anders nannte, mit dem Flugzeug. Dieser Mann …«

Lapellier winkte matt ab.

»Genügt, genügt, ich weiß bereits Bescheid. Genau so, wie ich Ihre Ankunft überwachen ließ, geschah es auch bei der des Mannes von gestern. In meiner Branche muss man vorsichtig sein. Oliver Lapellier empfing ihn, jedenfalls der, den Sie suchen. Er ist so ein Allesmacher, der irgendwohin telegraphiert, dass irgendwas bereitstehen wird.«

»Wo wohnt der Mann?«

»Gleich neben dem Bahnhof. Das einzelne Gebäude ist nicht zu verfehlen.«

Sun Koh schüttelte nachdenklich den Kopf. »Hm, was ist Ihr Namensvetter für ein Mensch?«

»Sie werden Ihre Freude an ihm haben«, orakelte der Mischling. Sun sah ihn ernst an.

»Ich will nicht hoffen, dass Sie ihn etwa warnen. Saigon ist nicht groß, und ich würde Sie zu finden wissen.«

Der andere hob die Schultern. »Mein Interesse an der Geschichte hat sich erledigt. Aber es sollte mich schwer wundern, wenn Oliver nicht bereits über Sie Bescheid wüsste. Er hat tüchtige Leute bei der Hand. Vor allem dieser Sin-Lu hat eine Nase, der so leicht nichts entgeht.«

»Wie heißt der Mann?«

»Sin-Lu«, antwortete Lapellier verwundert über das plötzliche Interesse.

»Klein, annamitischer Typ, fast elegant gekleidet?«

»Das ist er.«

Sun lachte auf.

»Dieses Saigon scheint von Halunken zu wimmeln. Der Kerl hat mich ja schön an der Nase herumgeführt. Er war es nämlich, der mich zu Ihnen geführt hat.«

Der Mischling schlug mit der Faust auf den Tisch.

»Donnerwetter, das ist die Höhe. Und dabei wusste er, dass sie seinen eigenen Oberschuft suchen? Na warte, Junge, dich erwische ich!«

»Bestellen Sie dann einen Gruß von mir«, meinte Sun. »Und nun zeigen Sie mir den Weg.«

Der Mischling beschrieb den Weg von seinem Hause aus so, dass er kaum zu verfehlen war. Dabei stellte es sich heraus, dass der Bahnhof der Kolonialeisenbahn nur wenige hundert Meter vom Hotel entfernt war. Daraus ergab sich von selbst, dass Sun Koh zunächst das Hotel noch einmal aufsuchte, ehe er zu Oliver Lapellier ging.

Im Hotel wartete schon der Portier mit dem Telefonhörer auf ihn.

»Sie werden verlangt, Herr – vom Flugplatz.«

Voll böser Ahnung griff Sun zum Hörer und meldete sich. Auf der anderen Seite sprach der Offizier, dem er seine Maschine anvertraut hatte.

»Ich muss Ihnen leider eine schlimme Sache berichten, Monsieur. Ihre Maschine ist von Bubenhänden beschädigt worden.«

»Wie ist das möglich?«, rief Sun bestürzt.

Die Stimme des anderen war sehr kleinlaut.

»Ich hatte zwei Leute daneben gestellt. Als ich mich vorhin überzeugen wollte, ob sie ihre Pflicht taten, fand ich sie betäubt neben der Maschine liegen. Sie sind noch nicht bei Bewusstsein, oder wenigstens vermögen sie nicht zu sprechen. Wahrscheinlich werden sie auch nicht viel bemerkt haben.«

»Was ist mit dem Flugzeug geschehen?«

»Soviel ich beurteilen kann, sind die Flügelschaufeln mit einem Hammer gewaltsam verbogen und zerstört worden, wenigstens zum Teil.«

Suns Gesicht war hart und glatt, seine Stimme klang farblos.

»Das hat uns gerade noch gefehlt. Haben Sie einen geschickten Monteur zur Hand, der sofort mit der Reparatur beginnen kann?«

»Leider nicht«, kam es bedauernd zurück. »Unser einziger Mann liegt im Fieber. Ich habe jedoch bereits telefonisch Ersatz angefordert, aber möglicherweise müssen wir warten, bis einer der englischen Spezialisten aus Hongkong kommt.«

»Tun Sie vorläufig alles, was Sie können. Ich komme nachher hinaus. Übrigens, liegt die Maschine jenes Mr. Farlow noch draußen?«

»Ja.«

»Sorgen Sie dafür, dass sie nicht benutzt wird, auch vom Eigentümer nicht. Lässt sich das machen?«

Der Offizier zögerte.

»Hm, das wird schwerfallen. Man könnte höchstens …«

»Es genügt, wenn Sie eine Abreise für die nächsten ein oder zwei Stunden verhindern.«

»Gut, das will ich auf mich nehmen. Es wird übrigens kaum jemandem einfallen, jetzt fliegen zu wollen.«

Sun Koh hängte ab. Sein Gesicht war finster. Dieser Oliver Lapellier schien ein brauchbares Werkzeug Garcias zu sein.

Hoffentlich konnte er ihn stellen.

*

Das Haus am Bahnhof war leicht zu finden. Sun ließ seine beiden Leute als Wache auf der Straße zurück und stieg allein in den Garten hinein, der sich um das Haus herumzog.

Nirgends war ein Lichtschimmer zu entdecken. Die Bewohner mussten alle schlafen.

Die Haustür war verschlossen, das Holz der Füllung war jedoch derart weich, dass es sich schon nach einem leidlich starken Druck durchbiegen und heraussprengen ließ. Es entstand dabei noch nicht einmal viel Geräusch. Trotzdem musste es gehört worden sein, denn Sun Koh war kaum im Gang, als sich eine der Türen öffnete und ein kerzentragender Annamite herauslugte.

Mit einem Sprung hatte ihn Sun bei der Kehle.

»Still, wenn dir dein Leben lieb ist. Wo ist Monsieur Lapellier?«

Der Eingeborene ließ vor Schreck die Kerze fallen. Sie verlosch.

»Antworte!«, herrschte Suns Stimme durch die Dunkelheit.

»Der Herr – verreist sein«, würgte der Gelbe in einem furchtbaren Pidgin-Kauderwelsch.

»Du lügst!«

»Mich nicht lügen«, versicherte der Mann mit ängstlichem Eifer.

»Wer ist noch im Hause?«

»Tschuang sein ganz allein.«

»Zünde deine Kerze an und führe mich durch die Räume. Aber hüte dich vor einer falschen Bewegung.«

Der eingeborene Diener hatte die Wahrheit gesagt. In keinem der Zimmer fand sich ein Mensch. Das Haus war leer. Oliver Lapellier war nicht anwesend.

»Wo ist dein Herr hin?«

»Nach Cholon«, antwortete jener demütig.

»Wann ist er fort?«

»Vor einigen Stunden, drei oder vier.«

»Das Pech scheint mit uns zu sein«, murmelte Sun. »Leg dich wieder schlafen, Tschuang.«

Als er ins Freie trat, spazierte eben Sin-Lu ganz harmlos an der Gartenpforte vorbei. Sun gab Nimba einen Wink. Eine Kleinigkeit später trug Nimba den Zappelnden heran und stellte ihn vor Sun.

»Sin-Lu«, wandte sich Sun an den Gefangenen, »warum schicktest du mich zu Jules Lapellier?«

»Sie wollten zu Jules Lapellier«, wimmerte der Mann.

»Du wusstest, wen ich suchte?«

»Ja«, gab der Gelbe zu.

»Und warum zeigtest du mir den falschen Weg?«

»Ich zweifelte nicht, dass Eure Weisheit den richtigen finden würde.«

»Frechheit«, knurrte Hal. »Zieh ihn lang, Nimba.«

»Noch nicht«, wehrte Sun ab. »Sin-Lu ist klug genug, um sich nicht die Wahrheit erst durch eine Folter herauspressen zu lassen. Wo ist dein Herr, Sin-Lu?«

»In Cholon«, kam schnell und bereitwillig die Antwort.

»Seit wann?«

»Seit drei Stunden.«

»Was macht er dort?«

»Er wartet, bis Sie wieder fort sind.«

»Aha. Wo ist Juan Garcia?«

Der Gelbe zögerte.

»Sie meinen den Herrn, der gestern mit dem Flugzeug kam?«

»Eben den.«

»Er nannte sich Farlow. Sie werden ihn nicht mehr in Saigon finden.«

Jetzt gab Sun dem Neger einen kleinen Wink. Er streckte sich sofort und Sin-Lu schrie grell auf:

»Nicht! Nicht! Ich sage doch schon die Wahrheit.«

Nimba ließ locker.

»Lass die Wahrheit hören«, mahnte Sun kalt.

Der Mischling hob beschwörend die Hände.

»Jener Farlow ist nicht mehr in Saigon. Ich habe kein Interesse daran, Sie zu belügen. Selbst Lapellier würde es Ihnen offen sagen. Er hat sich nur versteckt, weil er wegen des Flugzeugs Scherereien fürchtet.«

»Wer hat es beschädigt?«

»Einige unserer Leute. Ich selbst war nicht dabei, ich kann es nachweisen.«

»Wird verzichtet. Wo ist Garcia oder Farlow hin?«

»Er fuhr bereits gestern Nachmittag mit der Eisenbahn weiter. Er hat Eile, will über Pnom-Penh nach Angkor.«

»Warum benutzte er nicht das Flugzeug?«

»Der Motor ist nicht mehr in Ordnung. Er ist mit Mühe und Not hierher gekommen. Aber selbst wenn die Maschine noch einwandfrei gewesen wäre, hätte er sie höchstens bis Pnom-Penh benutzt. Dort wartet nämlich ein Trupp Leute auf ihn, Führer und Diener, die von Lapellier für ihn bereitgestellt wurden.«

Sun Koh nickte. Das war es also gewesen, worauf sich der Inhalt des Telegramms bezog.

»Wusste Farlow, dass er verfolgt wurde?«

»Er ahnte es und beschrieb Sie und diese beiden sehr genau. Er wunderte sich freilich, dass Sie nicht schon vor ihm eingetroffen waren.«

Juan Garcia hatte also seinen Fehler erkannt.

»Und Sie bekamen Auftrag, die weitere Verfolgung zu verhindern?«

»Zu verzögern«, berichtete der andere. »Der Fremde wollte, dass man Sie tötete, aber Lapellier lehnte ab. Er hat damit zu schlechte Erfahrungen gemacht. Es genügt ja auch, wenn Farlow einen Tag Vorsprung hat. Sie werden ihn nicht einholen können.«

»Warum nicht?«

»Man kann nicht so ohne Weiteres in den Urwald von Angkor eindringen. Sie brauchen Führer und noch eine ganze Menge Dinge. Sie zu beschaffen kostet Zeit. Und Farlow wird sich beeilen.«

»Ist Angkor eine Stadt?«

»Der Angkor-Wat ist ein riesiger Tempel. Die Stadt, zu der er einst gehörte, liegt tiefer im Urwald begraben. Sie heißt Nakhon-Thom.«

»Du sprichst von Ruinen?«

»Ja, Herr.«

»Was will Farlow dort?«

Sin-Lu zuckte wegwerfend mit den Schultern.

»Er ist ein Narr, der sein Geld zum Fenster hinauswirft.«

»Wieso?«

»Er sucht die Krone der Khmer.«

»Du sprichst in Rätseln, Sin-Lu.«

Der Gelbe schielte von unten in das Gesicht Sun Kohs.

»Habt Ihr noch nie von den Khmer gehört?«

»Kein Wort. Berichte.«

Sin-Lu hob die Schultern abermals.

»Mein Wissen stammt nur von den Zungen anderer Leute. Nakhon-Thom soll, bevor es buddhistisch wurde, den Khmer gehört haben. Das war ein Königsgeschlecht, das aus fremden, unbekannten Landen nach Kambodscha kam. Sie schufen gewaltige Bauten, von denen heute noch viele zu sehen sind. Aus einem unbekannten Grunde starben die Khmer aus. Ihre Stadt verödete. Tempel und Häuser blieben stehen, aber die Schätze der Khmer, die der ganze Erdball rühmte, waren verschwunden. Niemand weiß, wo sie hingekommen sind. Der größte Schatz von allen soll die Krone der Khmer gewesen sein. Sie soll ganz aus Gold und Platin bestanden haben und mit den riesigsten Edelsteinen besetzt gewesen sein. Wer die Krone der Khmer findet, hat auch die Königsschätze jenes verschwundenen Stammes entdeckt. Und Farlow glaubt, jene Krone der Khmer finden zu können. Er ist eben ein Narr.«

Sun Koh schüttelte den Kopf. »Juan Garcia hat in seinem Leben noch nicht närrisch gehandelt. Wenn er hierher gekommen ist, um die Krone der Khmer zu finden, so besitzt er bestimmte Anhaltspunkte.«

Die Augen des Mischlings blitzten auf. »Donnerwetter«, flüsterte er, »wenn das wäre …?«

»So würde es dich auch noch nichts angehen«, entgegnete Sun scharf. »Und nun sage uns, wie wir am schnellsten zu jener Stadt kommen.«

»Sie müssten mit der Kolonialbahn bis Mytho fahren, von dort aus den Fluss bis Pnom-Penh benutzen, dann geht die Fahrt weiter über den Tonle-Sap, das ist ein gewaltiger See, schließlich von Siem-Reap aus quer durch den Urwald. Aber es ist besser, Sie lassen sich im Hotel den Weg anhand einer Karte zeigen.«

»Gut«, nickte Sun Koh. »Nun kannst du verschwinden.«

Nimba ließ seinen Gefangenen los, aber dieser dachte gar nicht daran, davonzueilen. Er verbeugte sich feierlichst und sagte:

»Das Land ist Euch unbekannt, Herr. Ist es nicht besser, wenn Ihr einen Kundigen mitnehmet, der Euch die Wege ebnen kann?«

Sun Koh sah ihn erstaunt an.

»Willst du etwa der Kundige sein?«

»Mit Eurer gütigen Erlaubnis, ja«, nickte der andere.

»Das ist die Höhe«, entrüstete sich Hal.

»Ich werde Euch ein treuer Diener sein«, lockte der Mischling.

Sun Koh lächelte belustigt.

»Du scheinst sehr anpassungsfähig zu sein, Sin-Lu.«

Der Gelbe grinste.

»Eine Eigenschaft, über die sich schon Lao-tse lobend ausspricht. Werden Sie mich mitnehmen, Herr?«

»Wenig wahrscheinlich. Aber du kannst ja für alle Fälle vor der Abfahrt des nächsten Zuges noch einmal nachfragen.«

Sin-Lu verbeugte sich abermals.

»Ich werde nicht verfehlen, zur Stelle zu sein.«

Dann verbeugte er sich feierlich vor Hal und Nimba und ging davon.

Eine knappe Stunde später waren die drei auf dem Flugplatz. Der Kapitän teilte ihnen bekümmert mit, dass es bisher nicht gelungen sei, eine Spur von den Tätern zu finden. Er war aber nicht besonders überrascht, als Sun ihm den Namen des Mannes nannte, der hinter dem Attentat steckte.

»Ich habe es mir gedacht«, nickte er, »Es gibt hier in der Stadt ein halbes Dutzend solcher Hauptschufte, meistens Mischlinge, die ihre Finger in jedem Verbrechen drin haben, das hier geschieht. Es war für mich außer Zweifel, dass einer von den paar Leuten die Sache inszeniert hatte. Leider weiß man nie genau, welcher es jeweils ist.«

»Ich sprach mit einem gewissen Sin-Lu«, sagte Sun Koh. »Er steht wohl in den Diensten Oliver Lapelliers. Was halten Sie von dem Mann?«

Der Kapitän schnippte mit den Fingern.

»Er hat chinesisches Blut in den Adern, das sagt alles. Wenn es dem Mann einfällt, vor allem, wenn er seinen Nutzen dabei sieht, kann er Ihnen der treueste Diener sein. Er wird aber bestimmt nicht an Gewissensbedenken sterben, Sie zu hintergehen und auf alle mögliche Weise zu betrügen, wenn er seinen Vorteil dabei sieht. Es gibt keinen größeren Fehler, als den Asiaten mit unseren Maßstäben zu messen. Auch der erbärmlichste Europäer hat gelegentlich immer noch Hemmungen, der normale Asiate aber, vor allem der Mischling, ist völlig frei von seelischen, ethischen oder moralischen Bedenken. Er handelt ausschließlich vom Zweckmäßigkeitsstandpunkt aus.«

Sun lächelte.

»Sin-Lu würde über Ihre Beschreibung sehr entrüstet sein.«

Der Kapitän winkte ab.

»Dann wäre es auch nur Heuchelei. Die Kerle kennen keine wirkliche

Entrüstung. Im Übrigen ist dieser Sin-Lu noch lange nicht der Schlechteste. Der Mann hätte Geheimpolizist werden sollen. Er verfügt ohne Zweifel über ausgezeichnete geistige Fähigkeiten, hat eine scharfe Beobachtungsgabe und einen Spürsinn, der zeitweise geradezu ans Unheimliche grenzt. Mir ist er insofern nicht unsympathisch, als er einer der wenigen Mischlinge ist, die eine Spur von Humor besitzen.«

»Er hat sich mir als Diener angeboten.«

Der Offizier sah überrascht auf.

»Sin-Lu? Dann muss er wichtige Gründe dazu haben.«

Sun Koh nickte.

»Ich glaube, sie zu kennen. Er hat den Geruch von Gold in der Nase. Was meinen Sie zu seinem Angebot?«

Der andere wiegte den Kopf hin und her.

»Ja, das ist so eine Sache. Wertvoll kann Ihnen ein solcher Mann ohne Zweifel werden. Wenn Sie schon einen Diener oder Führer während Ihres Aufenthaltes in diesem Lande engagieren wollen, dann würde ich Ihnen zu Sin-Lu immer noch eher raten als zu vielen anderen. Am besten fahren Sie natürlich immer, wenn Sie überhaupt ohne Eingeborene auskommen können.«

Sie waren am Hangar angelangt. Die Zerstörungen am Flugzeug waren erschreckend groß. Man hatte mit roher Gewalt in das Gestänge hineingeschlagen. Die Stoßstangen waren zum Teil völlig verbogen. Die gesamte Apparatur war damit unbrauchbar. Es genügte ja nicht, das Metall einfach wieder auszurichten, sondern hier war sorgfältige Präzisionsarbeit nötig, um das automatische Spiel der Flügelschaufeln wieder herzustellen.

»Wir lassen die Maschine hier stehen«, entschied Sun Koh. »Setzen Sie sich bitte noch einmal mit Hongkong in Verbindung. Wenn ich nicht irre, befindet sich dort sogar ein Depot der Aero-Werke. Lassen Sie den besten Mann herkommen und die Maschine wieder instandsetzen.«

»Ich werde das erledigen«, versicherte der Kapitän.

Sun Koh trat an die Maschine heran, die Juan Garcia benutzt hatte.

»Und was ist mit diesem Flugzeug?«

Der Franzose wies auf den Motor.

»Die Kolben waren samt und sonders festgefressen. Ich habe gestern schon mit der Reparatur beginnen lassen, aber zwei Tage wird es wohl noch dauern, bevor sie wieder fliegen kann. Zur Not ginge es ja auch jetzt, aber es kann Ihnen passieren, dass Sie schon nach der ersten Viertelstunde wieder Schluss machen müssen.«

»Dann war also meine Sorge vorhin unbegründet?«

»Ich dachte im Augenblick nicht daran«, entschuldigte sich der andere.

Sun Koh winkte ab.

»Es tut nichts. Sorgen Sie nur dafür, dass meine Maschine in Ordnung ist, wenn ich aus Angkor zurückkomme.«

»Sie wollen nach dem Angkor-Wat?«

Sun Koh nickte.

»Der Mann, den ich suche, ist dorthin.«

»Dann brauchen Sie aber nicht zu sorgen, dass er Ihnen ausreißt.«

»Wieso?«

Der Offizier malte in den Sand.

»Sehen Sie, hier liegt Pnom-Penh, hier der Tonle-Sap, hier die übliche Landestelle Siem-Reap und hier das Angkor-Wat. Von Siem-Reap gibt es nur einen Weg, der hin- und zurückführt. Man kann nicht von Angkor aus etwa quer durch den Urwald in einer anderen Richtung marschieren. Und wenn Ihnen jener Farlow nicht mehr als drei Tage vorauskommt, müssen Sie ihn noch auf der Landstrecke jenseits von Siem-Reap erwischen.«

»Das wäre günstig«, sagte Sun nachdenklich. »Andererseits wird es aber auch leicht sein, sich irgendwo am Wege im Urwald zu verstecken.«

»Hm, das wird aber nur ein Verzweifelter tun. Wenn einer in den Urwald selbst abbiegt, so kann das sehr leicht zum Selbstmord für ihn werden, wenn er nicht ausgezeichnete Führer bei sich hat.«

»Haben Sie je von der Krone der Khmer gehört, Herr Kapitän?«

Der andere lächelte.

»Sin-Lu hat Ihnen wohl Ammenmärchen erzählt?«

»Er behauptet, Farlow wolle die Krone der Khmer suchen.«

»Dann hat Farlow einen Stich. Sie wissen wohl, dass es sich um einen gewaltigen Schatz jenes verschwundenen Volkes handeln soll. Die Sage darüber hören Sie in Kambodscha ziemlich oft und in allen möglichen Formen, wie überhaupt diese ganze Königsgeschichte der Khmer noch heute erzählt wird. Sie werden ja das Ramayana noch früh genug zu Ohren bekommen.

Also, was ich Ihnen sagen wollte – glauben Sie wirklich, dass man noch nie nach den Schätzen der Khmer gesucht hat? Oft genug. Es sind Abenteurer aus aller Welt gekommen und haben Leben und Gesundheit daran gesetzt, aber keinem ist es gelungen, etwas zu finden. Und da soll ausgerechnet dieser Mann –?«

»Sie kennen ihn nicht«, erwiderte Sun ruhig. »Er wird auf alle Fälle mehr wissen als seine Vorgänger. Aber das ist ja auch nebensächlich, wenn er mir nur Gelegenheit gibt, ihn zu stellen.«

»Wird vermutlich eine unangenehme Stunde für ihn werden«, murmelte der Kapitän mit einem fast scheuen Blick in das düsterharte Gesicht Sun Kohs.

Sie verließen den Hangar wieder.

Die Nacht war nur mehr kurz. Sun ließ seine beiden Begleiter sich schlafen legen, nachdem sie ins Hotel zurückgekommen waren. Er selbst ging an die Arbeit. Der Portier hatte glücklicherweise einiges Material zur Hand, Karten und auch Bücher, in denen allerhand Wissenswertes über das Angkor-Wat und die geheimnisvolle Stadt Nakhon-Thom verzeichnet stand.

Der Kapitän hatte schon Recht. Wenn es gelang, mit nicht mehr als vierundzwanzig Stunden Aufenthalt in Pnom-Penh wegzukommen, dann musste man Juan Garcia unbedingt zwischen Siem-Reap und Angkor abfangen können, selbst wenn er sofort umkehrte. Hielt er sich länger In Nakhon-Thom auf, so musste man ihn dort treffen. Der Urwald war im Grunde genommen eine riesige Falle mit einem einzigen schmalen Zugang. Beim Morgengrauen – sofern man den schnellen Übergang zum Tage überhaupt so nennen konnte – standen die drei auf dem trübseligen Bahnsteig in Saigon. Der Zug, eine bessere Lokalbahn, stand schon bereit, aber bis zur Abfahrtsminute war immer noch reichlich Zeit. Es regnete in lauen Strömen, wie es bei der Ankunft geregnet hatte. Saigon schien in den Fluten verschwinden zu wollen. Duft und Gestank mischten sich zu einem schweren, entnervenden Parfüm. Auf dem Bahnsteig liefen einige Weiße herum, Stationsbeamte und Soldaten. Die Fahrgäste selbst waren überwiegend Farbige: hellhäutige Franzosenmischlinge, verkümmerte Annamiten, ausdruckslose Chinesen und deren Mischlinge. Fast alle trugen die hier übliche weiße Kleidung, die allerdings den ebenfalls üblichen Schmutz an sich trug, fast alle hatten Packen oder Körbe bei sich. Es war ein für den Europäer fremdartiges und fesselndes Bild, das aber zugleich trübselig und misstönig wirkte.

Plötzlich tauchte Sin-Lu auf, genauer gesagt, er war auf einmal da und verbeugte sich feierlich, nachdem er sein Bündel zwischen seine Füße gestellt hatte.

»Sin-Lu wünscht einen untertänigen guten Morgen«, flötete er. »Euer Diener ist bereit, seinen Dienst anzutreten, Herr.«

Hal stieß den Neger an.

»Gib der Ratte einen Denkzettel«, flüsterte er.

Nimba blickte erwartungsvoll auf seinen Herrn. Der musterte den Halbchinesen, dann sagte er kurz:

»Wir verzichten auf deine Dienste, Sin-Lu. Es wird uns auch ohne dich gelingen, Angkor zu erreichen.«

»Aber nicht so schnell, sehr langsam«, mahnte der Mann mit sanfter Beschwörung. »Ich kenne das Land, könnte in Pnom-Penh alles …«

»Ich brauche keinen Führer«, sagte Sun abschließend.

Sin-Lu verbeugte sich.

»Dann vielleicht einen Diener, Herr? Wer soll Euch die Schuhe putzen? Ich mache alles umsonst, habe schon feinen Herrschaften gedient.«

»Nimba, mir kribbelt's in den Fingern«, raunte der Junge dem Neger ins Ohr. Der massierte sich bereits vielsagend die Handgelenke.

»Ich brauche auch keinen Diener«, wies Sun das Angebot ruhig zurück. »Bleibe hier und diene deinem bisherigen Herrn weiter.«

Der Mischling grinste.

»Ich werde mich hüten. Sie haben seinen Namen genannt.«

»So, das weißt du auch schon. Dann suche dir einen anderen Herrn, ich benötige dich nicht.«

Sin-Lu verneigte sich.

»Ich werde mir erlauben, in Pnom-Penh noch einmal nachzufragen.«

»Du willst auch nach Pnom-Penh?«

»Ich werde einen Onkel von mir besuchen«, schwindelte der Gelbe dreist.

»Dann wirst du wohl einen anderen Zug benutzen müssen«, lächelte Sun. »Dieser hier fährt ab und du hast noch keine Karte. Steigt ein, Hal und Nimba!«

»Sin-Lu denkt an alles«, grinste der andere und hielt den Pappkarton hoch.
»Ich werde die Gnade haben, in einem Zug mit Ihnen zu fahren.«
»Einsteigen! Einsteigen!«
Der Zug rollte langsam hinaus.

4.

Sun Koh saß mit seinen Begleitern auf dem Verdeck des kleinen Dampfers, der sich schnaubend und stampfend den Mekong aufwärts arbeitete. Auf dem edel geschnittenen Gesicht des Jünglings lag ein träumerischer Ausdruck. Auch Hal und Nimba schwiegen ausnahmsweise und starrten versonnen in die endlose, farbenfreudige Wand des indochinesischen Dickichts, an der sie vorüberglitten. Das dunkle, grobschlächtige Gesicht des Negers wirkte wie das eines treuen, starken Hundes. Der sechzehnjährige Hal dagegen konnte mit seinem Gassenjungengesicht und seinen zahlreichen, trotz allem immer noch sichtbaren Sommersprossen beim besten Willen nicht anders aussehen als einer, der über seinen nächsten Streich nachdenkt. Dabei hatte er im Augenblick wirklich nicht die Absicht, etwas auszuhecken. Er döste einfach.

Wie ein riesiger bunter Teppich verhängte der Dschungel die Ufer. Bambusrohr und Schilf, Kokospalmen und Bananenbäume und seltsam groteske Luftwurzeln bildeten im Verein mit dichtem Lianengewirr eine üppige Mauer, die nur gelegentlich von Breschen unterbrochen wurde. In diesen Breschen lagen die Dörfer der Annamiten, armselige Hütten, deren Gestank bis zum Dampfer kam. Ihre Nähe kündete sich stets durch eine Häufung von Booten an, die allerdings meist nur aus einem ausgehöhlten Baumstamm bestanden. Sie fuhren an den unförmigen gelben Schilfkokons hin und her, mit denen die Annamiten ihre tägliche Fischnahrung fingen. Sie wetteiferten dabei vergeblich mit den unzähligen Wasservögeln, die auf langen Beinen und schlanken Hälsen und hartem Raubschnabel auf ihre Beute lauern.

In den Booten und Dörfern zeigten sich die Menschen, die hier wie seit Jahrtausenden unter dem grünen Blätterdache des tropischen Urwaldes hausen. Schön waren sie nicht, diese Annamiten. Ihre gelblichen Körper mochten zwar verhältnismäßig zierlich sein, aber sie wirkten doch verkümmert oder unentwickelt. Scheußlich sah es aus, wenn eines der Mädchen den Mund öffnete. Die tiefschwarz lackierten Zähne erweckten den Eindruck, als ob der ganze Mund ein gähnendes Loch sei.

Stunden um Stunden verrannen. Erst gegen Abend änderte sich das Bild. Das Dickicht wich etwas zurück, die Dörfer wurden zahlreicher und größer. Sie duckten sich nicht mehr unter dem Urwald, sondern sie standen auf festgefügten Pfählen. Auch die Menschen wurden anders. Sie wurden größer und stattlicher, trugen Schnurrbärte über feingeschnittenen Lippen und regelmäßig gewachsene Augenbrauen über den Augen.

Diese selbst lagen nicht mehr wie stechende Punkte zwischen zwei Schlitzen, sondern sie öffneten sich groß und gerade mit sanftem Blick.

Hal Mervin konnte sich nicht enthalten, eine Bemerkung darüber zu machen.

»Endlich sieht man mal wieder anständige Gesichter. Haben Sie es schon gemerkt, Herr, dass die Leute hier nicht mehr solche Rattenvisagen haben?«

Sun Koh nickte nur.

Kurz darauf legte der Dampfer an.

Sun Koh ging mit seinen Begleitern durch die breiten, aber bereits wieder überwucherten Straßen der stillen Residenzstadt zur Pagode, die er von Weitem gesehen hatte. Sie stand inmitten eines großen, weißgepflasterten Hofes und war in Weiß und Gold gehalten. Spitz und schlank ragte sie empor, die Fenster mit Goldfiguren geschmückt und die Dächer mit vergoldeten Keramiken bedeckt. An den Ecken trugen sie übermäßig große, drohende Hörner, die sich wie Ungeheuer aus dem schlanken Bau herausreckten. Im Innern des Tempels sahen sie überall zahlreiche goldene Schmuckstücke, der Boden war ausschließlich mit Silberplatten belegt.

Die drei hörten das feine Klingen der Glocken auf den beiden spitzen Glockentürmchen, sie sahen schwer und wichtig schreitende Elefanten des Königs und leicht zierlich trippelnde Tänzerinnen, die höflich, aber scheu vorbeieilten, sie beobachteten einige nackte Arbeiter des Königs, die lässig an den zahlreichen Blumenbeeten tätig waren – dann kehrten sie zum Dampfer zurück.

Pnom-Penh verschwand. In eintöniger Fahrt ging es weiter zwischen den Ufern hin. Die Menschen und ihre Ansiedlungen wurden immer seltener, die

Tiere jedoch umso zahlreicher. Würdige Marabus, komische Pelikane und langgestelzte Reiher lauerten an den Ufern, grüne Wolken von unzähligen Papageien stoben auf, Raben schwärmten in dunklen Scharen, und ganze Herden von Affen sprangen in den Ästen der Bäume. Geradezu unheimlich wurden die dichten Schwärme von Insekten. Mücken und Fliegen, Skarabäen und Wasserjungfern führten summende Höllentänze auf.

Endlich erweiterte sich die Wasserfläche. Die Ufer wichen zurück, wurden unsichtbar. Der Dampfer fuhr auf dem riesigen See, dem Tonle-Sap, der zur Regenzeit die ganze Tiefebene von Kambodscha verschlingt. Das Wasser war ein unbeweglicher, schimmernder Spiegel, auf dem nur das Boot kleine Wellen bildete.

Nach Stunden ging es auf den fernen dunklen Streifen zu, der scheinbar das Ufer bildete. In Wirklichkeit wurde er jedoch nur durch die Kronen der Bäume gebildet, die aus dem Wasser herausragten. Der See selbst setzte sich in den Wald hinein fort. Da der Dampfer nun nicht weiter konnte, stiegen die Reisenden in das Boot um. In diesem ging es weiter, zwischen den Baumwipfeln und Lianensträngen hindurch, die von allerlei großem und kleinem Getier überladen waren, von denen bei der geringsten Berührung Eidechsen, Insekten und kleine Schlangen herunterfielen.

Abermals nach Stunden wurde der See unter dem Wald zu einem schmalen Fluss, dessen Ufer mit Gräsern und Binsen besetzt waren. In nächtlicher Fahrt ging es den Strom hinauf. Als der Morgen graute, war die lange Wasserfahrt zu Ende. Sie waren bei einem kleinen Dorf angelangt, nicht mehr weit entfernt von Siem-Reap.

Das Dörfchen war wie ein Juwel in die blumenbesäten Hänge des Flusses eingebettet. Ringsum standen grünfächrige, herrliche Palmen, deren Zweige sanft über den sauberen, auf Pfählen stehenden Häuschen schwankten. Ein Geruch von Jasmin und Rosen lag über der Lichtung, von irgendwo klang die fremdartig weiche Musik und Flöten und Gitarren. Die halbnackten Eingeborenen waren schlank und kupferfarben, ihr Lächeln wirkte zutraulich und freundlich.

Sin-Lu war einer der Ersten an Land. Nachdem er eine Weile mit einigen Eingeborenen lebhaft kauderwelscht hatte, kam er in offensichtlicher Bestürzung zurück.

»Tausendmal Verzeihung«, wand er sich, »aber es ist unmöglich, Ochsenkarren zu erhalten. Die Leute vor uns haben alles beansprucht. Man ist jedoch bereit, uns einige Träger zur Verfügung zu stellen.«

»Uns ist ein Fußmarsch sehr willkommen«, sagte Sun kühl. »Kommt, ihr beiden. Du bleibst wohl hier zurück, Sin-Lu.«

Der Mischling duckte sich.

»Wie der Herr befehlen. Ich werde hundert Meter weiter zurück nachfolgen.«

»Spare dir die Anstrengung. Kommt.«

Er schritt voraus. Nimba folgte, aber Hal blieb noch zurück und raunte Sin-Lu zu:

»Höre, mein Lieber, du drängelst dich zu sehr auf. Hättest ruhig in Saigon bleiben können. Ich fürchte, du wirst uns lästig fallen.«

»Nichts liegt mir ferner«, murmelte der andere demütig.

»So? Na, dann rate ich dir, lass nicht allzu viel von deiner Nasenspitze sehen, sonst könnte es dir schlecht bekommen. Verstanden?«

Sin-Lu verbeugte sich schweigend, aber der Blick, den er dem Jungen zuwarf, war voller Gift.

Kein Weltuntergang hätte ihn hindern können, heimlich der kleinen Truppe zu folgen. Er witterte Gold, sah im Geiste unermessliche Schätze, und die drei dort waren die Wegweiser dazu.

Der Pfad führte unter hohen Kokospalmen, blühenden Lianen, an Gesträuch und Blumen vorbei, durch hübsche kleine Dörfchen nach dem winzigen Städtchen Siem-Reap. Nach einer Stunde hatten es die flott Ausschreitenden erreicht und durchquert. Jenseits begann wieder der eigentliche Urwald, unter dem schwül und feucht die Hitze brütete. Der Fußweg wurde eng und schmal, wand sich durch fast undurchdringliches Gestrüpp hindurch.

Nach drei Stunden öffnete sich plötzlich der Wald zu einer Lichtung, zu einem Moor, das mit Gräsern und Farnen bedeckt war. Jenseits dieser Lichtung ragten riesige, graue Türme auf.

Angkor-Wat.

»Da ist sie!«, schrie Hal auf.

»Der größte Tempel der Welt«, sagte Sun wie im Selbstgespräch, »das ungeheuerlichste Bauwerk, das die Erde trägt.«

Sie schritten schneller durch den mit Steinplatten belegten Weg, der durch die Lichtung hindurch in düsterem Grau unter den mörderischen Strahlen der Sonne unmittelbar zu den Ruinen hinführte. Je näher sie kamen, umso stärker hörten sie eine eigentümliche sanfte Musik, die wie das monotone Singen vieler menschlicher Stimmen klang.

Als sie am Fuße der gewaltigen Steinmassen mit ihren vielen Terrassen, Treppen und Türmen angelangt waren, sahen sie, dass unmittelbar am Tempel ein Dörfchen unter hohen schlanken Palmen stand, dessen Häuser aus Holz und Matten auf Pfählen standen und winzige Fenster zeigten.

Auf dem freien Platz saßen Dutzende von Männern mit rasierten Nacken, zitronengelben Röcken und orangefarbenen Mänteln. Sie waren es, aus deren Munde der einförmige Gesang erscholl.

»Was sind das für Männer?«, erkundigte sich Hal.

»Bonzen«, erklärte Sun, »buddhistische Mönche und Priester aus Kambodscha und Siam. Sie sind die Hüter dieses Tempels. Sie haben keine Frauen, halten keine Tiere und pflanzen nichts an, trotzdem leben sie hier ihr Leben lang.«

»Tüchtige Faulenzer«, kritisierte der Junge abfällig.

»Diener ihres Gottes«, sagte Sun leicht verweisend.

Zwei der Männer erhoben sich und kamen langsam heran. Mit feierlichen aber zugleich freundlichen Gebärden luden sie die Fremden ein, näherzutreten und ihre Gäste zu sein. Sie waren sehr überrascht, als Sun Koh in ihrer eigenen Sprache für die Einladung dankte und sie annahm.

Die beiden Bonzen führten sie zu einer Hütte auf Pfählen, die im Grunde genommen nur aus Boden und Dach bestand. Wände gab es nicht, sie mussten durch die Mückennetze ersetzt werden. Dafür war jedoch ein winziger Altar mit kleinen, goldfarbenen Göttern vorhanden, ferner einige Matten, auf die man sich ausstrecken konnte.

Nimba starrte plötzlich aufmerksam auf den sonnenüberglühten Platz hinaus, auf dem die hockenden Bonzen immer noch sangen.

»Herr!«, flüsterte er dann.

»Was ist, Nimba? Ah, ich sehe schon.«

Aus einer der Hütten kam ein Mann in europäischer Kleidung. Sein schwarzes, glänzendes Haar war unbedeckt. Die Sonne spiegelte sich auf der eckigen Stirnplatte und auf den vorstehenden Backenknochen, zwischen denen eng und stechend die Augen lagen. Von den Schläfen abwärts verjüngte sich das Gesicht zu einem Dreieck, das irgendwie gefährlich drohend wirkte und zusammen mit der fahlen Haut dem Gesicht etwas Abstoßendes gab.

Das war der Mann, um dessentwillen Sun Koh nach Angkor gekommen war. Das war der Mann, der wusste, wo sich Joan Martini aufhielt. Das war der Mann, der die Krone der Khmer finden wollte.

Juan Garcia.

Ruhig und unbefangen, als fürchte er nichts auf der Welt, schritt er auf die Gruppe der Bonzen zu und hockte sich bei ihnen nieder. Er schien keinen Verfolger zu ahnen, aber ebenso wenig Ziele zu haben. Als habe er nie anderes getan, saß er mit den Gelbröcken zusammen und starrte in unbekannte Fernen. Und jetzt öffnete er sogar den Mund und sang wie jene.

War er wirklich ahnungslos oder bluffte er?

»Flucht verhindern«, gebot Sun kurz und sprang zur Erde. Seine beiden Begleiter zogen die Waffen und verließen ebenfalls die Hütte.

Sun Koh näherte sich dem Sitzenden, der ihn gar nicht zu bemerken schien. Erst als er ihm fest und hart die Hand auf die Schulter legte, blickte er sich verwundert um.

»Stehen Sie auf, Juan Garcia«, befahl Sun mit kalter Beherrschung. »Kommen Sie, wir wollen den Frieden dieser Leute nicht stören.«

Der andere erhob sich unverzüglich, wenn auch sein Befremden unverkennbar war.

»Ich folge Ihnen gern«, sagte er mit Zurückhaltung, »aber Sie verwechseln mich anscheinend. James Trouthan ist mein Name.«

Sun Koh zuckte scharf zusammen. Das, was er in den letzten Minuten leise befürchtet hatte, schien Tatsache zu sein.

Wohl stand Juan Garcia vor ihm, aber kaum mehr als körperlich. Sein Geist und seine Seele waren hinübergetaucht ins Unterbewusstsein – in diesem Manne lebte jetzt die fremde Persönlichkeit des braven amerikanischen Landpfarrers, die man ihm wochenlang aufhypnotisiert hatte.

Dieser Juan Garcia würde ihm nie sagen können, wo sich Joan Martini befand. Ebenso gut konnte er einen Toten fragen.

Aber noch bestand die Möglichkeit, dass er nur bluffte, wie er es in San Franzisko getan hatte. Deshalb verzichtete Sun nicht darauf, ihn beiseite zu führen und scharf zu mustern.

»Sie nennen sich James Trouthan?«, fragte er mit umschatteter Miene.
»Gewiss, das ist mein Name.«
»Was sind Sie von Beruf?«
Das Erstaunen des Gefragten wuchs. Er schüttelte den Kopf.
»Pfarrer. Aber ich begreife nicht …«
»Das ist nicht nötig«, schnitt Sun kurz ab. »Es genügt, wenn Sie antworten. Wo stammen Sie her?«
»Aus Detroit«, antwortete der andere halb ängstlich widerstrebend.
»Haben Sie Geschwister?«
Trouthan richtete die Augen zum Himmel.
»Ich hatte eine Schwester. Elvira hieß sie. Sie war …«
»Das genügt«, unterbrach Sun.
Und es genügte tatsächlich. Juan Garcia hätte diese Kleinigkeiten nie wissen können, da ihm notwendig alle Erinnerung an die Trouthanschen Gedanken versank, wenn seine eigene Persönlichkeit aufstieg. Jener Mann dachte und fühlte augenblicklich als der amerikanische Pfarrer. Wann die Umwandlung eingetreten war, stand natürlich nicht fest. Vielleicht hatte gar erst die monotone Litanei der Bonzen die religiöse Persönlichkeit jenes Trouthan übermächtig werden lassen.

»Wie kommen Sie hierher?«, fragte Sun weiter.
Der andere sah ihn reichlich hilflos an.
»Ja – ich weiß es offen gestanden selbst nicht, wie ich in diese Hütte gekommen bin, in der ich vorhin erwachte.«
»Und wie lange wollen Sie hier bleiben?«
Ein Heben der Schultern war die Antwort.
»Ich – weiß es nicht.«
Sun riss die Pistole aus dem Holster und hielt sie dem Manne vor die Brust.
»Aber ich weiß es«, sagte er kalt, »Sie werden für immer hier bleiben, Mr. James Trouthan, für alle Ewigkeit. Sprechen Sie Ihr letztes Gebet.«
Der Mann mit dem dreieckigen Gesicht hob entsetzt die Arme und würgte zitternd:
»Was – was soll das bedeuten?«
Suns Gesicht war wie eine glatte Maske. Nur in seinen Augen brannte ein düsterer Ernst.

»Sie werden sterben. Ich gebe Ihnen noch drei Minuten, um zu beten. Dann wird meine Kugel in Ihr Herz hineinfahren.«

Dem anderen quollen die Augen aus dem Kopf.

»Aber – aber – was wollen Sie von mir? Ich habe Ihnen doch nichts getan. Das ist Mord!«

»Schwatzen Sie nicht«, herrschte Sun ihn eisig an. »Beten Sie lieber. Sie haben nur noch zwei Minuten.«

Trouthan zitterte an allen Gliedern. Seine Zähne klapperten, auf seiner Stirn standen Schweißtropfen.

»Noch eine Minute«, verkündete Sun messerscharf, obgleich erst eine halbe Minute verstrichen war. Seine Augen bohrten sich unbarmherzig in die des anderen hinein.

»Noch eine halbe Minute.«

Das Schloss der Pistole schnappte in drohender Ankündigung.

Da!

Ein Schrei gurgelte aus dem Mann heraus, sein Gesicht schien zu zerfließen und sich sofort neu zu bilden, die Gestalt straffte sich, aus den Augen schoss es spitz und glühend wie Höllenstahl heraus.

»Juan Garcia!«

Sun Koh wusste später nicht, ob er es nur gedacht oder wirklich gestöhnt hatte.

Und da flimmerte in den fremden Augen das Erkennen auf.

»Sun Koh!«, brach es in krächzendem Laut aus dem verzerrten Mund.

Und urplötzlich schien der Zauberstab wieder über das Gesicht zu wischen. Die Augen quollen wieder zu trüben, angstflirrenden Kugeln, das Gesicht zerfloss in bebenden Schauern, der Körper des Mannes sank zusammen.

»Barmherziger Gott«, seufzte der Vergehende, »erbarme dich deines armen Dieners.«

Da stieß Sun Koh mit schmerzhaft jähem Ruck die Pistole zurück.

Verloren.

Der panische Schrecken des Todes hatte Garcias Persönlichkeit heraufsteigen lassen, aber der gleiche Schrecken hatte sie wieder hinabgedrängt. Jetzt stand vor ihm abermals James Trouthan.

Würde es je gelingen, diesen Mann zum Sprechen zu bringen? Vielleicht musste man ihm Spielraum lassen? Der erwachende Garcia durfte nicht gleich in das Gesicht des Todes starren.

Sun Koh wandte sich ab, ließ den völlig Verwirrten einfach stehen und ging zu seinen Leuten hinüber.

*

In der vierten Nachmittagsstunde ließ die glühende Sonnenhitze langsam nach. Das Leben erwachte wieder.

Sun Koh schritt mit seinen Begleitern die mächtigen Granitstufen hinauf, die in den Tempel führten. Dieser Tempel war, obwohl man zunächst durchaus nicht den Eindruck hatte, vollkommen regelmäßig angelegt. Er war genau genommen eine viereckige Pyramide in drei Absätzen oder Stockwerken, die mindestens einen Kilometer Umfang hatte. Rings um das Gebäude lief eine lange Galerie. In diese trat Sun Koh jetzt ein.

»Hm«, hielt sich Hal die Nase zu, »hier stinkt's aber.«

»Kein Wunder«, meinte Nimba und wies auf den Boden. »Hier hast du die Ursache.«

Die Steinplatten des Bodens waren mit einer weichen, leicht staubenden Masse bedeckt, von der aus tatsächlich der Gestank hochzudringen schien.

»Pfui Deibel, was ist denn das für ein Zeug?«

Sun Koh hielt ihm schleunigst den Mund zu.

»Still, sonst müssen wir sofort hinaus. Sieh nach oben.«

Der Junge wurde förmlich blass, als er zur Decke sah. Dort war nichts vom Stein zu bemerken, sondern dort hing es wie in schweren, samtenen Falten, die sich unruhig bewegten.

»Was ist das?«, flüsterte er.

»Fledermäuse«, gab Sun ebenso leise zurück. »Sobald wir laut werden, erwachen sie. Dann müssen wir fliehen.«

Es war schaurig, diese Tausenden und Abertausenden von Riesenfledermäusen über sich hängen zu sehen und jeden Augenblick befürchten zu müssen, dass sie sich mit ihren haarigen Körpern und langen Membranenhäuten in Massen herunterstürzen könnten. Schon jetzt bewegten sie sich unruhig und stießen kleine, scharfe Schreie aus, die wie das Quieken von Ratten klangen.

Minutenlang standen die drei unbeweglich und warteten, bis die Tiere eingeschlafen waren. Dann schritten sie behutsam weiter.

In der langen Galerie öffneten sich hier und da Fenster, die das gedämpfte Licht hereinließen. Sie waren zum Teil wunderbar gearbeitet. Wie Spitzen lagen die Steingitter vor ihnen, ein herrliches Zeugnis überragender Kunstfreudigkeit.

Im Lichte dieser Fenster entdeckte Sun Koh sehr bald, dass die Wände der Galerie mit einem Fries bedeckt waren. Auf der dunkelgrünen Wand erschienen die steingehauenen Bilder bewegter Kriegerleiber, gepanzerter Elefanten und Kriegswagen, daneben die Gestalten wunderschöner junger Mädchen mit Lotosblumen und hohen Tiaren. Fünf Meter hoch war der Fries und, wie sie später sahen, rund einen Kilometer lang. Früher waren die Reliefbilder sicher reich geschmückt und vergoldet, aber jetzt zeigten sie eine schwärzliche Farbe und glitzerten teilweise von Feuchtigkeit. Nur hier und da glänzten noch einige Körnchen Gold. In Schulterhöhe zeigte der Fries die Spuren starker Abnutzung. Sie stammten wohl von den zahlreichen Pilgern, die ihr Werk für umso vollkommener hielten, je mehr Figuren sie berührt hatten.

»Herr?«, knurrte Nimba behutsam, »ist der Tempel von den Mayas oder den Inkas erbaut worden?«

»Nein, wie kommst du darauf?«

Der Neger wies auf eine fast unsichtbare Ritze im Stein.

»Sehen Sie, Herr, die Steine sind genau so dicht und ohne Fuge gefügt wie bei den Mayas und bei den Inkas. Sie sagten doch einmal, dass diese Kunst der Steinbearbeitung mehr Aufschlüsse über den Zusammenhang der Völker gäbe als vieles andere.«

Sun prüfte interessiert die Steine.

»Du hast Recht, Nimba. Ich glaube, dir ist gerade das aufgefallen, was an dem ganzen Fries das Merkwürdigste ist. Das sind hier ganz riesige Blöcke, und trotzdem sind sie so genau gesetzt, dass man nicht einmal mit dem Fingernagel in die Fuge kann. Ich muss gestehen, dass ich erstaunt bin. Die Mayas und Inkas und außerdem die Ägypter besaßen die Kunst, aber wie sie hierher gelangt ist, erscheint mir doch als Rätsel. In Indien hat man zwar wundervolle Bauten geschaffen, aber man war trotzdem nicht imstande, Riesenblöcke auf Bruchteile eines Millimeters genau aneinander zu setzen. Und nun hier mitten in Hinterindien …«

»Vielleicht sind Inkaleute oder so was bis hierher gekommen«, tippte Hal. Sun schüttelte den Kopf.

»Dann schon eher Ägypter. Es ist natürlich nicht ausgeschlossen, dass das rätselhafte Volk der Khmer ganz woanders herstammt, als man im Allgemeinen annimmt.«

»Die Khmer?«, fragte Hal neugierig. »Was waren denn das für Leute?«

»Erinnerst du dich noch an unser letztes Gespräch über Rassen?«, fragte Sun Koh zurück.

Als Hal eifrig nickte, fuhr er fort: »Die Geschichte der Khmer, soweit sie bekannt ist, ist das typische Beispiel für die Wirkung eines arischen Stammes. Die Khmer waren ohne Zweifel arischer Herkunft, hoch gewachsen, hellhäutig und mit leuchtenden Augen. Sie sollen nach den Sagen dieses Landes von Südwesten hergekommen sein. Die Gelehrten nehmen an, dass es sich um Südinder handelte, und nennen sogar den Namen des Prinzen, der sie führte, nämlich Phrea Tong. Aber nach allem, was ich in Saigon darüber gelesen habe, handelt es sich hierbei schon um einen Irrtum. Sieh, dieses ganze Land hier ist jetzt buddhistisch, deshalb wohnen dort draußen auch die Bonzen. Angkor-Wat aber, ebenso wie die Stadt, die dort drüben im Urwald liegt, ist in der Hauptsache nicht ein Erzeugnis buddhistischer Kultur, sondern indischer, also brahmanischer Kultur. Es muss demnach tatsächlich vor den Buddhisten hier ein indischer Stamm geherrscht haben. Und das waren jene Leute, die unter Phrea Tong in diese Gegend kamen. Aber nun kommt das Entscheidende und Interessante. Diese Südinder waren nicht die rätselhaften Khmer.«

»Nicht die Khmer?«, hauchten die beiden, die noch nicht recht begriffen.

»Nein. Außer den buddhistischen, außer den indischen Einflüssen sollen sich vor allem in Nakhon-Thom noch die Spuren eines fremden, unbekannten Volkes zeigen, dessen Ursprung nicht bekannt ist.«

»Und das sind die Khmer?«

»Das sind die Khmer«, bestätigte Sun Koh. »Sie hinterließen einige Inschriften, die ich zu finden hoffe, die Ruinen von unbegreiflich mächtigen Bauten in Nakhon-Thom, merkwürdige Schlangengruppen, die im Bild fast an die Quetzcoatl-Schlangen Mittelamerikas erinnern, Wölbungen, die durch vorragende Steine gebildet werden ...«

»Wie in der Sonnenstadt«, warf Nimba ein.

»Ganz ähnlich. Und diese fugenlose Riesenmauer hier scheint mir auch mehr auf den Einfluss der Khmer zurückzugehen als auf den von Indern. Man weiß von diesem Volke aber sonst sehr wenig. Es muss ein nur kleiner Trupp gewesen sein, der hierher kam. Das war vor rund 2500 Jahren, zu einer Zeit, als diese Gegend von Völkern bewohnt wurde, die auf niedrigster Kulturstufe standen. Und nun ereignete sich ein Vorgang, wie er sich immer und immer wieder in der Weltgeschichte wiederholt. Eine beschränkte Anzahl von kulturschöpferischen Menschen stieß auf ein dahinträumendes Volk, das imstande war, Kultur aufzunehmen. Die Khmer wirkten wie überstarke Hefe. In der Wildnis dieses Landes entwickelte sich in wenigen Jahrhunderten ein blühendes Kulturreich um den gewaltigen Wohnsitz der Khmer herum. Die Inder unter Phrea Tong fanden hier bereits nicht mehr die Wildnis. Ob sie als Fremde oder Feinde kamen, wird wohl kaum noch festzustellen sein. Jedenfalls setzten sie sich hier fest und bauten nun auf der Grundlage der Khmer ihre eigene Kultur auf. Die Khmer selbst verschwanden aus der Geschichte. Entweder waren sie so wenige, dass sie vom arabischen Bruderstamm der Inder aufgesogen wurden, oder sie wanderten weiter.«

»Und was wurde aus den Indern?«

»Du bist ja durchs Land gefahren«, erwiderte Sun ernst.

Hal zog ein bedenklich langes Gesicht.

»Die einfachen Eingeborenen in ihren Holzbuden wären dieselben, die diesen mächtigen Tempel gebaut haben?«

Sun Koh nickte.

»Diese Eingeborenen sind übrig geblieben. Man fasst es nicht mehr, wie solche Bauten geschaffen werden konnten. Das unerbittliche Gesetz der Weltgeschichte hat sich ausgewirkt. Die Schöpfungskraft ist verschwunden, das Volk sank in seinen träumerischen Urzustand zurück. Alles ist wieder, wie es vor Jahrtausenden gewesen ist, als ob nie der göttliche Funke hineingetragen worden wäre. Nur die gewaltigen Steindenkmäler blieben als stumme Zeugen.«

»Und warum verschwanden die Khmer?«

»Ich sagte dir schon, dass es ein Rätsel bleiben wird, was mit den Khmer geschehen ist. Die Inder, deren schöpferische Kraft möglicherweise schon geringer war als die der Khmer, gingen durch die Tragödie des Blutes. Sie hielten ihre Rasse rein, das Urvolk saugte sie auf. Deshalb wirken die Eingeborenen hier so auffallend indisch. Die Rasse büßte mit der Blutvermischung ihre Kraft ein, wurde vom Buddhismus, später von Siamesen und Annamiten überrannt – das Schicksal vollendete sich. Buddhistische Bonzen singen einer untergegangenen Kultur ihr einförmiges Grablied.

Eine Weile herrschte nachdenkliches Schweigen, dann erkundigte sich der ewig wissbegierige Hal:

»Und wo die Khmer herkamen, weiß niemand?«

»Nein. Ich denke, dass sie übers Meer kamen, irgendwoher aus einer fernen Gegend!«

»Übers Meer?«, wunderte sich Hal. »Und da zogen sie erst wochenlang hier ins Land hinein bis mitten in den Urwald?«

Sun lächelte.

»Nein, Hal, so war es natürlich nicht. Die Stadt der Khmer stand nicht mitten im Urwald, sondern unmittelbar am Meer. Von den zyklopischen Türmen aus blickten die Männer über das unendliche Wasser hinweg, dorthin, wo ihre unvergessliche Heimat lag. Die Wogen des Meeres sangen ihnen das Schlaflied, vom Meer her kam die kühle Luft, die das Wohnen hier angenehm machte. Diese stickige, dumpfe Hitze der Urwälder, die alles erschlafft, kannten die Khmer nicht. Sie atmeten die freie, kühle See.«

»Das verstehe ich nicht.«

»Ist es nicht einfach? Das Meer reichte eben bis hierher. Das gesamte Cochinchina und Kambodscha war zur Zeit der Khmer noch Meer. Erst später riegelten die gewaltigen Schlammmassen, die der Mekong mit sich brachte, nach und nach das freie Wasser ab. Aus dem Meer wurde allmählich sumpfige Tiefebene voller Dschungel. Der Tonle-Sap blieb als letzter kümmerlicher Rest, als Binnensee. Jahrhunderte nach dem Auftauchen der Khmer spülten die brandenden Wogen nicht mehr die Mauern von Nakhon-Thom, sondern den Schlamm, der ihnen fünfhundert und mehr Kilometer weiter südlich das Eindringen in die Tiefebene von Kambodscha verwehrte. Klima und Lebensbedingungen änderten sich völlig. Vielleicht war das der Grund, warum die Khmer, also die Vorläufer der Inder, so geheimnisvoll ver-schwanden. Hast du jetzt begriffen?«

»Vollkommen, Herr.«

Sie schritten schweigend weiter. Sun Koh betrachtete aufmerksam die zahlreichen Reliefs an den Wänden, Nimba und Hal schielten viel öfter nach der scheußlichen Decke mit den Fledermäusen.

Viermal bogen sie um die Ecken des großen Umgangs, dann waren sie wieder an der Stelle angelangt, an der sie eingetreten waren.

Sun Koh trat auf die grauen Stufen hinaus.

»Es ist schon zu spät, um weiter nach oben zu gehen«, sagte er. »Verschieben wir es auf morgen.«

Den beiden anderen war das nicht unlieb, es gab gemütlichere Aufenthaltsstätten als diesen Bau.

»Was haben eigentlich die vielen Bilder da drin zu bedeuten?«, fragte Hal. »Stammen sie von den Indern?«

Sun Koh warf einen forschenden Blick über den freien Platz, auf dem die Bonzen wieder eintönig sangen. Als er Juan Garcia mitten unter ihnen gewahrte, wandte er sich beruhigt an seine Gefährten und winkte ihnen, neben ihm auf den Stufen Platz zu nehmen.

»Es sind indische Darstellungen«, beantwortete er die Frage des Jungen, »und zwar eine Darstellung des Ramayana.«

»Was ist das?«

»Eigentlich eine Heldensage, ungefähr wie die germanischen Sagen um König Artus, die Nibelungen und andere mehr. Aber hier wie dort sind die Erlebnisse der Helden nur der Rahmen, in den religiöse Dinge und urältestes Wissen um die Welt hineingespannt werden. Die großen Heldensagen sind von jeher die echten Gottesbücher und Geschichtswerke der Völker gewesen. So ist es auch beim Ramayana. Wie Siegfried in den Nibelungen, so steht der Königssohn Rama im Mittelpunkt des Ramayana.«

»Oh Herr, bitte erzählen«, drängte Hal, der für sein Leben gern abenteuerliche Geschichten hörte.

Sun Koh schüttelte jedoch wider Erwarten den Kopf.

»Nein, Hal, das ist ein bisschen viel verlangt. Das Ramayana ist unendlich lang. Wenn ich nicht irre, fasst die Niederschrift des Einsiedlers Valmiki, der die Sagen zuerst sammelte, nicht weniger als 25 000 Verse. Ich kann dir höchstens einige Andeutungen machen, was in den Reliefs da drinnen dargestellt wird.«

Die Nacht war verhältnismäßig klar, aber ziemlich dunkel, da der Mond noch hinter den Bäumen stand.

Sun Koh ließ Hal und Nimba sich schlafen legen. Er selbst wollte noch etwas herumgehen. Juan Garcia beschäftige seine Gedanken.

Das Angkor-Wat hob sich in unbestimmten Umrissen gegen den schwärzlichen Himmel. Rings um die Lichtung herum, die in Schlaf versank, raunte tausendfältig und drohend das Leben des Dickichts auf. Wie der Oberbonze erzählte, fehlte es dort drüben durchaus nicht an Tigern und anderen Raubtieren, aber niemals betraten sie die Lichtung. Es war, als ob eine unbegreifliche Scheu sie davon abhalte.

Eine Stunde lang wanderte Sun gedankenverloren über die grauen Platten und über den weichen moorigen Boden, dann wandte er sich wieder zurück zu den Hütten.

Die erste der wandlosen Hütten stand unmittelbar am Steinweg. Als Sun dicht an ihr vorüberschritt, glaubte er den scharfen Atemzug eines Menschen zu hören. Er wandte sich zur Seite, doch schon im gleichen Augenblick traf ihn aus dem Dunkel heraus ein furchtbarer Schlag gegen den Kopf.

Er brach zusammen.

Von der hölzernen Plattform des Pfahlrostes schwang sich schattenhaft eine Gestalt herunter und beugte sich über den Gefallenen. Ein leises meckerndes Hohngelächter verkündete die Befriedigung über den gelungenen Anschlag.

Der Mann lauschte.

Das Bonzendorf träumte in tiefem Frieden.

Jetzt zog er von der Hütte einen ganzen Berg Seile herunter und begann den Betäubten zu fesseln. Es waren dünne Lianen, deren unglaubliche Zähigkeit bekannt ist, und sie wurden so um Arme, Beine und Rumpf herumgeschnürt, dass die Kraft von zehn Riesen dazu gehört hätte, diese Fesseln zu sprengen. Der Fesselnde musste entweder die Festigkeit der Lianen nicht kennen oder dem Betäubten eine wahnsinnige Kraft zutrauen. Immer wieder legte er neue Schlingen, und wenn er fertig war, legte er doch wieder um ein bereits zehnfach gesichertes Gelenk noch ein Stück Seil.

Erst als sämtliche Seile vertan waren, hörte er auf. Nun hob er seinen Gefangenen unter den Schultern an und zog ihn hinter sich her. Es kümmerte ihn wenig, dass die Beine des Gefesselten über den Boden schleiften.

Langsam ging es hinaus, vom Dorfe weg, teils auf den Steinplatten entlang, teils durch Gras und Gestrüpp. Es war ein anstrengender Transport, der häufige Ruhepausen benötigte. Eine halbe Stunde und mehr verging, dann lag Sun Koh jenseits der Lichtung, vielleicht zwanzig Meter von ihr entfernt, im Urwald.

Das Bewusstsein war ihm wieder zurückgekehrt. Der Kopf schmerzte stark, aber seine Sinne waren im Allgemeinen klar. Unangenehm war der würgende Knebel im Mund.

Er wusste nicht, wer ihn überfallen hatte, aber er ahnte es. Und als ihn der andere jetzt gegen einen Baum lehnte, nachdem er ein Stück Seil wieder vom Körper abgewickelt hatte, da fand er seine Ahnung bestätigt. Ein Streifen des Mondlichtes traf auf das dreieckige teuflische Gericht Juan Garcias.

Der Mexikaner entdeckte im gleichen Licht, dass sein Gefangener bei Bewusstsein war. Seine Miene verzerrte sich höhnisch.

»Ah, sieh da«, krächzte er leise, »schon wieder beisammen? Müssen einen harten Schädel haben. Hähä, der wird auch nichts mehr nützen.«

Er ging um den Baum herum und schnürte Sun Koh an den Stamm fest. Dann betrachtete er zufrieden sein Werk.

»So, jetzt kann der Spaß beginnen«, meckerte er. »Sie werden nicht mehr hinter mir herlaufen. Ein Glück, dass ich Sie vorhin sah. Möchte nur wissen, wo ich meine Augen gehabt habe, dass ich Ihre Ankunft nicht bemerkte. Muss geradezu geschlafen haben.«

Juan Garcia wusste noch immer nichts von seinem zweiten Ich. Er war plötzlich wieder Juan Garcia geworden und nahm sein Leben dort wieder auf, wo es abgerissen war. James Trouthan existierte nicht für ihn. Vielleicht kam die Rückverwandlung daher, dass bei Einbruch der Dunkelheit die ewigen Litaneien der Bonzen abgebrochen waren, die seine Persönlichkeit den ganzen Tag über in Bann gehalten hatten.

»Hähä«, grinste der Mexikaner fratzenhaft weiter, »wollten wohl zu gern wissen, wo das süße Liebchen geblieben ist. Ich schätze, es wird bald ein fröhliches Wiedersehen geben. Sie wartet nämlich oben im Himmel schon auf Sie, der liebe Engel.«

Sun Koh machte trotz seiner Fesseln eine scharfe, ruckhafte Bewegung.

Joan Martini war tot?

Dem anderen war die Bewegung nicht entgangen. Er amüsierte sich.
»Freudig überrascht, nicht wahr? Das Zerren wird Ihnen nichts helfen, mein Lieber, dafür habe ich gesorgt. Ja, ja, sie ist tot, die gute Joan. Das dumme Ding sprang aus dem Boot und ertrank vor meinen Augen. War ja schließlich ganz gut so, sonst hätten mich Ihre Leute gefangen. Haha, die Idioten. Wie sie spannten, während ich unter Wasser an ihnen vorbeischwamm. Juan Garcia fängt man nicht so leicht.«

Er machte eine Pause, während der er forschend sein Opfer betrachtete. Aber Suns Gesicht blieb unbeweglich und glatt. Es war ihm nichts von dem anzusehen, was ihn bewegte.

Nach einer Weile fuhr Garcia fort:
»Das hätte Ihnen wohl so gepasst, mir hier nachzuschnüffeln. Sie haben mir doch schon die Inkaschätze vermasselt. Aber die Krone der Khmer werde ich mir allein holen, kann's gerade gut gebrauchen. Wenn ich aus Nakhon-Thom zurückkomme, werde ich mal nachsehen, ob noch ein paar Knochen von Ihnen übrig geblieben sind. Sie wissen doch hoffentlich, was Ihnen hier passieren wird? Hoffen Sie nur ruhig auf die beiden Burschen, die doch sicher auch diesmal in der Nähe sind. Die werden schon noch erledigt. Hier sucht Sie jedenfalls keiner. Sie werden das Vergnügen, bei lebendigem Leibe aufgefressen zu werden, ungestört genießen. Viel Vergnügen, verehrter König von Atlantis.«

Er tauchte im Dunkel unter. Sun hörte noch kurze Zeit seine dumpfen Schritte, dann wusste er sich allein.

Er prüfte vor allen Dingen die Stärke seiner Fesseln. Er nützte den verschwindenden Spielraum aus, den sie ließen, um seine geballte Kraft gegen sie anzusetzen. Es war vergeblich. Nach einer Viertelstunde unablässiger Bemühung musste er sich eingestehen, dass es ihm unmöglich war, sich zu befreien. Juan Garcia hatte zu gut vorgesorgt.

Er gab sich keinen Illusionen darüber hin, was eine Nacht in diesem Urwald für ihn bedeuten würde. Garcia hätte sich die liebevollen Hinweise sparen können.

Es gab nur eine Möglichkeit. Nimba und Hal mussten ihn finden. Sie würden ihn bestimmt suchen, wenn sie nicht schon vorher in die Gewalt des Mexikaners gerieten. Ob sie ihn entdecken würden, war freilich eine zweite Frage.

Wenn er wenigstens hätte rufen können. Er versuchte, den Knebel nach und nach herauszudrücken, aber er war bereits so tief hineingedreht, dass Sun durch die Bewegungen fast zu ersticken drohte.

Sun lauschte den Stimmen der Nacht, die mehr und mehr deutlich wurden. Das unbestimmte Rauschen und Raunen spaltete sich zu den Lauten zahlreicher Lebewesen, die sich im nächtlichen Dunkel regten. Es lag etwas unheimlich Drohendes in diesem unbekannten Leben ringsum. Jedes Knacken eines Astes, jedes leise Schleichen am Boden kündete Gefahr, der dunkle Ruf eines Uhus oder der spitze Todesschrei eines kleinen Tieres wurden zu warnenden Boten. Jetzt sprang etwas von Baum zu Baum, jetzt huschte irgendein Tier dicht vorbei, Kerbtiere oder Insekten krabbelten am Körper entlang, eine Eidechse fiel auf den Kopf, schleimig und feucht kroch etwas über seinen Nacken. Unannehmlichkeiten, mehr nicht, aber im ungreifbaren Dunkel lauerte irgendwo der Tod.

Mit leisem, kratzendem Schlürfen glitt etwas am Stamm herunter, der scharfe Geruch einer Schlange mischte sich in den betäubenden Duft nächtlicher Blüten. Kühl pendelte es gegen Suns Wange, schob sich vor, in den Mondstrahl hinein. Sun Koh rührte kein Muskel. Dicht vor seinem Gesicht wiegte sich unschlüssig der große, flache Schlangenkopf hin und her. Die gespaltene Zunge züngelte über seine Nase, über seine Haut und rief ein kaum erträgliches Kitzelgefühl hervor. Die kleinen, seitlichen Augen waren wie stechende Punkte. Das Tier war misstrauisch. Sun wusste, dass schon eine kleine Bewegung den tödlichen Biss der giftgefüllten Zähne zur Folge haben konnte.

Sekunden, Minuten, eine Viertelstunde, die langsam wie eine Ewigkeit verging. Immer noch pendelte die Schlange. Endlich schien sie sich von der Harmlosigkeit der reglosen Figur überzeugt zu haben. Träge glitt sie weiter hinunter. Ihr armstarker Leib scheuerte über die Schulter, legte sich mit festem Druck um den Rumpf, löste sich an den Beinen und verschwand raschelnd auf dem Boden.

Sun Koh lockerte tief aufatmend die krampfige Starre, die er über sich hatte legen müssen. Dafür spürte er jetzt wieder, wie die Insekten an seinem Leibe herumkrochen. Es mussten Ameisen dabei sein, denn er spürte winzige, aber höllisch scharfe Bisse.

Vom Angkor-Wat her knallte ein Schuss auf, ein zweiter, ein dritter folgten. Lärm stieg hoch, verebbte aber kurz darauf wieder.

Waren seine beiden Leute mit Garcia zusammengefahren? Was war mit ihnen geschehen?

Die Nacht war voll höllischer Qualen. Die Angriffe des kleinen Getiers summierten sich zu einem schmerzhaften Ganzen. Die erbarmungslos scharfe Fesselung machte sich mehr und mehr bemerkbar. Sun fühlte jede Liane in seinem Fleisch wie ein stumpfes Messer, das mit Gewalt immer tiefer hineingedrückt wurde. Die Blutzirkulation stockte. Die Muskeln wurden zu heißem Blei, das brennend drückte und wahnsinnig schmerzhaft wurde, bis endlich die schleichende fade Milderung des Absterbens eintrat. Das Herz arbeitete schwer und hart, der Kopf dröhnte und kreiste in dunstigen Nebeln.

In der Lichtung schollen Rufe. Er unterschied die Stimme Nimbas, die Stimme Hals, er hörte seinen Namen. Gott sei Dank, die beiden lebten. Sie suchten ihn. Unwillkürlich versuchte er zu schreien, aber der Knebel würgte jeden Laut ab.

Die Rufe hörten auf, wurden in der Nähe wieder laut, brachen wieder ab. Dreißig Meter vor ihm, am Rande des Waldes, ging Hal vorüber.

Stunden vergingen.

Sun Koh versank in halbe Betäubung.

Es war kurz vor der Dämmerung, als er die Augen wieder aufschlug. Irgendetwas war wie eine Warnung durch seinen Körper hindurchgezuckt. Mühsam wandte er den Kopf.

Gefahr?

Halb seitlich glühten ihn ziemlich dicht über dem Boden aus dem Blätterwerk heraus zwei Augen an.

Ein Tiger?

Ein fauchendes Knurren bestätigte seine Ahnung. Das Tier witterte Beute, war erregt und zornig.

Sun starrte in die glühenden Augen. Vielleicht lag der Tiger schon zum Sprung geduckt und schnellte sich in der nächsten Sekunde los, um seine Krallen in den gefesselten Leib zu schlagen.

Wieder dieses drohende Aufknurren. Die Rute peitschte unwillig nervös den Boden. Sonst war ringsum alles still. Die Tiere schienen den Atem anzuhalten und der Wald schien nicht ein Blättchen mehr regen zu wollen. Eine unerträgliche Spannung lag in der Luft.

Sun Koh blieb starr und unbeweglich. Nur das konnte ihn retten. Nur den harten, mühsamen Schlag seines Herzens konnte er nicht unterdrücken. Seine überanstrengten Sinne täuschten ihn, sodass er das Gefühl hatte, sein Herz sei eine große, dumpfe Glocke, die dröhnend durch die Nacht hallte.

Die Augen des Raubtieres und die Augen des Mannes lagen fest ineinander. Sun Koh legte sich keine Rechenschaft darüber ab, dass seine Augen noch stärker aus dem unbestimmten Dunkel heraus leuchteten als die des Tigers.

Minuten tropften wie Ewigkeiten.

Jetzt ein Geräusch und eine Bewegung. Die Augen des Tigers gingen etwas tiefer.

Er duckte sich zum Ansprung.

In der nächsten Sekunde musste der zerfetzende Einhieb der Pranken kommen.

Da, noch einmal das Knurren. Aber es klang jetzt voller, wie in leiser Befriedigung.

Ein Ast knackte.

Der Sprung?

Nein, das Tier reckte sich langsam auf.

Es sprang nicht.

Mit weichen, behutsamen Schritten kam der Tiger jetzt heran. Sun Koh sah das gestreifte, glatte Fell aufleuchten und das mörderische Gebiss blinken.

Das Raubtier hatte erkannt, dass seine Beute wehrlos war.

Oder?

Der Tiger kam dicht an den Gefesselten heran. Seine Nase ging prüfend und schnuppernd an den Beinen entlang.

Suchte er eine Stelle, an der er ungehindert von den Stricken seine Mahlzeit herausreißen konnte?

Höher reckte sich der riesige Katzenkopf, als gierte er nach den leuchtenden Augen, die seinen Bewegungen folgten.

Jetzt legten sich die mächtigen Pranken um Suns Hüfte. Aber sie zeigten noch keine Krallen, waren weich wie die einer Katze.

Und nun richtete sich der Tiger auf den Hinterbeinen hoch, streckte seinen gewaltigen Leib und legte die Vorderpranken auf Suns Schultern. Sein Kopf war jetzt unmittelbar vor Suns Gesicht.

Sun roch den scharfen Atem des Tieres, fühlte die stachlige Härte der Schnurrhaare und die feuchte Kälte der Nase. Unverwandt blickten seine Augen in die grünlich leuchtenden Augen des Tigers.

Es war ein furchtbares Spiel, das von hundert mutigen Männern neunundneunzig wahnsinnig gemacht hätte.

Der Tiger schnüffelte. Er ging um den Hals herum, untersuchte das Ohr, schniebte, als er an die Haare kam und leckte dann flüchtig über die Wange des Mannes.

Und jetzt knurrte er wieder.

Aber nein, das war kein Knurren, sondern ein Schnurren, das so friedlich und behaglich klang, dass es fast noch schrecklicher als die tödliche Drohung des Knurrens wirkte.

Nach einer Weile ließ sich der Tiger wieder auf die Vorderfüße fallen. Einen Augenblick verhielt er sich ganz ruhig, dann rieb er seine Flanke scheuernd an Suns Beinen und schnurrte dabei abermals gemütlich.

Vorsichtig atmete Sun Koh auf.

Ein unerhörtes Wunder war geschehen. Der Tiger verschonte ihn nicht nur wie einen gleichgültigen Baumstamm, sondern er schien sich sogar noch anfreunden zu wollen. Die unmittelbare Gefahr war vorüber.

Es wurde heller im Wald. Die Sonne war im Aufgang. Gleich würde sie über die Lichtung die ersten Strahlen werfen.

Der Tiger lief ein Stück davon, kehrte wieder zurück und rieb sich von Neuem an Sun Koh. Dann rollte er sich zusammen, als wollte er ruhen. Kurz darauf aber sprang er schon wieder auf und witterte unruhig zur Lichtung hinüber.

Vom Angkor-Wat kam einförmig die Litanei der Bonzen, die nun für den ganzen Tag nicht mehr abbrechen sollte.

Stimmen riefen nach Sun Koh. Nimba und Hal waren von neuem auf Suche ausgezogen.

Der Tiger streckte den Kopf lang und fauchte unruhig, sah bald unschlüssig nach der Lichtung hin, bald auf Sun Koh. Als sich die Stimmen zu nähern schienen, reckte er sich noch einmal und ging mit gleichmäßig wiegenden Schritten davon.

Die scharfe Spannung in Sun Koh ließ nach, dafür aber kehrten die tausendfachen kleinen Schmerzen wieder zurück. Er fühlte, dass sein Körper nur noch in den Stricken hing. Die Glieder waren taub. Es brauchte nicht mehr viel Zeit zu vergehen, um es zu spät werden zu lassen.

Durch eine Lücke hindurch sah Sun Koh den Neger näher kommen. Von Zeit zu Zeit blieb er stehen und stieß einen Ruf aus, dann wandte er das Gesicht wieder zur Erde und suchte nach Spuren.

In Sun regte sich leise die Hoffnung. Wenn er planmäßig suchte, dann musste er die Stellen treffen, an denen seine schleifenden Füße Eindrücke hinterlassen hatten.

In der Ferne rief Hal, dann wurde wieder Nimbas Stimme laut. Das Gesicht des Negers war voller Kummer und Sorge. Vergeblich lauschte er. Jetzt schritt er weiter. Plötzlich ein Stutzen.

Nimba bückte sich tiefer, spähte dann in die Richtung, in der sich Sun Koh befand. Hatte er die Spur gefunden? Jetzt richtete er sich auf, legte die Hände trichterförmig an den Mund und rief mit lauter Stimme nach dem Jungen. Hal antwortete von Weitem.

Nimba wartete nicht auf ihn, sondern kam mit schnellen Schritten quer durch die Moorlichtung auf den Wald zu.

Sun Koh schloss die Augen. Seine Sinne schwanden.

Er wusste, dass er nun gerettet war.

Er erwachte von den wahnsinnigen Schmerzen, die durch seine Muskeln wie glühende Pfeile hindurchschossen. Mühsam schlug er die Augen auf.

Man hatte ihn losgebunden. Er lag auf der Erde, dicht neben dem Wald. Nimba kniete über ihm und massierte seine Glieder. Daher kamen die Schmerzen.

Sun Koh schloss die Augen wieder und biss die Zähne zusammen. Das musste durchgehalten werden. Lieber die Schmerzen als einen verdorbenen Körper.

Wie Eisenklammern arbeiteten die Fäuste des Negers, wie wühlende Messer arbeitete das rückkehrende Blut. Endlich triumphierte es kribbelnd und schäumend wie tausend Ameisen, und endlich stellte sich das unendlich wonnige Gefühl der wiedergewonnenen Bewegung ein.

Sun Koh schlug zum zweiten Male die Augen auf. Es gab kein größeres Zeichen für die vollendete Beherrschung dieses Jünglings, als dass der beobachtende Hal jetzt erst das Bewusstsein seines Herrn zurückkehren glaubte.

»Herr!«, schrie er freudig auf.

»Herr!«, strahlte Nimba.

Sun Koh reichte den beiden Getreuen die Hände. Sprechen konnte er noch nicht.

5.

Nach einer halben Stunde war Sun Koh so weit, dass er wieder gehen und sprechen konnte. Seine erste Frage galt Garcia.

»Der Schuft wollte uns in der Nacht überfallen«, übernahm der temperamentvolle Hal die Antwort, »aber wir haben ihn heimgeschickt. Nimba merkte, dass einer herumschlich und weckte mich. Da sahen wir dann, dass Sie noch nicht da waren. Wir riefen den Schleicher an, da schoss er. Wir knallten zurück, aber ich glaube nicht, dass wir getroffen haben. Er verschwand. Wir witterten Unrat und machten uns auf die Suche. Garcia war nicht zu finden. Sin-Lu, den wir ebenfalls in Verdacht hatten, schwor hoch und heilig, er habe geschlafen. Wir suchten dann nach Ihnen, aber in der Dunkelheit war nichts zu machen. Wir mussten wohl oder übel warten, bis es hell wurde. Es war eine lange Nacht, Herr.«

»Ja, es war eine lange Nacht«, sagte Sun Koh tiefernst.

Während sie auf den Tempel zugingen, erzählte er, wie er in den Wald gekommen war. Die beiden an seiner Seite ballten die Fäuste, als sie erfuhren, was ihrem geliebten Herrn für ein Schicksal zugedacht gewesen war. Juan Garcia würde von ihnen keine Gnade mehr zu erwarten haben. Sie machten sich sofort auf die Suche nach ihm. Seine Träger waren noch da, aber er selbst war weder bei den Bonzen noch in den Hütten zu finden. Die Träger wiesen auf eine Frage in die Richtung des Tempels und zuckten im Übrigen die Achseln. Es sei ihnen befohlen worden, hier zu bleiben, mehr konnten sie nicht sagen.

Wie von ungefähr tauchte Sin-Lu auf. Er drechselte lebhaft schöne Redensarten, um seiner Freude über die Rettung des ›sehr alten Herrn‹ Ausdruck zu geben. Sun Koh winkte ab und fragte nach Garcia.

»Ich habe ihn gesehen«, antwortete der Mischling mit schlauem Lächeln. »Er merkte nichts davon, dass ich ihm folgte.«

»Wo ist er hin?«

»Er befindet sich im Tempel, stieg nach oben. Sein Gürtel ist voller Waffen, und in der Hand trägt er ein schweres Päckchen. Er muss schlimme Dinge vorhaben, denn er trägt das Gesicht eines Teufels.«

»Das trägt er immer«, brummte Nimba.

»Wir folgen ihm«, ordnete Sun an. »Haltet eure Waffen bereit.«

Sie wanderten über viele graue ausgetretene Steinstufen in das gewaltige Bauwerk hinein, das in drei terrassenförmig abgesetzten Stockwerken nach oben wuchtete und im mittelsten und höchsten Stockwerk von fünf Türmen gekrönt wurde, deren Fremdartigkeit einen unbeschreiblich seltsamen Eindruck machte. Sun Koh wies flüchtig darauf hin.

»Sieh dir die Türme an, Hal. Sie sind nicht indisch und auch nicht buddhistisch, sondern stellen eine Mischform dar, in der eine unbekannte Kultur, eben die der Khmer, durchbricht. Die gleiche Beobachtung wirst du an den Zeichnungen und Standbildern hier überall machen.«

Rechts und links zeigte sich eine verwirrend üppige Fülle von Skulpturen, Reliefs und Standbildern. Da gab es geduckte Löwen und die merkwürdigen siebenköpfigen Schlangen, vor allem aber in Nischen zahlreiche Darstellungen der himmlischen Tänzerinnen, der göttlichen Apsara. Allein oder paarweise standen sie mit ihrem geheimnisvollen Lächeln im Halbdunkel, auf den Köpfen hohe Tiaren, um Hals und Arme zahlreichen Schmuck und in den Händen Lotosblumen oder seltsame rätselhafte Symbole. Da das unterste Stockwerk wenig Möglichkeiten für Verstecke bot, konnten sie fast ohne Aufenthalt über eine beträchtliche Zahl steiler Stufen in das zweite Stockwerk hinaufsteigen. Auch dieses war an der Außenseite von einer überwölbten Galerie eingeschlossen, die ringsherum lief. Sie war von außen fast noch reicher geschmückt als die untere Galerie, im Innern zeigte sie jedoch erheblich weniger Schmuck. Die Fenster waren außerordentlich schmal, wurden jedoch von dicken Säulen getragen. Es war feucht und dunkel, außerdem stark baufällig im Innern dieses Kreuzganges. An der Decke hingen wieder unzählige Fledermäuse, deren scharfer Geruch die Nase beizte. Nichts deutete darauf hin, dass hier vor Kurzem ein Mensch gewesen war.

Sun Koh lief trotzdem die Galerie ab, um sich zu überzeugen, dass sich Garcia hier nicht versteckt hielt. Erst dann gab er das Zeichen, weiter aufwärts zu steigen.

Das dritte Stockwerk war das höchste, und die Stufen, die von Gras überwuchert waren, gingen sehr steil empor. Wenn Juan Garcia dort oben etwa auf seine Gegner lauerte und sie mitten auf den Stufen auf halbem Wege empfing, konnten unangenehme Augenblicke entstehen.

Aber der Feind wurde nicht sichtbar. Ungehindert gelangten die drei, hinter denen in einiger Entfernung Sin-Lu kam, auf die Höhe der dritten Plattform.

Hier befanden sie sich ungefähr dreißig Meter über dem Boden. Unter sich sahen sie die gewaltige Tempelanlage, die im Wald zu ertrinken drohte, vor sich die Kreuzgänge und Türme des obersten Stockwerks. Die Galerien stießen aus vier verschiedenen Richtungen in einem Punkt zusammen, der von dem höchsten Mittelturm überkrönt wurde. Die Anfangspunkte der Galerien wurden ebenfalls von Türmen überdacht, deren gesamte Form und Deckung so fremdartig wirkte, als stamme sie von einem anderen Weltenkörper.

Die Luft war merkwürdig bleiern. Die Sonne schien schon lange nicht mehr, der Himmel drohte in stumpfer Schwärze. Die Stille und Unbeweglichkeit ringsum wirkten förmlich atemberaubend, eine unendliche Traurigkeit lag über dem Angkor-Wat.

In dem Augenblick, als Sun Koh mit seinen Leuten in den nächsten Kreuzgang eintrat, klatschten die ersten schweren Tropfen auf. Und Sin-Lu rannte bereits durch den hemmungslos strömenden Wolkenbruch hinterher.

Der Kreuzgang, in den sie eintraten, war ein langer, schmaler Gang, der durch das Halbdunkel draußen vollends düster wirkte. Rechts und links standen an der Mauer eine Unzahl hölzerner und steinerner Götterbilder, die wie gespenstische Tote wirkten. Die meisten von ihnen hatten die Größe von Menschen, andere aber waren riesenhaft verzerrt oder ganz klein wie Zwerge. Viele waren weitgehend zerstört und vom Holzwurm zerfressen, ohne Kopf, ohne Arme, ohne Beine. Bei einigen sah man noch die Reste des ehemaligen Goldschmucks, andere waren blutigrot oder erdgrau angemalt. Über allen aber lag eine dichte, stinkende Decke von Fledermauskot. Oben an der

Decke hingen sie wieder zu Tausenden, ekelerregend, samtweich und bei jedem Geräusch unruhige scharfe Schreie ausstoßend. Die Wände, die hier keine Reliefs mehr zeigten, sondern schmucklos glatt waren, trugen ein dichtes Überkleid von unzähligen Spinnennetzen, die wie graue, schmutzige Schleier auf ihnen klebten. Ihre Erzeuger, widerlich haarige, große Spinnen, hockten unbeweglich.

Nimba blieb als Wache und Beobachtungsposten am Eingang. Sun Koh und Hal schritten geräuschlos auf der dichten Düngerschicht den Gang hinunter, zwischen den stummen Götzen entlang.

Das Ende des Ganges wurde durch eine massive Mauer gebildet, die sich quer vorlegte. Vor dieser Mauer stand eine mächtige Buddhafigur mit verschränkten Beinen und halbgeschlossenen gesenkten Augen. Sie wirkte trotz des üblichen sanften Lächelns drohend, und der Ausdruck des höchsten Friedens und des letzten Verzichts, den der Bildhauer diesem Gesicht gegeben hatte, vermochte ein Gefühl des Widerwillens und des Abscheus nicht zu mildern. Die Figur verschwand nämlich fast unter dem Gespinst Tausender von Spinnen und unter dem Unrat der Fledermäuse, der sich wie ein dicker, widerlicher Mantel auf seinem Rücken abgelagert hatte.

»Scheußlich«, flüsterte Hal, »hier müssten mal ein paar Dutzend Scheuerweiber herkommen.«

»Die Fledermäuse würden sie schon hinausgraulen«, lächelte Sun.

»Eigentlich müsste es doch hier weitergehen«, stellte der scharf beobachtende Hal fest. »Die Galerie war von außen viel länger.«

Sun Koh nickte.

»Mehr als doppelt so lang. Sie setzt sich auf der anderen Seite fort. Aber dazwischen liegt die Kreuzungsstelle aller vier Galerien, und die ist vermauert. Nach den Berichten, die ich las, soll sich unmittelbar in der Kreuzung früher ein gewaltiges Standbild Brahmas, des indischen Gottes, befunden haben. Als der Buddhismus hier eindrang, wurde es vermauert, von allen vier Seiten. Hinter dieser Wand liegt also jetzt eine Art Kammer, die sicher noch die Brahmastatue enthält.«

»Demnach kann man von vier Richtungen in die Gänge eindringen, und man stößt immer wieder auf eine solche Wand?«

»Ja.«

»Und Garcia?«

»Wenn Sin-Lu die Wahrheit sprach, als er berichtete, Garcia sei im Tempel, so müsste er sich in einem der Gänge aufhalten. Wir haben den falschen erwischt, aber wenn wir die anderen absuchen, müssen wir auf ihn stoßen.«

»Der wird sich freuen«, murmelte Hal.

»Still.«

Sun Koh lauschte mit angespannten Sinnen. Irgendwoher kam ein Geräusch. Dumpf und erstickt kam es aus unbestimmter Entfernung, als schürfe ein harter Gegenstand an Stein entlang. Ein kurzes Poltern folgte.

»Garcia arbeitet«, sagte Sun dem Jungen ins Ohr.

»Wieso?«, fragte dieser erstaunt zurück.

»Garcia sucht nach der Krone der Khmer. Vielleicht vermutet er sie hier oben in dem umschlossenen Raume. Um des Vergnügens willen ist er kaum hier heraufgestiegen. Er hält mich für tot und geht nun geradeswegs auf sein Ziel los. Es soll mich allerdings wundern, wie er mit den Fledermäusen fertig werden will.«

*

Oh, Juan Garcia ließ sich durch Fledermäuse nicht von der Verfolgung seines Zieles abhalten. Während Sun Koh lauschte, packte er bereits die Sprengladung fest.

Juan Garcia suchte tatsächlich in der steinernen Grabkammer Brahmas den Schatz der Khmer. Die Angaben, die ihn leiteten, sprachen vom versiegelten Heiligtum im großen Tempel, also musste aller Voraussicht nach dieser abgesperrte Raum in Frage kommen.

Er hatte keinen Grund mehr, zu zögern. Der große Widersacher lag von den Tigern zerrissen im Urwald. Der Neger und der Junge würden sich nicht viel um ihn kümmern, sondern sich die Kehle nach ihrem Herrn ausschreien. Und die waffenlosen Schlappschwänze von Bonzen hielt er sich mit der Pistole vom Leibe. Es bestand wirklich kein Grund, um nicht unmittelbar auf das Ziel loszugehen. Sentimentalitäten waren lachhaft. Der alte Bau mochte nur seine Schätze hergeben.

Diese Samtsäcke mit ihren Krallen waren scheußlich. Während er die

Schlusswand untersuchte, wurden sie schon beweglich. Vergiften musste man das Viehzeug. Immer unruhiger wurden sie, immer mehr lösten sich von der Decke ab. Hier durfte er sich nicht länger aufhalten. Ein Glück, dass der Zwischenpfeiler im nahen Fenster herausgebrochen war.

Es wurde höchste Zeit für ihn, dass er sich aus dem tollen Wirbel der Fledermäuse herausschlug und sich durch das Fenster ins Freie zwängte. Nun schaffte er sein gefährliches Päckchen in die dunkle, verwachsene Ecke, in der die Außenwände der zwei benachbarten Galerien zusammenstießen. Wenn die Sprengladung hier gelegt werden würde, so war das genauso gut wie drin, denn sie war ohnehin stark genug, um den ganzen Bau in die Luft zu schleudern.

Von der Ecke aus sah Garcia Sun Koh und seine Leute heraufsteigen. Sekundenlang war er halb irrsinnig vor Schreck. Es war einfach unbegreiflich, wie dieser Mann die Nacht hatte überstehen können. Und doch – es war keine Täuschung, dass er jetzt dort herumstieg, als habe er nie gefesselt im Urwald gelegen.

Doch dann schöpfte der Mexikaner an einem neuen Einfall Mut. Man suchte ihn. Schön, mochten sie es tun. Hier in der Ecke war er vorläufig sicher, und da man ihn hier nicht vermutete, würde es schon gelingen, sich nachher davonzuschleichen. Und dann würde die Ladung losgehen, und damit hatte sich der Fall erledigt. Die Steintrümmer würden alles erschlagen, was sich hier oben befand.

Juan Garcia meckerte leise in der Vorausahnung seines Triumphs vor sich hin. Immer suche nur, König von Atlantis, deine Himmelfahrt wird nicht mehr lange auf sich warten lassen.

Wenn nur der verfluchte Regen bald aufhörte, dass man die Zündschnur einigermaßen trocken unterbringen konnte.

Sun Koh verließ die erste Galerie. Es war ein Zufall, dass er sich nun derjenigen zuwandte, die gerade entgegengesetzt von jener lag, in der sich Garcia aufgehalten hatte. Dadurch erhielt der Mexikaner sehr viel Zeit, denn Sun Koh musste die anschließenden zwei Kreuzgänge nutzlos durchsuchen. Andererseits aber blieb Nimba ständig draußen und beobachtete die Umgebung.

Garcia wünschte ihn bald zu allen Teufeln. Es war nicht leicht, sich unter diesen wachsamen Augen fortzustehlen, zumal man wenig Zeit hat und hinter sich einen Vulkan weiß.

»Hier ist er drin«, sagte Hal sofort.

Sun Koh teilte diese Meinung. Die Fledermäuse waren auffallend unruhig. Ein Teil von ihnen flog noch kreischend hin und her. Außerdem waren in der Düngerschicht die Spuren von Lederschuhen zu sehen.

»Wir können jetzt nicht hinein«, stellte Sun fest. »Die Tiere sind rebellisch und würden sich zu Tausenden auf uns stürzen, wenn wir eindringen wollten. Warten wir, bis sie wieder eingeschlafen sind.«

»Garcia wird sicher auch darauf warten«, meinte der Junge. »Jedenfalls hockt er irgendwo dort hinten und freut sich seines Lebens. Wir brauchen doch eigentlich nur zu warten, bis er herauskommt.«

»Stopp! Hände hoch!«, brüllte in diesem Augenblick der Neger auf.

Sun Koh wirbelte herum.

Garcia, der sich kurz vor der Stiege entdeckt sah, schoss bereits.

Nimba raste in mächtigen Sätzen auf ihn zu.

Der Schuss des Mexikaners krachte.

Eine Zehntelsekunde später schoss Sun Koh.

Die Kugel hatte ihm die Waffe aus der Hand gerissen.

Garcia schrie auf.

Nimba musste unverletzt sein, er war gleich bei Garcia.

Da wandte sich dieser zur Flucht, raste die drei Schritte zur Treppe, sprang, stolperte, kollerte über die steilen Stufen, kam unten an. Einen Schritt konnte er noch machen, dann war Nimba mit einem Sprung aus halber Höhe über ihm und stauchte ihn mit seiner Last zu Boden.

Sun Koh steckte seine Pistole weg und trat an die oberste Stufe.

»Bring ihn herauf, Nimba!«

Der Neger zerrte den Mexikaner hoch. Dieser wehrte sich verzweifelt, als er sah, wo es hingehen sollte. In höchstem Entsetzen schrie er auf:

»Nicht hinauf! Nicht hinauf! Ich will nicht! Teufel, lass mich doch hier! Nicht hinauf!«

Nimba hob ihn unbarmherzig aus.

»Wenn du nicht sofort ruhig bist, gebe ich dir eins drauf, du Satansbrut. Hopp, hinauf mit dir.«

»Nicht hinauf«, winselte Garcia. »Es ist Mord. Die Sprengladung …«

Nimba riss den Kopf herum.

»Was sagst du? Sprengladung? Hast du eine Mine gelegt? Sprich, oder du bist in einer Sekunde tot.«

In dem Mexikaner krampfte sich noch einmal der ganze Hass böse zusammen und schoss über den Selbsterhaltungstrieb hinaus.

»Fahrt zur Hölle«, gurgelte er.

Die riesigen Fäuste des Negers schlossen sich um seinen Hals und drückten zu.

Da brach der Widerstand Garcias zusammen.

Er ruderte wild mit den Händen, und als Nimba die Klammer öffnete, wimmerte er heraus:

»Nicht töten. Die Sprengladung. Sie muss jeden Augenblick …«

»Herr!«, donnerte der Neger zur Plattform hinauf. »Er hat eine Sprengladung gelegt. Sie muss jeden Augenblick …«

Sun Koh begriff mit des Gedankens Schnelle.

Und handelte.

Hal stand auf seiner rechten Seite, Sin-Lu auf der linken. Mit einem Ruck hatte er die beiden unter seinen Armen. Im gleichen Augenblick sprang er auch schon.

Aus dem Stand heraus fünf Meter nach vorn und fünfzehn Meter in die Tiefe, beladen mit zwei lebenden Menschen, die keine Zeit gehabt hatten, um zu begreifen.

Und hinter ihm brüllte ein Vulkan los.

Mit unheimlichem Krachen explodierte die Mine. Eine feurige Lohe schoss auf, der mittlere Turm hob sich träge mit den daran hängenden Galerien in die Höhe, taumelte, knickte im oberen Teil weg und polterte dann seitlich zusammen, während gleichzeitig eine Garbe von Steinblöcken in die Luft hinaufschoss. Wie dunkler Rauch quollen aus den zerrissenen Wänden der Kreuzgänge, zugleich aus den vorderen Mündungen Wolken von sinnlos schwirrenden Fledermäusen heraus. Der Grund bebte und zitterte. Und dann kam der Hagel der Steinblöcke wieder heruntergeprasselt.

In der letzten Sekunde war Sun Koh gesprungen. Es war ein ungeheuerliches Unterfangen, aber die große Gefahr rechtfertigte es. Und die Muskeln und Sehnen dieses Mannes waren durch ein Training gegangen, wie es noch kein Mensch genossen hatte.

Der Sprung gelang. Die doppelte Last stauchte hart durch, und die Gelenke federten bis zur äußersten Grenze, aber als der Steinhagel kam, waren alle drei imstande, auf eigenen Füßen den schützenden Kreuzgang der mittleren Plattform zu erreichen, der nun allerdings auch bedenkliche Risse aufwies.

Die Katastrophe war vorüber. Juan Garcia hing wie ein schlappes Bündel am Arm des Negers. Der Umschwung war zu schroff für ihn gewesen. Oder tarnte er sich nur? Sin-Lu setzte zu einer gewaltigen Danksagung an, aber Sun Koh schnitt sie sofort ab. Seine Augen gingen prüfend über die Staubwolke, die mit den schwarzen Punkten der Fledermäuse dort oben hing.

»Wir werden nachher noch einmal hinaufsteigen«, sagte er, indem er sich an Nimba wandte. »Was ist mit Garcia?«

Der Neger stellte den Mann hart auf die Füße, hielt ihn jedoch mit festem Griff am Nacken. Garcia sah erbarmungswürdig aus, wie er so mit verschmutzten Kleidern, wirrem Haar und hängendem Kopf dastand.

»Er spielt den armen Mann«, knurrte Nimba. »Soll ich Schluss mit ihm machen?«

Sun wehrte ab.

»Nein. Man tötet den Gegner im Kampf, aber nicht als Gefangenen, der sich nicht wehren kann.«

»Er hat Sie auch den Tigern gefesselt vorgeworfen«, hetzte Hal.

»Er ist ein Schädling«, gab Nimba zu bedenken.

Doch Sun schüttelte den Kopf.

»Es bleibt dabei. Mögen andere ihn richten, denen wir diesen Mann als Gefangenen übergeben werden. Du hörst mich, Juan Garcia?«

Der Mexikaner hob den Kopf. In seinem Gesicht lag nichts mehr von Todesfurcht. Seine kleinen Augen stachen bereits wieder von Hass. Seine Lippen waren schief verzerrt. Aber sie antworteten nicht.

»Juan Garcia«, sagte Sun Koh ernst, aber so sachlich, dass es fast gleichgültig wirkte: »Sie wollten mich töten. Es wäre mein gutes Recht, die Welt von Ihnen zu befreien. Sie sollen trotzdem am Leben bleiben, wenn auch als Gefangener, wenn Sie mir den Aufenthaltsort von Joan Martini angeben.«

Garcia starrte eine Weile, dann lachte er höhnisch auf und keuchte:

»Sie werden mir so und so nichts tun, mein Lieber. Bilden Sie sich nur nicht ein, dass ich Sie nicht kenne. Ihre zarten Gefühle …«

»Nimba leidet nicht an zarten Gefühlen«, unterbrach Sun kalt. »Und ich kann mir durchaus denken, dass er sich in meiner Abwesenheit von Ihnen bedroht fühlt und Sie in der Notwehr tötet.«

Der Mexikaner zuckte zusammen. Die Möglichkeit hatte er anscheinend noch nicht bedacht. Er erkannte, dass Suns Bemerkung den Neger auf diesen Gedanken bringen musste und wusste, dass Nimba von nun an auf den günstigen Augenblick lauern würde, um in Notwehr zu handeln.

»Das ist Verleitung zum Mord«, schrillte Garcia heraus.

»Nur eine Warnung für Sie«, gab Sun eisig zurück. »Wo ist Joan Martini?«

Garcia holte Atem und erwiderte dann erheblich ruhiger, aber in hässlich spöttischem Ton:

»Was wollen Sie denn? Ich habe es Ihnen doch schon gesagt. Sie ist während meiner Flucht in dem unterirdischen Strom ertrunken.«

In Suns Gesicht veränderte sich kein Muskel. Ruhig wehrte er ab:

»Das ist nicht wahr, Juan Garcia. Ich fühle es, dass sie noch am Leben ist.«

Die Lippen des Mexikaners verzogen sich zu einem widerlichen Lächeln.

»Ach nee, Sie scheinen ja ein feines Gefühl zu haben. Ich habe nichts dagegen, wenn Sie es besser wissen wollen. Mir ist sie jedenfalls vom Motorboot gesprungen, geradeswegs in den Strom hinein. Ich sah sie versinken.«

Suns Brauen zogen sich zusammen. »Und Sie taten nichts, um sie zu retten?«

»Es war an der engen Stelle. Umkehren konnte ich nicht, und der Strom riss mich weiter. Sie blieb zurück und ertrank. Warum musste sie auch ins Wasser springen? Ich bin jedenfalls schuldlos an ihrem Tode.«

Suns Stimme wurde ganz leise, aber voll unheimlicher Drohung.

»Ich glaube es Ihnen nicht, Juan Garcia. Mein Herz weiß Joan Martini am Leben. Aber sollte es sich täuschen, sollte sich tatsächlich der Tod erweisen, dann – Juan Garcia, dann beten Sie zu Gott, dass er sie sterben lässt, bevor ich diesen Tod an Ihnen rächen kann.«

»Die Bonzen kommen«, meldete Hal.

Die Treppe herauf strömten einige Dutzend der gelb gekleideten Glatzköpfe. Man sah ihnen Bestürzung, Unruhe und auch Wut von Weitem an.

Sun Koh ging dem voranschreitenden Oberbonzen entgegen und sprach eine ganze Weile mit ihm. Es war nicht leicht, die Leute zu beruhigen, aber es gelang. Sun Kohs starke Persönlichkeit setzte sich durch, die Bonzen kehrten wunschgemäß um.

»Was soll mit Garcia geschehen, Herr?«, erkundigte sich Nimba, als Sun zurückkam.

»Binde ihn«, ordnete Sun an. »Und dann schaff ihn hinunter.«

»Soll er unbewacht bleiben?«

»Bewache ihn, oder halt, Sin-Lu soll es tun.«

Nimba und Hal blickten bedenklich drein. Der Junge wagte schüchtern aufmerksam zu machen: »Herr, der Mischling? Er ist nicht zuverlässig.«

Sin-Lu legte offensichtlich wenig Wert darauf, den Gefangenenwärter zu spielen, während schließlich oben im Tempel Schätze gefunden wurden. Aber Hals Bemerkung kränkte seinen Stolz, und so beteuerte er:

»Diese Beleidigung schmerzt mich. Der sehr alte Herr wird keinen treueren Diener finden als mich, der ich ihm mein Leben verdanke.«

»Wenn du's nur nicht in fünf Minuten vergessen hast«, bemerkte Hal bissig.

»Bring ihn herunter und fessele ihn, Nimba«, entschied Sun. »Und Sin-Lu wird die Wache übernehmen und dafür sorgen, dass er sich nicht befreit. Du kommst zurück, Nimba.«

Die drei gingen ab. Sie waren kaum außer Hörweite, als Hal herausplatzte: »Nichts für ungut, Herr, aber ich traue dem Chinesen nicht.«

Sun Koh lächelte flüchtig.

»Ich auch nicht, Hal. Es würde mich nicht wundern, wenn er sich von Garcia überreden ließe und ihn befreite.«

Hal riss Mund und Augen auf. »Aber ...«

Sun legte ihm die Hand auf die Schulter.

»Es gibt mancherlei Gründe, Hal, um über einen solchen Ausgang nicht böse zu sein. Töten können wir Garcia nicht, denn das wäre ein einfaches Abschlachten. Wir müssten ihn mitschleppen. Das könnte sehr unangenehmer Ballast für uns werden.«

Hal kratzte sich am Hinterkopf.

»Das stimmt allerdings, Herr. Es ist besser, wenn wir ihn nicht auf dem Halse haben. Aber er wird wieder neue Tricks versuchen.«

»Leicht möglich«, nickte Sun. »Das kann aber für ihn nur unangenehm werden, weil wir keinen Anlass mehr haben, ihn lebendig zu fangen. Im Kampfe zu töten ist erlaubt. Seine Flucht würde die Möglichkeit schaffen, ihn zu vernichten.«

»Einfacher wäre es, ihn gleich zu erledigen«, murmelte Hal herzlos. Diesem Garcia gegenüber spürte er keine ethischen Bedenken.

»Es gibt noch einen anderen Grund, um ihm Spielraum zu lassen«, erwiderte Sun ernst. »Wenn Sin-Lu, dessen Verlässlichkeit ich zugleich prüfen will, Garcia befreit, so werden die beiden eine Art Spießgesellen. Ganz bestimmt wird sich der Mischling nach Miss Martini erkundigen, deren Namen er vorhin hörte. Er wird erfahren, was Garcia über deren Schicksal weiß. Wegen dieser Aussicht habe ich ihm Garcia anvertraut. Aus dem Mexikaner werden wir nichts herausholen, aber der Chinese wird sprechen und verraten, was er hörte. Er kann sich nicht in eine andere Persönlichkeit hineinflüchten. Wenn es überhaupt möglich ist, mehr über das Schicksal Miss Martinis zu erfahren, so noch am schnellsten auf diese Weise.«

»Daran habe ich freilich nicht gedacht«, gestand Hal. »Donnerwetter, das wäre eine Sache, wenn wir den Kerl gewissermaßen von hinten herum prellen könnten. Die gelbe Ratte fangen wir uns schon wieder ein. Hoffentlich reißen die beiden auch wirklich aus.«

»Wie schnell sich die Ansichten ändern«, lächelte Sun.

Nachdem Nimba zurückgekehrt war, stiegen sie wieder auf die oberste Plattform hinauf. Zunächst hatten sie nur den Eindruck eines gewaltigen Trümmerhaufens, aber bald sahen sie, dass die Beschädigungen der Gesamtanlage doch nicht so erheblich waren. Nur der Mittelturm und die angrenzenden Galeriestücke hatten ihren Zusammenhang verloren. Der Turm war durchgebrochen und lag halb auf die Seite gekippt, sodass er gewissermaßen einen Teil seines Bodenstücks freigab.

Die Wand mit dem davorsitzenden Buddha war geborsten. Durch die breite Öffnung blickte ein fünf Meter hohes Standbild – der eingemauerte Brahma. Er ähnelte in vielen Dingen den in Indien häufigen Brahmabildern und zeigte doch vor allem im Beiwerk und den mannigfachen Symbolen einen fremdartigen Charakter. Im Ganzen genommen wirkte er ungeheuer beeindruckend. Die Zeit schien ihm nichts geschadet zu haben, nur die Explosion hatte einige Teile weggesprengt.

Die Statue stand inmitten eines Raumes, der schon fast die Größe einer kleinen Halle hatte. Das Dach war jetzt verschoben und geborsten und eingestürzt. Das Sonnenlicht flutete heiß von oben herein. Die Wände waren schmucklos glatt, ohne Verzierung und ohne Skulptur.

Von Schätzen war nicht das Geringste zu sehen. Noch nicht einmal das Brahmabild trug Edelsteine oder Goldbekleidung.

»Verlorene Liebesmühe«, seufzte Hal enttäuscht. »Ich habe nun gedacht, hier kann man das Gold gleich mit Eisenbahnwagen abfahren?«

»Das hätte dir so passen können«, grinste Nimba.

»Lächerlich«, wehrte der Junge verächtlich ab. »Möchte wissen, warum sie den alten Herrn hier einmauern, wenn nichts Besonderes mit ihm los ist.«

Sun Koh beugte sich nieder. An den breiten Sockeln der Statue hatte er Inschriften entdeckt. Es waren zwei übereinanderstehende Reihen in zwei verschiedenen Sprachen und Zeichen. Die oberste davon war in Sanskrit geschrieben, die untere in der Sprache der Khmer. Sun Koh wusste weder das eine noch das andere, aber trotzdem vermochte er den Sinn dieser Zeichen in beiden Sprachen zu erfassen. Er besaß die Fähigkeiten, aber da ihm völlig die Erinnerung an seine Kinder- und Jugendjahre fehlte, war er, wie schon oft, nicht imstande, sein Wissen einzuordnen.

Seine beiden Begleiter studierten mit, aber das war wirklich vergebliche Liebesmühe. So zog es denn Hal bald vor, eine neugierige Frage zu stellen.

Sun Koh verfolgte die Inschriften bis zu ihrem Ende, erst dann richtete er sich auf und antwortete:

»Die obere Inschrift ist eine Bitte an Brahma, seine Gnade zu erweisen und Segen über das Volk zu bringen, wie er es mit seinen eigenen Zeichen verkündet habe. Diese Zeichen Brahmas werden nun darunter angeführt. Das Standbild musste zu einer Zeit geschaffen worden sein, als die Erinnerung an die Schöpfer dieses Reichs schon verblasst war, als man von der einstigen Herrlichkeit nur mehr sehnsüchtig träumte. Man schrieb sie der Gnade Brahmas zu, wusste nicht mehr, dass sie tatsächlich den königlichen Khmer zu verdanken gewesen war. Vor allem aber hatte man die Schriftzeichen der Khmer bereits vergessen. Man hielt für Zeichen Brahmas, was Zeichen der Khmer gewesen war. Die untere Inschrift hat man vermutlich von irgendeinem Stein abgezeichnet.«

»Und was steht da unten?«

Sun lächelte.

»Alles andere als ein Segensspruch Brahmas. Den Sinn dieser Inschrift könnte man drastisch mit ›Eintritt verboten‹ wiedergeben. Genauer genommen heißt es: Heilig sind die Schätze der Könige. Wer die Halle der vier Gesichter betritt und sich freventlich der Krone der Khmer nähert, wird die Erde nicht wieder verlassen.«

Die Gesichter der beiden waren voller Fragen.

»Hm«, brummte Nimba, »was könnte das bedeuten?«

»Die Inschrift stammt vom Eingang zu einer Schatzkammer, die durch vier Gesichter gekennzeichnet war und sich wahrscheinlich in einem unterirdischen Gewölbe befand.«

»Und wo ist das?«, fragte Hal.

Sun hob die Schultern.

*

Nacht über Angkor-Wat.

Die Mondstrahlen liefen in gelben Bahnen in die Hütte hinein, auf deren wackligem Boden Juan Garcia ausgestreckt lag. Seine Hände und Füße waren gefesselt.

Nicht weit von ihm hockte Sin-Lu, in dessen Adern sich chinesisches und annamitisches Blut mischten. Seine Augen waren halb geschlossen, aber seine Ohren tranken aufmerksam die Flüsterworte, die Juan Garcia herauszischelte.

»Du bist ein Narr, Sin-Lu, wenn du nicht zugreifst. Der reichste Mann der Welt kannst du sein. Kein Mensch mehr wird sich um deine Farbe kümmern, alles wird vor dir knien, die Weiber werden dir zufliegen, alles kannst du haben, ohne Mühe und ohne Anstrengung. So sprich doch, Mensch, warum antwortest du nicht?«

»Die anderen haben die Schätze schon gefunden«, wandte jetzt Sin-Lu sanft ein.

»Unsinn«, gab der Mexikaner heftig zurück. »Du hast doch gehört, dass sie nichts gefunden haben.«

»Vielleicht logen sie?«

»Der Mann lügt nie«, zischte Garcia zurück. »Ich hasse ihn wie die Pest, aber darauf kannst du dich verlassen. Wenn er sagt, er hat nichts von den Schätzen gefunden, so stimmt es. Außerdem konnte er sie ja gar nicht finden, weil sie nicht dort oben steckten.«

Sin-Lu wiegte bedenklich den Kopf.

»Ihr suchtet selbst dort oben?«

Der Gefesselte lachte kurz auf. Der Einwand kam ihm nicht unerwartet.

»Ich dachte gar nicht daran. Beseitigen wollte ich die Kerle, weiter nichts. Ich wusste doch, dass sie hinter mir her waren. Ich lockte sie absichtlich hinauf, damit sie in die Luft gingen. Dass sie mich fingen, damit rechnete ich nicht.«

Der Mischling dachte eine Weile nach, dann flüsterte er:

»Es sind gefährliche Leute, ich möchte sie nicht als Feinde haben.«

Garcia unterdrückte mit Mühe die Anwandlung rasenden Zorns. Immer und immer wieder brachte der Mann neue Einwände. Und dabei war die Gelegenheit so selten günstig. Gleich nachdem er sich mit seinem Wächter allein wusste, hatte er begonnen, ihn zu bearbeiten. Sin-Lu hatte freundliche Anteilnahme gezeigt, war aber nicht recht zu überzeugen gewesen. Die Zeit wurde nutzlos vertan. Plötzlich war Sun Koh mit seinen Leuten wieder zurück. Garcia gab alles auf.

Und dann bot sich von Neuem die Chance. Als die Nacht kam, wurde der Mischling von Neuem als Wächter bestimmt. Gelang es, ihn zu überreden, dass er die Fesseln zerschnitt, so war alles gewonnen.

Aber Sin-Lu zögerte und zögerte. Es war zum Tollwerden. Aber Garcia wusste auch, dass er nicht erregt werden durfte. Der Mischling wollte von guten Gründen überzeugt werden, wollte in ein sicheres Geschäft hineinsteigen.

»Sie sind nicht so gefährlich«, antwortete er ruhig. »Du siehst ja, ich habe sie angegriffen, und sie haben mich nicht getötet.«

»Was wollten Sie von Euch über das Mädchen wissen?«

»Das gehört doch nicht hierher. Dieser Sun Koh hofft, dass das Mädchen noch lebt und bildet sich ein, ich wüsste, wo sie steckt. Er glaubt mir nicht, wenn ich ihm versichere, dass sie ertrunken ist.«

»Ist sie das?«

»Himmel und Hölle, natürlich. Sie sprang aus dem Boot und ging unter. Ich hätte sie mir selber gern zu Gemüte geführt, aber ich konnte sie auch nicht halten. Aber kommen wir zur Sache. Entschließe dich endlich, die Zeit vergeht.«

Sin-Lu zögerte.

»Hm, du versicherst mir, dass die Schätze vorhanden sind?«

»Selbstverständlich, oder bildest du dir ein, ich bin hierher gekommen, um die Bonzen zu bewundern?«

»Wo sind sie?«

Garcia wurde wütend.

»Hältst du mich für so dumm, dass ich dir das Versteck verrate? So viel kann ich dir jedenfalls sagen, dass wir Nakhon-Thom aufsuchen müssen.«

»Ihr verspracht mir halben Anteil. Wer bürgt mir, dass Ihr mich nicht betrügt?«

»Als ob man einen Chinesen betrügen könnte«, knurrte Garcia. »Ich habe doch schon versichert, dass ich den halben Anteil geben will! Soll ich's etwa noch beschwören? Ich leiste einen feierlichen Eid.«

»Schwört bei Eurer Mutter und bei Eurem Leben«, bat der andere höflich.

Garcia hätte ihm am liebsten ins Gesicht gelacht. Sin-Lu hätte von seinesgleichen gewiss keinen Schwur verlangt, da er sich über den Wert nicht im Unklaren gewesen wäre. Aber der Umgang mit Weißen hatte ihn vermutlich zu der erfreulichen Überzeugung gebracht, dass diese sich im Allgemeinen hüten, einen Schwur zu brechen, zumal wenn er auf den Namen der Mutter geht.

Nun, der gute Mann sollte um keine Lebenserfahrung gekürzt werden.

Juan Garcia leistete mit tiefernster Stimme einen heiligen Eid. Nun war Sin-Lu beruhigt und schnitt die Fesseln herunter. Der Mexikaner wäre am liebsten sofort weggestürzt, aber es dauerte schon eine Weile, bis seine Glieder wieder geschmeidig geworden waren. Endlich fühlte er sich wieder auf der Höhe. Gemeinsam mit Sin-Lu verließ er die Hütte und schlich an den Pfählen entlang zum Lager der Träger.

Als sie verschwunden waren, löste sich von den Pfählen eine dunkle, mächtige Gestalt, die zwei Stunden dort unten unbeweglich gehockt hatte.

Es war Nimba.

Geräuschlos eilte er zu der Hütte, in der Sun Koh auf ihn wartete. Sein Bericht fasste in wenigen Sätzen alles zusammen, was zwischen den beiden in Stunden hin- und hergeredet worden war. Nur eines verschwieg er, nämlich gerade das, was seinen Herrn am stärksten interessierte. Und als Sun Koh zum Schluss die direkte Frage stellte, was über Joan Martinis Schicksal gesagt worden sei, da antwortete er fest:

»Über Miss Martini ist überhaupt nichts gesagt worden. Es sah nicht so aus, als ob es Sin-Lu interessierte.«

Der treue Bursche log mit Bewusstsein, aber er log, weil er seinem Herrn den Schmerz ersparen wollte. Nach Garcias Worten war die Miss tatsächlich ertrunken. Wenn er jetzt davon erzählte, würde auch der Herr daran glauben, während er sie jetzt trotz allem noch am Leben hoffte. Darum log Nimba.

Und er hielt auch dem forschenden Blick Sun Kohs stand, obgleich in seinem Innern eine riesengroße Angst zitterte.

Endlich löste Sun Koh seine Augen ab und sagte gütig:

»Leg dich schlafen, Nimba. Ich werde wachen.«

»Die beiden sollen doch ausreißen, Herr?«

»Ja. Morgen früh werden wir ihnen folgen.« Nimba streckte sich lang, heilfroh, dass er die kritischen Sekunden so gut überstanden hatte.

Hal Mervin schlief tief und fest. Als Nimba ihn versehentlich berührte, murmelte er im Schlaf: »Schlag sie tot, die gelbe Ratte, Nimba.« Fünf Minuten später orgelten die starken Atemzüge des Negers durch die Hütte.

Sun Koh saß einsam am Rande und blickte träumend über das schlafende Bonzendörfchen hinweg zu den ragenden Massen des Angkor-Wat hinüber, hinter denen der ewige Wald über einer begrabenen Riesenstadt sein eintöniges Lied raunte.

6.

Der Himmel wölbte sich in einem blassen Blau, hinter dem schon die Weißglut des kommenden Mittags zu drohen schien, über dem Urwald von Kambodscha. Weit über den Horizont nach allen Seiten lief das grüne Dickicht, das wie ein riesiger Teppich die Erde deckte – im Norden bis in die Berge hinein, im Süden im Tonle-Sap versinkend, im Westen gegen die Paläste Siams anbrandend und im Osten über die trägen, schlammigen Wogen des Mekhong hinaus bis in die fiebrigen Sümpfe Cochinchinas.

Unter dem unendlichen Dach war es drückend warm. Wohl hielten die Blätter die scharfen Strahlen der Sonne ab, aber sie fingen in ihrem Schatten auch die feuchte, ungesunde Hitze, die aus der fetten Erde herausdünstete. Die Luft trug den betäubenden Duft von Blüten, der sich mit üblem, schlammigem Geruch von Verwesung mischte.

Die schmalen Sonnenstrahlen, die bald hier, bald dort das Blätterdach durchstießen, ließen die winzigen Körper der zahlreichen Insekten wie Feuerpunkte aufgleißen. In dichten Wolken wirbelten die Mücken, in deren Stacheln das tödliche Waldfieber saß, zwischen den Bäumen herum. Bunte Schmetterlinge mit großen, samtenen Flügeln gaukelten von Pflanze zu Pflanze. Rot, blau und gelb schossen Vögel merkwürdigster Form hin und her, bald jagend, bald gejagt.

Unzugänglich, unentwirrbar war das Dickicht des Waldes. Riesige Bäume mit mächtigen Stämmen trugen das grüne Dach, über dem die Sonne brannte. Zwischen ihnen drängte und schlang sich eine farbenfreudige Wildnis von Sagopalmen, dornigen Sträuchern, Lianen und schmarotzenden Orchideen.

Hier und da war einer der starken Stämme bis zu zwei Metern Höhe völlig zerkratzt und aufgeschlissen. Das waren die Stämme, an denen die Tiger nach der Ruhe des Tages ihren geschmeidigen Raubtierkörper dehnten und streckten, die Stämme, an denen sie ihre Krallen schärften.

Kaum sichtbar, schon wieder halb überwuchert, schlängelte sich ein Pfad durch den Wald, mitten durch die Wildnis hindurch, vorbei an den unheilkündenden Malen der Tiger, umwirbelt von Mücken und überkreischt vom Lärm des zahlreichen Getiers.

Zwei Abenteurer zogen durch den stickigen Urwald von Kambodscha. Dicht nebeneinander brachen sie den Pfad von Neuem, während ihre Körper schlaff unter der Hitze stöhnten. Hinter ihnen folgten ein Dutzend Träger mit ihren Packen. Der Schweiß lief von den glatten gelben Gesichtern mit den geschlitzten Augen, von denen man nicht wusste, ob sie Chinesen oder Annamiten gehörten.

Nakhon-Thom war das Ziel.

Dann und wann flackerte ein Gespräch zwischen den beiden Männern auf.

»Noch nicht bald da?«, warf Garcia gereizt hin.

»Bald«, erwiderte Sin-Lu mit höflicher Glätte. »Es wird nicht lange dauern, so stehen wir vor den Mauern der Stadt. Fürchtet ihr die Verfolger, dass Ihr solche Eile habt?«

Der Mexikaner warf ruckhaft die Schultern herum.

»Quatsche nicht. Bei dieser verfluchten Hitze gehört nicht viel dazu, um es satt zu haben. Auf die Verfolger pfeife ich.«

Der Mischling lächelte freundlich.

»Meine Ohren hören das gern. Ich fürchte, sie werden sich sehr bald bemerkbar machen.«

»Unsinn«, murrte Garcia. »Wer sagt dir überhaupt, dass sie hinter uns her sind? Es ist viel wahrscheinlicher, dass sie uns auf der Flucht nach dem Tonle-Sap vermuten und dorthin marschieren. Sie haben gar keinen Anlass, hier in den verrückten Wald vorzudringen.«

Sin-Lu schüttelte den Kopf.

»Ihr vergesst, dass sie von der Krone des Khmer hörten. Sie wissen, dass Ihr danach sucht.«

Garcia blickte verächtlich auf seinen Begleiter.

»Schafskopf, müssen sie nicht der Meinung sein, dass ich schon vergeblich gesucht habe? Ich habe doch den Mittelturm von Angkor-Wat umgelegt. Totsicher nehmen sie an, dass für mich die Sache damit erledigt hat, und dass ich nun ausgerissen bin. Auf den Gedanken, dass ich jetzt erst anfange, werden sie kaum kommen.«

»Vielleicht werden sie selbst versuchen, den Schatz zu finden?«, wandte der andere sanft ein.

Der Mexikaner lachte kurz auf.

»Beruhige dich, die brauchen das Geld nicht so nötig wie wir beide. Sie sind hinter mir her und werden dorthin ziehen, wo sie mich vermuten. Vorläufig haben wir nichts von ihnen zu befürchten.«

Der Mischling warf ihm einen merkwürdig schiefen Blick zu.

»Und wenn sie doch kommen?«, beharrte er.

Garcia starrte ihn düster an.

»Du bist ein mieser Bursche, Sin-Lu. Ich glaube, du würdest mich aus Angst verraten. Hüte dich ja. Im Übrigen soll es mir recht sein, wenn sie kommen. Dann werde ich Gelegenheit finden, ihnen alles heimzuzahlen.«

»Es sind gefährliche Leute«, gab jener zu bedenken.

Wieder lachte Garcia schrill und hässlich.

»Wir werden ihnen das austreiben. Sie sind nur ihrer drei und wir zur Not mehr als ein Dutzend. Vor allem haben wir den Hinterhalt. Wir werden sie abknallen wie tolle Hunde. Mit drei Schüssen hat sich der Fall erledigt. Ich nehme den eingebildeten Laffen, diesen Sun Koh aufs Korn, du den Neger. Für den Jungen genügt ein Tritt.«

»Verlockende Hoffnungen gaukeln«, seufzte der Mischling. »Wer ist dieser Sun Koh, der wie ein König unter die Menschen tritt?«

»Ein Betrüger ist er«, fuhr der Mexikaner gereizt hoch, »ein eingebildeter, übermütiger Narr, ein Räuber und Verbrecher. Er tut so, als ob er sein Königreich sucht, das im Meer liegen soll, und dabei nimmt er anständigen Menschen ihr sauer erworbenes Geld ab.«

Sin-Lu lächelte diplomatisch.

»Ein schrecklicher Mensch. Aber seht, wir sind am Ziel.«

Mitten zwischen den Bäumen tauchten die schwärzlichen, zerklüfteten Mauern von Nakhon-Thom auf. Wie Felsen wirkten sie, so hoch und rau standen sie unvermittelt im Grün. Ihre ursprüngliche Gestalt war kaum mehr erkennbar. Zahlreiche Wurzeln hatten die Steine aus ihren Lagern gehoben, Dornenhecken und blühende Lianen umwucherten sie. Der Graben, der einst in hundert Meter Breite die Mauern einschloss, verriet sich durch nichts mehr. Erde und Blätter füllten ihn gänzlich aus.

Die Männer schritten auf ein dunkles Loch zu, das wie der Eingang zu einer Höhle wirkte. Erst in unmittelbarer Nähe sahen sie, dass es sich um ein Tor handelte, das von einem mächtigen Triumphbogen überbaut war. Zwei riesige Buddhabilder, fast verborgen unter den Wurzeln und mit Lianenhaaren bedeckt, lächelten geheimnisvoll freundlich von oben herab. Seitlich standen große Elefanten, deren dreiköpfige Bilder im Gegensatz dazu düster drohend wirkten.

Juan Garcia kletterte als Erster durch die Wölbung und betrat als Erster den Boden der geheimnisvollen Stadt. Man hätte fast annehmen können, er befände sich noch außerhalb der Mauern. Der Wald setzte sich nämlich unverändert fort. Auch hier standen die riesigen Bäume, die stachligen Hecken und die zahlreichen Orchideen. Nur der Feigenbaum drängte sich mehr und mehr vor, und je weiter sie in das Innere hineindrängen, umso mehr wich der gewohnte Wald dem wuchernden Baum mit den glatten Blättern. Der Feigenbaum beherrschte Nakhon-Thom, es war offensichtlich, dass seine sprengenden Wurzeln die furchtbaren Zerstörungen angerichtet hatten, auf die man allenthalben traf. Die Blätter des Feigenbaums bildeten die eigentliche Leichendecke der schattenhaften Stadt, der versinkenden Zeugin einer großen Kultur.

Auf kaum fußbreiten Pfaden wanderte die Expedition Mann hinter Mann vorwärts. Kaum hörbar krochen die Schlangen beiseite, aufkreischend schossen die Affen in die Bäume hinauf und zeterten von dort herunter.

Unter der wuchernden Pflanzendecke mehrten sich die steinernen Trümmer. Buddhistische Kultbilder aller Größen grinsten aus dem Buschwerk heraus, halb eingestürzte Tore gähnten, Reste von Palästen, von Tempeln und Teichen tauchten auf, stehen gebliebene Mauern zeigten endlose Reliefbilder mit kämpfenden Kriegern, Kriegswagen und Elefantenzügen, eigenartige Verzierungen und Schnörkel wirkten wie fantastische Fieberbilder, und schönbrüstige Apsaras lockten sanft. Unverkennbar hatte hier der gleiche Geist geschaffen wie im Angkor-Wat, nur war hier alles gröber, wilder und ungezügelter, vielleicht auch kindlicher als in jenem Tempel.

Juan Garcia und Sin-Lu hielten sich nirgends auf. Unbeirrt drangen sie vorwärts, ihrem Ziel zu.

Endlich standen sie vor den unbegreiflich gewaltigen Steinmassen, die wie Felsen aussahen und doch einst von Menschen aufeinandergetürmt worden waren.

Das war der größte Tempel von Nakhon-Thom, einer der größten Tempel aller Völker und Zeiten, rund ein halbes Jahrtausend älter als der Tempel vom Angkor-Wat. Es war erschreckend, wie die Zeit und die Feigenbäume hier gewütet hatten. Ungeheure Massen waren zusammengerutscht und wild durcheinandergeworfen. Ganze Türme schienen abgeglitten zu sein, die Terrassen waren eingesunken, der Wald kletterte empor und ganz oben standen triumphierend einige riesige Feigenbäume und blickten überlegen auf das Werk ihrer zerstörenden Wurzeln herab.

Einst war dieser Tempel das Heiligtum und der Mittelpunkt von Nakhon-Thom. Seine Ausmaße gingen ins Fantastische. Von allen Seiten führten breite, feierliche Straßen zu ihm hin, die rechts und links von Säulen, Götterbildern und Drachen flankiert waren. In drei Terrassen, die drei übereinanderliegenden Sockeln von der Größe einer Stadt entsprachen, stieg die gesamte Tempelanlage auf. Auf dem obersten Sockel standen nicht weniger als fünfzig mächtige Türme. Jeder einzelne wirkte in seiner gedrungenen Bauart wie ein aufrecht stehender Föhrenzapfen. Fünfzig solcher Föhrenzapfen standen dicht gedrängt um den Mittelturm, der mit sechzig Meter Höhe alle anderen überragte. Seine Spitze trug eine weithin leuchtende große Lotosblume aus purem Gold, seine vier Seiten waren wie bei allen Türmen mit gewaltigen Gesichtern geschmückt, die in die vier Himmelsrichtungen blickten.

»Wir sind da«, stellte Sin-Lu fest.

Garcia winkte den Trägern, ihre Lasten abzulegen. Unmittelbar vor einem der Tore legten sie ab, schon fast unter den unzähligen Wurzelfasern, die den dunklen Stein wie eine helle Mähne einfassten. Hoch über ihnen hingen die übermenschlich großen Gesichter, deren Formen aus dieser Nähe kaum zu erfassen waren. Aber Sin-Lu sah nicht ein zweites Mal nach oben und auch die Träger vermieden es. Es war, als ob Geister von oben her spöttisch und zugleich irgendwie drohend herablächelten.

Nach einer halbstündigen Ruhepause scheuchte Garcia die Annamiten, die sich bereits auf ihre Mittagsruhe eingerichtet hatten, wieder hoch. Er wollte so wenig wie möglich Zeit verlieren. Drei der Leute schickte er zurück, an das Eingangstor der Stadt. Sie sollten die etwaige Annäherung von Verfolgern melden.

Die Leute schnatterten aufgeregt und zeigten wenig Lust, dem Befehl Folge zu leisten. Es war ihnen nicht geheuer hier. Eine drohende Bewegung Garcias, ein Griff nach der Pistole scheuchte sie jedoch fort.

Drei andere bekamen die Wache am Lagerplatz, der Rest musste Garcia und Sin-Lu folgen. Es galt, in das Heiligtum dieser alten Tempelanlage einzudringen. Dort vermutete der Mexikaner die Schätze der Khmer, die er im Allerheiligsten von Angkor-Wat nicht gefunden hatte.

Sie drangen in den langen Gang ein, der wohl ehemals direkt auf den Mittelturm zugeführt hatte. Aber jetzt war er von den stürzenden Massen zerschlagen, zerrissen und verstopft worden, hörte immer wieder auf und setzte dann von Neuem an. Düster und beklemmend wirkten diese Gänge, in denen Schlangen und irgendwelche Tiere huschten und deren Wände von fauligem Wasser tropften. Aber sie waren doch noch angenehmer als die Berge von Schutt und Steinen, über die man klettern musste, wenn der Gang aufhörte. Riesige Blöcke legten sich in den Weg, gefährlich drohende Massen mussten überstiegen werden, die jeden Augenblick zusammenrutschen und die Menschen unter sich begraben konnten, unter losen Steinen und gerölligem Schutt öffneten sich plötzlich tiefe Löcher.

Dicht vor dem hügelartig zusammengesunkenen Hauptturm fand Sin-Lu die Öffnung des Ganges wieder. Sie drangen ein. Bereits nach zwanzig Metern standen die beiden Männer ohne weitere Schwierigkeiten an ihrem Ziel – im Allerheiligsten der uralten, riesigen Tempelanlage.

Juan Garcia stieß unwillkürlich einen Fluch aus.

Das hatte er sich anders vorgestellt.

Dieses Allerheiligste war weiter nichts als eine viereckige, lichtlose Kammer mit glatten Wänden.

Völlig leer.

Pest!

Wo waren die Goldschätze, die Haufen von blitzenden Edelsteinen, wo waren die Millionen?

Der Mexikaner hatte freilich auch nicht gerade vermutet, dass die Schätze nun ausgebreitet hier liegen würden. Er wusste, dass schon andere Besucher hier gewesen waren. Aber er hatte sich die Kammer eben doch anders vorgestellt, nicht so glatt und völlig harmlos. Das hier waren vier Wände, die auch nicht den geringsten Anhalt für ein Weiterkommen boten. Glatt, glatt, fugenlos, ohne Säulen, ohne Nischen.

Pest!

Der Mischling sah auch aus, als seien ihm sämtliche Felle weggeschwommen. Was der Kerl für einen mörderisch falschen Blick hatte.

Garcia drehte sich ab und zog verstohlen das kostbare Stück Pergament aus der Tasche, das die Veranlassung für seine Reise in diesen Urwald gewesen war.

Kein Zweifel, da stand es ganz deutlich:

»… zwanzig Meter über dem Fuße des Hauptturms in der steinernen Kammer, die von der Säule der Unsichtbaren getragen wird …«

Hier war ganz klar und deutlich von einer Säule die Rede. In dieser Kammer war aber weder eine Säule zu sehen noch das geringste Anzeichen dafür, dass sich früher eine hier befunden hatte.

Es war zum Verzweifeln. Man musste die falsche Stelle erwischt haben, obgleich alle sonstigen Angaben stimmten. Oder gab es hier noch eine zweite, ähnliche Kammer?

»Meine Augen suchen vergeblich nach den Schätzen, von denen Ihr spracht«, bemerkte Sin-Lu lauernd.

»Meine auch«, erwiderte der Mexikaner grob. »Wir müssen uns verlaufen haben. An dieser Stelle soll sich eine Säule befinden, unter der die Krone der Khmer stecken soll. Siehst du was?«

»Leider suchen meine Augen vergeblich. Vielleicht lasst Ihr mich einen Blick in das Dokument …«

Garcia hieb auf die gierigen Finger.

»Hände weg, Gelber. Brauchst deine schmutzigen Pfoten nicht überall dranzuhängen.«

Sin-Lu warf ihm einen Blick voller Hass zu, aber er schwieg.

Garcia begann die Wände zu prüfen.

Plötzlich stutzte er.

Eine Inschrift, Zahlen?

Gierig leuchtete er die Stelle an.

Mit einem lästerlichen Fluch prallte er zurück.

An der Wand stand, offenbar mit dem Messer eingeritzt:

»Am 16. 10. 1912 hier gewesen. Scheußliches Lokal. Claude Lorierre.«

Der harmlose Reisende hatte damals sicher nicht geahnt, dass jemand nach mehr als drei Dutzend Jahren seinen Spruch für eine Schatzinschrift halten könnte.

Juan Garcia suchte trotzdem weiter. Sorgfältig untersuchte er die Wände, um verräterische Fugen zu finden. Aber alle Mühe erwies sich als vergeblich.

»Wir müssen doch die falsche Stelle erwischt haben«, sagte er knurrend zu Sin-Lu, der ihn dauernd aufmerksam beobachtete. »Suchen wir weiter.«

Von der Kammer gingen insgesamt vier Gänge nach den verschiedenen

Himmelsrichtungen ab. Durch den einen waren sie gekommen, in die anderen drangen sie nun ein. Der nächste Gang stieß nach wenigen Metern bereits ins Freie und endete in einem Trümmerhaufen. Der zweite Gang war schon dicht an der Kammer verschüttet. Der letzte zeigte sich verhältnismäßig gut erhalten. Sie konnten ihn annähernd hundert Meter weit verfolgen, bis er endlich blind im Schutt endete.

Sie verzichteten darauf, die Fortsetzung der Gänge festzustellen. Es war offenbar, dass sie alle von dem Turm wegführten. Die leere Kammer blieb der Mittelpunkt des Turmes, von dem das Pergament redete. Die einzige Möglichkeit schien die, dass sich an ganz anderer Stelle ein Turm mit neuen Gängen befand.

Sin-Lu brach endlich wieder das dumpfe, gefährliche Schweigen, das seit einer Stunde zwischen den Männern stand.

»Ihr sagtet mir, dass Ihr den Platz kennt, wo die Schätze liegen?«

Garcia hieb wütend das Dokument durch die Luft.

»Hier ist er angegeben. Woher soll ich wissen, dass die Sache nicht stimmt? Der Wisch ist alt genug und sah mir nicht so aus, als hätte sich einer seinen Witz damit gemacht. Er ist eben nur nicht genau. Irgendwo muss das Zeug liegen, wir müssen nur nach Gängen suchen, die zu einem anderen Tempel hinführen.«

In der Miene des Mischlings lag melancholischer Vorwurf.

»Ihr sagtet, ich brauchte nur zuzugreifen?«

»Greif doch zu«, schnaufte Garcia gereizt. »Greif doch zu, wenn nichts da ist. Anstatt herumzufaseln, strenge dich lieber an, dass wir den Platz finden. Das Zugreifen besorge ich dann schon.«

Die Augen Sin-Lus wurden enger. »Eure Rede ist rätselhaft«, sagte er mit einer Sanftheit, die den gefährlichen Unterton nicht ganz deckte. »Vergesst nicht, dass mir der halbe Anteil gehört.«

Der Mexikaner erkannte, dass er einen Fehler gemacht hatte, aber er war auch zu wütend, um irgendwelche Zugeständnisse zu machen. Er brauchte etwas, um sich zu entladen. Deshalb höhnte er:

»Und wenn ich es vergessen würde, du gelbe Ratte?«

Sin-Lu zog den Kopf ein und antwortete ölig beschwichtigend:

»Ihr scherzt. Lao-tse sagte schon …«

»Zum Teufel mit deinem heiligen Großpapa«, zischte Garcia. »Ich denke nicht daran, Späßchen zu machen. Antworte. Was würdest du sagen, wenn ich dir räudigem Hund einen Tritt geben würde, he?«

Sin-Lu verneigte sich demütig.

»Verzeiht, Herr, ich weiß, dass Ihr es nicht tun würdet. Ihr wisst so gut wie ich, dass diese zwölf Annamiten auf einen Wink von mir dem Fremden mit Wollust die Kehle durchschneiden würden. Ihr würdet auf ewig hier bleiben.«

»Teufel!«, fuhr Garcia zurück. »Soll das etwa eine Drohung sein?«

Sin-Lu lächelte fahl.

»Ein scherzhaftes Gespräch über eine Unmöglichkeit.«

Garcia hatte sich wieder in der Gewalt. Er lachte auf und schlug dem anderen auf die Schulter.

»Bravo, Sin-Lu, du hast dich großartig gehalten. Selbstverständlich war es nur ein Scherz, um zu sehen, was du dazu meinst. Ich habe dir den halben Anteil zugeschworen, und du wirst ihn auch erhalten. Haha, ein kleiner Scherz.«

»Ein sehr netter, kleiner Scherz«, murmelte der Mischling, während in seinen Augen der hinterhältig mordende Stahl eines Dolches blinkte.

*

Sie waren auf halbem Rückweg nach dem Außenturm, als einer der annamitischen Träger in höchster Erregung herangestürzt kam.

»Sie kommen, sie sind da!«, schrie er.

»Teufel!«, fauchte Garcia, »schrei nicht so. Wer ist da?«

Der Mann verneigte sich.

»Der große Herr kommt, mit ihm seine beiden Diener.«

Der Mexikaner zog die schwarzen Brauen zusammen.

»Der große Herr? Warum nennst du ihn so?«

Der kleine Annamite zögerte, weil er den aufsteigenden Zorn des anderen spüren mochte, dann murmelte er unsicher:

»Er ist ein großer Herr. Wir halten ihn für einen Fürsten.«

Garcia lachte grell auf.

»Dass euch der Satan hole. Schließlich fallt ihr noch auf die Knie und betet ihn an. Also berichte.«

»Ich war mit den anderen beim Tor der Elefanten, als wir sie durch den Wald kommen sahen. Sie waren vorsichtig und lauschten wiederholt. Meine Kameraden schickten mich fort, um Euch zu benachrichtigen und zu fragen, was geschehen soll?«

»Was werden die beiden andern tun?«, erkundigte sich Garcia schnell.

»Sie wollen zurückweichen, bis sie ans Lager kommen.«

Der Mexikaner stieß einen lästerlichen Fluch aus.

»Himmel und Hölle, das heißt also, dass die Schafsköpfe den dreien als Wegweiser dienen und sie direkt zu uns führen. Warum habt ihr sie nicht einfach niedergeschossen?«

Der Annamite sah ihn verständnislos an.

Sin-Lu griff ein und erinnerte:

»Sie haben keine Gewehre.«

»Unsinn«, wütete Garcia, »dann hätten sie sich mit den Messern hinter die Büsche legen sollen. Aber es ist höchste Zeit, sie werden bereits auf halbem Wege nach hier sein. Hört zu, Burschen!«

Die Annamiten starrten ihn aufmerksam an, wenn auch von ihren Augen nicht viel zu sehen war.

»Es sind drei Leute, die uns verfolgen«, fuhr Garcia fort. »Ihr kennt sie und wisst, dass der eine gar nur ein Junge ist. Sie werden euch genauso wie mich töten, wenn sie euch erwischen. Ich hoffe, dass ihr euch eurer Haut zu wehren wisst. Ihr könnt mit dem Messer umgehen, also seht zu, dass ihr sie erledigt. Eine Handvoll Gold für jeden Toten, den ihr mitbringt. Die drei müssen sterben, verstanden?«

Die Gelben sahen sich an. Auf ihren Gesichtern, soweit sie überhaupt ausdrucksfähig waren, lag Abscheu und Scheu. Sie schwiegen. Erst als Garcia ein herausforderndes: »Nun?!« ausstieß, sagte der eine demütig:

»Es ist nicht gut, den großen Herrn anzugreifen. Er ist ein König und wird sehr böse sein. Wir sind einfache Träger.«

Garcia stampfte wütend mit dem Fuße auf.

»Narren seid ihr, ausgewachsene. Wollt ihr euch einfach abschlachten lassen? Und seid ihr alle so reich, dass ihr eine Handvoll Gold ausschlagen könnt? Fünfzig Goldstücke dem, der einen von den dreien erledigt. Dafür könnt ihr in Saigon euer Leben lang die großen Herren spielen. Fünfzig

Goldstücke dafür, dass ihr euer Leben gegen die Mörder verteidigt. Und das wollt ihr ausschlagen, he?«

In den Annamiten kämpfte die Scheu vor der eindrucksvollen Persönlichkeit Sun Kohs, die auf diese Primitiven besonders stark wirken musste, mit der Habgier. Fünfzig Goldstücke waren für jeden ein unvorstellbarer Schatz, der ihnen alles Glück der Erde verhieß. Eine Weile tuschelten und flüsterten sie in ihrem Kauderwelsch hin und her, dann hatte die Gier nach dem Golde gesiegt. Der Sprecher des Trupps verneigte sich wieder und erklärte:

»Wir werden unsere Messer bereithalten, Herr. Befehlt, was wir tun sollen!«

Juan Garcia atmete auf. Er legte keinen sonderlichen Wert darauf, sich in Sun Kohs Schussrichtung sehen zu lassen. Es war ihm ungleich lieber, wenn die Annamiten das Risiko übernahmen.

»Wir stellen uns drüben an den Turm, wo die Sachen liegen«, ordnete er an. »Eilt voraus und verständigt eure Kameraden. Drei Mann von euch schaffen das Gepäck nach rückwärts in den Mittelturm, am besten in die Kammer hinein. Ihr anderen verteilt euch rechts und links auf dem Zugangswege. Versteckt euch im Gebüsch. Wenn die drei vorbeikommen, springt ihr einzeln oder zusammen vor und gebraucht eure Messer. Sie werden so überrascht sein, dass sie euch keinen Widerstand leisten können. Ihr werdet euer Geld sehr leicht verdienen. Und nun vorwärts, es ist höchste Zeit. Wir kommen nach.«

Die Annamiten eilten von dannen.

Garcia und Sin-Lu kletterten langsam weiter. Um die Lippen des Mischlings lag ein Grinsen. Nach einer Weile, als vorn die Träger gerade verschwanden, sagte er mit unverkennbarem Spott:

»Ihr hättet Euch das Geld sparen sollen, das Ihr jenen versprochen habt.«

Der Mexikaner warf ihm einen misstrauischen Blick zu.

»Was willst du damit sagen?«

Sin-Lu hob die Schultern.

»Nichts. Ich erinnerte mich nur, dass Ihr die Verfolger selbst niederschießen wolltet.«

Garcias Gesicht wurde merklich finsterer.

»Werde nicht frech, Bursche«, knurrte er. »Das ist meine Sache, verstanden?«

»Gewiss«, bestätigte der andere höflich.

Im letzten Teil des feuchten Ganges trafen sie bereits auf die drei Träger, die die Lasten zum Hauptturm zu schleppen begannen. Der Pfad vor dem wurzelumsponnenen Eingang war menschenleer. Sun Koh mit seinen Leuten war noch nicht sichtbar, und die Annamiten hatten sich bereits versteckt. Der Wald, der unerträglich unter der Mittagsglut dunstete, schien vor Erwartung den Atem anzuhalten.

Die beiden Männer hockten sich dicht an den Stein gepresst unter die dunkle Wölbung und warteten. In ihren Armen lagen schussbereit die beiden Büchsen. Wenn wider Erwarten die Annamiten keinen Erfolg hatten, dann würden ihre Kugeln den Weg finden, den die Dolche nicht gefunden hatten.

*

Drei Mann gingen lautlos durch den Wald. Sie trugen keine Gewehre, aber ihre Hände lagen am Kolben der schussbereiten Pistolen.

Voran schritt Sun Koh, hoch gewachsen und schlank, mit den federnden Schritten eines stählernen Körpers. Hinter ihm ging Hal Mervin, knapp sechzehn Jahre alt, aber bereits unverkennbar der zähe, sehnige und stets unerschrockene Typ des echten Briten. Als Letzter kam Nimba. Seine riesigen Körpermaße erschreckten förmlich. Die Muskeln an seinem Körper hätten gut und gern für drei normale Männer ausgereicht, seine Füße deckten ein beachtliches Stück Land, und seine Hände ließen die Handschuhmacher in Ohnmacht fallen. Trotzdem war er nicht etwa schwerfällig. Im Gegenteil, mit seiner gewaltigen Kraft verband sich eine verblüffende Schnelligkeit, die ihn zum gefürchtetsten Boxer der Welt gemacht hatten.

Sun Koh wandte sich kurz zurück.

»Äußerste Vorsicht, man lauert uns auf.«

»Wo?«, flüsterte Hal. »Sehen Sie jemand, Herr?«

Sun schüttelte den Kopf.

»Zu sehen ist nichts, die Büsche verbergen alles. Aber beobachtet die Affen dort vorn.«

Zwanzig Meter voraus hockten auf hohen, vorspringenden Ästen drei Affen und starrten neugierig hinunter. Irgendetwas musste dort ihre Aufmerksamkeit erregen.

»Lassen Sie mich voraus«, bat der Neger wieder einmal.

»Ist dir dein Posten nicht gefährlich genug?«, lächelte Sun. »Du hast die ganze Rückendeckung zu übernehmen.«

»Aber wenn sie schießen?«

»Aus mehr als zehn Meter Entfernung können sie nicht schießen, sonst treffen sie nicht in diesem Gewirr. Ich denke, wir werden sie rechtzeitig sehen.«

Gleichmäßig ging es weiter. Die Augen spähten und suchten. Eine Sekunde konnte über Tod und Leben entscheiden. Aber was auch immer kommen mochte, es würde sie kaltblütig und schnell entschlossen sehen.

Wieder wandte Sun Koh den Kopf, diesmal nur für den Bruchteil einer Sekunde.

»Annamiten mit Dolchen. Angriff erwarten.«

Dann schritt er weiter, in die Gasse des lauernden Todes hinein. Seine scharfen Augen hatten in der verwirrenden Wildnis die dicht an den Boden gepressten Gestalten, die hundert anderen nicht aufgefallen wären, bemerkt. Aber er verriet nichts davon. Männer mit Dolchen, die erst aufspringen mussten, bevor sie töten konnten, waren ungefährlich. Die Annamiten waren die Opfer Garcias. Man musste sich ihrer erwehren, wenn sie angriffen, mehr nicht.

Und sie griffen an.

Mit einem Schlag und Schrei sprangen sie plötzlich rechts und links hoch und stürzten sich auf ihre Beute – drei Mann auf einen.

Sie hatten dicht am Pfade gelegen, aber sie brauchten eine, zwei lange Sekunden, um gefährlich zu werden.

Der Angriff war lächerlich.

Sun Koh gab lässig ein Zeichen nach hinten, dann wirbelte er los. Er wurde zu einem Taifun, zu einem furchtbaren Gewitter mit schmetternden Blitzen. Ein Sprung – seine drei Annamiten sackten stöhnend zusammen. Einer hatte die Füße im Magen gespürt, der zweite war in der Kinnspitze örtlich betäubt und der dritte überschlug sich hinter seinem Kopf her, um nicht im Nacken wegzubrechen. Mit dem zweiten Sprung war Sun bereits über den dreien, die es Hal antun wollten. Zwei davon erwischte er, den anderen hatte Hal bereits auf die Empfindlichkeit der Schienbeine geprüft. In der gleichen Sekunde wischte sich auch Nimba bereits das Blut von den Fingerknöcheln. Er hatte den einen in der Eile schlecht getroffen, hatte statt des Kinns die Nase erwischt. An der konnte nun der beste Operateur nichts mehr retten. Augenblickssache, die ganze Angelegenheit – kaum der Rede wert.

»War das alles?«, zeterte Hal. »Ich denke wunder, was losgeht. Sie haben mir die ganze Arbeit weggenommen.«

»Beruhige dich«, lächelte Sun. »Komm, wir wollen die Kerle zusammenlesen.«

»Die können auch ihrem Schöpfer danken, dass wir nicht geschossen haben«, grinste Nimba. »Meine Kugeln waren schon halb draußen, als Sie abwinkten, Herr.«

»Es war nicht nötig, die Waffen zu gebrauchen«, antwortete Sun. »Wozu sollten wir die Leute abschlachten?«

Neun Mann holten sie aus den Büschen. Ein paar kamen langsam zu sich und starrten mit dem blöden Ausdruck von Tieren vor sich hin.

»Warum habt ihr uns angegriffen?«, fragte Sun Koh scharf den einen, der am meisten bei Sinnen war.

Der Annamite malte in der Luft und stotterte hinterher:

»Es – es war Befehl. Wir wussten nicht ...«

»Dass die Sache unangenehm werden könnte, nicht wahr?«, vollendete Sun spöttisch. »Wo stecken die andern?«

Der Gelbe deutete den Pfad entlang.

»Vorn, am Turm oder auf den großen Turm.«

»N-ein«, antwortete Sun kurz. »Begebt euch zu, wo der Gang hinführt. Werden Sie uns töten? Sehe ich euch noch mal in meiner Nähe herumschleichen, so gibt es keine Gnade mehr. Begriffen?«

»Ja, Herr«, klang es kläglich zurück. »Wir werden am Tor warten. Aber – unsere Messer? Sie sind wertvoll ...!«

»Ihr dürft sie euch wieder auflesen. Kommt, ihr beiden.«

Sie setzten ihren Marsch in der ursprünglichen Reihenfolge fort. Jetzt war Sun Koh jedoch doppelt vorsichtig. Die Annamiten waren bis auf wenige erledigt, sie würden nun auf Garcia und Sin-Lu stoßen. Und diese beiden würden nicht Dolche in den Händen haben, sondern Schusswaffen.

Nach wenigen Minuten wurde der halbzerfallene Turm sichtbar, unter dessen dunkler Türwölbung die beiden mit schussbereiten Gewehren auf ihre Verfolger lauerten.

Sie hatten sie kaum bemerkt, als der erste Schuss krachte. Die Kugel schlug irgendwo in die Äste.

*

Juan Garcia war ein guter Schütze, wenn auch mehr mit der Pistole als mit dem Gewehr. Sin-Lu taugte nicht viel hinter dem Kolben. Und beide zusammen waren in diesen Augenblicken nicht übermäßig viel wert, da es ihnen an der Kaltblütigkeit fehlte. Sie waren erregt, schon deshalb, weil sie wussten oder ahnten, wen sie angreifen wollten.

Trotzdem konnte keinen Augenblick ein Zweifel entstehen, dass sie zum Erfolg kommen mussten, wenn Sun Koh mit seinen Leuten nahe heran kam. Auf zehn Meter Entfernung traf selbst der blutigste Anfänger einen erwachsenen Menschen. So weit musste man die drei schon herankommen lassen, denn das dichte Wirrwarr von Bäumen, Sträuchern, Lianen, Gräsern und Blumen engte das Schussfeld stark ein.

Alles wäre in schönster Ordnung gewesen, wenn die beiden mehr Kaltblütigkeit besessen hätten. Aber da es ihnen daran fehlte, begingen sie in der entscheidenden Sekunde den Fehler, alle Vorteile ihrer Lage mit einer voreiligen Handlung aufzugeben.

Sie hörten den Angriffsschrei der Annamiten. Die Stille, die kurz darauf eintrat, legten sie zu ihren Gunsten aus.

»Sie sind erledigt«, triumphierte Garcia und erhob sich aus seiner etwas feuchten Lage. »Die Gelben müssen sie auf den ersten Anhieb erwischt haben, sodass sie gar nicht mehr nach ihren Pistolen greifen konnten.«

Sin-Lu stand ebenfalls auf.

»Meine Seele ist voller Freude«, näselte er. »Brave Kerle, diese Träger. Man kann sich auf sie verlassen. Und sie sind schnell mit dem Messer.«

Der Mexikaner grinste. »Zu viel mehr taugen sie auch nicht. Aber sie sollen ihre Goldstücke haben – sobald wir den Schatz gefunden haben.«

»Sobald wir den Schatz gefunden haben«, echote Sin-Lu mit zweifelnder Miene. »Hoffentlich dauert es nicht allzu lange.«

Garcia verzichtete auf Antwort. Schweigend starrten sie nun eine Weile auf den Pfad, auf dem die erfolgreichen Mörder zurückkommen mussten.

Fast gleichzeitig zuckten beide zusammen.

»Verdammt«, stieß Garcia heraus, »das ist doch …?«

»Das ist – das ist …«, stotterte der Mischling mit fahlem Gesicht und fingerte mit unsicheren Händen an seiner Büchse herum.

Und nun geschah der entscheidende Fehler. Hätten sich die beiden in das undurchdringliche Dunkel der Torwölbung zurückgeduckt, so hätten sie noch alle Aussicht für sich gehabt. Stattdessen hoben sie in panischer Aufregung die Gewehre.

Sin-Lu war der Erste, der schoss. Es geschah mehr aus Versehen, seine Kugel verfehlte dann auch vollkommen ihr Ziel. Garcia knallte kurz hinterher, aber Sun Koh war schon von der Stelle verschwunden, auf die er hinhielt.

Nun erst sprangen die beiden zurück und versteckten sich.

»Himmel und Hölle«, fluchte der Mexikaner. »Das war Sun Koh. Die gelben Schufte haben versagt. Wahrscheinlich sind sie schon beizeiten ausgerissen.«

»Sie werden uns töten«, stöhnte Sin-Lu. »Sie werden uns töten. Welcher böse Geist ließ mir einfallen, Euch loszuschneiden. Verflucht sei die Stunde, in der ich …«

»Sei still mit deinem Geschwätz«, schnitt Garcia wütend ab. »Reiß lieber deine Augen auf und schieß, wenn du was siehst.«

Sin-Lu wurde giftig.

»Schießt doch, schießt doch! Habt Ihr nicht immer groß geredet? Ich habe Euch befreit und will nun mein Geld haben. Von Schießen war nichts ausgemacht.«

»Halt's Maul«, schrie ihn der andere an. »Da, Achtung …«

Er schoss.

Schon kam die Antwort.

Zwei Geschosse zischten gegen die grauen Steine und schrillten als Querschläger dicht über den ausgestreckten Leibern weg.

»Pst«, murmelte Garcia, »sie haben uns schon auf dem Korn.«

Peng. Peng.

»Meine Schulter –«, heulte Sin-Lu kreischend auf.

Garcia prüfte mit einem Griff nach.

»Lumpiger Streifschuss. Schrei nicht, sonst stopfe ich dir das Maul.«

Peng. Peng.

»Es schießt nur einer zurück.«

»Vielleicht sind die andern schon tot?«, hauchte der Mischling hoffnungsvoll.

»Von dir sicher nicht. Schieß, dass wir auch den Letzten erwischen.«

Peng. Peng.

Die drei Träger, die die Lasten zum Mittelturm geschafft hatten, kamen herangerannt.

»O Herr«, hasteten sie, »es kommen welche von der Seite über die Steine, einer links und einer rechts.«

Garcia war einen Moment fassungslos, dann zischte er:

»Teufel, sie wollen uns von hinten angreifen. Darum also schießt vorn nur einer. Wir müssen zurück, schnell, schnell!«

Sie eilten im Laufschritt in den modrigen Gang hinein. Hal Mervin wartete vergeblich auf das nächste Aufblitzen der Schüsse.

Es erwies sich jetzt als großes Glück für Garcia und seine Leute, dass die Stellen, an denen sie aus dem Gang herausmussten, mit großen Trümmerblöcken übersät waren. Das ermöglichte ihnen, in Deckung zu bleiben und ungesehen bis zum Mittelturm zu kommen. Hier hoffte der Mexikaner sich einige Zeit halten zu können.

Die Wahl der Steinkammer als Zufluchtsort hatte manches für sich, ganz abgesehen davon, dass das Gepäck schon hier lag. Es war jedoch unbedingt notwendig, wenigstens noch zwei Gänge zu verbarrikadieren, damit sie von drei Seiten leidlich geschützt waren.

Sie machten sich sofort an die Arbeit, konnten sie jedoch nicht ganz beenden. Der eine Gang war noch halb offen, als sie ein Schuss Nimbas zwang, Deckung zu nehmen.

Die Annamiten blickten unsicher auf ihre Messer. Das brachte Garcia auf einen Einfall.

»Könnt ihr mit der Pistole umgehen?«, fragte er.

Die Leute nickten. Der Mexikaner nahm eine der Waffen aus seinem Gürtel.

»Gut, so werdet ihr das eure tun. Sin-Lu, gib deine beiden Schießeisen heraus. Nun passt auf: Ihr werdet euch jetzt diesen Gang vorschleichen. Er ist annähernd hundert Meter lang. Das genügt, um in den Rücken unserer Angreifer zu kommen. Ihr werdet sie von hinten angreifen. Hundert Goldstücke für jeden, wenn ihr euch geschickt benehmt. Jeder von euch einen Mann, dann hat sich der Fall erledigt. Sie werden keinen Angriff von hinten vermuten. Fort mit euch.« Die Gelben zögerten, aber sie wagten es auch nicht, sich dem direkten Befehl zu widersetzen und schlüpften in die halbverbaute Öffnung hinein.

»So«, knurrte Garcia befriedigt, »jetzt werden wir sie zwischen zwei Feuer kriegen und sie zur Hölle schicken.«

Sin-Lu zuckte mit den Schultern. Einige Schüsse plänkelten hin und her. Ein Streifschuss riss Garcia den Arm auf.

»Tod und Teufel«, fluchte er auf, »sie schießen genau.«

»Besser als wir«, sagte der Mischling lakonisch.

»Kunststück«, höhnte der andere. »Du hältst ja auch mehr auf Deckung als auf Schuss, knallst einfach ins Blaue hinein.«

»Ihr trefft auch nicht mehr als ich«, gab Sin-Lu böse zurück.

Jenseits des Trümmerwalls erscholl ein lauter Warnungsruf. Pistolenschüsse folgten schnell aufeinander.

»Die Annamiten!«, frohlockte Garcia.

Wieder einige Schüsse, die nicht der Felsenkammer galten.

Dann Stille.

Garcia hob unvorsichtigerweise den Kopf.

Eine Kugel riss ihm die Schläfenhaut auf.

Da wusste er Bescheid.

Die letzte Entlastung hatte versagt. Sie waren vollends eingeschlossen. Dort draußen lagen hinter den Trümmern die unerbittlichen Feinde. Entweder starben sie oder er.

Ihr Vorteil lag darin, dass sie freie Bewegung hatten und besser schossen. Andererseits konnten zwei Mann die Kammer bequem verteidigen. Und die Gegner mussten unbedingt ins Schussfeld, wenn sie weiter herankommen wollten. Die letzte Strecke bot keine Deckung mehr.

Aber wenn Sun Koh nun einfach wartete, bis Hunger und Durst die zwei Männer heraustrieben?

7.

Eine Viertelstunde verging.

In Garcia staute sich würgend die Wut. Nicht ein einziges Mal bekam er den verhassten Gegner zu Gesicht, während dieser mit geradezu unheimlicher Zielsicherheit alle Blößen ausnutzte. Wenn das so weiter ging, so waren sie in einer weiteren Viertelstunde allein durch Streifschüsse kampfunfähig.

Jetzt ließ Sin-Lu mit einem Schmerzensschrei das Gewehr fallen. Seine Hand war durchschossen worden. Die Kugel hatte den Weg durch die schmale Spalte gefunden.

Einen Augenblick lang starrte der Mischling verwundert auf seine Hand, dann zischte er:

»So, jetzt ist es vorbei, ich ergebe mich.«

»Du bist verrückt«, entgegnete Garcia scharf.

Sin-Lu sah ihn feindselig an.

»Ich war verrückt, als ich Euch befreite, aber ich bin nicht so verrückt, wegen Euch zu sterben. Ihr habt mich betrogen!«

»Ach nee«, höhnte der andere. »Und wenn schon. Jetzt wirst du mit mir kämpfen und verrecken, wenn es sein muss.«

»Ich ergebe mich«, beharrte Sin-Lu.

»Halt's Maul«, raste Garcia hoch. »Lauf doch hinaus, du Narr, wenn du mit Gewalt sterben willst! Bildest du dir etwa ein, dass sie dich mit Girlanden empfangen?«

Sin-Lu senkte seufzend den Kopf.

Doch gleich darauf horchte er auf.

Von draußen kam die Stimme Sun Kohs.

»Sin-Lu! Hörst du mich? Wenn du keine Lust hast, zu sterben, so darfst du herauskommen. Wir hegen keine feindlichen Absichten gegen dich. Sobald du ohne Waffen kommst, lassen wir dich ungeschoren von dannen gehen. Bleibst du bei dem Mann, so wirst du zusammen mit ihm sterben. Ich gebe dir drei Minuten. Hast du bis dahin den Turm nicht verlassen, so betrachten wir dich als Feind. Hast du verstanden?«

»Ja, Herr!«, schrie der Mischling auf. »Ich komme sofort.«

»Den Teufel wirst du tun!«, brüllte ihn Garcia an. »Du bleibst!«

Sin-Lu warf sein Gewehr weg und erhob sich.

»Ich gehe«, antwortete er ruhig.

Der Mexikaner lachte grässlich auf und riss die Pistole heraus.

»Du gehst? Haha, dir hat wohl der Wahnsinn das Gehirn zerfressen? Zwei Schritte, einen Schritt nur und du bist ein toter Mann.«

Die Augen des Mischlings begannen gefährlich zu funkeln, aber seine Stimme klang fast demütig, als er erwiderte:

»Seid barmherzig, Herr. Ich habe Euch gestern den Gefallen getan und habe Euch frei gemacht.«

»Gefallen?«, höhnte Garcia. »Geld wolltest du scheffeln, du gelbe Ratte. Gold und Edelsteine. Gefallen? Ha, dass ich nicht lache.«

Sin-Lu blieb ruhig.

»Es war ein Gefallen für Euch. Aber ich würde bei Euch bleiben, wenn Ihr irgendwelche Aussicht hättet, am Leben zu bleiben. Die habt Ihr aber nicht ...«

»Und da verlassen die Ratten das Schiff, nicht wahr, du Schuft?«

»Warum wollt Ihr mich auch noch sterben lassen, Herr? Seid barmherzig, ich habe Familie, eine Frau und –«

»Sieben uneheliche Kinder«, fiel der Mexikaner mit verzerrtem Gesicht ein. »Du bist verrückt, Sin-Lu. Ich kenne Euch Burschen zu genau. Wenn du an meiner Stelle wärst, du würdest mich zehnmal verrecken lassen. Barmherzigkeit! Du Idiot! Hier geblieben wird bis zuletzt, und wenn's zu Ende geht, so werde ich wenigstens den Spaß haben, dich mit abfahren zu sehen.«

»Ah.«

Sin-Lu stieß einen kurzen Laut aus, während er sich bereits streckte. Und dann warf er sich auf den Mexikaner.

Garcia drückte ab, die Pistole versagte. Er hatte gerade noch Zeit zu einem Fluch, dann war der andere an seiner Kehle.

Die Steinkammer wurde der Schauplatz eines erbitterten Kampfes. Garcia schaffte sich mit einem Hieb wieder Luft, umschlang seinen Gegner ebenfalls. Hin und her wälzten sich die Körper, bald lag der eine unten, bald der andere. Die Köpfe schmetterten gegen den Stein, weich sackten die Schläge auf, die Lungen stöhnten, die Haut triefte vor Schweiß.

Garcia war der Stärkere, aber Sin-Lu verfügte über die größere Gelenkigkeit und litt außerdem nicht so sehr unter der Hitze, sodass sich die beiderseitigen Vorteile ziemlich ausglichen.

Der Kampf wurde schwerer und härter. Schon waren die Kleider zerrissen und die Gesichter verbeult und mit Blut verschmiert.

Da gelang es Sin-Lu, wieder nach oben zu kommen. Garcia war hart mit dem Kopf aufgeschlagen und rang Augenblicke lang um sein Bewusstsein. Mit einem triumphierenden Aufstöhnen warf sich der Gelbe auf ihn und klammerte die Kehle ein.

Die würgende Not riss Garcia wieder hoch. Er versuchte, den anderen abzuschütteln. Vergeblich. Aber Sin-Lu war unvorsichtig und hielt den Kopf zu tief. Mit dem Instinkt des Verzweifelten erkannte der Mexikaner, der schon fast erstickt war, die Blöße. Seine Finger fuhren hoch und stießen mit aller Kraft in die Augen des Gegners.

Mit einem grässlichen Schrei fuhr der Mischling zurück. Seine Hände ließen los, tappten wild in der Luft herum.

Jetzt warf sich Garcia über ihn, schleuderte ihn auf den Boden, dass sein Kopf aufknallte, dann schlossen sich seine Finger um den gelben Hals.

Sin-Lu bäumte sich wild auf und gurgelte in halberstickten Tönen.

Dann ging ein letztes Aufbäumen durch den liegenden Körper und nun wurde er schlaff.

Langsam lösten sich die weißen Hände. Sin-Lu war tot.

»Du wolltest mich verraten, du Hund«, murmelte er.

Mit einem entsetzten Ausdruck erhob sich Garcia von dem Leichnam.

Von draußen kam die hallende Stimme Sun Kohs.

»Deine Zeit läuft ab, Sin-Lu. Beeile dich.«

Sin-Lu hörte ihn nicht mehr. Mit halbverkrampften Gliedern und einem furchtbaren, starren Gesichtsausdruck lag er stumm und still.

Aber Garcia hörte, und während seine blutunterlaufenen Augen nach dem Gegner spähten, schrie er lästerlich hinaus:

»Schrei, bis du platzt. Die Ratte ist gerade auf der Fahrt in die Hölle. Beeilt euch, dass ihr ihn einholt.«

Nach einer Pause kam ruhig die Frage:

»Sie haben ihn ermordet, Juan Garcia?«

Garcia schoss in der Richtung der Stimme und höhnte hinter der Kugel her:

»Haha, er ist an den Masern gestorben. Kommt her, wenn ihr Mut habt, überzeugt euch davon.«

»Wir haben Zeit«, antwortete Sun Koh kühl. »Es ist nicht nötig, dass Ihr schnell sterbt. Wir werden Euch nach und nach abschießen, jetzt zum Beispiel das rechte Ohr.«

Garcia zuckte beiseite, aber es war schon zu spät. Sein Ohr hing aufgeschlitzt in zwei blutenden Teilen. Mit einem Fluch, der selbst den Satan erschreckt hätte, schoss er zurück.

»Besser zielen«, höhnte die helle Stimme Hals. »Deine Hand wackelt wohl, du Leichengesicht?«

Hin und wieder knallten die Schüsse. Garcia erhielt einen Streifschuss nach dem anderen. Wo er auch nur ein Stück Haut sehen ließ, wurde sie aufgeritzt. Nach Minuten blutete er bereits an mehreren Stellen.

Und dann traf ein Schuss Sun Kohs genau in die Mündung seines Gewehres hinein. Ein furchtbarer Schlag lähmte die Schulter. Die Waffe war unbrauchbar. Aber noch war Sin-Lus Gewehr intakt.

Garcias Gehirn arbeitete fieberhaft. Wo bot sich eine Möglichkeit zur Rettung oder zur Flucht? Jeden Augenblick konnte auch die letzte Waffe zum Teufel gehen – dann war es zu Ende mit ihm.

Plötzlich blitzte es in seinen Augen auf.

»Sun Koh?!«, rief er hinaus. »Sun Koh, hören Sie mich?«

»Ich höre«, kam ruhig die Antwort.

»Sie wissen, dass Sie auf dem Wege sind, einen glatten Mord zu begehen?«

»Ich kämpfe gegen einen Mann, der ein hundertfacher Verbrecher ist. Die Erde wird froh sein, von Euch befreit zu werden.«

»Sie verkennen mich«, erklärte Garcia in feierlichem Ton. »Ich bin kein Verbrecher und Mörder. Wenn ich einen Menschen töten musste, so geschah es immer nur in äußerster Notwehr. Ich bin ein unglücklicher Mensch – über mir liegt ein tragisches Verhängnis, an dem ich seit meiner frühesten Jugend leide.«

»Das liest er aus einem Buche vor«, bemerkte Hal laut. »Titel wahrscheinlich ›Des Herzens süße Not‹ oder ›Wer hat mir auf meinen Schlips gespuckt‹. Der muss uns aber für dumm halten.«

Der Junge hatte nun einmal ein herzloses Gemüt und nicht das geringste Empfinden für poetische Ergüsse.

Garcia verbiss sich seinen Wutanfall und fuhr klugerweise in sachlicherem Tone fort:

»Glaubt es oder nicht – mir liegt nichts daran, euch zu Tränen zu rühren.«

»Warum nicht – vor Lachen«, warf Hal schnell hin, bevor ihm der verweisende Blick Sun Kohs weitere Bemerkungen verbot.

»Ich will Ihnen aber einen Vorschlag machen«, fuhr Garcia glatt fort. »Sie wissen doch, dass ich nicht ohne besonderen Grund hierher gereist bin. Ich weiß hier einen Schatz, der viele Millionen wert ist.«

»Den Schatz der Khmer?«

Der Mexikaner hörte Interesse heraus und schöpfte Hoffnung.

»Jawohl, den Schatz der Khmer. Ich habe ihn gefunden. Ich bin aber bereit, ihn abzutreten, wenn Sie mir die Freiheit geben. Millionen in Gold für ein bisschen Leben – ich denke, das ist ein Vorschlag, der sich hören lässt.«

»Er ist abgelehnt«, erwiderte Sun kalt.

Garcia traute seinen Ohren nicht recht.

»He? Abgelehnt? Wollen Sie damit sagen, dass Sie so einfach auf den Schatz verzichten?«

»Ganz recht, Juan Garcia. Ihr Tod ist mir wertvoller als alles Gold, das Sie anzubieten haben.«

»Pest«, zischte der andere, um dann hastig und wieder laut fortzufahren: »Schön, wie Sie wollen. Aber ich mache Ihnen einen anderen Vorschlag. Ich denke, dass Sie eher darauf eingehen. Sie suchen doch das junge Mädchen, Miss Martini, wenn ich nicht irre. Wenn Sie mir Freiheit und Leben zusichern, verrate ich Ihnen, wo sie zu finden ist. Was meinen Sie dazu?«

Sun Koh schwieg so lange, dass Garcia glaubte, aufmuntern zu müssen.

»Nun, wie ist's? Sie dürfen davon überzeugt sein, dass ich Ihnen die Wahrheit verrate. Die kleine Joan ist zwar ein hübscher Kerl, aber mein Leben ist mir lieber. Nehmen Sie meinen Vorschlag an, so sage ich Ihnen sofort, wo sie sich aufhält.«

»Auch dieser Vorschlag ist abgelehnt«, erwiderte Sun.

Garcias Gesicht verzerrte sich.

»Lächerlich. Das glauben Sie wohl selber nicht. Ist Ihnen Miss Martini nicht mehr wert als ich? Ah, ich begreife, Sie wollen mich nur ein bisschen treiben. Gut, Sie sollen alles über das Mädchen erfahren, und außerdem will ich Ihnen noch angeben, wo der Schatz zu finden ist. Sind Sie nun zufrieden?«

In Suns Stimme lag ein Schimmer von Trauer, als er antwortete:

»Mühen Sie sich nicht, Juan Garcia. Als Sie gestern Abend Sin-Lu versicherten, dass Miss Martini tatsächlich ertrunken sei, da stand ein Lauscher neben Ihnen und hörte jedes Wort. Ich brauche die Wahrheit nicht mehr, aber noch viel weniger die Lüge, die Sie bereithalten. Joan Martini ist tot, und Sie werden sterben.«

Garcia murmelte lange Kettenflüche in sich hinein. Aber er brachte es noch einmal zu einem zwar schrillenden, aber beschwörenden Ton:

»Wie wollen Sie wissen, dass ich Sin-Lu die Wahrheit sagte? Der Kerl war mir zu neugierig, und ich fertigte ihn ab. In Wirklichkeit lebt das Mädchen, und ich kann Ihnen sagen, wo sie steckt.«

»Sie lügen«, kam es verächtlich zurück. »Das Gespräch wird abgebrochen. Wehren Sie sich Ihrer Haut.«

»Warten Sie. Warum töteten Sie mich nicht schon gestern?«

»Damit ich Sie heute im Kampf töten kann. Sterben Sie, so gut Sie können, Juan Garcia.«

Der Mexikaner lachte wie irrsinnig auf.

»Haha, ich soll verrecken. Sie bilden sich wohl ein, dass Sie Ihre Joan trotzdem finden. Nichts zu machen, mein Lieber. Sie ist gestorben, ersoffen wie eine Katze, die süße Joan, damit Sie es genau wissen. Was ich Sin-Lu sagte, war die Wahrheit. Und wenn ich abfahre, habe ich wenigstens noch die Genugtuung, dass Ihr das hineinfressen müsst.«

Da klang noch einmal die dunkle Stimme Sun Kohs auf.

»Ihr habt mir meine Ahnung bestätigt, Juan Garcia. Bis jetzt wusste ich es noch nicht. Es war Nimba, der Euch gestern belauschte. Ich spürte, dass er etwas verschwieg. Ihr habt es mir gesagt. Und nun Schluss, wir schießen wieder.«

Abermals gellte das grässliche Lachen auf.

»Schießt nur, schießt nur! Mich trefft ihr nicht so leicht. Wenn ich schon abfahre, dann noch lange nicht durch euch. Schießt – möge die Hölle euch bei lebendigem Leibe auffressen.«

Die ersten Schüsse knallten.

Juan Garcia schoss noch einmal, dann hatte er Wichtigeres zu tun. Mit fliegenden Händen riss er einen der Packen auf, die die Träger hier abgesetzt hatten.

Er wusste, dass es jetzt um alles ging. Lange würde man ihn nicht mehr hier drin lassen. Zwischen Leben und Tod stand nur noch eine Möglichkeit.

Die Hände wurden wieder ruhig und sicher, als sie die Sprengkapseln herausnahmen und fertig machten. Es war ein ganzes Bündel, genug, um einen Häuserblock in die Luft zu sprengen.

Ein Schuss hinaus, dann weiter.

Sorgfältig bettete Garcia die Kapseln in die eine Ecke unter die Blöcke, die zur Verbarrikadierung hereingeschafft worden waren. Sorgfältig befestigte er die Zündschnur.

Seine Hand zitterte nicht, als er ein Streichholz anstrich und an die Schnur hielt. Ein leises Zischen – der Funke begann, sich nach innen zu fressen.

Garcia nahm das Gewehr hoch, schoss noch einmal aufs Geratewohl hinaus und schlüpfte dann in den dunklen Gang hinein, den vorhin die Annamiten benutzt hatten. Mit schnellen Schritten entfernte er sich. An der Mündung des Ganges konnte er die Explosion abwarten. Wenn sie erfolgte, wollte er hinaus und verschwinden. Die drei Verfolger würden mehr zu tun haben, als hierher zu sehen, wenn der ganze Turm in die Luft ging. Vielleicht und hoffentlich erwischte sie der Steinhagel.

Zwanzig Meter, dreißig Meter, fünfzig Meter. Juan Garcia grinste vor sich hin.

Plötzlich kam von vorn ein Schuss. Die Kugel pfiff an ihm vorbei.

Tod und Teufel!

Der Mexikaner warf sich zu Boden. Schon krachte es zum zweiten Mal, kurz darauf zum dritten Mal.

In Garcia schoss die Wut wie eine glühende Flamme hoch. Das hatte gerade noch gefehlt. Diese verfluchten Kerle hielten den Gang unter Beobachtung.

Und hinter ihm konnte jeden Augenblick die Hölle ausbrechen.

Tatsächlich lag Nimba schon lange an der Mündung des Ganges und wartete auf Garcia. Dieser Fluchtversuch kam später, als man angenommen hatte.

Der Mexikaner zögerte nur Sekunden, dann hatte er sich entschlossen. Zurück konnte er nicht. Liegen bleiben bedeutete sichere Verschüttung – also vorwärts. Der Mann dort vorn schoss ins Dunkel und sah ihn kaum. Auf jeden Fall lag die einzige Chance vorn.

Schnell, aber möglichst geräuschlos, begann er zu kriechen. Aber weiter als fünf Meter kam er nicht – dann kam die Katastrophe.

Der Boden hob sich auf einmal sanft an. Es war, als ob sich ein riesiges Tier unter einer dünnen Decke behaglich dehnte. Im Höhepunkt der Bewegung entstand ein lang gezogenes, wimmerndes Geräusch wie von tausend gequetschten, jammernden Kinderstimmen. Das waren die Steine, die sich knirschend aus ihren Lagern schoben. Nun senkte sich der Buckel wieder, gleichzeitig hieb ein donnerndes, unbeschreiblich dumpfes und doch zugleich grelles Krachen an die Ohren und an die Schläfen. Der Boden zuckte in kurzen Stößen, mächtige Blöcke schlugen herunter ...

Garcia sprang auf und rannte vorwärts. Wie ein Tier in Todesnot raste er der kreisrunden Öffnung zu, die wie eine helle Scheibe voraus stand.

Zu spät.

Er kam zehn Meter, dann wuchtete dicht vor ihm die Decke des Ganges nieder und versperrte ihm den Weg. Aufheulend warf er sich dagegen, schlug seine Finger wie ein Irrer hinein.

Ein Sturzbach von Schutt rieselte auf seinen Kopf. Mit einem winselnden Schrei riss er die Augen hoch.

Viele Tonnen schwer kam direkt über seinem Haupte das Blockgefüge der Wölbung herunter, über seinem Haupte, in seinem Rücken, überall mit jenem reißenden Knirschen, das sich kurz darauf in ein dumpf sackendes Donnern wandeln würde.

Der Tod!

Ein grässlicher Fluch spritzte aus dem verzerrten Munde gegen den unsichtbaren Himmel.

Dann brach der Gang zusammen.

Wolken von Staub stiegen auf und breiteten sich als Leichentuch aus.

Zittern und Ächzen nachrutschenden Gesteins – dann die fürchterliche Stille der schattenhaften Stadt.

*

Sun Koh blutete aus einer Stirnwunde, die ihm ein fliegender Stein geschlagen hatte. Hal Mervin war durch einen anderen Stein am Arm getroffen worden und hatte für eine Weile das Gefühl verloren. Nimba hatte zu weit vom Explosionsherd gesessen, um getroffen zu werden.

»Er ist tot«, beantwortete der Neger eine Frage Sun Kohs. »Der ganze Gang ist eingestürzt. Als die Explosion kam, rannte er mir entgegen, obwohl er mit einer Kugel rechnen musste. Dann wurde er durch einen Block aufgehalten, und kurz darauf prasselte das ganze Gewölbe nieder. Er hat einen schnellen Tod gefunden.«

Sie schritten auf die Stelle zu, die Nimba bezeichnete. Der erste Blick belehrte sie darüber, dass Nimba allen Grund hatte, den Tod Garcias so bestimmt zu behaupten. Der Gang war eingebrochen. Alle Trümmerblöcke der ehemaligen Türme, alle Schutthaufen, die unzähligen Tonnen Gestein, die auf der Wölbung des Ganges gelegen hatten, waren nachgestürzt und bildeten einen Grabhügel, den Dutzende von Männern in Wochen nicht hätten beseitigen können.

»Es ist aussichtslos«, stellte Sun Koh leise fest, während er sinnend auf den Trümmerhügel blickte.

»Gott sei Dank«, murmelte Hal. »Er hätte es wahrhaftig nicht verdient, dass man ihn wieder herausholte.«

Sun kannte seinen Pappenheimer gut genug, um nicht den leisen Vorwurf zu hören. Deswegen erwiderte er auch:

»Wir würden ihn herausholen, Hal, wenn es nicht unmöglich wäre. Aber wir würden es nicht tun, um ihn zu retten, sondern um uns zu überzeugen, dass er wirklich tot ist. Es gibt Menschen, die am Leben bleiben, wo tausend andere umkommen.«

»Der Teufel schützt seine Leute«, brummte Nimba. »Aber ich glaube, den hat es endgültig erwischt.«

Sun Koh nickte und stieg seinen Begleitern voran in den wirren Berg hinein, der durch die Explosion entstanden war. Der Mittelturm war zusammengestürzt, auseinandergerissen und in Hunderten von Stücken niedergeprasselt. Man musste vorsichtig sein, denn die Steine befanden sich noch in Bewegung und glitten nach oder polterten weiter. Die Explosionsstelle selbst bildete inmitten des Trümmerwalles einen Trichter, der noch ein Stück tiefer lag als der ehemalige Fußboden der Steinkammer. Diese selbst war restlos verschwunden.

Fast genau an der tiefsten Stelle ragte jetzt eine halb geborstene Säule heraus. Sie hatte mindestens drei Meter im Durchmesser und war sicher kreisrund gewesen, bevor ihr Gefüge auseinandergerissen worden war.

Sun Koh schüttelte verwundert den Kopf, als er von der Höhe des Walles auf diese Säule herunterblickte.

»Es sieht genauso aus, als ob die Säule hohl wäre. Nimba, gebrauche deine Augen.«

»Ich habe den gleichen Eindruck, Herr.«

»Sie ist hohl«, verkündete Hal mit Bestimmtheit, obgleich seine Augen die schlechtesten waren. Dafür hatte er umso mehr Fantasie.

Die Säule war tatsächlich hohl.

Zwischen den ungefügen Steinen, die ihre Rundung bildeten, befand sich ein schachtähnlicher Raum von annähernd einem Meter Durchmesser.

Aufs Äußerste interessiert blickten sie in die dunkle Tiefe hinunter.

»Sieht bald aus wie ein Schornstein«, mutmaßte Nimba.

»Pöh«, schnaubte der Junge verächtlich. »Schornstein? Möchte wissen, was wir hier mit einem Schornstein wollen – bei der Temperatur.«

»Wahrscheinlich für die elektrische Heizung«, grinste der Neger.

»Lächerlich.«

Sun Koh stand bereits auf dem ersten Bügel, der anderthalb Meter unter der Öffnung aus dem Stein herausragte. Einen halben Meter darunter kam der nächste, dann entdeckte er sie auch auf der Gegenseite.

Genau genommen waren es keine Bügel, sondern dünne Platten, die in der Form von Seifennäpfchen nach unten ausgewölbt waren. Man konnte sie ebenso bequem als Halt für den Fuß wie für die Hände benutzen.

Annähernd acht Meter ging es hinunter, dann stand Sun Koh auf festem Boden. Zu erkennen war nicht viel, aber allem Anschein nach setzte die Säule hier unvermittelt auf den Felsen auf.

Sun Koh blickte nach oben, Hal wollte eben einsteigen.

»Nimba?«

»Ja, Herr.«

»Hol die Lampen. Hal, du bleibst oben, bis Nimba zurückkehrt.«

Hal kletterte wieder hinaus. Nimba lief so schnell wie möglich zu der Stelle, an der sie ihr geringes Gepäck zurückgelassen hatten, unter anderem auch die Scheinwerferlampen.

Als Nimba zurückkehrte, sah ihm Hal ungeduldig entgegen.

»Du bleibst aber lange.«

Der Neger hob die Schultern.

»Klettre nur erst mal über die Brocken weg, dann rede.«

Er reckte sich über den geborstenen Kranz der hohen Säule.

»Herr? Soll ich die Lampen hinunterbringen oder soll ich sie werfen?«

Keine Antwort.

»Herr, die Lampen sind da.«

Keine Antwort.

Nimba wandte sein erschrockenes Gesicht zu Hal hin.

»Wo – wo ist der Herr?«

Hal hatte gerade seine Lampe geprüft und nicht weiter auf den andern geachtet. Jetzt blickte er erstaunt auf.

»Der Herr? Na unten.«

»Er antwortet nicht.«

»Du bist verrückt.«

Mit einem Sprung lag Hal neben dem Neger und starrte hinunter.

»Herr?«

Keine Antwort.

Noch nie hatten sich die beiden so dumm angesehen wie jetzt. Sie begriffen nicht das Geringste.

Jetzt blendeten die Lampen in die Tiefe hinunter. Das Licht blinkte über die Steigschalen und enthüllte jetzt, dass sie aus Gold bestanden. Es prallte stumpf auf den grauen Felsboden, der den Schacht unten abschloss ...

Aber es zeigte sich keine Spur von Sun Koh.

Fast gleichzeitig wischten sie sich mechanisch über die Augen. Das war einfach unmöglich. Eben noch war der Herr dort unten gewesen, nirgends zeigte sich der geringste Ausgang – und doch war er jetzt verschwunden.

»Ich träume«, ächzte Hal.

»Hättest du lieber aufgepasst«, knurrte Nimba.

»Der Herr wird einen Ausgang gefunden haben.«

»Siehst du was?«

»Nee, aber ich werde hinuntersteigen und danach suchen. Vielleicht kann er nicht zurück.«

Nimba schwenkte sich herum. »Du bleibst, ich gehe hinunter.« Hal tippte sich an die Stirn

»Du weißt auch nicht, was du redest. Ich sehe genauso viel wie du. Und der Herr hat nachdrücklich und ein für alle Mal erklärt, dass du als letzte Reserve bleiben sollst. Warte nur hier. Vielleicht stecken dort unten auch ein paar Kerle, die den Herrn abgefangen haben. Finde ich nichts, so kannst du allemal nachkommen.«

Nimba fügte sich wohl oder übel. Es stimmte schon, dass Sun Koh bei einer anderen Gelegenheit einmal darauf hingewiesen hatte, dass nicht Hal den Neger, sondern Nimba den Jungen decken solle, wenn es nötig sei.

Es dauerte nicht lange, so stand Hal auf der Sohle des Schachtes und leuchtete die Wände ab. Nimba lag oben auf dem Säulenkranz, hängte den Kopf über die Öffnung und beobachtete. In einer Hand hielt er die Lampe, in der andern die schussbereite Pistole.

Der Junge suchte und suchte, aber er konnte nichts anderes entdecken, als glatte, sauber bearbeitete Wände mit Steinfugen, die höchstens wie dünne Striche wirkten.

»Siehst du was?«, rief Nimba ungeduldig hinunter.

»Ja«, erwiderte Hal trocken. »Undurchdringliche Wände.«

»Keine Tür?«

»Nicht die Bohne.«

»Du sitzt vielleicht auf deinen Augen. Zieh deine Schuhe aus.«

»Wie meinst du das?«

Nimba klatschte sich wütend gegen die Stirn.

»Vielleicht kannst du mit deinen Hühneraugen besser sehen. Irgendeine Öffnung muss da sein. Der Herr kann sich nicht in Luft aufgelöst haben. Streng dich an.«

»Großmaul«, murmelte Hal verächtlich und suchte weiter.

Jetzt nahm er den Boden in Augenschein. Er stutzte.

»Du, Nimba«, rief er nach oben.
»Ja!«, klang es hoffnungsvoll zurück.
»Hier sind Schriftzeichen aufgemalt. Weißt du, sie sehen bald so aus wie die mit dem ›Eintritt verboten‹ im Angkor-Wat.«
»Hä?«
Hal sah ungeduldig nach oben.
»Du weißt doch, in dem Tempel oben an der Buddhafigur, da war doch am Sockel allerhand aufgemalt, was uns der Herr übersetzt hat.«
Jetzt hatte Nimba begriffen.
»Ja, ja, ich weiß Bescheid. Und du meinst …?«
»Bestimmt. Die Zeichen sehen genauso – hoppla …«
Urplötzlich schwand ihm der Boden unter den Füßen. Genauer gesagt, kippte sich die ganze kreisrunde Sohlenplatte, die er für die Oberdecke des gewachsenen Felsens gehalten hatte, um eine Mittelachse herum. Die eine Hälfte drehte sich nach oben, die andere nach unten. Auf der letzteren stand Hal. Infolgedessen ging er so, wie er stand, ab in die Tiefe.
Er warf sich mit aller Gewalt auf den emporragenden Teil der Platte zu, um sich am Rand anzuklammern, aber schon fühlte er seine Beine umklammert.
»Tritt hier drauf«, kam die ruhige Stimme Sun Kohs hoch.
»Herr! Herr!«, schrien die beiden Getreuen freudig auf. Hal fühlte unter seinem Fuß eine Trittfläche und stellte sich fest. Schräg unter ihm wurde das Gesicht Suns sichtbar.
»Ein Glück, dass nicht Nimba an deiner Stelle war«, lächelte er. »Ich war nicht darauf gefasst, jemanden auffangen zu müssen. Ihr habt mich gesucht?«
»Und ob, Herr«, bejahte Hal aufseufzend. »Wir dachten schon, Sie wären gemaust worden. Was sind denn das hier für komische Möbel?«
»Komm herunter!«, rief Sun dem Neger zu.
Sie standen in einer unterirdischen Halle, deren Luft schwer, dumpf und kalt wie in einem Kellergewölbe war. Der Säulenschacht bildete die Mitte des Raumes. Dieser mochte annähernd ein Dutzend Meter im Quadrat groß sein. Die Höhe betrug an den Wänden kaum mehr als zwei Meter, an der Säule dagegen bald zehn Meter. Die Decke bildete keine Wölbung in unserem Sinne. Sie war dadurch geschaffen worden, dass man jeweilig die obere

Steinschicht über die untere hatte vorragen lassen, sodass die Decke wie eine Treppenanlage wirkte, die man von unten her betrachtet.

»Hier ist ein Durchgang«, stellte Sun fest.

Er ging auf die dunkle Lücke zu, die sich in einer Breite von fünfzig Zentimetern zeigte.

Bis auf zwei Meter war er schon heran, da plötzlich wich der Boden unter seinen Füßen.

Nimba und Hal schrien auf.

Sun Koh warf sich mit einem federnden Ruck nach vorn. Seine Hände fassten die Steinkante. Mit einem zweiten Ruck zog er sich aus der Tiefe wieder hoch.

»Hier scheint es ja allerhand Geheimnisse zu geben«, sagte er ohne die geringste Erregung. »Haltet euch hinter mir und lauft nicht etwa auf eigene Faust herum.«

Der Boden hatte sich in der Fläche von einem Quadratmeter geöffnet. Eine Steinplatte war senkrecht nach unten gekippt. Man sah sie hängen, sie war aber so genau eingepasst, dass man die Achse, in der sie sich drehte, nicht entdecken konnte.

Sun leuchtete hinunter. Er sah einen glatten, feuchten Schacht, dessen Wände mit dicken Schleimschichten überzogen waren. In wenigen Metern Tiefe blinkte strömendes Wasser auf.

»Ein unterirdischer Fluss, nicht wahr, Herr?«, fragte Nimba.

Sun Koh nickte.

Hal schüttelte sich.

»Wenn Sie da hineingestürzt wären, Herr.«

Sun prüfte die Umgebung der Öffnung.

»Sie muss doch wieder zu schließen sein«, sagte er wie im Selbstgespräch.

Hal und Nimba suchten mit, aber sie konnten nichts entdecken, was die Steinklappe wieder gehoben hätte.

»Lassen wir es«, entschied schließlich Sun. »Mag sie vorläufig offen bleiben, dann können wir wenigstens nicht wieder aus Versehen drauftreten.«

Er trat hinter das Steinbild, seine beiden Begleiter folgten ihm auf dem Fuße. Ein, zwei Schritte tat er, plötzlich hörten sie hinter sich ein dumpfes Schnappen.

Sie wirbelten herum.

Die Öffnung war geschlossen.

»Bleibt stehen«, befahl Sun Koh.

Er ging die paar Schritte zurück und stampfte mit dem einen Fuße auf die Deckplatte der Öffnung. Sofort klappte sie auf. Nun ging er wieder vor. Als er auf die Steinplatte hinter dem Gesicht trat, schnappte die Deckplatte wieder hoch. Unter den Steinen musste ein Hebelwerk angebracht sein, das durch das Körpergewicht in Bewegung gesetzt wurde.

Die schmale Felsentür führte in einen Raum, der erheblich kleiner als die Halle war, aber sonst ganz ähnlichen Aufbau zeigte. Jetzt kam Hal zu seinem Recht. Der Raum war voller Gold. Auf dem Boden standen und lagen ohne sonderliche Ordnung Tausende von fremdartigen Geräten, Gefäßen, Tellern und Scheiben aus dem matten, gelben Metall übereinandergetürmt. Fast sah es aus wie eine Rumpelkammer, wie das Lager eines Trödlers, nur mit dem Unterschied, dass das Gewirr hier aus kostbarem Metall bestand. Hal wollte vorstürzen, aber Sun Koh hielt ihn mit hartem Griff zurück.

»Halt, Hal! Keinen Stein betreten, den ich nicht vorher geprüft habe.«

Beschämt blieb der Junge stehen und wartete, bis sein Herr den Raum abgeschritten hatte. Erst dann machte er sich scheu an die Sachen heran. In seinen Augen schien das gelbe Metall zurückzublinken, seine Hände und Finger waren unsicher, zitterten leise.

Sun Koh gab dem Neger einen Wink, zu dem dieser verständnisinnig grinste. Man musste dem Jungen Zeit lassen, den Rausch auszutoben. Es gibt wenig erwachsene Männer, die angesichts eines Haufen Goldes ihre Nerven in der Hand behalten. Und Hal war ja noch ein halbes Kind, bis oben hin mit der Romantik des Abenteuers geladen.

Es lagen merkwürdige Dinge in dem Haufen. Da waren gebogene Goldplatten, die wie Beinschienen aussahen, runde Töpfe, die ebenso gut als Behälter wie als Helme gedient haben konnten, flache Scheiben, die an übergroße Münzen erinnerten, runde Stangen, großgliedrige Ketten, einfache, fast kindliche Schmuckstücke und wundersam künstlerisch bearbeitete Gegenstände aller Art. Sun Koh erkannte sehr bald, dass es sich um Erzeugnisse verschiedener Völker handelte und vermutete, dass dieser Haufen im Wesentlichen aus Beutestücken bestand, die hier aufgestapelt worden waren.

Hal war endlich so weit. Die Spannung in seinem Körper ließ nach, die Gier aus den Blicken verschwand, die Hände wurden wieder ruhig.

Sie verließen die Schatzkammer. Nachdem sie sich überzeugt hatten, dass die andere Seite des Zugangs ebenfalls durch eine Fallgrube gesichert war, wandten sie sich dem nächsten Steinbild zu. Hier entdeckten sie die gleiche Sicherung. Sie wiederholte sich, wie sie später sahen, an allen Eingängen.

Der Raum hinter dem zweiten Steinbild zeigte die gleiche Größe wie die goldene Rumpelkammer. Er war jedoch fast leer. Nur in seiner Mitte erhob sich ein niedriger Sockel. Auf diesem stand blendend und strahlend eine Krone.

Die Krone der Khmer.

Sie bestand aus drei Stufen und wirkte dadurch tiarenförmig. Alle drei Stufen waren gleich breit, die obere jedoch jeweils enger als die untere.

Der unterste Ring war aus Gold gearbeitet, aber so dicht mit Edelsteinen unerhörten Feuers belegt, dass vom Gold kaum noch etwas zu sehen war. An der Vorderseite saß ein Diamant von der Größe einer Kinderfaust. Es war ein märchenhafter Stein, dessen Anblick wie ein fantastischer Traum wirkte. Es war unmöglich, ihn anzusehen und gleichzeitig das volle Licht des Scheinwerfers auf ihn zu richten.

»Ist das ein echter Stein?«, flüsterte Hal scheu.

»Die Herstellung der Simili wird damals wohl kaum bekannt gewesen sein«, lächelte Sun. »Der Stein ist bestimmt echt.«

»Aber – aber gibt's denn solche Dinger überhaupt? Die größten sind doch kaum sechshundert Karat?«

»Du irrst«, widersprach Sun Koh. »Das sind die größten Steine, die die europäischen Länder bisher kannten. Ich selbst besitze Hunderte von Steinen über tausend Karat. Und kein Europäer hat eine Ahnung davon, was in den Schatzkammern indischer Fürsten verborgen ist. Vor allem vergiss nicht, dass die heutigen Generationen nur eine traurige Nachlese halten. Sie buddeln mit Maschinen in der Erde herum, um Tausende winziger Splitter zu finden. Meinst du nicht, dass die Menschen, die vor Zehntausenden von Jahren über die Erde gingen, stark im Vorteil waren? Sie nahmen die glitzernden Kostbarkeiten einfach von der Erde auf, plünderten mühelos das Geschmeide unseres Gestirns. Die Menschen von heute plagen sich um die schäbigen Reste.«

»Das leuchtet mir ein, Herr. Ist das Platin?« Sie wandten ihre Aufmerksamkeit wieder der Krone zu. Der zweite Ring trug in der Mitte einen ganz ähnlichen Stein wie der erste. Rechts und links davon saßen zwei Steine von etwas geringerer Größe. Sonst war der Reif schmucklos. Mattgrau schimmerte das Platin.

Der letzte Reif trug bloß einen Riesenstein. Er glänzte in einem eigentümlich hellen Weiß, das fast wie mattes Silber aussah. Sun Koh hielt es auch anfänglich für Silber, aber dann erkannte er, dass er sich geirrt hatte. Es handelte sich um ein Metall, das ihm unbekannt war.

Er hob die Krone an. Sie war erstaunlich schwer.

»Herr«, machte ihn Nimba hastig aufmerksam, »darunter liegt noch etwas.«

Sun hob nun das Prachtstück völlig ab. Tatsächlich, unter ihm lag noch ein anderer Gegenstand. Es war nichts weiter als ein schlichter, völlig glatter Reif, dessen Oberkante an der Vorderseite zu einer kleinen Spitze hochschweifte. Dieser Reif bestand aus dem gleichen silbrigen Metall mit dem leichten Perlmutterschimmer wie der obere Ring der dreistufigen Krone.

»Was ist das, Herr?«

Sun Koh sah sinnend auf den Reif.

»Ich glaube, das wird die Krone der Khmer sein. Wenn die Khmer und ihre Könige die kühnen Eroberer waren, dann haben sie sich kaum dieses Prunkstück auf den Kopf gesetzt. Es ist mir wahrscheinlicher, dass sie mit ihm ihren Künstlern Arbeit gegeben haben, nicht mehr. Die Krone, die sie trugen, war dieser einfache Reifen.«

Im dritten Raum fanden sie flache Schalen, die mit Edelsteinen aller Art gefüllt waren. Dutzende von Schalen mit Tausenden von wertvollen Steinen, die im Licht funkelten und brannten und leuchteten – aber selbst Hal blieb bei ihrem Anblick kalt.

Einige Krüge, die weiter im Hintergrunde standen, waren mit Perlen ge-füllt. Davon hatte Hal erst recht nichts, da er den Wert gar nicht erfassen konnte.

Im vierten Raum entdeckten sie wieder Gold in allen möglichen Gegenständen rumpelkammermäßig aufeinandergeschüttet und durcheinandergeworfen. Der Raum war so voll, dass sie kaum hineintreten konnten. Dicht an der Öffnung stand eine Barre von halbhohen Figuren aller Arten und Stile, dahinter türmten sich bis zur Decke die goldenen Kostbarkeiten.

Stumm schritten die drei zu der hohen Säule zurück. Von dort aus ließen sie die Blicke noch einmal durch die Halle schweifen, über die vier gewaltigen Gesichter hin, hinter denen Millionen und Milliarden an Schätzen lagen.

Sun Koh gab seinen Begleitern einen Wink. Sie stiegen nach oben. Er selbst schloss sorgfältig die Tür und folgte nach. Die unterste Drehplatte schnappte ein, eine Weile später die obere. Und nun standen sie wieder auf den Trümmern der schattenhaften Stadt.

Hal und Nimba sahen ihren Herrn fragend an. Er verstand.

»Nein, wir lassen den Zugang nicht so, wie er ist. Eines Tages werden wir die Schätze der Khmer dringend benötigen, wenn unsere Insel der Jugend aus dem Meer aufsteigt. Bis dahin wollen wir den Weg in die Tiefe sperren. Den Steinblock dort oben, Nimba.«

Es war ein gewaltiger Block, den Sun Koh ausgesucht hatte. Zwei Dutzend gewöhnliche Männer hätten ihn kaum von der Stelle bewegen können. Aber den ungeheuren Kräften der beiden Männer gelang es, ihn in die Tiefe zu wälzen und auf die Öffnung der Säule zu dirigieren.

Der Rest war leichter. Kleinere und größere Trümmerstücke wurden herangeschafft, bis der Trichter fast ausgefüllt und abgeglichen war. Noch ehe die Sonne unterging, verriet kein Merkmal mehr die Stelle, an der es zur Krone der Khmer hinunterging.

*

Tage später traf Sun Koh mit seinen Begleitern wieder in Saigon ein. Dort erwartete ihn eine Nachricht, die den Weg in den Urwald nicht gefunden hatte. Sie kam von Manuel Garcia und besagte, dass Joan Martini gefunden worden sei und sich gesund in der Sonnenstadt befinde. Man hatte sie endlich doch noch auf einer Lichtung entdeckt. Sie hatte in der Nähe eines Zuflusses den Sprung aus dem Motorboot gewagt und sich schwimmend gerettet.

»Sie ist gerettet!«, sagte Sun Koh nach dieser Nachricht still, aber sein Gesicht hatte die feindliche Starre der letzten Zeit verloren und leuchtete wieder.

Denn alle Schätze der Welt vermögen nicht einen Menschen zu ersetzen, den man liebt.

ENDE

Die Serie startete in der UTOPIA-Reihe des Pabel Verlages im Jahr 1953; die ersten 43 (bis 1955) Ausgaben dieser Reihe waren allesamt den Abenteuern unseres Helden gewidmet. Danach wurden immer mehr andere SF-Romane deutscher und auch fremdsprachiger Autoren in die Reihe aufgenommen, der Anteil der JIM PARKER-Romane ging drastisch zurück. Nur noch 16 Ausgaben erschienen – über einen längeren Zeitraum verteilt – bis 1958 zum Abschluss der Serie in UTOPIA 129; dies war dann der insgesamt 59. JIM PARKER-Roman.

Sammlerauflage (111 Exemplare) der 59 Hefte in Buchform mit allen Innenillustrationen und den Titelbildern in Farbe. Jeweils vier Hefte werden in einem Buch abgedruckt.

Bereits erschienen:

JP 1 Auf dem künstlichen Mond
JP 2 Kurierflug nach Orion-City
JP 3 Flucht vor dem Kometen
JP 4 Siedler auf fremden Stern
JP 5 Spione vom Mars?
JP 6 Gespenster im Weltraum

Mohlberg-Verlag • Hermeskeiler Str. 9 • 50935 Köln
Tel. 0221 / 43 80 54 • Fax 0221 / 43 00 918
www.mohlberg-verlag
email:heinz@mohlberg-verlag.de

Ernst A. Dolak
TOM SHARG

Spionage – Abwehr – Die Erde in Gefahr

Erleben Sie die aufregenden Abenteuer Tom Shargs, des Leiters des Mammutversuchswerkes X 00 im Kampf um das neue Zeitalter. Schmelzende Polkappen, skrupellose Agenten, Atlantis und ein Flug zum Mars - dies sind die phantastischen Abenteuer von Tom Sharg.

Die Serie erschien Ende der 40er Jahre des letzten Jahrhunderts mit sechs Ausgaben in Österreich und ist eine absolute Rarität.

Diese Ausgabe beinhaltet alle erschienenen Ausgaben mitsamt einem Artikel von Hans-Peter Kögler, einem hervorragenden Kenner der Austro-SF.

Preis: 14,90 €
156 Seiten

Erschienen im Mohlberg-Verlag   www.mohlberg-verlag.de